# CHASSEURS D'ÉPAVES

Clive Cussler est né le 15 juillet 1931 à Aurora, Illinois, mais a passé son enfance et la première partie de sa vie adulte à Alhambra, en Californie. Après des études au collège de Pasadena, il s'engage dans l'armée de l'air pendant la guerre de Corée et y travaille comme mécanicien d'avions. Ensuite il entre dans la publicité où il devient d'abord rédacteur puis concepteur pour deux des plus grandes agences de publicité américaines, écrivant et produisant des spots publicitaires pour la radio et la télévision, qui reçoivent plusieurs récompenses, tels le New York Cleo et le Hollywood International Broadcast, ainsi que plusieurs mentions dans des festivals du film, y compris le Festival de Cannes.

Il commence à écrire en 1965 et publie en 1973 un roman, *The Mediterranean Caper*, dans lequel apparaît pour la première fois son héros Dirk Pitt. Ce roman sera suivi en 1975 par *Iceberg*, puis *Renflouez le Titanic !* en 1976, *Vixen 03* en 1978. *L'Incroyable Secret* en 1981, *Pacific Vortex* en 1983, *Panique à la Maison-Blanche* en 1984, *Cyclope* en 1986, *Trésor* en 1988, *Dragon* en 1990, et *Sahara* en 1993.

Collectionneur réputé de voitures anciennes, il possède vingt-deux des plus beaux modèles existant de par le monde.

Cussler est aussi une autorité reconnue internationalement en matière de découverte d'épaves puisqu'il a localisé trente-trois sites de naufrages connus historiquement. Parmi les nombreux navires qu'il a retrouvés, on compte le *Cumberland*, le *Sultana*, le *Florida*, le *Carondelet*, le *Weehawken* et le *Manassas*.

Il est président de l'Agence nationale maritime et sous-marine (National Underwater and Marine Agency : NUMA), membre du Club des explorateurs (Explorers Club) et de la Société royale géographique (Royal Geographic Society), président régional du Club des propriétaires de Rolls-Royce, chevalier de la Chaîne des Rôtisseurs, et président de la Ligue des auteurs du Colorado.

*Ouvrages de Clive Cussler parus dans Le Livre de Poche :*

CYCLOPE

DRAGON

L'INCROYABLE SECRET

ONDE DE CHOC

L'OR DES INCAS

PANIQUE À LA MAISON-BLANCHE

SAHARA

TRÉSOR

ICEBERG

CLIVE CUSSLER
&
CRAIG DIRGO

# *Chasseurs d'épaves*

TRADUIT DE L'AMÉRICAIN PAR CLAUDIE LANGLOIS-CHASSAIGNON

GRASSET

*Titre original :*

THE SEA HUNTERS
Simon & Schuster, New York, 1999

REMERCIEMENTS

L'auteur tient à exprimer sa reconnaissance à Joaquin Saunders, l'auteur de *The Night Before Christmas*, à Ray Rodgers, l'auteur de *Survivors of the Léopoldville Disaster*, et à ces hommes de la 66e Panther Division qui ont survécu à la terrible tragédie au large de Cherbourg, en France, le soir du 24 décembre 1944, pour les récits d'horreur et d'héroïsme qu'ils lui ont confiés. Il s'agit là d'un événement qui ne doit pas disparaître dans les brumes du temps.

Aux hommes et aux femmes qui ont soutenu l'Agence Nationale Marine et Sous-Marine (la NUMA) depuis le début. Tout au long des temps difficiles et des périodes plus heureuses, leur loyauté est demeurée solide et durable. Ce livre ne raconte qu'une petite partie de leurs remarquables exploits. Sans leurs efforts, plus de soixante épaves de grande importance historique demeureraient encore au fond des mers et des rivières, ignorées et oubliées pour l'éternité. Certains navires ont disparu, noyés à jamais ou enterrés sous des constructions modernes. Certains sont encore intacts. Maintenant que nous avons ouvert la voie, il appartiendra aux générations à venir de faire revivre le savoir-faire et les secrets de construction qui constituent notre héritage maritime.

Et à ma femme, Barbara, pour son indéfectible patience ainsi qu'à mes enfants, Teri, Dirk et Dana, qui ont grandi auprès d'un père qui n'a, lui, jamais grandi.

# INTRODUCTION

On raconte que Jules Verne écrivit *Le Tour du monde en quatre-vingts jours* sans jamais quitter Paris. Il sortait rarement de la chambre dans laquelle il avait créé les romans les plus imaginatifs jamais offerts au monde. La plupart des auteurs de fiction, quand je leur demande quels sont leurs centres d'intérêt en dehors de l'écriture, me regardent comme si j'avais la tête de travers. Ils n'imaginent même pas qu'il puisse exister une autre vie que celle qui consiste à créer des intrigues et des personnages, faire la promotion de leurs livres, discuter avec les éditeurs ou exiger des efforts supplémentaires de la part de leurs agents littéraires. Leur vie passe par ce qui sort de leurs ordinateurs.

Un journaliste qui m'a interviewé il y a quelques années a écrit que je suivais « le rythme d'un tambour jouant au sein d'une fanfare dans un champ, à l'autre bout de la ville ». Je suppose que c'est vrai. Raconter à mes lecteurs les aventures fondées sur un personnage insouciant nommé Dirk Pitt n'est qu'un chapitre de ma vie. Ce qui me plaît vraiment, c'est le défi de la recherche, qu'il s'agisse d'épaves perdues, d'avions, de locomotives à vapeur ou même de gens. Je collectionne aussi et je restaure des automobiles anciennes. Du moment que c'est ancien, ça me plaît.

Il y a un peu de moi en Dirk Pitt et un peu de lui en moi. Nous mesurons tous les deux un mètre quatre-vingt-dix. Ses yeux sont plus verts que les miens et il a beaucoup plus de succès que moi auprès des femmes.

Nous avons le même goût pour l'aventure, bien que ses équipées soient beaucoup plus extrêmes que les miennes. Je n'ai jamais remonté le *Titanic*, par exemple. Je n'ai jamais non plus sauvé la vie du Président ni découvert un immense trésor inca au fond d'une rivière souterraine.

J'ai cependant tenté des choses folles comme d'avoir parcouru des campagnes humides pour chercher de vieux canons ou d'avoir été ballotté dans un petit canot par un orage de force 8 en recherchant un sous-marin coulé, traversé à bicyclette les montagnes Rocheuses ou les déserts de Californie au lendemain de mon cinquantième anniversaire, pris le manche d'un planeur à cinquante-cinq ans ou m'être mis au saut à l'élastique à soixante ans. J'envisage déjà de faire du parachute en vol libre le jour de mes soixante-cinq ans.

Comment est né ce besoin de mélanger la vie et la fantaisie ?

Peut-être vous souvenez-vous de moi ? Je suis le gamin qui, pendant les cours d'algèbre de votre lycée, regardait par la fenêtre tandis que le professeur expliquait les fractions. J'étais perdu dans un autre espace, à des milles et des milles de la classe ; je manœuvrais un canon sur le navire de John Paul Jones, le *Bonhomme Richard*, je chargeais en haut du Cemetery Ridge avec la Division Pickett ou je traversais les lignes à Little Big Horn pour sauver Custer et sa Septième de Cavalerie. Quand on m'appelait pour réciter la leçon, je ne pouvais que fixer le plancher comme un amnésique et murmurer une réponse tellement éloignée de ce qu'on attendait que le professeur pensait que j'étais entré dans sa classe par erreur.

J'ai eu la chance de grandir quand et où j'ai vécu. A quatre blocs d'immeubles de la maison bourgeoise de ma famille, bâtie en 1940 dans le sud de la Californie, il y avait cinq gamins de mon âge qui possédaient une imagination aussi folle que la mienne. Ensemble, nous fabriquions des bateaux avec des bouts de bois dans un terrain vague, nous édifiions des rues et des immeubles miniatures avec de la boue et de l'humus, nous organisions des scènes fantasmagoriques dans le garage de mon père pour Halloween. Les Pieds Nickelés n'étaient rien auprès de nous. Et quand cinq heures sonnaient, nous courions chez nous pour écouter à la radio les aventures de John Armstrong, l'archétype du jeune Américain, avec lequel nous traversions péniblement la jungle du Congo.

Les récits d'aventures en mer tenaient une place prépondérante dans mon esprit vagabond. Je me plongeais sans cesse dans les livres racontant les batailles navales, les navires flanc contre flanc parmi lesquels se battaient les cuirassés de la guerre de Sécession, les combats entre les célèbres frégates américaines et les navires anglais de la guerre de 1812, les guerres navales de Nelson à l'époque napoléonienne et surtout les récits romancés d'Horatio Hornblower, écrits par C. S. Forester.

Sans doute parce que je suis du signe du Cancer, j'ai toujours eu une attirance pour l'eau. La première fois que j'ai vu l'océan Pacifique, j'avais six ans. J'ai tout de suite couru dans une vague qui m'a promptement ramené sur la plage. Refusant de m'avouer battu, j'ai replongé la tête la première. Ce ne fut pas une idée brillante car j'ignorais totalement qu'il fallait savoir nager pour faire cela. Je me rappelle avoir ouvert les yeux et m'être étonné du monde brouillé sous la surface. J'ai même aperçu un petit poisson avant de réaliser que je ne pouvais plus respirer. Mon père, parce que c'était la seule chose à faire, fouilla frénétiquement la vague avant de me trouver et de me tirer hors du monde aquatique. Ma mère, craignant que je ne refasse ce ballet sous-marin, m'inscrivit aussitôt au premier cours de natation qu'elle trouva.

Parce que je n'étais qu'un enfant, j'inventais des

jeux. L'un d'eux consistait à fabriquer des bateaux avec des panneaux de copeaux découpés en forme de navires de guerre. Certaines coques n'avaient qu'une rangée de copeaux, d'autres en avaient deux ou trois. La taille des canons dépendait de la force des élastiques. Naturellement, les élastiques de ma flotte démolissaient toujours la flotte ennemie sur le lino de la cuisine maternelle. J'utilisais le même concept de base dans la baignoire où mes bateaux, cette fois, étaient faits de journaux pliés et bombardés de billes jusqu'à ce qu'ils se désintègrent, détrempés, ou coulent sous le poids des projectiles qui ne réussissaient pas à traverser leurs ponts fragiles.

J'ai fait toutes les choses folles que faisaient les enfants en ces temps pleins de loisirs où la télévision n'existait pas, comme par exemple dévaler à bicyclette une colline et, plus loin, une petite falaise, pour atterrir sur les branches d'un arbre, tout en bas. J'ai sauté du toit d'une maison en construction dans un tas de sable, j'ai fabriqué une sorte de radeau et descendu un petit ruisseau transformé en torrent par un orage. Il doit y avoir des anges gardiens quelque part qui protègent les gamins casse-cou et risque-tout. Il est incroyable de penser que j'ai dû attendre la cinquantaine pour me casser quelque chose. Depuis, je me suis fracturé une cheville en faisant du jogging, fêlé deux vertèbres le jour où je suis tombé d'une jeep sur une plage alors qu'avec un détecteur de métaux je cherchais une épave enterrée. Je me suis aussi cassé six côtes, deux en faisant du surf et une lors d'une course en VTT. Les trois autres dans des accidents stupides.

L'une des choses que j'ai apprises très tôt, c'est que l'aventure ne coûte pas nécessairement cher. A l'université, un très bon copain, Felix Dupuy, et moi avons chargé sa Ford décapotable de 1939 et sommes partis faire le tour du pays, un été. En trois mois, nous avons couvert 21 000 kilomètres et trente-six Etats. Nous avons dormi dans des kiosques à musique dans le Vermont, dans des wagons de marchandises au Texas et dans les buissons, à côté du Capitole, à Washington. En tout, le voyage ne m'a coûté que 350 dollars. Nous sommes rentrés chez nous juste à temps pour nous engager dans l'armée de l'air après l'ouverture de « l'action de police » en Corée, davantage parce que l'école nous assommait que par élan patriotique.

Je n'ai jamais oublié comment Felix, Jack Hawkins et moi, assis dans le bureau de recrutement, nous regardions en répétant sans cesse « J'irai si vous y allez » ou « Si vous vous engagez, je m'engage ». Je ne me souviens plus qui, le premier, a levé la main et juré de défendre le pays contre les envahisseurs étrangers, mais je ne lui ai jamais pardonné.

Bien que je me sois inscrit pour faire des photos aériennes ou pour servir dans le renseignement, un sergent un peu fouineur du bureau de formation découvrit que j'étais, en Californie, un fervent adepte des voitures gonflées et m'envoya en formation sur les moteurs d'avions. Après l'examen, l'Air Force exigea que je sois rattaché à Hickam Field, à Hawaï, pour travailler sur les énormes moteurs radiaux de vingt-huit cylindres équipant les C-97 Boeing Stratocruiser. Ces avions, dotés de larges hélices, étaient utilisés pour transporter le personnel et les fournitures urgentes en Corée et ramener les blessés vers les hôpitaux des Etats-Unis.

Pendant les trois années que je passai à Oahu, mes copains Dave Anderson et Al Giordano — un Italien plein de cran et d'esprit qui me servit de modèle pour l'Al Giordino de mes livres —, et moi-même explorâmes les jungles intérieures de l'île, cherchant des avions perdus, d'anciens tombeaux hawaïens et des personnes disparues. Je ne me rappelle pas que nous ayons jamais rien trouvé.

Nous sommes également devenus des pionniers de

la plongée sous-marine. Ceci se passait en 1951 et les équipements de plongée étaient à peu près inexistants. Nous fabriquâmes nos propres boîtes étanches pour nos appareils de photo, nos fusils sous-marins et nos flotteurs. Mon premier masque de plongée était un truc bizarre fabriqué en France. Il couvrait la totalité du visage, avec deux tubas surmontés de balles de ping-pong pour empêcher l'eau d'entrer. Si je me rappelle bien, il était en caoutchouc. Les premières palmes commercialisées ressemblaient à des charentaises avec des flaps.

Chaque fois que nous en avions l'occasion, nous plongions pour explorer les baies et les criques autour d'Oahu. Il m'est aussi arrivé de prendre mon équipement pour plonger autour de Midway et des îles de Wake, pendant les étapes de réapprovisionnement en carburant, lors des vols vers Tokyo. A cette époque-là, il était très rare de rencontrer un autre plongeur.

Souhaitant plonger plus profond, mes copains et moi commandâmes ce qui, d'après ce qu'on nous a dit, fut le premier caisson avec régulateur envoyé à Honolulu. Après l'avoir récupéré dans une caisse au magasin d'articles de sport, nous nous précipitâmes vers un hangar de maintenance d'avions où nous remplîmes le réservoir de deux cents livres d'air pas trop pur, extirpé d'un compresseur. Ensuite, chacun à notre tour, nous plongeâmes d'un récif dans vingt pieds d'eau. C'était bien avant qu'on exige les certifications des scaphandres autonomes que délivrent maintenant des instructeurs qualifiés. C'est un miracle que nous n'ayons souffert d'aucune des maladies engendrées par la plongée. Les aéro-embolies et les paliers de décompression étaient pour nous des termes vagues dont aucun plongeur amateur ne se souciait en 1951.

En revenant à la vie civile, j'ai tâté à nouveau de la fac mais j'ai vite découvert que rien n'avait changé. Je n'avais pas réfléchi à ce que je souhaitais faire de ma vie et les classes sentant le moisi me soulevaient le cœur. Préférant décidément l'odeur du pétrole et de l'essence, mon vieux copain Dick Klein et moi achetâmes une station-service au bord de l'autoroute de San Bernardino, à dix kilomètres de Los Angeles. Nous y restâmes quatre ans.

Pendant les week-ends, Dick et moi voyagions dans le désert de la Californie méridionale dans une vieille Mercedes décapotable de 1948 que nous avions transformée en y installant des roues de camion aux pneus énormes. Dommage ! En bon état aujourd'hui, cette voiture vaudrait le prix d'une neuve. Nous partions à la recherche de mines d'or perdues, de villes fantômes et de tout ce qui aurait pu ressembler à un objet oublié par d'anciens prospecteurs ou les premiers explorateurs espagnols. Nos recherches étaient généralement infructueuses mais nous nous amusions beaucoup à tirer sur les rochers, au loin, avec des pétoires anciennes.

Je devins enfin plongeur qualifié après avoir laissé tomber un boulot très bien payé dans la publicité à Hollywood pour un emploi dans une petite chaîne de magasins de matériel de plongée, dans le comté[1] d'Orange. Il y a une certaine méthode dans ma folie, malgré tout. J'avais décidé d'écrire des histoires sur la mer et quel meilleur endroit pour lancer ma carrière d'écrivain que le comptoir d'un magasin de plongée ? Don Spencer, Ron Merker et Omar Wood, plongeurs légendaires et propriétaires d'Aquatic Center, où l'on vendait du matériel aux plongeurs, se demandèrent de quel coin de la lune j'arrivais quand je posai ma candidature pour un boulot à 400 dollars mensuels après en avoir gagné 2 000 comme directeur de création d'une agence nationale de publicité. Mais ces deux types étaient aussi perspicaces que rusés — Spencer avait

1. Comté : division administrative américaine à peu près équivalente à un département français. *(N.d.T.)*

cédé sa place entre-temps. Ils avaient des doutes mais m'engagèrent. Nous devînmes bons amis et j'aurai toujours envers eux une immense dette de gratitude. Je me rappelle avec émotion le jour où Merker fit de moi un plongeur certifié, muni d'une carte officielle du comté de Los Angeles. Mes capacités de plongeur ne l'impressionnaient guère, même après que je lui ai rappelé que le Baron Rouge, Manfred Von Richthofen, qui avait abattu quatre-vingts avions alliés au cours de la Première Guerre mondiale, n'était jamais passé par une école de pilotage.

Avec une certaine inquiétude, il m'envoya à Catalina en tant que moniteur de plongée sur un bateau affrété, avec vingt autres plongeurs. Regarder le varech s'élever en spirales vers la surface, c'est une image que l'on n'oublie jamais. Pas plus que je n'oublierai la façon dont les plongeurs attaquaient la nourriture étalée sur le pont, tel un banc de barracudas sous-alimentés.

Utilisant mes talents cachés pour la promotion, je concoctais toutes sortes de plans délirants pour améliorer l'affaire, ce qui me valut de doubler les ventes en six mois. Après avoir installé quelques mannequins en bikini sur le trottoir devant le magasin, peint en orange fluorescent le réservoir de secours d'un avion que je posai sur le toit avec d'autres mannequins en bikini, je commençai à faire passer des messages loufoques sur un panneau publicitaire dans un parking. L'un de ces slogans, si je me rappelle bien, disait : « Gardez l'Amérique verte, bannissez les homards des autoroutes. » J'ai toujours été très fier du fait que nous ayons dépassé, de loin, les ventes de la boutique de plongée de Mel Fisher, sur Manhattan Beach. Bien sûr, Fisher eut le dernier mot quand il découvrit le galion espagnol *Atocha* chargé d'or.

Je suis aussi devenu une sorte de légende lorsque, mettant le nez dans le rapport des plongées enregistrées, je découvris que des plongeurs téléphonaient pour connaître l'état de l'eau avant de s'élancer dans les profondeurs.

Au lieu de l'austère et habituel « Voici le rapport de plongée d'Aquatic Center », et de la voix soporifique qui murmurait : « Le ressac est de 3 à 4 pieds[1], la température de l'eau est de 24° C, la visibilité de trois mètres », j'enregistrais : « Salut, les plongeurs, ici votre risque-tout préféré des mornes profondeurs, Horace P. Quagmire[2], qui vous annonce une fois encore le dernier rapport sur les conditions de plongée. » J'y ajoutais même quelques recettes pour accommoder les oreilles-de-mer. Et, comme je n'étais pas du genre à laisser passer une occasion, je terminais le rapport en énumérant certains articles en promotion. Ne me demandez pas pourquoi, mais les gens ont adoré ça. Les plongeurs californiens me demandent toujours de signer mes livres Horace P. Quagmire !

Quand les ventes ralentissaient, en milieu d'après-midi, je m'asseyais devant une petite table au fond du magasin et j'écrivais un livre appelé *Balades en Méditerranée* sur une machine à écrire portable. Après avoir décidé que j'avais enfin trouvé ma niche dans la vie et signé avec un agent littéraire de New York, Peter Lampack, je quittai à regret les magasins de plongée Aquatic Center pour poursuivre une nouvelle carrière d'écrivain. Spencer, Merker, Wood, je serrai les mains de tous. Ils eurent la gentillesse de m'offrir une montre de plongée Doxa au cadran orange dont je prends le plus grand soin depuis plus de vingt ans. J'ai fait de ces trois amis les personnages de mon livre *Renflouez le Titanic !*[3], devenu un best-seller et un film palpitant.

Soudain, et de façon tout à fait inattendue, avec le succès de *Renflouez le Titanic !*, j'ai enfin eu le temps

---

1. 1 pied = 0, 30 mètre.
2. Jeu de mots : *quagmire* = bourbier. *(N.d.T.)*
3. Laffont, 1977.

et l'argent nécessaires pour commencer à rechercher des épaves disparues.

En décembre 1977, je lus dans un des livres de Peter Throckmorton, doyen de l'archéologie marine américaine, qu'un Anglais, Sidney Wignall, était sur la trace du fameux navire de la guerre d'Indépendance, le *Bonhomme Richard* de John Paul Jones. Ce navire avait coulé après la bataille épique de Flamborough Head, dans la mer du Nord. Ayant étudié la célèbre bataille au cours de laquelle l'opprimé avait crié : « Je n'ai pas encore commencé à me battre » alors que son bateau était presque réduit à l'état d'épave, j'avalai l'hameçon en apprenant que Wignall cherchait quelqu'un pour l'aider à réunir les fonds nécessaires au lancement de ses recherches. Mes éditeurs anglais trouvèrent l'adresse de Wignall et je l'appelai. Gallois irascible, il supposa d'abord que j'étais une sorte d'escroc dérangé quand je lui offris tout à trac de financer une expédition pour localiser le *Richard*. Raisonnablement satisfait d'apprendre que je ne me promenais pas avec le chapeau de Napoléon, nous prîmes rendez-vous pour discuter des bases nécessaires à l'organisation d'une expédition de recherche dont le problème principal était le budget. Dans le cas présent, environ soixante mille dollars. Une paille !

Le coût final s'éleva à quatre-vingts mille dollars.

Sidney avait découvert un galion de l'Armada espagnole et tenté de trouver le cercueil de sir Francis Drake au large de Portobelo, au Panama. C'était un historien de premier ordre mais il n'avait aucun sens de l'organisation. J'aurais dû être un peu plus prudent avant de foncer dans l'inconnu mais, quand la fièvre des épaves m'égare, je plonge les yeux fermés. Je sais maintenant d'où vient l'expression « un bébé dans la gueule du loup ».

Plus tard, l'expédition fut au bord du fiasco. Des tonnes d'équipement inutile dont, entre autres choses, une chambre de décompression, furent embarquées à bord d'un vieux chargeur de mines anglais de la Deuxième Guerre mondiale, utilisé pour des relèvements géologiques par une équipe que je soupçonnais de travailler sous le nom de Shagnasty Barn Door and Oil Company [1]. Le Hollandais Volant naviguait sur un navire en meilleur état que celui-là. Ses moteurs diesel électriques dataient du frère aîné de Mathusalem et tombaient en panne avec une régularité désespérante au moins trois fois par jour. Les membres de l'équipage auraient fait fuir une troupe de motards mal lavés tant ils sentaient mauvais. Ces types croyaient que *bath* n'était qu'une ville d'Angleterre [2]. Il y avait un marin qui, pour une raison inexplicable, ne s'est jamais effacé de ma mémoire. Il s'appelait Gonzo. Je me souviens de son nom parce qu'il l'avait fait tatouer sur son front. Le bateau s'appelait le *Keltic Lord*. Comme je n'étais qu'un Américain borné, j'avais toujours cru que Keltic s'écrivait avec un C.

Tout le monde se rassembla à Bridlington, en Angleterre, une sorte de Las Vegas pour ouvriers, au mois d'août 1978. Plusieurs plongeurs de l'université du pays de Galles vinrent nous proposer leurs services. Ma fille et mon gendre, Teri et Bob Toft, étaient arrivés plus tôt pour travailler avec Sidney Wignall à monter l'embrayage et coller ensemble les pièces d'un vieux bateau qui servirait de ferry pour transporter l'équipe de chercheurs et les fournitures entre le *Keltic Lord* et la côte.

Gary Kozak, un vrai casse-cou, nous rejoignit pour faire fonctionner le scanner latéral, un instrument électronique qui enregistre l'imagerie acoustique du fond de la mer. L'image du signal sonar ressemble assez à

---

1. Compagnie pétrolière « Aimable comme une porte de prison ». *(N.d.T.)*

2. Ce qui est vrai mais « bath » signifie aussi « bain »... *(N.d.T.)*

une photographie qu'on aurait copiée trois ou quatre fois.

Marty Klein, un petit géant directeur de Klein Associates Inc., le constructeur de l'ensemble sonar, participa lui aussi à la chasse au *Bonhomme Richard*. En y repensant, je réalise que le scanner fut la seule unité, fabriquée ou non par l'homme, qui fonctionna sans défaillance. On me présenta également le colonel Walter Schob, qui s'était bien tiré du projet *Mary Rose* et s'était porté volontaire pour plonger quand — et si — nous trouverions les restes du navire de John Paul Jones. Si de mon initiation d'amateur pour monter une expédition de recherche d'épave il n'est pas sorti grand-chose, du moins Gary, Marty et Walt sont-ils devenus des amis très chers et le sont restés depuis presque vingt ans.

Ma femme Barbara, ma plus jeune fille Dana et mon fils Dirk ont également participé à l'expédition. J'ai trouvé réconfortant d'avoir des épaules amicales pour pleurer à mesure que le projet partait en quenouille. Nous habitions tous un hôtel sur la plage, l'Excelsior, dont on m'apprit que le nom était une forme latine de « haute excellence ». Un endroit intéressant. Je ne crois pas qu'il ait été modernisé depuis que les Romains sont repartis chez eux. Le parfum de ma femme y disparut, de même que l'appareil de photo de Teri.

Remarquant un soir que la literie était particulièrement froissée, je demandai à la femme de chambre si elle avait changé les draps ce jour-là.

Elle me regarda bizarrement et demanda :

— Vouliez-vous qu'on change les draps ?

Ah ! Oui ! Innocents à l'étranger, un point de perdu. Mais nous avons regagné ce point à la salle à manger. Dans la plupart des hôtels anglais du bord de mer, on vous alloue une table particulière pour prendre vos repas. Même les clients seuls bavardent d'un bout à l'autre de la pièce mais restent seuls, chacun à sa table.

J'étais généralement le premier levé le matin et je lisais le journal en prenant mon petit déjeuner. Quand Gary et Marty entraient, je les invitais à venir s'asseoir près de moi. Ensuite, Dana et Dirk allaient s'asseoir avec Teri et Bob. Tout ce ballet rendait fou le personnel de la salle à manger.

— Désolé, mais vous n'êtes pas supposé accueillir d'autres hôtes à votre table, me gourmanda le maître d'hôtel, le visage rougi par la tension nerveuse. Chaque client a une place désignée.

— Est-ce un privilège ou une sanction ? demandai-je innocemment.

L'humour lui échappa.

— Ces gens ne peuvent pas s'asseoir avec vous. Ils doivent déjeuner à leur propre table.

Je regardai Marty et Gary qui avaient saisi leurs couverts d'une poigne ferme.

— Je crois que ces messieurs sont heureux là où ils sont et qu'ils aimeraient consulter le menu.

— Ce n'est pas ainsi que nous organisons les choses ici, siffla le maître d'hôtel, exaspéré.

— Alors, soit vous les organisez à ma façon, soit j'irai me plaindre à la commission d'hygiène à propos des mouettes qui s'oublient sur le balcon de ma chambre.

Ce fut une toute petite bataille, mais je fus heureux de la gagner.

Les repas comprenaient des façons très créatives de manger des pommes de terre bouillies avec du ketchup et de la Worcestershire sauce. Une fois, j'ai demandé au barman de l'hôtel un Martini sec. Et c'est exactement ce qu'il me servit. Un vermouth de marque Martini, sec. Teri avait alors dix-huit ans. Qu'elle était mignonne ! Elle prit sur elle d'apprendre au barman à confectionner un bloody mary et quelques autres cocktails.

Le jour du début des recherches ne commença qu'à

environ onze heures du matin. La mer était assez grosse et le trajet en bateau, du dock au *Keltic Lord*, fut une véritable aventure. Lorsque nous arrivâmes près de son flanc, Gonzo et un autre homme d'équipage aidèrent tout le monde à grimper à bord. On m'ignora et on m'oublia sur le ferry-boat qui faisait eau, en plein orage. Je me cognais contre la coque à chaque vague, la main serrée sur la poignée de la valise contenant mon matériel de recherche, les cartes marines de la zone des recherches et un sac de cookies que ma femme y avait glissé de force. Mon fidèle équipage, ma loyale équipe de techniciens, tous étaient allés se mettre à l'abri dans la cuisine et buvaient du café.

Luttant pour enjamber le bastingage avec ma valise, je réussis enfin à atteindre la cuisine, trempé jusqu'aux os. Personne ne m'accorda ne serait-ce qu'un regard. Sid Wignall agissait comme si je n'existais pas. C'est alors que je mis au point le *rite de la main* qui me fut utile toute ma vie, chaque fois que j'eus affaire à des équipages et des équipes de plongeurs plus ou moins prêts à se mutiner. Je levai la main droite bien haut et demandai d'une voix forte :

— Est-ce que tout le monde voit bien cette main ?

Tous me jetèrent un regard indifférent en faisant silencieusement un signe affirmatif.

— Quoi qu'il arrive, continuai-je, un feu à bord, un choc contre un iceberg, une torpille lancée par un U-boat qui aurait oublié de se rendre, vous devez sauver cette main.

Le bon vieux Gonzo tomba dans le piège.

— Pourquoi devrions-nous bouger nos fesses pour sauver cette main, l'ami ?

J'avais le pouvoir. La Force était de mon côté. Je plongeai mon regard dans le sien et dis :

— Parce que c'est *cette main-là* qui signe les chèques.

Ce fut extraordinaire. En l'espace de trente

secondes, j'étais passé de Rodney Dangerfield à Arnold Schwarzenegger. Maintenant, c'est *moi* qu'on aiderait d'abord à monter sur le bateau. Gonzo devint mon copain et se débrouilla toujours pour que ma tasse soit pleine de café. Même le commandant commença à m'appeler « monsieur ». Je compris alors que la chasse aux épaves était bien la voie que je devais poursuivre.

A cause du retard pris lors des premiers jours de l'expédition, lorsque nous commençâmes à parcourir la grille de ratissage, c'est-à-dire à remorquer le scanner latéral d'avant en arrière comme on tond une pelouse, la moitié de la journée était déjà passée et nous dûmes retourner à Bridlington avant la nuit. Lorsque je fis part de ce problème à Sidney, il proposa une brillante solution.

— Demain, nous remonterons l'ancre et nous nous dirigerons vers la zone des recherches dès six heures du matin.

Ceci provoqua des grondements dans les rangs mais tous finirent par admettre que si nous voulions accomplir quelque chose, il fallait se bouger plus tôt.

L'équipe à terre arriva sur le quai à 5 h 30 précises. Le massif Walt Schob était déjà là avec le bateau, prêt à nous transporter à bord du *Keltic Lord*. Le pauvre Marty Klein avait l'air aussi malheureux qu'une langouste dans le désert. Gary Kozak avait la plus belle gueule de bois qu'il m'ait été donné de voir. Et ce n'était pas beau !

Lorsque nous atteignîmes le bateau, nous frayant un chemin dans un brouillard épais, les ponts étaient dépourvus de vie. L'équipage, l'équipe anglaise de plongeurs et Sidney dormaient à poings fermés, rêvant probablement de Yorkshire puddings. Les yeux brillants de fureur et de mépris non déguisé pour ceux qui n'avaient pas souffert ce que nous avions souffert, j'entrai en trombe dans les quartiers de l'équipage, frappai à coups de pied la porte de Wignall au point de l'arracher de ses gonds et hurlai :

— Si ce bateau n'est pas prêt à partir dans dix minutes, je vous attache à l'hélice !

Je dois reconnaître que Sidney fit preuve de beaucoup de compréhension. L'ancre fut remontée à grand bruit, le vieux moteur cracha un nuage de fumée noire qui s'échappa de la cheminée et la proue fendit l'eau huit minutes exactement après mon coup de gueule.

L'épave dont Sidney pensait qu'elle pouvait être le *Bonhomme Richard* se révéla n'être qu'un navire marchand coulé par un U-boat allemand pendant la Première Guerre mondiale. Ainsi tomba le rideau sur les débuts de mes aventures de chasseur d'épaves.

Six mois plus tard, j'eus la tristesse d'apprendre que le *Keltic Lord* et tout son équipage avaient disparu sans laisser de traces dans la mer du Nord, pendant un orage d'hiver. Je parie que les pubs de la ville portuaire de Hull n'ont plus jamais été les mêmes depuis que Gonzo ne les fréquente plus.

A la surprise générale, je ne restai pas au tapis. J'entamai le second round. J'organisai une autre expédition pour l'année suivante. Wayne Gronquist, d'Austin, au Texas, avocat et président possible de la NUMA, suggéra que, pour payer moins d'impôts, nous devrions nous grouper en fondation à but non lucratif. Wayne remplit les papiers à Austin et nous devînmes ainsi une association texane à but non lucratif. Au début, les administrateurs voulurent la baptiser Fondation Clive Cussler. Je ne suis pas un homme modeste. Mais mon ego n'est pas à ce point monstrueux. Je refusai l'idée. Ils décidèrent alors qu'il serait amusant de lui donner le nom de l'agence gouvernementale qui emploie le héros de mes livres, Dirk Pitt. Tout le monde fut d'accord et c'est ainsi que naquit la « National Underwater and Marine Agency ». Maintenant, je pouvais affirmer : « Mais oui, Virginia, il existe réellement une

NUMA, une NUMA vouée à la préservation de l'héritage maritime américain en repérant et en identifiant les navires historiques perdus avant qu'ils ne disparaissent à jamais. »

La seconde tentative pour localiser le *Bonhomme Richard* fut chapeautée par un ancien capitaine de frégate de la Navy[1], Eric Berryman. Nous couvrîmes un territoire dix fois supérieur pour un coût égal à moins de la moitié de ce que nous avait coûté la première tentative. Au cours de ce voyage, j'eus la bonne fortune de rencontrer et de travailler avec Peter Throckmorton et Bill Shea, de l'université de Branders. Tous deux devinrent administrateurs de la NUMA. Je trouvai aussi un bateau solide et confortable nommé l'*Arvor III*, un yacht curieusement construit selon les spécifications d'un chalutier écossais. Le skipper de l'*Arvor III* était un indomptable Ecossais du nom de Jimmy Flett, l'un des hommes les plus remarquables que j'aie connus. Même avec cette équipe de premier plan, nous ne réussîmes pas à trouver l'insaisissable *Bonhomme Richard*. Mais nous pûmes cependant identifier un chalutier russe espion qui avait mystérieusement coulé peu de temps avant notre découverte. La Royal Navy[2] en fut immédiatement informée et lança une enquête sous-marine classée top secret. Je n'ai jamais appris quels secrets ils avaient bien pu trouver.

Un jour, j'essaierai encore. Gary Kozak me dit une fois :

— Les épaves, on ne les trouve que lorsqu'elles ont décidé d'être trouvées.

J'espère que, la prochaine fois, le *Richard* aura la gentillesse de nous faire un petit signe.

La NUMA était maintenant une réalité, avec des membres très prudents et respectés en tant qu'adminis-

---

1. Marine des Etats-Unis.
2. Marine britannique.

trateurs et conseillers, parmi lesquels Don Walsh, qui fit la plongée la plus profonde dans l'océan à bord du *Trieste* ; Doc Harold Edgerton, l'énergique et prodigieux inventeur du scanner latéral et de la lumière stroboscopique. Et aussi l'amiral Bill Thompson, qui dirigea presque à lui tout seul la souscription et la construction du Mémorial de la marine, à Washington. Ensemble, nous établîmes un programme sérieux de projets de recherche d'épaves.

Après les expéditions ratées de 1978 et 1979, nous tournâmes nos entreprises vers les côtes de notre pays et, en été 1980, nous fîmes notre premier essai pour trouver le *Hunley*, un sous-marin confédéré. Les premières recherches furent concentrées sur une petite grille de 800 mètres à partir de la crique par laquelle le *Hunley* était sorti de Charleston, en Caroline du Sud, avant de torpiller le *Housatonic*, un sloop de guerre yankee. Après l'attaque, le bâtiment et les neuf membres de son équipage disparurent, ignorant à jamais qu'ils étaient entrés dans l'Histoire pour avoir été le premier sous-marin à couler un navire de guerre.

Il devint bientôt évident, après les recherches et les premiers sondages du fond marin au large de Charleston, que le *Hunley* s'était peu à peu enterré dans le limon tendre qui recouvre le fond au large de la côte. Nous découvrîmes que les restes du *Housatonic* s'étaient également frayé un chemin au-dessous du fond.

Le seul instrument généralement utilisé pour localiser un objet caché enterré sous l'eau salée est le magnétomètre. Si le scanner latéral est le bras droit de tout chercheur d'épaves, le magnétomètre est son bras gauche. Les deux détecteurs de métal les plus fréquemment utilisés pour trouver et mesurer l'intensité magnétique d'un objet métallique enterré sont le magnétomètre à protons et le gradiomètre. Tous deux font en gros la même chose mais utilisent des systèmes de mesure différents.

N'ayant trouvé aucune trace du *Hunley* près du littoral, nous comprîmes qu'il fallait largement étendre la grille.

En 1981, nous retournâmes sur les lieux avec une expédition bien organisée. Alan Allbright, archéologue marin en chef auprès de l'université de Caroline du Sud, se montra très coopératif. Il nous prêta un bateau et une équipe de plongeurs. Bill Shea s'occupa de faire fonctionner le magnétomètre à protons qu'il avait lui-même fabriqué avec Walt Schob, qui manœuvra, lui, le bateau de recherche de long en large sur les couloirs de la grille. Une seconde embarcation, un bateau de plongée, le suivait pour vérifier toute anomalie relevée par le mag de Bill. Les opérations de plongée étaient dirigées par Ralph Wilbanks, un archéologue de l'Etat qui représentait l'université.

Pour garder le bateau de relèvement sur une position toujours précise, on utilisa l'unité de navigation Motorola Mini Ranger avec, à terre, mon fils Dirk. Dans une caravane de location chaude comme un four, les yeux fixés sur un graphique, il donnait les indications permettant à Schob de rester en ligne droite pendant qu'il parcourait les étroites bandes de trente mètres de la grille.

Bien que nous ayons couvert plus de huit cents kilomètres de ces couloirs de recherche, nous ne passâmes jamais au-dessus de la tombe du *Hunley*. Notre bateau de plongée découvrit cependant les restes de quatre forceurs de blocus confédérés, les cuirassés de l'Union *Weehawken* et *Patapsco* ainsi que le cuirassé à double citadelle, le *Keokuk*. Nous commencions enfin à être efficaces.

Après chaque expédition, nous dressions ce que nous appelons une attribution de diplôme pour chaque personne ayant participé au projet. En étudiant les dix-sept volontaires qui avaient travaillé si durement pour trouver le *Hunley* et tant accompli pour découvrir d'autres épaves de la guerre de Sécession, je me demandai ce qu'un équipage moins pauvre et moins avare de son temps serait capable d'accomplir.

Au printemps 1982, armés du fidèle gradiomètre de Schonstedt une fois encore prêté par un homme merveilleux et généreux, Eric Schonstedt, qui soutint sans relâche la NUMA, Walt Schob et moi-même partîmes pour une recherche d'épaves dans la partie inférieure du Mississippi. A l'aéroport, nous avions loué un break. Nous traversâmes La Nouvelle-Orléans et descendîmes le delta du fleuve jusqu'au bout de l'autoroute vers une ville appelée Venice, le dernier endroit où l'on pouvait trouver des provisions et des marins en partance pour les plates-formes pétrolières offshore.

Là, nous affrétâmes un petit bateau en aluminium de 4, 80 mètres, appartenant à un pêcheur cajun taciturne. Le premier jour, il prit mon argent et ne nous adressa plus la parole. Le troisième jour, il comprit que nous étions des gens sympathiques et se mit à nous raconter des blagues en cajun. Comme je m'étais cassé la cheville droite deux jours auparavant et que je portais un plâtre jusqu'au milieu du mollet, il me prêta gentiment une chaise longue pour que je m'installe confortablement à l'avant, ma jambe plâtrée posée sur le plat-bord du bateau, au-dessus de l'eau boueuse de la rivière, comme un bélier.

Au cours de trois jours de fouilles, nous trouvâmes les cuirassés confédérés *Manassas*, près d'un tas de tuyaux métalliques, et *Louisiana*, tous deux identifiés sur place plus tard par une équipe scientifique du Texas, A & M. Nous découvrîmes aussi les restes des canonnières *Governor Moore* et *Varuna*, coulées pendant la bataille des forts, lorsque l'amiral David Farragut et les navires de guerre de la flotte yankee conquirent La Nouvelle-Orléans.

Walt et moi fîmes des adieux chaleureux au pêcheur et nous rendîmes à Baton Rouge pour chercher le célèbre cuirassé confédéré *Arkansas*, dont nous parlerons plus en détail dans un des chapitres de cet ouvrage.

Ce fut vraiment une opération peu onéreuse. Entre autres choses, nous avons pu prouver que l'on peut accomplir beaucoup quand on s'engage à fond. Ce qui nous coûta le plus cher, dans ce projet, ce fut les billets d'avion. Une pensée à se rappeler : si quelque chose manque encore quand le temps a passé, dans quatre-vingt-dix pour cent des cas, c'est parce que personne ne l'a cherché. Et aussi parce qu'inévitablement, le temps enterre tout souvenir des lieux.

Pour s'embarquer à la recherche d'une épave disparue, qu'il s'agisse d'un tumulus indien, d'or en barres, de pièces d'argent ou de pots de chambre en porcelaine, il n'est pas nécessaire d'être soutenu par le gouvernement ou par une université. Il n'est pas non plus nécessaire d'avoir des tonnes d'équipement. Ni d'avoir hérité d'un million de dollars. Tout ce qu'il faut, c'est du dévouement, de la persévérance et une bonne bride à votre imagination afin de ne pas se laisser emporter dans une chasse au merle blanc. Certains objets ne seront jamais retrouvés. D'autres n'ont en fait jamais été perdus. Certains encore n'ont existé que dans l'imagination de quelqu'un et un grand nombre d'entre eux sont très loin de l'endroit où ils sont censés reposer.

Le *Sultana*, bateau à aubes du Mississippi, en est un excellent exemple. C'était un bateau luxueux transportant des passagers de La Nouvelle-Orléans à Saint Louis. Peu après la guerre de Sécession, un cupide officier yankee qui recevait de la compagnie vingt-deux dollars pour chaque militaire transporté empila 2 400 militaires à bord. Une bonne partie de ce troupeau était constituée de prisonniers très mal traités, qui venaient d'être relâchés de l'infâme prison confédérée d'Andersonville et retournaient dans leurs familles. Le *Sultana* transportait également 80 passagers payants et 40 mules. Une photo prise alors qu'il était ainsi chargé donne une impression étrange, fantomatique. Toutes les silhouettes peu claires entassées sur le rouf ou sur les ponts, y compris les mules, ressemblent à des spectres.

A environ 25 kilomètres au-dessus de Memphis, dans le Tennessee, à deux heures du matin le 27 avril 1865, une chaudière du *Sultana* explosa et en fit un brasier ardent avant qu'il ne coule dans un nuage de vapeur et de fumée. 1 800 personnes au moins moururent, peut-être même 2 100. Ce désastre est aujourd'hui considéré comme la pire tragédie de l'Histoire américaine.

Pendant l'été 1982, Walt Schob et moi travaillâmes avec un avocat de Memphis, Jerry Potter, l'expert le plus éminent du désastre et auteur du livre *The Sultana Tragedy*. Utilisant le gradiomètre, nous parcourûmes des couloirs de recherche au-dessus de divers sites au nord de la ville, sur terre parce que le cours du Mississippi s'est beaucoup transformé depuis 1865. Potter rappela que Mark Twain avait une fois écrit : « Un jour, un fermier mettra au jour un morceau du vieux *Sultana* en passant sa charrue et en sera tout surpris. » Twain se révéla prophétique. La coque brûlée du *Sultana* fut finalement découverte à une quinzaine de mètres de l'endroit que j'avais estimé, à trois kilomètres des rives actuelles du Mississippi, à 6, 50 mètres de profondeur, dans le champ de haricots d'un fermier de l'Arkansas.

La clef de tout, c'est la recherche. On n'en fait jamais assez. C'est tellement essentiel que, je le répète, *on ne fait jamais assez de recherche*. Sans une grille de la taille d'un stade de base-ball pour assurer des limites raisonnables à la recherche, vous perdrez votre temps et votre argent et vous n'aurez guère plus de chances de succès que si vous cherchiez à trouver la flûte de Pan ou les gamins de votre quartier sur Mars. Bien sûr, vous pouvez avoir de la chance, mais ne pariez pas trop là-dessus. C'est une probabilité de cent contre un et même ainsi, la possibilité de victoire est extrêmement mince. Mille contre un ? Ça ne vaut pas le coup.

La recherche peut abaisser le taux de probabilité ou vous indiquer franchement qu'il n'y a rien à trouver. Je ne compte plus le nombre de projets que j'ai écartés sans la moindre tentative d'exploration parce que les données indiquaient qu'il s'agissait d'une cause perdue. Un bateau disparu dans le golfe du Mexique, un navire évaporé pendant un voyage des Bermudes à Norfolk, un voilier sombré dans l'oubli quelque part entre San Francisco et Los Angeles, oubliez-les. Sans un bon indice, la grille de ratissage pourrait s'étendre sur 150 000 kilomètres carrés.

Si et quand ils décident de se laisser découvrir, ce sera toujours par hasard. La mise au point et l'étude de ces recherches sont ce que je préfère. J'ai souvent dit que si mon épouse me flanquait un jour à la porte, je prendrais un sac de couchage et j'irais m'installer dans les sous-sols d'une bibliothèque. Rien ne vaut le ravissement qu'on éprouve en sachant qu'on a mis le doigt sur un objet disparu et par conséquent trouvé la réponse à un mystère réputé insoluble depuis une poussière de siècles.

Bien des gens s'imaginent que la recherche d'un bateau perdu est une aventure excitante et pleine d'imprévu. Je ne peux parler pour les grandes pointures, les vieux professionnels comme Bob Ballard et son équipe du Wood's Hole Institute, mais pour les amateurs, ce n'est jamais une partie de plaisir.

En réalité, la recherche proprement dite est la chose la plus fastidieuse du monde. Vous êtes dans un petit bateau que les vagues assaillent de toutes parts de l'aube au crépuscule, trempé de sueur à cause du climat humide, luttant contre le mal de mer en observant les petites lignes gribouillées sur le papier millimétré. Et pourtant, quand apparaît une image sur l'écran du sonar, ou quand le marqueur balaye toute la largeur du papier alumineux du magnétomètre, vous savez qu'il y a là une anomalie ou une cible qui correspond à la signature que vous cherchez. Alors l'impatience devient insupportable. Ensuite, quand les plongeurs remontent et annoncent qu'ils ont identifié l'objet de votre recherche, l'ennui, la sueur, les larmes et les dépenses engagées sont oubliés. Une vague de triomphe vous emporte, plus forte que la plus forte jouissance. Enfin, presque.

Je reçois dix à vingt lettres par semaine de gens se portant volontaires pour consacrer leur temps et leur énergie à la NUMA. J'ai toujours de la peine à devoir refuser leurs offres généreuses. Beaucoup croient que nous sommes une grosse société avec un immeuble de dix étages sur pilotis au milieu de l'océan. La vérité m'oblige à dire que nous n'avons ni bureaux, ni employés, ni même un bateau à nous. Nous avons essayé, un an ou deux, d'installer la NUMA dans un bureau, sous l'efficace direction de Craig Dirgo, mais il y avait si peu de travail — quand il y en avait — que nous l'avons fermé. Les expéditions n'ont lieu que lorsque ça me chante, ce qui arrive rarement plus d'une fois par an.

Notre équipe de volontaires est restreinte. Certains sont plongeurs, la plupart sont des mordus de l'Histoire maritime et des techniciens en électronique. Lorsque nous nous rendons dans un endroit particulier pour chercher un navire perdu, nous affrétons un bateau et nous invitons des plongeurs locaux, familiarisés avec les eaux dans lesquelles nous allons travailler. Assez souvent, des membres des sociétés archéologiques locales se joignent à nous.

Etant donné que la plupart des expéditions sont financées par les droits d'auteur de mes livres, sans aucun apport de dons ou de subventions, mon épouse, qui tient ma comptabilité, et, oui, mon percepteur pensent que je devrais subir au plus vite une lobotomie car je m'engage dans ces folies sans en retirer ni bénéfice ni gain. En fait, c'est la première fois en presque vingt ans que je couche mes aventures sur le papier. Ecrire à la première personne est pour moi une expérience nouvelle, qui me donne néanmoins l'occasion de nommer et de remercier tous ces gens merveilleux qui soutiennent la NUMA.

S'il existait davantage de fous de mon espèce prêts à dépenser leur argent sans le moindre espoir de retour, nous pourrions mettre plus de projets en chantier. Certaines personnes ont parlé des sommes énormes qu'elles étaient disposées à dépenser pour permettre à la NUMA de chercher des épaves légendaires. Mais elles n'ont jamais accordé leurs chéquiers à leurs paroles. Je voudrais bien avoir une bouteille de bière pour chaque personne qui m'a proposé de contribuer à chercher une épave et qui s'est rétractée à la dernière minute. Je pourrais ouvrir un bar rien qu'avec leurs promesses. Certains ont beaucoup promis mais personne n'est jamais venu m'apporter un centime. Dommage pour eux car ils ne connaîtront jamais l'excitation de la chasse ni la satisfaction de la découverte.

La seule personne de ma connaissance qui partage vraiment mon amour de la recherche et qui soit prête à mettre de l'argent sur la table, c'est Douglas Wheeler, un chef d'entreprise de Chicago. Il est toujours là quand la NUMA se lance dans une nouvelle recherche vers l'inconnu.

Tout excentrique que je sois, je n'ai jamais cherché de trésor ni pris aucun objet que la NUMA a remonté du site d'une épave. Tous les objets trouvés ne sont utilisés que pour identification et sont ensuite conservés et donnés à des musées. Nous ne gardons rien. Les visiteurs et les amis qui viennent chez moi sont stupéfaits de n'y trouver aucun objet remonté du fond des mers. Mes seuls souvenirs sont les treize modèles réduits que j'ai construits avec certaines pièces de bois d'épaves que la NUMA a découvertes, les bouées attachées au *Hunley* quand mon équipe a plongé la première fois et une bouée de sauvetage provenant du *Arvor III*.

Pourquoi fais-je ce que je fais sans bénéfice financier et malgré de fréquents échecs ? En vérité, je n'en sais rien. La curiosité, peut-être ? Un désir pressant de réussir ce qui, trop souvent, confine à l'impossible ? Pour trouver quelque chose que personne d'autre n'a jamais trouvé ? Nous ne sommes pas nombreux, dans ce milieu, à n'agir que pour cette folie commune.

Alan Pegler est l'un de ceux qui ont osé répondre à l'appel de l'inconnu. M. Pegler, un homme jovial à l'épaisse moustache, était propriétaire d'une florissante fabrique de plastique. Un matin, après son petit déjeuner, il lut dans le *London Times* que le *Flying Scot*, le célèbre train express qui reliait Edimbourg à Londres pendant les années 20 et le début des années 30, allait être mis à la ferraille et vendu. Il contacta le directeur de la Compagnie des chemins de fer et acheta la vieille locomotive majestueuse et ses wagons avant qu'on ait eu le temps de les détruire. Il fit ensuite remettre en état le train entier dans sa gloire d'origine. Ne voulant pas laisser ce train superbe dans un musée, il promena le *Flying Scot* partout en Angleterre et aux Etats-Unis.

Malheureusement, cela lui coûta une somme exorbitante et le mena à la banqueroute. Il put cependant donner le train à une fondation à but non lucratif qui l'entretient et le fait fonctionner pour le public. Des gens, jeunes et vieux, peuvent ainsi s'émerveiller des bruits de la locomotive à vapeur qui les promène dans la campagne sous une colonne de fumée noire et des jets de vapeur blanche.

A l'audience de banqueroute, un juge plutôt sévère admonesta Pegler :

— Vous ne devez cette faillite qu'à votre enthousiasme excessif pour les chemins de fer. Le *Flying Scot* a été votre folie.

Pegler, incroyablement enjoué étant donné les circonstances, répondit :

— Bien sûr, je ne peux pas dire que je ne regrette pas d'avoir perdu tout mon argent, ma maison, ma gentilhommière à la campagne, ma villa en Italie, ma Bentley et ma Volvo, ni de ne plus posséder que ce que j'ai sur le dos. Mais je ne regrette pas une seconde d'avoir acheté le *Flying Scot*. Il a été sauvé et tout cela en a donc valu la peine.

De toute évidence, Alan Pegler est un homme selon mon cœur.

Ce qui suit constitue les chroniques des épaves perdues et des remarquables efforts d'un groupe de volontaires dévoués de la NUMA, qui ont travaillé dur et longtemps pour les trouver. Les gens dont j'ai fait le portrait, passé et présent, existent ou ont existé. Les événements historiques, cependant, bien que fondés sur des faits réels, ont été un peu romancés pour donner au lecteur une vue plus vivante de l'action.

## PREMIÈRE PARTIE

# LE VAPEUR « LEXINGTON »

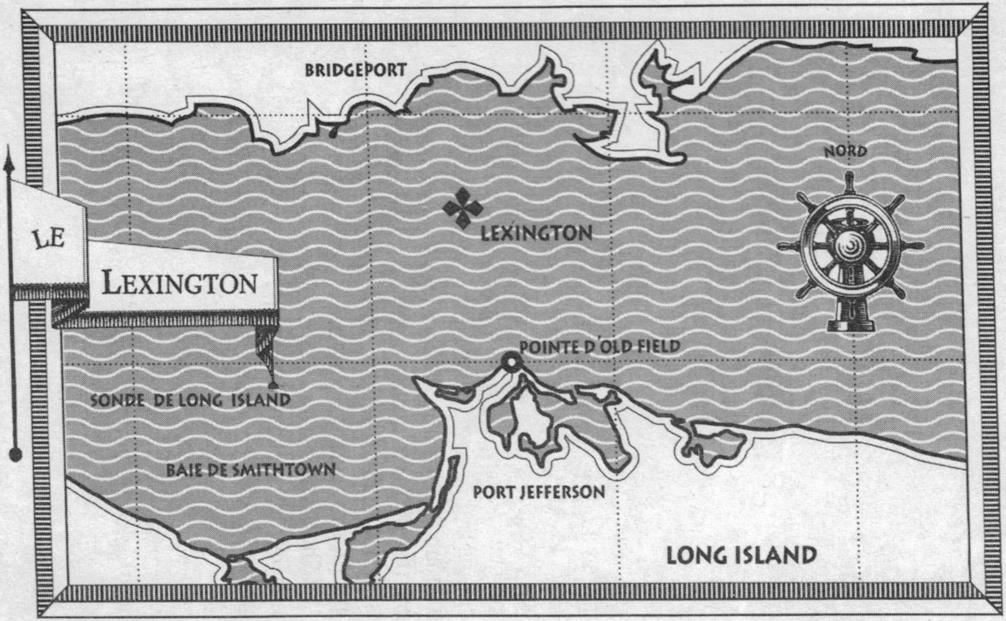

LE
LEXINGTON
BRIDGEPORT
NORD
LEXINGTON
POINTE D'OLD FIELD
SONDE DE LONG ISLAND
BAIE DE SMITHTOWN
PORT JEFFERSON
LONG ISLAND

I

# Une fin en pleine lumière

*Lundi 13 janvier 1840*

Descendant d'un élégant fiacre à deux roues, le grand homme barbu frissonna et enfouit son menton dans le col de son manteau. Il posa son sac de voyage sur la chaussée glacée et tendit l'argent au cocher haut perché au-dessus de la voiture. L'homme prit son temps pour regarder sa montre de gousset. Les chiffres romains du cadran indiquaient quinze heures deux. Il vérifia que son billet était bien rangé dans la poche de son manteau et se hâta de traverser la gare maritime jusqu'à la jetée d'en face.

L'homme barbu avait réservé un passage sur le *Lexington*, un navire à vapeur partant de New York pour Stonington, dans le Connecticut, d'où les passagers prendraient le train pour Boston. Il rentrait chez lui, où il était professeur de langues modernes à Harvard, après avoir donné trois conférences et vendu son tout dernier poème. Il ne restait jamais plus longtemps qu'il n'était nécessaire dans un petit hôtel de New York. Il ne se sentait pas à son aise en ville et il lui tardait de retrouver sa femme et ses enfants.

Il vit la fumée noire s'échapper des hautes cheminées à l'avant du vapeur et entendit la sirène. Il se mit à courir follement sur les planches de bois de la jetée, bousculant la foule des passagers qui venaient de quitter le steamer *Richmond*. Il sentit monter en lui une appréhension qui se transforma bientôt en frustration.

Trop tard ! Il avait manqué le bateau.

Les manœuvres avaient relevé la passerelle et les amarres du navire avaient déjà été remontées. Quelques mètres seulement séparaient le quai de la coque du bateau. L'homme fut tenté de sauter à bord mais un coup d'œil à l'eau froide et menaçante l'en dissuada.

Le commandant se tenait près de la porte ouverte de la timonerie, regardant le retardataire. Il sourit et haussa les épaules. Quand un bateau avait levé l'ancre et quitté le quai, aucun commandant ne faisait marche arrière pour accueillir le retardataire. Il fit un geste vague au passager déçu et entra dans la timonerie dont il ferma la porte, heureux de retrouver la chaleur de la chaudière ventrue à côté de la grande roue du gouvernail.

Sur la jetée, l'homme haletait et son visage normalement pâle avait viré au cramoisi. Il piétina les planches de la jetée pour faire tomber les morceaux de glace de ses chaussures et regarda le steamer le plus rapide du Long Island Sound se glisser dans l'East River, ses roues à aubes fouettant l'eau gris-vert. Il ne remarqua pas le docker qui, passant près de lui, tirait sur sa pipe. L'inconnu montra de la tête le navire qui s'éloignait.

— Il est parti sans vous ? demanda-t-il.

— Si j'étais arrivé dix secondes plus tôt, j'aurais pu sauter à bord, répondit le passager laissé-pour-compte d'un ton désabusé.

— Il y a de la glace qui se forme dans le Sound, dit le docker. Ce n'est pas une nuit pour faire le voyage.

— Le *Lexington* est robuste et rapide. Je l'ai pris des dizaines de fois. Je suis sûr qu'il arrivera à Stonington ce soir à minuit.

— Peut-être que oui, peut-être que non. Si j'étais

vous, je remercierais le ciel de pouvoir rester bien au chaud à terre jusqu'au départ du prochain bateau, demain matin.

L'homme coinça son sac de voyage sous son bras et enfonça ses mains gantées dans les poches profondes de son manteau.

— Maudit retard ! grommela-t-il. La dernière chose que je souhaite, c'est de passer une nuit en ville !

Il jeta un dernier regard au steamer qui entamait la remontée de la rivière dans l'eau froide et peu engageante puis se tourna et marcha vers la gare maritime, ignorant que les quelques mètres entre le quai et le navire en marche l'avaient sauvé d'une mort horrible et violente.

— J'aurais parié que cet imbécile allait sauter à bord, dit le commandant George Child.

Le pilote du *Lexington*, le commandant Stephan Manchester, tourna la tête sans lâcher le gouvernail.

— Je ne comprends pas pourquoi les passagers attendent la dernière minute pour embarquer.

Child marcha jusqu'à l'avant de la timonerie et regarda le thermomètre accroché à l'extérieur du panneau vitré.

— A peine quatre degrés au-dessus de zéro. Il fera sûrement moins cinq avant la fin de la nuit.

— Nous rencontrerons de la glace avant d'arriver à Stonington, commenta Manchester.

— Ce bon vieux *Lex* est le plus solide du Sound. (Child tira un cigare de sa poche et l'alluma.) Il nous amènera à bon port.

Officier de marine expérimenté qui menait depuis quatre ans les steamers traversant le Sound, Child était capitaine sur le *Mohegan*, un autre paquebot à vapeur de la ligne. Mais cette nuit, il remplaçait le commandant titulaire du navire, Jacob Vanderbilt. Le propre frère du commodore Cornelius Vanderbilt, qui commençait à amasser une fortune dans le transport maritime et ferroviaire. On l'appelait « Jack l'Intrépide ». Sa réputation était en effet celle d'un homme hardi à la limite de l'imprudence. Il avait souvent mené le *Lexington*, au cours des traversées du Long Island Sound, à une vitesse exagérée. Heureusement pour lui, il était ce soir-là couché avec un gros rhume et avait dû, à contrecœur, laisser le commandement à Child.

Contrairement à Jack Vanderbilt, George Child était un skipper prudent qui laissait peu de chances au hasard.

Il se tenait près de Manchester tandis que le pilote se concentrait sur la navigation du *Lexington* pour passer les courants dangereux de Hell Gate[1]. A partir de là, les goulets tortueux de l'East River s'élargissaient un peu jusqu'à ce que le navire passe le Throgs Neck et pénètre les eaux souvent traîtresses du Sound.

Il quitta la douce chaleur de la timonerie et fit une rapide inspection de la cale. L'espace sous le pont promenade était rempli d'environ cent cinquante balles de coton, certaines empilées à près de trente centimètres du coffrage de la cheminée. Pour une raison obscure, Child ne prit pas garde au fait qu'il y avait là une grande concentration de coton inflammable, entassé tout près du coffrage qui avait pris feu quelques jours auparavant. Sachant que les réparations nécessaires avaient été effectuées, il ne prêta pas attention au danger.

Le reste du fret, en caisses de bois, était rangé contre les plaques entourant le moteur. Convenablement attaché, il ne risquait pas de glisser sous les coups de boutoir des grosses vagues ; il alla donc dans la cabine où s'activait Jesse Comstock. Le commis du bateau était occupé à compter l'argent remis par les passagers qui payaient leur repas à l'avance. Child n'interrompit

1. Les Portes de l'enfer.

pas Comstock mais passa une écoutille et descendit une échelle jusqu'à la partie centrale du bateau où se trouvaient le moteur et les chaudières.

Le *Lexington* était actionné par l'une des machines à vapeur les plus efficaces de l'époque, construite par la West Point Foundry. Il avait un moteur à balancier vertical, appelé balancier de battage, mû par un cylindre à vapeur de 1, 20 mètre de diamètre avec un piston de 3, 30 mètres. La tige de piston du moteur était reliée à un long arbre qui actionnait le pivot avant sur le balancier de battage et transformait ainsi les poussées à l'arbre avant qui à son tour actionnait la manivelle faisant tourner les grosses roues à aubes de 10 mètres de diamètre du *Lexington* avec leurs 3 mètres d'envergure. Ses chaudières avaient été prévues pour brûler du bois mais on les avait modifiées pour fonctionner au charbon.

Quand une pleine hauteur de vapeur approchait la zone rouge sur les jauges de pression, le bateau fendait l'eau à près de 25 milles[1] à l'heure, plus rapide que la plupart des forceurs de blocus confédérés vingt ans auparavant.

Courtland Hemstead, le chef mécanicien du paquebot, observait les aiguilles tremblantes sur les cadrans de ses jauges de vapeur en cuivre quand Child lui mit la main sur l'épaule.

— Dès que nous aurons passé Sands Point, monsieur Hemstead, remettez du charbon, dit Child en parlant assez fort pour couvrir le rugissement des chaudières et les bruits de la vapeur. Je veux une pleine vitesse.

— « Arriver avant le jour », c'est notre devise, rappela Hemstead en crachant le jus de sa chique dans la cale. Dommage que le commandant Jack soit couché

1. 1 mille = 1, 860 km.

avec de la fièvre et que vous ayez dû quitter le coin de votre cheminée pour faire la traversée ce soir.

— Je préfère naviguer dans le froid de janvier que dans un orage de novembre.

— Le froid est le moindre de mes soucis, ici, près des chaudières.

— Profitez-en pendant que vous le pouvez, dit Child en riant. Quand l'été arrivera, vous aurez plus chaud qu'en enfer.

Hemstead se retourna et cria des ordres aux chauffeurs Benjamin Cox, Charles Smith et aux deux autres aides qui lançaient de grosses pelletées de charbon dans les gueules des chaudières. Child profita encore un moment de la chaleur puis remonta l'échelle et se dirigea vers le carré du commandant pour se laver et se préparer à dîner avec les passagers.

Manchester laissa la barre à son second, Martin Johnson. Il essuya la vitre qui s'était embuée à l'intérieur et jeta un coup d'œil au fanal de Kings Point.

— Trois degrés sur bâbord, dit-il à Johnson.

Il prit une longue-vue sur la table et suivit du regard une goélette qui approchait, venant d'en face, sur bâbord. Il nota qu'elle donnait de la bande sous le vent, sous l'effet d'une brise vigoureuse. Il reposa la longue-vue et étudia le Sound, droit devant. Le soleil s'était couché derrière l'île de Manhattan, dans le sillage du *Lexington*, et l'obscurité tombait maintenant sur le fleuve. Les quelques morceaux de glace qu'il apercevait étaient pour la plupart assemblés sur la surface plus calme, autour des petites anses de la rive. Rien ne l'inquiéta en regardant les eaux obscures. Maintenant qu'ils naviguaient dans la partie ouverte du Sound, la zone la plus dangereuse du voyage était derrière eux et il commença à mieux respirer. Il se sentait en sécurité sur le *Lexington*. C'était un bateau solide et construit pour supporter sans dommage le gros temps.

Sa quille avait été posée par Bishop & Simonson,

de New York, par un chaud lundi de septembre 1834. Contrairement aux steamers imaginés plus tard par des hommes qui traceraient des plans détaillés, ils avaient fabriqué un modèle réduit en bois de la coque puis l'avaient ensuite modifié en fonction des fantaisies du commodore Vanderbilt jusqu'à ce que les résultats lui plaisent. Ensuite, en se guidant sur le modèle réduit, ils avaient dessiné à la craie les plans grandeur nature. Après quoi, les charpentiers les plus habiles de leur temps avaient taillé et assemblé les pièces de sa charpente.

Cornelius Vanderbilt, connu pour être au moins aussi avare qu'Ebenezer Scrooge, faisant fi de sa réputation, ouvrit ses coffres pour faire du *Lexington* le plus beau paquebot de l'époque. Il dépensa une fortune considérable pour l'orner de bastingages, portes de cabines, escaliers et panneaux intérieurs en bois de teck. Le salon et la salle à manger, luxueux, comprenaient la cabine principale. Tous les éclairages de pont, les rideaux et les meubles étaient de la meilleure qualité et auraient fait honneur aux plus belles maisons de New York.

Le commodore avait surveillé chaque étape de sa construction et imaginé quantité d'innovations très modernes qu'il y fit installer. Il insista pour qu'on utilise le chêne blanc et le pin jaune les mieux séchés pour fabriquer ses poutres et ses planchers. Il fit appliquer les normes de résistance de Town's Patent for Bridges afin de lui assurer une solidité maximale. La coque était un modèle de résistance, avec un châssis très lourd, inhabituel pour la plupart des bateaux de son temps et même du futur.

On ne lésina pas sur la sécurité. La cheminée était solidement gainée entre les ponts et les cendres passaient dans un large tuyau fixé dans la coque, par lequel elles étaient rejetées à la mer. Aucun objet de bois ne fut installé près des chaudières et des tuyaux de vapeur. Le *Lexington* avait même sa propre pompe à incendie et ses tuyaux. Trois grands canots de sauvetage pendaient à leurs bossoirs derrière les roues à aubes ainsi qu'un petit radeau attaché sur le pont avant.

Le navire fut mis en service le lundi 1er juin 1835 et connut un succès immédiat.

Au début, il fit le trajet quotidien entre Providence, Rhode Island et New York. Deux ans plus tard, on lui confia le voyage de Stonington. La publicité louait le luxe des installations pour les passagers — et les prix élevés. Les dames étaient particulièrement gâtées car Vanderbilt avait pensé à tout ce qui pourrait leur plaire. La nourriture et le service étaient excellents.

On n'aurait pu dire si le commodore Vanderbilt était né sous une bonne étoile ou s'il avait un sixième sens particulièrement développé. En décembre 1838, le plus sérieux concurrent de Vanderbilt, la New Jersey Steam Navigation and Transportation Company, lui fit une offre qu'il ne put refuser. La compagnie lui paya soixante mille dollars pour le bateau le plus rapide du Sound puis dépensa douze mille dollars de plus pour remettre à neuf son intérieur et aménager les chaudières pour le charbon. Son frère Jack accepta de rester sur le *Lexington* en tant que commandant jusqu'à ce que le nouveau bateau de la famille soit lancé.

Manchester poussa un levier qui déclencha une sonnerie dans la salle des machines et appela par le porte-voix :

— Nous sommes au clair, maintenant, monsieur Hemstead. Vos gens peuvent charger en charbon.

La haute cheminée cracha sa fumée épaisse en forme de champignon. Un plumet blanc grandit et se cambra autour de l'étrave tandis que le *Lexington* semblait bondir en avant. Sous ses immenses roues à aubes, l'eau se mit à bouillonner. Pour Manchester, le navire était comme un lévrier en pleine course et il était ému chaque fois que le gros moteur bandait ses muscles et entraînait la coque à travers les flots aussi vite, sinon plus vite, que n'importe quel navire jamais construit.

Il vérifia à nouveau le thermomètre qui était déjà près de zéro.

Il se dit que ce n'était pas la nuit rêvée pour rester dehors. Baissant les yeux, il regarda l'eau qui filait le long de la coque. Il n'imaginait pas l'horreur que ce serait de se trouver immergé dans cette nuit.

La plupart des commandants de paquebots traversant le Sound n'aimaient guère se mêler aux passagers et préféraient rester seuls dans la timonerie ou dans leur cabine pendant presque tout le voyage. Mais George Child était un homme chaleureux et amical. Il croyait de son devoir de se montrer courtois envers les passagers et de rassurer ceux, assez nombreux, qui craignaient les voyages sur un steamer.

Lorsqu'il entra dans la cabine principale, quinze minutes avant qu'on n'annonce le dîner, il regarda les passagers assis par petits groupes, bavardant aimablement autour des poêles. Job Sand, le maître d'hôtel, grand et distingué, s'activait en servant des rafraîchissements. Sand était un Blanc tandis que les cinq autres serveurs, le commis de cuisine, Joseph Robinson, le très estimé chef du bord, et Susan Holcomb, la femme de chambre, étaient des Noirs.

Sans avoir besoin de vérifier la liste des passagers, Child devina qu'ils étaient environ cent quinze à avoir payé un dollar pour le voyage plus le prix du repas. Le voyage sur le pont coûtait cinquante cents mais personne, ce soir, ne voyageait de la sorte. En comptant les trente-quatre membres d'équipage, il y avait presque cent cinquante hommes, femmes et enfants à bord du *Lexington* en route pour Stonington. Le bateau ressemblait à une ville en miniature. Plusieurs joueurs de cartes occupaient quelques tables, ne pensant qu'à leur partie. Deux acteurs connus de Boston, Charles

Eberle et Henry J. Finn, animaient la conversation pendant qu'on distribuait les cartes. Peu enclins à ignorer leur public, ils avaient généreusement offert de jouer une scène de leur nouvelle pièce après le dîner. Peter McKenna, un homme d'affaires de New York, gagna la première partie.

Des mères et des pères rassemblés sur les divans occupaient leurs jeunes enfants en leur racontant des histoires et en s'amusant avec les jouets neufs achetés en ville. Mme Russell Jarvis, une femme réputée pour sa beauté, comptait avec ses deux filles les rayons des phares signalant les passages dangereux du Sound. James Bates parcourait un journal tandis que son épouse lisait à haute voix des poèmes à leur fils et à leur fille. La plupart des parents, sur le *Lexington*, avaient deux enfants. William Townsend, pour que son épouse se repose un peu, emmenait ses deux filles faire un tour à Boston.

Un groupe plus sombre que les autres, se rendant à l'enterrement de Harrison Winslow, était assis dans une partie plus retirée de la cabine. La veuve, Alice Winslow, son beau-père William Winslow et le frère de Harrison, John Winslow, accompagnaient le corps dont le cercueil se trouvait avec le fret, sous le pont. On devait l'enterrer à Providence. A l'autre extrémité de la cabine, Mary Russell plaisantait en riant comme une gamine avec Lydia Bates, une jeune femme de son âge. Mary s'était mariée la veille à New York et retournait chez elle avec son mari tout neuf pour annoncer la nouvelle à ses parents.

Des hommes d'affaires installés autour d'un poêle parlaient marchés et politique. Le banquier Robert Blake exprimait courtoisement son désaccord aux propriétaires d'une société, Abram Howard, William Green et Samuel Henry, à propos de la réduction des taux d'intérêt des banques new-yorkaises. John Lemist, trésorier de la Boston Leather Company, avait peu d'estime pour les banquiers qui avaient récemment imposé à sa société un taux d'intérêt très exagéré sur un prêt destiné à augmenter son capital.

Pour ce voyage, le salon comptait un nombre important de commandants de navires rentrant chez eux après de longs mois en mer. Ils allaient retrouver leurs foyers et leurs chères familles. Les commandants J. D. Carver, Chester Hillard, E. J. Kimball, David McFarland, John Mattison, Theophilas Smith et Benjamin Foster, qui revenait d'un voyage de trois ans en Inde, racontaient chacun à son tour leurs aventures en mer.

Parmi les passagers de renom, le Dr. Charles Follen, professeur respecté de littérature allemande à Harvard, et Adolphus Harnden, du Harnden Express, qui transportait vingt mille dollars en pièces d'argent et cinquante mille dollars en billets de banque pour le compte de la Merchant's Bank.

Le dîner fut servi à dix-huit heures par Job Sand et son équipe de serveurs. Le chef Joseph Robinson et ses aides-cuisiniers, Olivier Howell et Robert Peters, offraient aux passagers le choix entre du mouton avec des tomates bouillies et du carrelet au four à la sauce au vin avec du riz.

Dans le tintement des verres et le léger murmure des voix, aucune des cent quinze âmes assemblées autour des tables du dîner n'aurait pu imaginer que, sauf pour un homme assis parmi eux, ce repas serait le dernier qu'ils prendraient sur cette terre.

Peu après 19 h 30, le premier lieutenant Edwin Furber vint à la porte de la timonerie et annonça au commandant Manchester que le navire était en feu. Manchester sortit à la hâte et regarda vers l'arrière. Des flammes traversaient le pont promenade autour de l'enveloppe de la cheminée. Il scruta la rive obscure et fit un rapide relèvement. Le navire avait dépassé le phare de Eatons Neck Point et approchait celui de Old Field Point, tous deux sur la rive Long Island du Sound. Les lumières de Bridgeport, au nord, brillaient plus loin. Il prit immédiatement la barre que tenait le timonier Johnson et tourna le gouvernait sur bâbord toute, en un vain effort pour faire virer le steamer et l'approcher de Long Island.

Paraissant surgir de nulle part, le commandant Child se rua dans la timonerie.

— Nous avons le feu à bord ! cria-t-il. Dirigez-vous vers la terre la plus proche.

— C'est ce que j'essaie de faire, répondit Manchester, mais la barre ne répond pas.

Ensemble, les trois hommes saisirent la roue et joignirent leurs forces pour faire virer le navire vers le salut à quatre milles et vingt minutes de là. Soudain, la barre tourna à vide entre leurs mains.

— Elle ne répond plus ! murmura Johnson, sidéré.

— Le feu a dû brûler la corde de gouvernail bâbord sous la timonerie, dit Child.

Incontrôlable maintenant, mais ses moteurs tournant toujours, le *Lexington* commença à décrire de larges cercles. Child se pencha par la porte et regarda la poupe. Le magnifique navire, orgueil des Vanderbilt, vomissait du feu et de la fumée par toute sa partie centrale. Le commandant réalisa avec une déchirante certitude que le bateau et tous ceux qui l'occupaient étaient perdus.

Laissant Child et Johnson, Manchester sortit en courant et ordonna au personnel de pont de faire fonctionner la pompe à incendie et de prendre les seaux à eau. Les marins, effrayés, tentèrent de mettre la pompe en marche mais ne trouvèrent pas les seaux. A cet instant précis, la fumée noire envahit la timonerie. Child et Johnson durent se réfugier sur le pont, étouffant et toussant à cause des vapeurs mortelles.

Le premier lieutenant David Crowley se rua vers le

centre du navire et découvrit que les flammes s'échappaient de plusieurs balles de coton. A ce moment-là, le feu n'avait pas encore atteint la boiserie du steamer. Il organisa une chaîne de marins à laquelle se joignirent les serveurs de la salle à manger pour déverser des seaux d'eau sur l'incendie qui ne cessait de croître. Il n'y avait pas assez de seaux. Ils jetèrent alors les pièces d'argent de la Merchant's Bank sur le pont pour utiliser les caisses de bois, les remplir d'eau et les passer aux hommes les plus proches des flammes. Mais leurs efforts furent inutiles car le feu se propageait à une vitesse incroyable. S'ils ne s'étaient pas autant affolés, ils auraient pu contenir l'incendie. Mais déjà l'enfer s'ouvrait sous leurs pieds.

Il n'y avait plus d'espoir de sauver le bateau.

La fournaise obligea très vite le chef mécanicien Courtland Hemstead et ses hommes à fuir la salle des machines avant même d'avoir eu le temps de stopper les moteurs. Ininflammable, le gros piston à vapeur continua à faire tourner les roues à aubes, de sorte qu'il fut impossible de mettre les chaloupes de sauvetage à la mer. Le *Lexington* fendait les eaux sombres comme s'il était poussé par une force surnaturelle.

La violence de l'incendie dépassa bientôt ceux qui le combattaient. Ils reculèrent au-delà de la passerelle menant aux butoirs des roues à aubes. Comme il était trop tard pour fuir, l'équipage sur le gaillard d'avant se trouvait coincé par un mur de feu qui atteignait le haut de la cheminée.

Pour le commandant Chester Hillard, qui aidait à retirer les toiles couvrant les canots de sauvetage, le *Lexington* avait déjà perdu la partie.

Crowley rejoignit Child et demanda :

— Monsieur, qu'allons-nous faire ?

Child regarda autour de lui la peur inscrite sur les visages des passagers et répondit :

— Messieurs, tous aux canots.

Puis il se rendit à l'avant pour diriger la manœuvre de mise à l'eau des chaloupes.

Vingt minutes plus tôt, chacun plaisantait tranquillement, gai et détendu, dans la cabine principale. Maintenant, la confusion et la terreur étaient partout. Le calme avait fait place à l'inévitable contagion de la panique. Comme un seul homme, les passagers se ruèrent frénétiquement sur les chaloupes, bousculèrent l'équipage en train d'essayer de les mettre à l'eau et en prirent possession. Dans une confusion incontrôlable, les passagers envahirent les canots comme une bande de lemmings. Egarés par la frénésie générale, ils ne se rendirent pas compte qu'ils couraient à leur perte.

Surchargeant dangereusement les chaloupes, les passagers les lancèrent dans l'eau noire qui filait toujours le long des flancs du bateau, agitée par les roues à aubes qui la battaient à chaque tour. Les chaloupes, avec leurs occupants impuissants, furent immédiatement submergées et balayées dans la nuit.

Les passagers restants durent se débrouiller tout seuls, ne sachant de quel côté se tourner. Quelques-uns, peu nombreux, sautèrent dans l'eau. Il était presque aussi impensable de périr noyé que de se laisser incinérer. Au cours des premières années du XIXe siècle, moins de dix pour cent des gens savaient nager. De toute façon, ils seraient morts en quelques minutes d'hypothermie dans l'eau glacée.

Le commandant Hillard réunit quelques marins et un petit groupe de passagers et leur demanda de jeter par-dessus bord les balles de coton qui n'avaient pas encore pris feu. Après qu'on en eut jeté une dizaine, Hillard et le chauffeur Benjamin Cox sautèrent et enfourchèrent une balle, l'un en face de l'autre. De leurs poids combinés, ils stabilisèrent la balle de coton jusqu'à ce qu'un tiers de son épaisseur seulement dépasse de la surface. Le vent était frais et le courant les éloigna du bateau à la vitesse d'un nœud et demi.

Hillard, en contournant la poupe, aperçut une femme qu'il pensa être Mme Jarvis, criant frénétiquement au-dessus du bastingage. L'un de ses enfants était passé par-dessus bord. Les hommes passèrent si près de lui que Hillard put, en tendant le bras, toucher le petit cadavre. A sa robe et aux longs cheveux flottant à la surface, le commandant comprit qu'il s'agissait d'une fillette et qu'elle était déjà morte. Mme Jarvis le supplia de retirer sa fille de l'eau glacée mais Hillard préféra sauver sa peau. A cette époque, on pensait d'abord à soi. La formule « les femmes et les enfants d'abord » n'était pas encore une tradition respectée du monde de la mer.

Hillard détourna les yeux de cette scène déchirante, tira sa montre et lut calmement l'heure à la lueur de l'incendie. Il était juste vingt heures.

Le *Lexington* allait mettre longtemps à mourir.

Un immense nuage de fumée noire et tourbillonnante s'étira sur plusieurs centaines de mètres dans le ciel, effaçant les étoiles. Le pont principal s'était effondré et les seules parties du bateau que le feu n'avait pas encore dévorées étaient la poupe et la proue à l'avant du cabestan. Dix personnes se tenaient sur la poupe tandis que trente autres s'entassaient autour du gaillard d'avant. Parmi elles se trouvait Manchester.

— Ne devrions-nous pas sauter ? demanda Adolphus Harnden, hébété, au commandant Manchester.

— Sauter serait périr, répondit celui-ci.

— Mais nous ne pouvons pas rester là et attendre de mourir brûlés !

— Chacun pour soi, dit Manchester d'un ton solennel.

Il lui tourna le dos et se pencha au-dessus d'un radeau de débris. Deux ou trois personnes s'y étaient déjà accrochées et son poids, quand il l'atteignit, l'entraîna sous l'eau. Il s'agrippa à un morceau de bastingage flottant et s'en servit pour se hisser sur une balle de coton près de lui. Il découvrit que le passager Peter McKenna s'y était déjà réfugié. Harnden, encore sur le gaillard, cria à Manchester :

— Y a-t-il de la place pour une personne de plus ?

Avant que Manchester puisse répondre, Harnden avait sauté, fait tomber McKenna d'un coup de poing dans l'eau à côté de lui. Ignorant Harnden, Manchester tira McKenna pour le faire remonter sur la balle. Puis il trouva une planche de bois flottant près de lui, la saisit et se mit à pagayer pour s'éloigner du bateau en flammes. Comme l'avait fait plus tôt le commandant Hillard en abandonnant le navire, il regarda sa montre. Il était minuit.

Le *Lexington* brûlait depuis quatre heures.

Le premier lieutenant Crowley avait, lui aussi, atteint une balle de coton sans passager. Il se hissa dessus et, avec une surprenante présence d'esprit, bourra ses vêtements de coton pour se protéger du froid glacial de la nuit. Il eut plus de chance que ceux qui, comme lui, avaient atteint la sécurité temporaire des balles de coton. Aucun autre passager n'ajoutant son poids au sien, il put s'étendre de tout son long sans mettre ses pieds et ses jambes dans l'eau. Porté par le courant, il ne put faire grand-chose sinon se réchauffer et identifier les différents points de la rive qu'il longeait.

Ce fut le chauffeur Charles Smith qui se sortit de la façon la plus déchirante de cet enfer. Il venait de s'endormir entre deux quarts d'entretien des chaudières quand un ami le réveilla en lui apprenant qu'il y avait le feu à bord. Il se rua dans la salle des machines, attacha le tuyau d'incendie à l'eau et ouvrit la valve. Mais il fut incapable d'atteindre l'autre extrémité du tuyau pour arroser l'incendie. La fumée et les flammes le chassèrent vers l'arrière où il avait bien l'intention d'embarquer dans l'un des canots. Il trouva le commandant Child près des bossoirs où était accrochée la chaloupe tribord et l'entendit crier quelque chose au chef mécanicien Courtland Hemstead.

Moins d'une minute après, Courtland apparut, les sourcils et une bonne partie des cheveux brûlés.

— Vous m'avez appelé, commandant ?

— Pour l'amour du ciel, stoppez les machines ! implora Child. Nous ne pourrons pas mettre les chaloupes à la mer tant que nous avancerons.

Hemstead secoua la tête, l'air grave.

— Le feu nous a obligés à abandonner la salle des machines avant que j'aie pu couper les valves de pression. On ne peut pas retourner dans cet enfer. Je suis désolé.

Child hocha la tête.

— Vous avez fait ce que vous pouviez. Rassemblez l'équipage de la salle des machines et voyez ce que vous pouvez faire pour retenir les flammes le temps qu'il faudra pour que tout le monde quitte le navire sain et sauf.

Hemstead disparut dans la fumée tandis que Child enjambait la balustrade et essayait de stabiliser la chaloupe déjà pleine de passagers effrayés. A cet instant, quelqu'un coupa le cordage arrière du canot qui s'éloigna aussitôt, son avant plongeant soudain dans la turbulence créée par les roues à aubes. Child tomba dans le canot. Les passagers, le commandant Child et la chaloupe à moitié immergée disparurent dans la nuit, rejoignant les corps noyés flottant déjà dans le sillage du *Lexington.*

Peu après le moteur stoppa enfin et le navire commença à dériver. S'ils avaient attendu une vingtaine de minutes, les malheureux naufragés dans les chaloupes inondées auraient pu être sauvés. Il n'y eut que quatre survivants.

Smith enjamba les garde-corps arrière, brisa à coups de pied trois fenêtres de cabines et, se servant des rebords comme cale-pieds, réussit à descendre sur le gouvernail. Une demi-heure après, un jeune garçon le rejoignit. Smith vit son visage blême de peur. Il montra une balle de coton qui flottait à proximité.

— Si tu veux sauver ta peau, fiston, tu ferais bien de grimper sur cette balle.

— Je... je ne sais pas nager, bégaya le gamin.

— Tiens-toi. Je vais la rapprocher.

Smith se laissa glisser dans l'eau glacée, nagea jusqu'à la balle et l'escalada. Il essaya de pagayer avec ses mains pour rapprocher suffisamment la balle de l'arrière du bateau pour que le garçon puisse sauter dessus mais il ne réussit pas à atteindre le bord. Enfin, il remonta sur le steamer en flammes, retournant à bord sans réfléchir. Cette fois, il était au milieu du navire, près de la roue tribord. Là, il trouva une dizaine de personnes agrippées à diverses parties des restes calcinés. Les flammes avaient diminué à l'endroit où les passagers pouvaient encore s'accrocher aux flancs, sur une membrane de la coque faite d'une poutre qui, de l'avant à l'arrière, servait à empêcher le bateau de rouler.

Smith se retrouva près de l'ingénieur Hemstead, de Job Sand, le maître d'hôtel, de Harry Reed, un marin de pont, et d'un autre chauffeur, George Baum. Tout autour de la coque brûlée, il apercevait la mer recouverte d'un tapis de débris et de cadavres de tous âges. Il serra les dents en découvrant l'effroyable réalité de la tragédie. Il cracha la bile qui lui remontait dans la gorge et regarda, en bas, l'eau qui n'attendait que de les avaler.

A trois heures du matin, sept heures après le début de l'incendie, les restes noircis du steamer glissèrent lentement dans les eaux froides du Sound avec un grand sifflement lorsque la mer s'engouffra dans l'intérieur dévasté de la coque. La vapeur se mêla à la fumée pour former un linceul que le vent emporta lentement. Bientôt, les débris suivirent le courant, quittant la tombe du *Lexington* enseveli, recouvert d'une mer impitoyable qui effaça la trace de son passage.

Lorsque la coque s'enfonça sous leurs pieds, Smith et quatre de ses compagnons d'infortune — Harry Reed, George Baum, l'acteur Henry Finn et le gamin qui avait pris la place de Smith sur le gouvernail — luttèrent pour se maintenir sur un gros morceau de la roue à aubes qui s'était décrochée et flottait à la surface après que le navire eut coulé. Comme Manchester et Hillard avant lui, Smith fit de son mieux pour aider les autres à survivre sur la roue. Il les secoua, les massa, les essuya et les obligea à remuer mais, vaincus par le froid, les malheureux avaient atteint les limites de ce qu'ils pouvaient supporter. Ils moururent les uns après les autres et roulèrent au fond de l'eau.

Smith, rude buveur et bagarreur lorsqu'il était à terre, regarda le diable au fond des yeux et serra les poings.

La lueur inhabituelle du feu au milieu des eaux sombres avait été aperçue des rives de Long Island et du Connecticut. Les flammes formaient d'immenses colonnes qui illuminaient le fleuve à des milles à la ronde.

William Sidney Mount, artiste renommé pour ses peintures représentant des paysages de Long Island, assista au désastre. Il raconta comment les marins locaux avaient essayé de traverser les blocs de glace amoncelés dans les ports et les anses alentour. Des pêcheurs, pensant pouvoir sauver quelques victimes alors que le steamer n'était qu'à deux milles de la côte, avaient appareillé malgré le froid glacial. Mais, alors qu'ils croyaient être à portée de voix du bateau en flammes, le vent et le courant tournèrent, chassant le *Lexington* vers le milieu du Sound. Vaincus par les caprices de la nature, les intrépides pêcheurs n'eurent d'autre choix que de rentrer chez eux, l'eau étant trop agitée pour qu'ils osent s'aventurer plus loin.

Le commandant William Tirrell, de la corvette *Improvement*, aperçut le bûcher mais refusa son aide sous prétexte que le navire avait sûrement des canots de sauvetage. Il craignait, s'il s'arrêtait, de manquer la marée pour rentrer au port. Comme le commandant Stanley Lord du *California* soixante-douze ans plus tard, qui fut accusé de non-assistance pendant le naufrage du *Titanic*, Tirrell fut accusé de cruauté et d'indifférence. A cause de son refus d'assistance aux passagers du *Lexington*, il fut à deux doigts de se faire retirer son autorisation de naviguer. Mais des études ultérieures montrèrent qu'il se trouvait alors à douze milles au moins du lieu de l'accident et que les vents lui étaient contraires. Les enquêteurs assurèrent qu'il n'aurait guère eu de chances de rejoindre à temps le navire en détresse pour sauver les malheureux passagers même s'il avait essayé.

Découvrant le steamer en flammes, le commandant Oliver Meeker, de la corvette *Merchant*, essaya de détacher son bateau du mouillage de Southport. Mais la combinaison de la marée basse et du manque de tirant sous sa quille l'obligea à rester au port.

Le commandant Hillard et Benjamin Cox avaient dérivé d'un mille environ du *Lexington* quand celui-ci coula. Des nuages dispersés couvraient le continent et une lune brillante illuminait le Sound. L'air nocturne était incroyablement froid et les deux hommes essayèrent de se réchauffer en frappant des mains et des bras autour de leur corps. Ils étaient aussi pitoyables que deux êtres humains peuvent l'être. Soudain, comme pour augmenter leur agonie, une grosse vague retourna leur balle de coton. Plongés dans l'eau glaciale, Hillard et Cox luttèrent pour regrimper dessus. La perte de leur rame ajouta à leur désespoir. Elle leur avait servi, entre autres choses, à se réchauffer par l'exercice qu'il leur fallait faire pour l'actionner mais surtout pour lutter contre le courant. La balle était maintenant incontrôlable et roulait lourdement sous les coups de boutoir des vagues.

Cox, en quittant le navire, n'avait sur le dos qu'une chemise de flanelle, un pantalon large et une casquette. En marin expérimenté, Hillard avait sagement enfilé un lourd caban de laine. Il donna son gilet à Cox puis lui frotta les bras et les jambes, le frappa sur tout le corps et fit de son mieux pour que son sang continue à circuler.

— Je veux mourir, dit soudain Cox.

— Vous parlez comme un détraqué, répondit Hillard. Avez-vous une femme et des enfants ?

Cox fit péniblement signe que oui.

— Une bonne épouse et six enfants.

— Ils seront bien malheureux sans leur père. Vous n'avez pas le droit de cesser d'espérer. Pensez à eux qui voudraient tant vous voir revenir !

Cox ne répondit pas. Il semblait avoir perdu tout désir de vivre. Hillard ne réalisa pas, sur le moment, que les efforts qu'il faisait pour garder Cox en vie prolongeaient aussi sa propre existence.

— Nom de Dieu, Cox ! aboya-t-il, ne vous laissez pas mourir. Tenez le coup, pour Dieu et pour votre famille.

Cox ne paraissait pas entendre. Il avait atteint ses limites. La balle de coton pivota largement dans un creux avant d'être frappée par la vague suivante. Hillard réussit à s'agripper au coton malgré ses doigts gourds, privés de toute sensation. Il lutta pour rester accroché tandis que le ballot roulait et tanguait follement.

Le corps ramolli par l'apathie et le froid, Cox glissa de la balle de coton et Hillard le perdit de vue.

Le supplice de Hillard était en tout point semblable au drame que vivait le commandant Manchester sur sa propre balle de coton. Le partenaire de Manchester, McKenna, ne cessait de se plaindre du froid mordant. Puis, quand l'eau glacée inonda sa peau et que l'air froid sembla priver son corps de toute vie, il commença à babiller à propos de sa femme et de ses enfants, racontant comment il les avait embrassés le matin même en quittant la maison.

— Vous serez près d'eux demain à cette heure-ci, assura bravement Manchester.

— Non, je sais très bien que je vais mourir de froid.

— Parlez pour vous ! rétorqua vivement Manchester. Que je sois damné si j'abandonne !

Comme Benjamin Cox sur une autre balle de coton à moins d'un mille de là, McKenna parut ne pas entendre et garda le silence.

Manchester avait entendu beaucoup de récits à propos de marins naufragés qui avaient perdu la volonté de survivre. La discipline, assuraient-ils, est la clef de toute survie. Trop de marins forcés de quitter leurs navires étaient morts de léthargie et de désespoir. Il en avait la preuve sous les yeux. McKenna se moquait apparemment de vivre ou de mourir. Il ne lui venait pas à l'idée de lutter pour survivre afin d'épargner à sa femme et à ses enfants le chagrin de vivre sans mari et sans père.

Manchester ne pouvait que regarder McKenna lâcher prise sans pouvoir l'aider. Il mourut peu après que le *Lexington* eut été englouti. Son corps tomba en arrière, la tête pendant un moment dans l'eau. La première grosse vague qui frappa la balle l'emporta. Pendant près d'une demi-heure, il flotta à côté de Manchester. La lumière de la lune se refléta sur son visage et sur ses mains puis, peu à peu, il dériva et disparut.

La nuit glaciale vint puis s'en alla, nuit de tourment qui semblait ne jamais vouloir finir. Avec le retour du soleil, la mer se calma et le commandant Meeker du *Merchant*, qui avait travaillé toute la nuit à décharger son fret pour alléger son bateau, fut enfin capable d'arracher sa corvette au banc de sable grâce à la marée montante et de mettre la voile vers le Sound.

Perché sur sa balle de coton, Hillard aperçut le *Merchant* vers midi et fit de grands gestes de la main pour attirer l'attention de ceux qui étaient à son bord. Meeker fit vivement virer son sloop vers Hillard et vint se ranger près de lui. Les mains secourables de l'équipage hissèrent le survivant à moitié gelé à bord où l'on fit l'impossible pour lui. On le descendit dans la cabine, on retira ses vêtements trempés, on l'enveloppa dans des couvertures et on l'installa devant un poêle en lui faisant avaler des tasses de café mêlé de whisky.

Le commandant Manchester fut le deuxième à être sauvé. Les mains gelées, le corps si froid qu'il ne sentait presque plus rien, il avait réussi à glisser son mouchoir entre ses doigts rigides et à l'agiter faiblement dans la brise légère. Aperçu par l'équipage attentif de Meeker, il se réchauffa bientôt à côté du commandant Hillard dans la cuisine du *Merchant*.

A deux heures de l'après-midi, le chauffeur Smith, les mains et les pieds glacés de froid, était à peine conscient quand le commandant Meeker le repéra et le retira de la roue à aubes. Les trois hommes souffraient de leur longue exposition au froid extrême mais tous se remirent assez vite pour témoigner à l'enquête du coroner. Le commandant Meeker retira de l'eau deux cadavres avant de reprendre le chemin de Southport.

L'histoire la plus remarquable fut celle de la survie du lieutenant David Crowley. Heureusement pour lui, sa balle ne s'était pas retournée et n'avait pas été trop vivement roulée par la mer, ce qui lui avait permis de se creuser un nid au centre du coton. Avec ses vêtements bourrés de coton, il ressemblait à un gros bonhomme de neige et cela lui évita de mourir de froid.

Ayant échappé aux recherches de l'équipage du commandant Meeker, le pauvre Crowley souffrit toute la journée du mardi et toute la nuit suivante. Ce n'est qu'à vingt et une heures le mercredi soir que son nid de coton alla se coller à un paquet de glace le long de la rive de Long Island.

Craignant de tomber dans l'eau, Crawley rampa sur la glace jusqu'à la terre. Ensuite, il parcourut en chancelant plus d'un kilomètre jusqu'à une maison à la porte de laquelle il frappa avec ses dernières forces. Les occupants, Matthias et Mary Hutchinson, crurent voir un cadavre boursouflé vêtu d'un pantalon et d'une chemise ballonnés, la tête nue. Ils furent ébahis quand la chaleur de la maison et les vigoureux massages pratiqués sur ses membres ramenèrent Crowley à la vie. Il avait souffert quarante-huit heures d'un froid épouvantable sur un radeau de coton et dérivé sur plus de cinquante milles.

Peu après sa résurrection miraculeuse, les propriétaires du coton embarqué sur le *Lexington* offrirent au lieutenant David Crowley la balle qui lui avait permis de revenir à terre. Il la fit transporter chez lui à Providence, sur Rhode Island, et l'installa dans le salon où elle resta plusieurs années. Quand le prix du coton grimpa en flèche, pendant la guerre de Sécession, Crowley la vendit pour une œuvre de charité. C'est de là que naquit la célèbre marque « Lexington » des toiles de coton.

Il y eut d'autres suites curieuses à l'incendie du *Lexington*. La lithographie était devenue un art populaire en 1800. Dans le pays tout entier, des gens achetaient des reproductions dans les bazars et les accrochaient aux murs de leurs salons et de leurs salles à manger. Pour quelques sous, ils prirent l'habitude de changer chaque semaine les lithographies colorées qui illustraient ce qui avait marqué leur imagination.

Après l'incendie du *Lexington*, un jeune artiste qui dépensait toute son énergie pour lancer un studio de lithographie fut contacté par le *New York Sun* pour produire une litho du désastre. Travaillant nuit et jour, il réalisa son chef-d'œuvre en tout juste soixante heures et lui donna ce titre pompeux :

> L'HORRIBLE INCENDIE DU VAPEUR *LEXINGTON* DANS LE LONG ISLAND SOUND LE SOIR DU LUNDI 13 JANVIER 1840 DONT LA TRAGIQUE DISPARITION CAUSA LA MORT DE PLUS DE CENT PERSONNES.

Parue dans l'édition spéciale du *New York Sun*, l'illustration de l'affreuse catastrophe fit sensation. Des reproductions se retrouvèrent sur les murs de presque tous les foyers d'Amérique. Considérée comme une découverte sensationnelle pour la presse, l'utilisation d'illustrations en couleurs de tous les événements hors du commun devint traditionnelle.

La réputation du jeune artiste était faite et atteignit bientôt le monde entier. Si la tragédie de l'infortuné *Lexington* n'eut d'autre effet positif, du moins offrit-elle au public le remarquable talent de Nathaniel Currier qui, pendant dix-sept ans, se joignit à un autre artiste lithographe, James Merritt Ives, pour produire des images en couleurs qui devinrent l'âme illustrée de l'Amérique de l'époque.

L'homme qui était arrivé en retard sur le quai et avait rageusement renoncé à sauter sur le navire lut le récit du désastre dans l'édition spéciale de son journal, le lendemain matin. Il eut du mal à se faire à l'idée que s'il n'avait pas été retardé par une dispute avec son éditeur, Paul Benjamin, à propos de changements à apporter à son poème *Le Naufrage de l'Hesperus*, qui devait paraître dans le journal *The World*, il aurait probablement fait partie des cent cinquante cadavres gelés qui flottaient dans le Sound.

Il plia le journal, le posa à côté de lui et demanda au serveur de lui apporter une feuille de papier à lettres et une enveloppe. Dès qu'on eut débarrassé la table, il commença à écrire à sa femme et à son père pour les informer de ce que leur mari et fils, Henry Wadsworth Longfellow, était bien vivant et déjeunait au restaurant d'un hôtel de New York.

Le commandant Joseph Comstock fut engagé par la Transportation Company. Il se rendit sur les lieux du désastre et rechercha les corps des passagers et de l'équipage, essayant de récupérer quelques bagages et des objets appartenant à la compagnie. On affréta le steamer *Statesman*, commandé par George Peck, pour cette opération.

Le premier problème de Comstock fut de déterminer la position approximative du *Lexington* au moment où s'était déclaré l'incendie et celle où, plus tard, il avait coulé. Les témoins des flammes sur l'eau firent des déclarations contradictoires. Certains affirmèrent avoir vu le navire en feu au large d'Eatons Neck Point, d'autres le situèrent au milieu du Sound, au large de Crane Neck Point. Le gardien du phare de Old Field Point affirma avoir vu les flammes s'éteindre vers trois heures du matin à environ quatre milles au nord du phare, légèrement à l'ouest. On calcula que l'eau avait, à cet endroit, vingt brasses[1] environ.

Après deux jours de recherches, on n'avait retrouvé que sept corps y compris les deux que le commandant Meeker avait remontés sur le *Merchant*. De nombreux morceaux d'épaves s'échouèrent sur la rive. On

1. 1 brasse = 1, 83 m.

récupéra la plaque du navire vissée sur la timonerie, de soixante centimètres de long, marquée *Lexington* et un canot de sauvetage à demi submergé ainsi que plusieurs bagages.

Pendant les recherches, l'eau resta d'un froid intense, la température ne dépassant pas quatre degrés au-dessous de zéro. L'accumulation de glace le long des rives rendit inutile tout effort ultérieur. Le commandant Comstock fit cesser les recherches et ordonna que le *Statesman* rentre à New York avec sa maigre moisson de morts. L'opération fut particulièrement amère pour Comstock. L'un des disparus, dont on ne retrouva jamais le corps, se nommait Jesse Comstock, comptable à bord du *Lexington*. C'était son propre frère. Le tribunal blâma les propriétaires du navire pour avoir autorisé un bateau dangereux à prendre la mer et dénonça le chargement de fret inflammable sur un steamer transportant des passagers. Il critiqua les inspecteurs de l'Etat pour n'avoir pas dénoncé les importantes violations des normes de sécurité ainsi que les dockers pour avoir installé un chargement inflammable près d'une source de chaleur. Il accusa le commandant Child et l'équipage disparu du *Lexington* pour manquement aux devoirs de leurs charges alors que, bizarrement, il exonéra de tout blâme le commandant Manchester, le lieutenant Crowley et le chauffeur Smith.

Le verdict conclut que le *Lexington* était un piège à feu. La protection autour de la cheminée s'était enflammée et avait communiqué l'incendie aux balles de coton rangées autour d'elle. Personne ne fut mis en accusation, personne ne fut condamné, ne paya d'amende ni ne se vit retirer sa licence.

Il ne resta que des cœurs brisés de chagrin. L'incendie du *Lexington* laissa quatre-vingt-dix veuves éplorées et près de trois cents orphelins. Pour tous les morts sauf cinq, il n'y eut d'autre tombe que l'eau glacée.

## POST-SCRIPTUM
## Un article de l'hebdomadaire *The Long Islander* d'Huntington, New York

30 septembre 1842 — LE *LEXINGTON.*
L'épave du malheureux navire a fait surface mais l'une des chaînes s'étant brisée, le bateau s'est à nouveau enfoncé dans plus de 130 pieds d'eau. Une tentative pour le remonter vient d'être à nouveau mise en place. Les 800 dollars que l'on a pu retirer de l'épave n'étaient pas des billets de banque comme nous l'avions écrit mais un lingot d'argent d'un poids de trente livres, le coffre les contenant ayant été vidé sur le pont afin d'être utilisé pour déverser de l'eau sur les flammes.

## II

# La NUMA entre en scène

*Avril 1983*

Je ne me rappelle pas ce qui, d'abord, a éveillé mon intérêt pour le *Lexington*. Une idée qui m'est venue après coup, pendant que je fouillais le sable et les vagues de la rive de First Island Seashore, à New York, pour trouver les restes du premier bateau à vapeur ayant traversé l'Atlantique, le *Savannah*. Il avait heurté la plage en plein brouillard, en 1821, plusieurs années après son épique traversée. Bien qu'il n'ait été sous vapeur que quatre-vingts heures seulement, son célèbre voyage reste inégalé dans les livres d'histoire.

Ce type de recherche est en général des plus frustrants parce que presque tous les navires qui s'échouent sur des plages de sable ou sur les rives des fleuves sont recouverts par le temps et complètement ensevelis sous un linceul de limon. N'importe qui peut aisément observer ce phénomène en se plaçant au bord des brisants sur une plage. A mesure que les vagues mourantes arrivent derrière vous, vos pieds s'enfoncent dans le sable qui les recouvre très vite. C'est la même chose pour un bateau, même gros, si on lui en laisse le temps. Autre problème, les points de repère subissent de grands changements, de sorte que les témoignages oculaires ne servent à rien.

Sur un bateau appartenant à deux habitants de Long Island, Bill Shea et moi commençâmes à établir une vue générale avec le magnétomètre à protons, aussi près que nous l'osâmes des brisants, sur la côte atlantique de l'île, avec l'espoir de découvrir la signature magnétique du moindre morceau de fer à bord du *Savannah*. Bien que nous ayons envisagé une grille de ratissage d'un demi-mille (environ 800 mètres) de long, parallèle à la plage, nous ne pûmes distinguer de points de repère sur les hautes dunes de sable qui s'étendent sur toute la longueur de la crête de Fire Island. Le bateau ne contenant aucun équipement de navigation, ceci était impératif si nous voulions fixer des limites à nos couloirs de recherche dans l'eau et sur la plage.

Je me portai volontaire pour nager jusqu'à la rive, escalader les dunes et prendre des repères visuels afin d'établir notre grille de ratissage. Quinze minutes plus tard, je distinguai les points de repère que j'avais relevés à partir d'une carte topographique correspondant au lieu approximatif où le *Savannah* s'était enterré. Ayant marqué la limite orientale de la grille par un morceau de bois flotté aisément visible du bateau, je commençai à mesurer une distance d'un mille vers la limite occidentale.

Tenant compte de ma très mauvaise mémoire — quand ma femme m'envoie acheter du pain, je reviens généralement avec un bocal de cornichons — je marquai les étapes de ma progression en déplaçant dix petits cailloux, l'un après l'autre, d'une main à l'autre. La plage paraissait tellement déserte que je me contentai de compter à haute voix, à la façon des chants de marche de Mitch Miller.

A mi-chemin de la limite ouest, je remarquai une silhouette approchant en sens inverse. Je distinguai bientôt un homme âgé portant un chapeau mou à large bord. J'étais si attentif à ne pas perdre le compte de mes cailloux que je ne fis guère attention à lui jusqu'à ce que nous nous croisions. Alors seulement je me dis qu'il y avait là quelque chose d'anormal. Je fis demi-tour.

Le vieux monsieur s'était arrêté dix pas plus loin et me dévisageait comme si j'étais un fou échappé de l'asile. Son visage bronzé montrait un certain amusement. Il n'imaginait sans doute pas pourquoi j'arpentais une plage déserte en regardant le sable et en chantant des nombres. Il n'aurait pu être plus amusé que je le fus en découvrant que, sous le chapeau délavé, le vieil homme était complètement nu.

L'une des habitudes que je suis toujours lorsque je traque une épave particulière consiste à chercher d'autres navires disparus dans le même coin. Si ma cible principale se révèle trop insaisissable dans le temps que je me suis fixé ou si, au contraire, j'ai la chance de tomber dessus au début de la chasse, je peux passer les jours qui restent à chercher une seconde, voire une troisième épave. Il n'y a pas de mal à être ambitieux quand on a l'occasion d'obtenir un succès de plus en ramenant deux ou trois poissons avec le même hameçon.

N'ayant pu trouver une bonne signature magnétique du *Savannah*, je décidai que ce serait partie remise et déplaçai l'équipe de l'autre côté de Long Island jusqu'au Sound, pour essayer de trouver le steamer *Lexington*, perdu depuis près de cent cinquante ans.

Bob Fleming, chercheur et spécialiste d'épaves à Washington, connu et respecté dans tout le pays, travaille avec moi assez régulièrement. C'est lui qui m'a mis sur la piste du malheureux steamer. Fleming m'envoya le récit de tout ce qui avait été retrouvé sur la tragédie. Doté d'une imagination débridée, je crus entendre les gémissements des victimes du *Lexington* me suppliant de trouver leurs tombes.

Margaret Dubitsky, une institutrice de Long Island qui menait une longue et remarquable enquête dans l'Etat de New York et les archives locales, trouva des documents indiquant qu'on avait déjà tenté de remonter le steamer. Un rapport assez vague affirmait qu'on l'avait ramené à la surface et qu'on l'avait remorqué sur une certaine distance, ce qui impliquait qu'il ne devait plus se trouver au fond du Sound.

Ce renseignement fit presque capoter le projet avant même qu'on l'entreprenne. On savait que diverses recherches menées pendant des décennies n'avaient abouti à rien. On n'avait trouvé aucune trace du vapeur. Cela pouvait-il expliquer pourquoi aucun plongeur ni aucun pêcheur n'avait jamais réussi à le localiser ? Il semble que tout le monde ait conclu que si on ne pouvait pas le trouver, cela signifiait qu'il n'existait plus.

Je répugnais à l'abandonner. Mon entourage ne cessait de me dire que je perdais mon temps et que je m'engageais dans une chasse inutile chaque fois que je reprenais ce projet apparemment désespéré. Ce qui est intéressant, c'est qu'ils n'avaient raison que quarante fois sur cent.

Rejetant toutes ces pensées pessimistes, je sentais qu'il était concevable que le *Lexington* puisse être caché dans des profondeurs de vase, oublié et intact depuis près d'un siècle et demi. Si c'était le cas, l'épave calcinée de ce qui avait été le plus beau steamer de Long Island était devenue un navire historiquement intéressant et d'une grande portée archéologique.

Ramener à la surface un bateau de deux cents pieds et l'extraire de cent trente pieds d'eau est une prouesse rarement tentée de nos jours. Il faut surmonter les difficultés météorologiques et l'état toujours imprévisible de la mer, les dépenses énormes qu'impliquent le lourd équipement de levage et toutes les dépenses annexes. Il paraît incroyable qu'on ait pu posséder une pareille technologie en 1842 pour mettre en œuvre une telle entreprise. Les scaphandres en étaient encore à leurs balbutiements. On ignorait les paliers de décompression. Envoyait-on des plongeurs accrocher des chaînes sous la coque pour sortir une épave de l'eau ou passait-on sous l'épave des câbles que l'on faisait tirer ensuite par deux bateaux côte à côte ? Il aurait fallu une barge et une grue capable de lever un navire de 488 tonneaux jusqu'à la surface. Même avec les moyens du XXIe siècle, il faudrait un derrick de la taille de celui qu'avait utilisé le *Glomar Explorer* pour remonter le sous-marin russe. Et pourtant, ceci a vraiment été fait, comme a pu le prouver la NUMA en juillet 1983.

N'ayant trouvé aucun rapport de compagnies d'assurances relatant un tel sauvetage, aucun récit crédible et détaillé dans les journaux contemporains d'une coque calcinée ramenée au port, je décidai d'aller de l'avant et organisai une expédition pour rechercher l'épave qui, j'en étais sûr, gisait toujours sur le fond de la mer. Bon nombre de plongeurs m'assurèrent que je me donnais bien du mal pour rien.

Je travaillais avec Zeff Loria, de Port Jefferson, à Long Island. Il avait accepté de diriger le projet. Je commençai à analyser le matériel historique qu'avaient rassemblé les chercheurs Fleming et Dubitsky. L'énigme ? Où le *Lexington* était-il précisément au moment où il avait coulé ? Les commandants qui voyageaient dans des eaux sans accès à la mer ne naviguaient pas selon des coordonnées de latitude et de longitude. Ils ne calculaient pas non plus leur position d'après les étoiles ni à l'estime. Ils utilisaient des signaux visuels. Les livres de bord des bateaux traversant le Sound ne comportaient que des rubriques indiquant « Old Neck Point par le travers à 21 h 35 ». On y trouvait rarement d'autres précisions sur leur position.

Le *Lexington* avait laissé peu d'indices.

Parmi toutes les déclarations de témoins à terre, je

mis toute ma foi en celle du gardien du phare d'Old Field qui rapportait avoir vu les flammes mourir à environ quatre milles au nord du Point, légèrement à l'ouest. Supposant qu'il jugeait correctement les distances sur l'eau, je mis au point une grille initiale de quatre milles au carré dans la zone qu'il avait décrite et la recherche commença.

Les premières opérations consistèrent d'abord à étudier la zone, l'état du fond marin, les mouvements des marées et la visibilité sous-marine. Le commandant Tony Bresnah, avec son bateau le *Day Off*, nous ancra sur une barge coulée et nous commençâmes des plongeons d'essai dans le Sound. On pouvait prévoir un ou deux pieds de visibilité mais le courant était beaucoup plus fort que nous ne l'avions pensé. Nous l'avions estimé à environ quatre nœuds et tous les plongeurs se tenaient à la chaîne d'ancre, allongés à l'horizontale comme des drapeaux dans un vent d'orage. Nous découvrîmes également que la moitié de notre grille de ratissage passait sous la route du ferry Bridgeport-Port Jefferson qui, l'été, reliait le continent à Long Island. Inauguré en 1874, ce ferry expliquait pourquoi aucun pêcheur ne travaillait là et pourquoi les plongeurs n'exerçaient pas leurs talents dans le coin.

Pour la seconde tentative, Zeff Loria avait rassemblé une équipe de tout premier ordre. Il avait affrété le *Mikado III* commandé par Mike Arnell, un maître plongeur expérimenté. L'équipe de plongée était dirigée par Doug Rutledge et Sandy Zicaro. L'équipement comprenait un gradiomètre Schonstedt pour détecter la présence de métal, un scanner latéral Klein & Associates pour relever les objets émergeant du fond marin et un système de navigation Loran, dépassé depuis par les Global Positionning Systems utilisant les satellites.

Pour une fois, la monotonie des couloirs de recherche ne fit bâiller personne. Tom Cummings, technicien du sonar Klein, annonça non pas une mais trois cibles sérieuses au cours de la première heure de recherche. Plusieurs passages au-dessus de ces objectifs nous firent comprendre qu'il s'agissait probablement d'un grand bateau coupé en trois morceaux. On releva sur le sonar le balancier d'un moteur et un grand morceau de la paroi d'une roue à aubes.

Le commandant Mike Arnell ancra donc le *Mikado III* juste au-dessus de l'épave pour que les plongeurs puissent descendre le long de la chaîne d'ancre. L'écho du sonar du bateau situa le fond à cent quarante pieds. Les jauges de profondeur des plongeurs confirmèrent l'information. Cette fois, nous attendîmes la marée étale. Rutledge et Zicaro auraient eu une meilleure visibilité dans un tunnel qu'au fond de l'eau et ils durent utiliser de puissants projecteurs pour examiner l'épave.

Ayant installé une corde de sûreté, nous parcourûmes des cercles étroits autour de la partie centrale de l'épave. Les plongeurs ne pouvant rester plus de dix minutes au fond, l'exploration principale fut sévèrement limitée. Les plongeurs remontèrent quelques boulons et des morceaux de bois brûlé. Ils affirmèrent avoir vu l'une des roues à aubes et beaucoup de poutres noircies et décrivirent la construction de la coque comme un panier à œufs, ce qui était conforme à la charpente inhabituelle du *Lexington.*

Il est dommage de ne jamais pouvoir se tenir sur le fond sableux, reculer un peu et voir l'épave dans sa globalité. La longueur de la coque brûlée et cassée, les grandes roues à aubes, les balanciers des moteurs, nous les avons plus imaginés que vus. Les eaux verdâtres, sales et lugubres, ne permettent que quelques aperçus de ce à quoi le bateau avait dû ressembler. On a la sensation d'avancer à tâtons dans une maison hantée au cœur de la nuit et d'apercevoir des fantômes du coin de l'œil.

A cause des longues et nombreuses heures de

recherche, j'avais l'impression d'avoir arpenté les ponts du *Lexington*, d'avoir vu la fumée de sa cheminée s'élancer vers le ciel, d'avoir aperçu ses passagers et son équipage. Pour les plongeurs, ce n'était qu'un amas de débris éparpillés au fond de l'eau. Moi, je le voyais par la pensée tel qu'il avait dû être, un lévrier des mers. Et pourtant je ne fus pas fâché de le quitter.

Après avoir rassemblé les objets remontés et les avoir catalogués, j'envoyai un morceau de poutre à Robert Baldwin, expert reconnu en science des bois. Il identifia la poutre comme étant du pin jaune, l'une des essences utilisées pour la construction du steamer.

Rutledge et Zicaro parlèrent aussi de morceaux de mystérieux fils verts enroulés autour de l'épave. Certain que le bateau avait bien été remonté avant de se briser en trois morceaux, je fis une petite enquête en contactant Oliver Tannet, qui travaillait dans une fabrique de câbles. La chance me sourit. M. Tannet collectionnait les câbles anciens et faisait autorité en la matière. Il affirma que les ingénieurs de 1840 n'avaient pas encore atteint la technologie consistant à extruder des câbles de fils flexibles. Après un siècle d'attaque de l'eau salée, le fer des câbles utilisés pour remonter le *Lexington* s'était érodé, ne laissant que l'âme de cuivre patinée de vert-de-gris.

Le gardien du phare ne s'était guère trompé. Le *Lexington* n'était pas à quatre milles au nord légèrement à l'ouest mais *à trois milles et demi au nord légèrement à l'ouest.*

Les objets retrouvés par la NUMA (désolé, il n'y avait pas d'argent) furent offerts au Vanderbilt Museum de Centerport, Long Island, pour être exposés. On cessa bientôt de parler du renflouement du steamer, comme il arrive à la plupart des projets de renflouement lorsque les coûts sont établis et que personne ne se manifeste pour garantir les dépenses.

Depuis la découverte de la NUMA, de nombreux

plongeurs sont allés étudier le *Lexington*. Sa tombe est maintenant bien connue de tous les commandants de navires de plongée. Peut-être un jour pourra-t-on réaliser une récupération archéologique sur une grande échelle de tout ce qui reste du bateau.

Les lévriers du Sound ont depuis longtemps disparu de l'horizon. Le *Lexington* est une petite fenêtre ouverte sur l'époque où les Etats-Unis commençaient tout juste à passer le seuil de la révolution industrielle. Il est dommage de penser que nous ne verrons jamais plus leur fumée noire et que nous n'entendrons plus leurs sirènes.

Un dernier mot. Il peut être très dangereux de plonger pour aller voir le *Lexington*. Les courants sont traîtres et peuvent atteindre quatre nœuds. La lumière ambiante est pratiquement inexistante et on risque de se retrouver complètement désorienté. Deux conseils : utiliser une bonne corde de sûreté attachée à la chaîne d'ancre et ne plonger que lorsque la mer est étale.

## DEUXIÈME PARTIE

# LE « ZAVALA » DE LA MARINE DE GUERRE DE LA RÉPUBLIQUE DU TEXAS

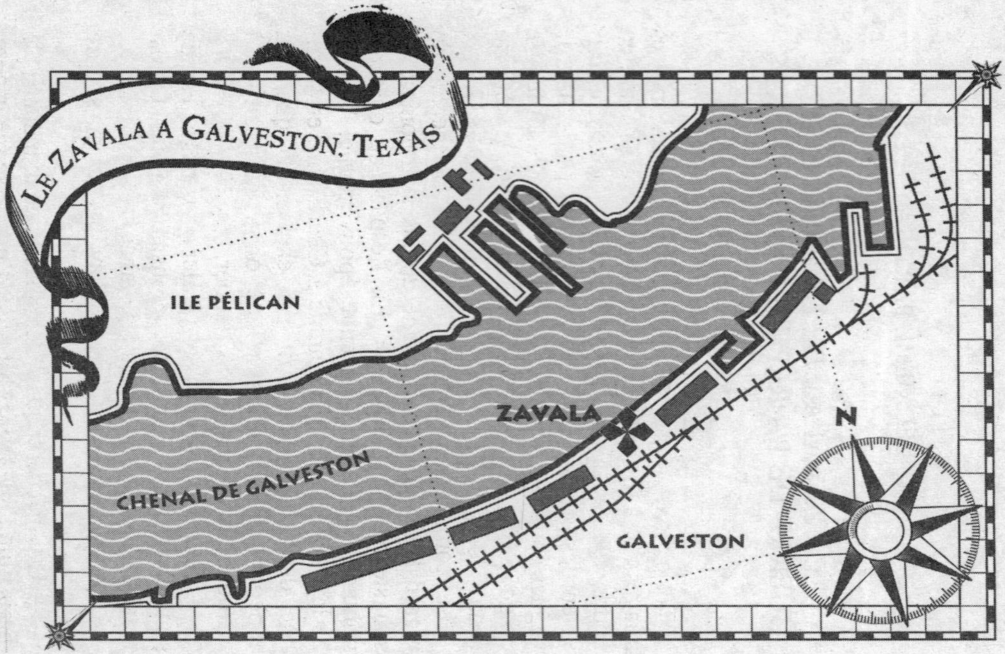
LE ZAVALA A GALVESTON, TEXAS
ILE PÉLICAN
ZAVALA
CHENAL DE GALVESTON
N
GALVESTON

## I

# Un navire facile à manœuvrer

*1836-1842*

Tôt ce matin-là, le soleil était voilé par de sinistres nuages noirs. Le vent devenait plus violent d'heure en heure. De menaçants grondements de tonnerre suivaient les éclairs. La pluie battante s'accompagnait de vagues énormes, promptes à se dérouler. C'était le pire orage qu'on ait vu depuis longtemps sur la côte du centre de l'Atlantique en ce mois d'octobre 1837.

Le commandant Henry May tenta de percer du regard la tempête grossissante depuis la timonerie de son steamer le *Charleston*. En l'espace de quarante minutes, la mer était devenue épouvantable. Vétéran de la traversée de Philadelphie à Charleston, en Caroline du Sud, May savait par expérience que tout concourait à engendrer le pire orage qu'il ait eu à affronter en vingt-cinq ans de mer.

— Il vaudrait mieux conseiller aux passagers de s'attacher à leurs couchettes, monsieur Lawler. On est bons pour un méchant coup de tabac.

Le second de May, Charlie Lawler, eut un sourire pincé.

— Un méchant coup de tabac, commandant ? Je dirais plutôt que la mer est prise d'une folie meurtrière.

— Pendant que vous y êtes, dites au chef mécanicien Leland de surveiller ses chaudières. Si l'on en juge par les creux de vagues, nous allons embarquer de l'eau.

La force déchaînée de l'orage leur tomba dessus sans pitié. En moins d'une heure, des vagues hautes comme des montagnes paraissaient dégringoler de nappes de pluie battante et s'abattre sur la proue du *Charleston* qui les prenait de front. Les bastingages et garde-corps le long du pont principal furent balayés, de même que les chaloupes. Les volets protégeant les fenêtres basses des cabines des passagers furent enfoncés et projetés à l'intérieur par la force de l'eau.

May avait la chance de diriger une équipe expérimentée qui courut sans crainte sur les ponts pour réparer les dommages et clouer des toiles et des planches sur les fenêtres brisées. Les marins travaillèrent sous une pluie incroyable qui semblait cacher le ciel et transformer la mer en un chaudron bouillonnant. La voix de Lawler se perdit dans le tumulte du vent et il dut faire des signes pour indiquer à l'équipage de jeter par-dessus bord tout ce qui était cassé sur les ponts.

Dans la timonerie, May joignit ses forces à celles de l'homme de barre et, ensemble, ils luttèrent pour atténuer les chocs de la proue dans les crêtes des vagues avant que le steamer ne tombe dans les creux avec une énergie à soulever le cœur.

— Aidez-moi à le redresser, ordonna-t-il à l'homme de barre. Nous allons essayer de rentrer vers la côte.

— Les vagues vont pilonner notre travers, protesta l'homme de barre Jacob Hill. Nous n'y arriverons pas sans être mis en pièces.

— Nous coulerons si nous n'essayons pas ! rétorqua May.

Grand, les épaules larges et les muscles puissants, Jacob Hill hocha la tête sans rien dire, murmura une courte prière et appuya avec une force accrue sur les rayons de la barre.

Lentement, trop lentement au goût de Hill, la coque vira par le travers sous les assauts des vagues qui se jetaient sur toute la longueur du navire impuissant. Il roula sur les extrémités de ses barrots jusqu'à ce que May puisse, par la fenêtre latérale de la timonerie, regarder tout au fond des eaux grises menaçantes. Le *Charleston* était ballotté comme un simple morceau de bois et englouti sans cesse par des rouleaux gigantesques. Après ce qui leur parut une éternité, les vagues soulevèrent puis laissèrent retomber la poupe tandis que les grandes roues à aubes se remirent à tourner avec le courant. Le bateau avait miraculeusement survécu à un virage à cent quatre-vingts degrés sans fendre ses membrures.

— Dieu seul sait pourquoi, dit le commandant May avec un soupir, mais il est toujours aussi solide qu'un roc.

— C'est un navire facile à manœuvrer, murmura Hill. Je n'en connais aucun qui aurait résisté à ça.

Le *Charleston*, 569 tonneaux, était un steamer à roues latérales, mesurant 60 mètres de long et 7 mètres de large. Deux chaudières plus une plus petite, auxiliaire, actionnaient ses deux moteurs à balancier. Il venait de Philadelphie où la famille très respectée de constructeurs maritimes John Vaugham & Son l'avait fabriqué en 1836. C'était un bateau rapide pour son époque. Il pouvait atteindre seize nœuds.

Bien que le *Charleston* naviguât un peu plus facilement maintenant, la frontière entre la vie et la mort pour les passagers et l'équipage n'était guère plus épaisse qu'une feuille de papier à cigarettes. Bien que cela parût impossible, l'orage avait encore augmenté d'intensité. Les roufs étaient en morceaux ainsi que les fenêtres de la timonerie. May et Hill se battaient pour maintenir le navire dans une course régulière alors que la pluie les fouettait et les transperçait.

Brisées et confuses, les vagues engloutissaient puis

se retiraient des encorbellements, les protections de bois installées sous les garde-roues à aubes et toute la longueur de la coque, soulevant les ponts et pénétrant jusqu'à l'intérieur du navire. Trop vite, celui-ci commença à s'enfoncer dans l'eau tumultueuse.

Ne pouvant se permettre de laisser l'équipage se reposer, Lawler frappa aux portes des cabines et ordonna à tous les passagers mâles de pomper et de former des équipes pour écoper l'eau qui entrait dans les cales. Personne ne refusa son aide à Lawler. Ils écopèrent sans relâche pendant dix-huit heures, souvent aidés par les épouses qui insistaient pour faire leur part du travail. Même les quelques enfants à bord furent mis à contribution pour disposer des chiffons et du coton autour des portes à ressorts et des fenêtres de leurs cabines.

Juste après midi, la protection de l'écoutille avant éclata. L'eau qui se précipita par là éteignit le feu de l'une des deux chaudières. Heureux que la chaudière auxiliaire fonctionne encore, le chef mécanicien Leland la remit en marche. Le bateau était presque ingouvernable. May ordonna de mettre la voile pour tenter encore une fois de ramener le *Charleston* meurtri jusqu'au rivage. Mais un vent brutal se mit à souffler dans une autre direction et déchira les toiles. Tout espoir semblait perdu et le navire était sur le point de sombrer comme trois autres paquebots que la même tempête mit en pièces et coula. Pourtant, le vent contraire, qui avait paru réduire à néant l'espoir de May de ramener son bateau à l'abri de la côte, se mit à tourner en sa faveur, poussant le *Charleston* autour du cap Lookout au large des côtes de Caroline du Nord, vers des eaux plus abritées.

Après qu'ils eurent contourné, sous la poussée du vent, la pointe du cap, May ordonna de jeter les ancres. Maintenant protégés de la violente furie du vent et de la mer, le navire et ses passagers sortirent de l'orage.

L'obscurité descendit puis s'en alla. Bien que le risque de couler eût diminué, la nuit de tourment paraissait ne jamais vouloir finir. Accroché par ses chaînes d'ancres, le *Charleston* enterra sa proue dans les vagues violentes et impitoyables. L'aube fut une délivrance mais les passagers et l'équipage, paralysés par le froid et trempés en permanence, ne cessèrent d'écoper.

A la fin de la seconde journée, il y eut un recul notable des vents et de la force des eaux. L'orage avait glissé vers le nord. La pluie se transforma en un lourd crachin et les rouleaux se calmèrent. Une mouette apparut et décrivit des cercles autour du navire, criant comme si elle était surprise de le voir encore à flot.

Deux heures plus tard, le chef mécanicien informa le commandant May qu'il avait rallumé les chaudières et qu'il y avait assez de vapeur pour repartir. Ses fourneaux maintenant alimentés, le chef du bord prépara le premier repas que les passagers et les marins mangèrent depuis près de quarante-huit heures. Le commandant May fit servir du vin et du rhum et chacun à bord trinqua à leur étonnante survie.

Le lendemain, sous les regards surpris des habitants qui n'en croyaient pas leurs yeux, le *Charleston* meurtri entra dans le port de Beaufort, en Caroline du Nord. Après quelques réparations, le vapeur continua triomphalement son voyage jusqu'à Charleston où on l'accueillit sous les vivats et la musique d'un orchestre de cuivres.

— Eh bien, tout ce qu'on a à faire, c'est de trouver de l'argent, dit avec vigueur le président de la république du Texas, Mirabeau B. Lamar, dans son bureau au cours de l'automne 1838.

— Nous pouvons essayer de lancer un emprunt, proposa le trésorier de l'Etat.

— Faites-le, répondit Lamar. Il faut le faire si nous voulons protéger nos côtes, et demeurer une nation.

Notre flotte d'origine a été coulée, nous devons nous doter d'une nouvelle marine.

Ils trouvèrent les fonds et, en novembre de la même année, Samuel Williams, le représentant du Texas auprès des Etats-Unis, fut envoyé à Baltimore. Debout sur le pont du *Charleston*, il bombardait de questions l'agent du propriétaire.

— Les moteurs ?

— Récemment remis en état.

— La coque et les accessoires ?

— Comme vous pouvez le constater, le navire est en excellent état.

Williams regarda l'agent au fond des yeux.

— Combien ?

— M. Hamilton, le propriétaire actuel, en veut cent quarante-cinq mille dollars.

— Dites-lui que la république du Texas lui en donnera cent vingt mille.

L'agent parut stupéfait. Originaire de Nouvelle-Angleterre, chic et bon genre, il n'était guère habitué aux façons directes des Texans roublards.

— Je doute que M. Hamilton accepte une offre aussi basse.

— Cent vingt mille dollars fermes et je veux que le bateau soit prêt à appareiller la semaine prochaine.

— Je soumettrai votre offre. C'est tout ce que je peux faire.

Williams tourna les talons et descendit la passerelle jusqu'au quai. A mi-chemin, il se retourna vers l'agent.

— Encore une chose, dit-il.

— Oui, monsieur ?

— Débarrassez *notre* navire de ces damnés pigeons.

Rebaptisé le *Zavala* en l'honneur de don Lorenzo de Zavala, premier président de la république du Texas, l'ancien *Charleston* subit quelques transformations. On enleva ses roufs et on mit à la place une batterie de pont ouvert comportant quatre canons moyens de douze[1] et une longue pièce de neuf. Bien avant tous les navires autopropulsés construits par la Navy, le *Zavala* eut l'honneur d'être le premier navire de guerre armé d'Amérique du Nord.

Le nouveau commodore de la seconde marine du Texas, Edwin Ward Moore, emmena le *Zavala* à La Nouvelle-Orléans pour recruter des marins. Maintenant qu'il était devenu navire de guerre, il avait un effectif de cent vingt-six hommes, trois fois plus important que celui de l'ancien *Charleston*. Leur paie n'aurait mis aucune banque sur la paille. Les simples matelots se virent offrir sept dollars par mois, les plus expérimentés, douze dollars. Les plus haut gradés en reçurent davantage. Un midship recevait vingt-cinq dollars mensuels, un maître d'équipage quarante, les lieutenants de vaisseau et les chirurgiens cent.

Le *Zavala* fut en service à la date prévue. Des troubles se tramaient de nouveau au sud. Le Mexique avait proclamé le blocus des ports du Texas et, bien que l'armée mexicaine fût occupée à mater une révolte dans le Yucatán, l'invasion du Texas à laquelle on s'attendait depuis longtemps, après le triomphe décisif de Sam Houston sur Santa Ana à San Jacinto, approchait à grands pas.

Le président Lamar décida d'aider les rebelles du Yucatán en révolte contre Santa Ana avec sa nouvelle flotte de guerre et entraîna en conséquence la marine mexicaine loin des côtes du Texas. Le 24 juin 1840, le *Zavala*, accompagné par le navire amiral du commodore Moore, la corvette armée *Austin*, et trois goélettes armées, sortit de la baie de Galveston et vira vers le sud, traversa le golfe jusqu'à la baie de Campeche, sur la péninsule du Yucatán.

---

1. Canon lançant des projectiles de douze livres.

Quand ils atteignirent les eaux au large du Yucatán, Moore ordonna à sa petite flotte d'entamer des patrouilles régulières d'un bout à l'autre de la côte. Il apparut très vite que le projet du président Lamar d'écarter une attaque contre le Texas en envoyant sa flotte dans les eaux ennemies fonctionnait parfaitement. Des espions ne rapportèrent aucun projet immédiat des généraux mexicains pour envoyer leurs armées au nord.

Le *Zavala* ne fut engagé dans aucune bataille contre un navire ennemi pendant son expédition dans la baie de Campeche mais se révéla indispensable lors d'une expédition audacieuse que le commodore Moore lança à l'automne 1840. Sous les ordres du commandant J. T. K. Lathrop, le *Zavala* remorqua le navire amiral de Moore, l'*Austin*, et la goélette armée *San Bernardo* sur quatre-vingt-dix milles au nord de la rivière San Juan Bautista, jusqu'à la capitale provinciale de Tabasco, pour l'heure contrôlée par le gouvernement mexicain.

Ancrant ses bateaux canons pointés sur la ville, le commodore Moore débarqua effrontément avec une petite troupe et pénétra sur la place principale. La petite ville était apparemment déserte.

Moore fit signe à un marin qui parlait espagnol.

— Criez-leur que nous voulons parler aux chefs de la ville.

Le marin hocha la tête et cria la demande en espagnol. De l'intérieur d'un grand bâtiment de brique, un homme petit et massif, la poitrine barrée d'une écharpe rouge, s'avança nerveusement mais à pas lents dans la rue. Il tenait une branche d'arbre à laquelle était attaché un morceau de toile blanche.

— Demandez-lui qui il est, ordonna Moore.

Le marin questionna l'homme en espagnol.

— Il dit qu'il est le maire. Il dit aussi que la garnison a pris la fuite.

Moore sourit comme un renard devant un poulailler non gardé.

— Informez le maire que si lui et ses citoyens les plus riches ne nous donnent pas au plus vite vingt-cinq mille dollars, nous mettrons la ville en pièces avec nos canons.

Après la traduction, il n'y eut ni hésitation ni débat. Le marin fit un clin d'œil à Moore et dit en riant :

— Le maire demande si vous accepteriez qu'il paie en pièces d'argent ?

Ravi d'avoir réussi son pari, Moore fit un signe affirmatif.

— Dites-lui que l'argent nous ira très bien.

La rançon paya les gages des marins texans et permit d'acheter des fournitures très nécessaires à une marine toujours à court d'argent. Au début de février 1841, la flotte rentra à Galveston pour des réparations et un réapprovisionnement.

Mais avant de revoir Galveston, le *Zavala* était devenu une épave presque à la dérive.

Sur le chemin du retour, le *Zavala* rencontra un terrible orage qui paraissait ne jamais vouloir se terminer. Pendant cinq jours, le robuste vapeur lutta pour se frayer un chemin dans les eaux déchaînées. Lors de sa transformation en navire de guerre, on avait enlevé les roufs et les cabines des passagers de sorte que la mer en se ruant sur son pont de batterie ouvert ne lui infligea aucun dommage. Le *Zavala* avait l'habitude de la sauvagerie des turbulences. Ses grosses roues à aubes tournaient avec entêtement dans la mer furieuse.

— Le bateau ne pourra pas en supporter davantage ! cria le second au commandant Lathrop dans le hurlement du vent.

Debout à côté des deux timoniers qui luttaient avec la barre, Lathrop secoua la tête.

— Il a bravé un coup de tabac bien pire que celui-ci en 37, entre Philadelphie et Charleston. On m'a dit qu'un tas de bateaux avaient coulé autour de lui.

— Il a beau être solide, encore cinq jours de ce temps et je parie ma prochaine promotion que nous irons par le fond.

Un chauffeur passa par l'écoutille de la salle des machines et s'approcha de Lathrop.

— Le chef mécanicien vous présente ses respects, monsieur, mais il vous fait dire qu'il ne nous reste qu'une tonne de charbon.

— Nous sommes à trois cents milles de notre port d'attache, remarqua le second en regardant Lathrop avec une certaine appréhension. Si nous perdons la vapeur, c'est fichu.

Le commandant Lathrop réfléchit quelques instants.

— Dites au chef mécanicien qu'il a ma permission pour brûler tout ce qu'il pourra, les cloisons, les meubles, n'importe quoi, dit-il enfin. Tout pourvu que cela nous permette de continuer.

Dépouillé de ses entrailles, le *Zavala* survécut à l'orage et arriva à Galveston quatre jours plus tard. Quand il traversa la barre et se dirigea vers son mouillage, ses chaudières fournissaient à peine assez de vapeur pour faire tourner les roues à aubes à trois nœuds.

Après son unique croisière en tant que navire de guerre, le *Zavala* resta à quai et on le laissa se détériorer. Refusant de dépenser un dollar de plus pour la marine texane, le président nouvellement élu Sam Houston ignora les suppliques qui lui furent adressées pour sauver le meilleur vaisseau de la flotte.

Sans soins, il commença à prendre l'eau à tel point qu'on dut le mettre sur cales pour l'empêcher de couler. Il fut ensuite dépouillé et abandonné. Avec le temps, il devint un tas de ferrailles rouillées au milieu de la boue du port, s'enfonça chaque jour un peu plus dans le marécage jusqu'à ce qu'on ne voie plus de lui que le haut de ses chaudières et de ses deux cheminées.

En 1870, ce qui avait été le plus beau et le plus avancé du point de vue technique des navires de la marine de la république du Texas avait complètement disparu sous le limon. Oublié de tous.

## II

# Un bateau dans un parking

*Novembre 1986*

Notre intérêt pour le *Zavala* commença assez innocemment, un jour que ma femme Barbara et moi rendions visite au président de la NUMA, Wayne Gronquist, dont le cabinet d'avocat est à Austin au Texas. Pendant notre séjour, Wayne m'emmena chez le gouverneur White. Après un bavardage à propos des épaves disparues, le gouverneur me remit un certificat signé de sa main me nommant amiral honoraire de la marine texane. Je me rappelle avoir plaisanté en disant que j'étais probablement le 4 932e amiral. Puis je gaffai en disant :

— Maintenant que je suis amiral, le moins que je puisse faire est de me trouver une flotte.

J'ignorais qu'il y avait eu une marine texane.

Comme un grand nombre de Texans, j'ignorais que la république du Texas avait réussi à mettre sur pied une marine — en réalité, deux marines. La première était composée de quatre petits bâtiments de guerre, des goélettes pour la plupart, qui furent détruites par les orages et par l'action des ennemis du Texas entre 1835 et 1837. La seconde, sous le brillant commandement du commodore Edwin Moore, se composait de huit bateaux et dura de 1838 à 1843.

Les deux marines du Texas ont laissé un remarquable héritage historique. Les navires du début ont harcelé les lignes d'approvisionnement de Santa Ana, capturant plusieurs navires marchands et envoyant leurs chargements d'armes et de fournitures au général Sam Houston, contribuant ainsi pour une part non négligeable à sa victoire de San Jacinto.

En dépit de leur service héroïque et remarquable, on a très peu écrit sur les exploits des navires de guerre texans. Deux livres ont paru sur le sujet, il y a longtemps. *Thunder on the Gulf*[1] de C. L. Douglas et *The Texas Navy*[2] de Jim Dan Hill. Les quelques détails mis au jour depuis ont fait l'objet d'articles dans des magazines d'histoire. Comme pour la plupart des épaves, leurs tombes ont été oubliées, voilées par le temps.

Il n'y a rien de pire qu'un Clive Cussler sûr de lui. A nouveau pris à mon propre jeu et de façon masochiste, j'appelai mon vieux copain Bob Fleming, qui faisait des recherches pour moi à Washington, et le lançai sur la piste de n'importe quel navire texan échoué dont la carcasse aurait pu survivre, d'une façon ou d'une autre, aux ravages du temps.

Des douze bateaux connus pour avoir servi la république du Texas, tous sauf trois étaient soit perdus en mer, soit transférés dans la marine des Etats-Unis lors de l'intégration du Texas à l'Union pour y être désarmés, soit enfin disparus des annales historiques.

Je concentrai mes recherches sur la goélette armée *Invincible* ramenée à terre dans le golfe après une bataille contre deux navires de guerre mexicains. Egalement sur le *Brutus*, autre goélette armée coulée dans la baie de Galveston après un ouragan, et sur le *Zavala* ramené à terre dans le chenal des bateaux de Galveston puis abandonné.

---

1. *Orage sur le golfe.*
2. *La Marine du Texas.*

De très nombreuses personnes extraordinaires et amicales, à Galveston, se sont intéressées au projet et nous ont considérablement aidés. Se joignant aux efforts de Fleming, Kay Taylor-Hugues fit des merveilles en nous offrant des récits locaux sur les navires. Mike Davis accomplit un travail remarquable sur le *Brutus*. Sylvia Jackson se chargea de tout le travail administratif avec l'aide du sénateur Chet Brooks et de Stan Weber. Wayne Gronquist coordonna le projet tandis que Barto Arnold, la tête pensante de la Commission historique de l'Etat du Texas, s'avéra très utile et coopératif.

Le *Brutus* était une goélette armée livrée en janvier 1836. Il avait 54 mètres de long, 7 mètres de large et était armé d'une pièce de 18 pivotante et de neuf canons courts. En compagnie de l'*Invincible*, il avait fait des dégâts parmi les navires marchands mexicains le long des rives du golfe et de la côte du Yucatán, capturant plusieurs navires de prix. Pendant sa courte carrière, le *Brutus* a considérablement aidé le Texas à accéder à l'indépendance.

En octobre 1837, une formidable tempête avait balayé la côte du Texas, détruisant un grand nombre de bâtiments et coulant une douzaine de navires. Le *Brutus* fut, d'après les rapports, « considérablement abîmé » et s'échoua près du Williams Wharf[1].

Après avoir étudié ces anciennes pièces et mesuré la zone des docks modernes autour de Galveston, Mike Davis situa le *Brutus* au bas de la 24e rue et au bout de l'embarcadère 23, sous les entrepôts 22 et 23 de la Salvage Wharf Company. Son épave y repose encore aujourd'hui.

Pendant ce temps, je me concentrai sur le *Zavala*. Le projet se révéla amusant, un vrai défi à relever. J'ai toujours eu un faible pour cette recherche parce que,

1. Quai Williams.

cette fois, je n'avais pas à m'installer sur un bateau d'études, à me faire secouer par les vagues, à écouter les clics du magnétomètre ni à étudier des cadrans et des listings pendant des heures.

Le premier indice que je découvris fut un dessin que m'apportèrent Fleming et Taylor-Hugues, représentant la capture de l'USS *Harriett Lane*, un navire de la marine de l'Union pris à l'abordage par les confédérés pendant la bataille de Galveston, lors de la guerre de Sécession. Au second plan du dessin à l'encre de Chine, une jetée triangulaire s'avançait dans le port. Des soldats, sur cette jetée, gardaient une série de bâtiments perchés sur des pieux. La jetée était désignée comme « BEAN'S WHARF ». Au fond des bâtiments, un tuyau noir sortait de l'eau. L'artiste identifiait ce tuyau comme étant le *Zavala.*

J'avais maintenant un indice approximatif.

Dans le dictionnaire de Galveston de 1856, nous trouvâmes l'information suivante, sous la rubrique « Quais » :

> *Bean's Wharf* : A l'arrière du bloc 689 et en face du « Shipper's Press » construit cette année par A. H. Bean et Nelson Clements, de New York, et contrôlé par T. H. McMahan & Gilbert. Ce quai a une largeur de 90 mètres.

La certitude que nous avions d'être sur la trace d'un steamer perdu fut anéantie par les historiens locaux qui affirmaient que le *Zavala* avait coulé au-delà de la jetée, dans le chenal, et qu'il avait cessé d'exister depuis de nombreuses années. Mais je ne pouvais me résoudre à laisser tomber. Je ne lus pas l'information dans ce sens-là. Mon raisonnement se fonda sur l'hypothèse que Bean n'aurait jamais construit son quai à l'endroit où l'épave du *Zavala* aurait entravé le chargement et le déchargement de leurs cargos. Il semblait logique que l'épave soit en dessous ou le long des anciens pieux du quai et certainement pas à l'extérieur, dans le chenal.

Heureusement, il me fut facile de trouver les traces des changements apportés le long du chenal. Bean's Wharf avait fait l'objet de nombreux documents dans les vues générales de l'ancien front de mer, entre 1856 et 1871. Cela commençait au pied de la 29e rue et s'étendait sur 117 mètres au-dessus de l'eau, en forme de L, la zone des docks continuant vers l'ouest jusqu'à rejoindre la 30e rue adjacente. Ayant examiné une carte du front de mer datant de 1927, je compris qu'au cours des années, des tonnes de terre avaient été déversées sur les anciens quais qui traversaient autrefois une large bande de marécages le long de la côte. En superposant les vieilles cartes dans l'ordre chronologique, nous pûmes mettre au point une grille de ratissage.

Pendant que l'équipe se rassemblait à Galveston, mon bon ami et associé Bob Esbenson (qui devint un personnage de mes livres où je le décris comme un grand lutin aux yeux d'un bleu limpide) et moi-même nous rendîmes sur le site pour l'examiner. Ma plus grande inquiétude était qu'on ait construit un bâtiment quelconque au-dessus de l'épave. Des entrepôts, des silos et une immense installation portuaire en béton s'étiraient sur trois kilomètres le long du chenal. La chance voulut que l'endroit où s'était érigé Bean's Wharf ne comportât aucune construction.

Notre grille de ratissage était illimitée parce qu'en 1971, un silo à grains proche avait explosé, tuant environ trente personnes. Un entrepôt situé sur Bean's Wharf avait été détruit et les débris enlevés en totalité. L'endroit était devenu un parking réservé aux employés du nouveau silo.

Je grimpai tout en haut du silo et relevai visuellement les rues figurant sur les anciennes cartes. La plupart des avenues qui se croisaient autrefois sur l'ancien dock n'étaient plus maintenant que des allées où poussaient des herbes folles. Tout en bas, Bob Esbenson, sur le parking, se déplaçait suivant les indications que je lui criais. Finalement, quand je fus satisfait, il se tenait à l'endroit approximatif où je supposais pouvoir trouver les restes du *Zavala*. Il marqua l'endroit d'une croix.

L'étape suivante fut une étude magnétique avec le gradiomètre de Schonstedt. Une cible importante se révéla, à plusieurs pieds sous le sol de terre battue. J'engageai alors un foreur de puits pour creuser la terre. Le temps était froid, pluvieux et misérable mais tout le monde se mit au travail, tout l'après-midi et une bonne partie de la nuit. Chaque carotte fut retirée du sol et son contenu examiné.

A l'un des premiers essais, le fleuret de la perforatrice heurta quelque chose de dur qu'il ne put pénétrer. J'espérais que nous avions touché une des chaudières du *Zavala* mais, sans carotte témoin, nous ne pouvions en être sûrs. Nous allâmes creuser un peu plus loin et remontâmes des fragments de bois qui pouvaient provenir soit d'un bateau, soit des anciens pieux du Bean's Wharf. On remonta aussi de petits morceaux de charbon qui indiquaient la soute d'un navire à vapeur. D'autres débris remontèrent, trop vagues pour identifier avec certitude la présence d'un bateau.

Puis, au trente-sixième essai, en désintégrant la carotte témoin, nous trouvâmes quarante centimètres de bois massif recouverts d'une plaque de cuivre. Nous avions bien percé la coque d'un navire et exhumé la gaine de cuivre qu'on y attachait pour la protéger des vers et des coquillages marins. Mais avions-nous vraiment trouvé le squelette du *Zavala ?*

Avec l'autorisation de Barto Arnold, Esbenson loua une petite pelle rétrocaveuse et nous commençâmes à creuser. A douze pieds, le godet mit au jour les deux chaudières d'un navire à vapeur. Des fouilles complémentaires découvrirent le flanc d'une coque. Nous avions trouvé le *Zavala.*

On prit des photos et une troupe de boy-scouts descendit dans l'excavation et monta sur les chaudières, ce que nul n'avait fait depuis cent cinquante ans. Barto Arnold déclara que le site serait déclaré historique et l'on referma la tombe.

Plus tard, interviewant Bob Esbenson pour le journal de Galveston, un reporter lui demanda comment j'avais calculé l'endroit où reposait le *Zavala.*

— Clive est monté sur le silo à grains et m'a crié de me mettre ici, puis là, puis ailleurs jusqu'à ce que je me trouve à côté d'une Mercury jaune de 1967.

— Est-ce là que vous avez trouvé le *Zavala* ? demanda le reporter.

— Non, Clive l'a loupé.

Le journaliste releva le nez de ses notes.

— Voulez-vous dire qu'il vous a mis au mauvais endroit ?

— Ouais, dit Esbenson avec un rire moqueur. Il m'avait placé à trois bons mètres du centre de l'épave.

Le journaliste considéra Esbenson en se demandant s'il se moquait de lui et termina là l'entretien.

Comme j'aimerais ne les manquer toutes que de trois mètres !

Au cours de l'année suivante, j'engageai Fred Tournier pour qu'il construise deux maquettes à 1/8 de pouce du *Zavala.* Fred est un merveilleux artisan et il a construit la quinzaine de maquettes des épaves que nous avons découvertes qui sont exposées dans mon bureau. J'en gardai une pour moi et offris l'autre à l'Etat du Texas, par un après-midi mémorable passé dans le bureau du gouverneur, au capitole d'Austin.

Craig Dirgo, mon ami et associé à la NUMA, envoya la maquette dans la cabine de pilotage de l'avion qui nous emmenait de Denver à Austin. Je dois préciser que la maquette reposait dans une assez grande caisse de verre. Nous la transportâmes avec beaucoup de précautions en taxi jusqu'à l'immeuble du capitole, traversâmes le vestibule, prîmes l'ascenseur et atteignîmes la rotonde où se trouvait le bureau du gouverneur. Nous étions tous en sueur. Nous avions quelques minutes de retard et un groupe de journalistes interrogeait le gouverneur à propos d'un nouveau projet de loi passionnant.

Lorsqu'ils partirent, je tentai de les intéresser au *Zavala* et à la marine du Texas. Ils se grattèrent le nez et bâillèrent quand je leur exposai que je tenais entre les mains le symbole d'un navire qui avait représenté la république du Texas et s'était battu pour elle, la seule épave historique de cette époque encore accessible. Ils me regardèrent tous comme un ivrogne regarde un vendeur d'eau minérale. Les journalistes ne s'intéressent pas à l'Histoire.

Je fus finalement introduit dans le bureau du gouverneur Bill Clement, avec Wayne Gronquist et Barto Arnold, le chef très remarquable de la Commission historique du Texas. Après que Wayne eut fait les présentations et montré la maquette, le gouverneur me regarda et demanda :

— C'est vous qui l'avez construite ?

Les politiciens ne sont pas les gens que je préfère. J'inscris toujours « non » avec fierté sur les formulaires qui me demandent si je suis disposé à donner un dollar pour mon parti politique préféré. Je me rappelle un jour de vote pour une élection où aucun candidat ne me convenait. J'ai alors écrit sur le bulletin les noms de John Dillinger, Baby Face Nelson, Pretty Boy Floyd et Ma Barker[1] pour les plus hautes fonctions du pays.

Après avoir passé des centaines d'heures à reconstituer et repérer la marine du Texas, une nuit sous la

---

1. Bandits célèbres du folklore américain.

pluie à remonter les morceaux du *Zavala* dans un parking boueux et dépensé des milliers de dollars, le gouverneur voulait seulement savoir si j'étais capable de construire une maquette.

Je ne l'avais peut-être pas construite mais je l'avais payée à Fred mille dollars pour que la NUMA puisse l'offrir au peuple du Texas. Avec des larmes de rage, je me tenais là dans mon costume de chez Brook Brothers taché de sueur, rejeté avec mépris par les journalistes, à me demander pourquoi j'avais droit à moins de respect que Rodney Dangerfield[1].

Je me tournai vers Gronquist et Arnold et murmurai :

— C'est ça, je n'ai rien à faire ici.

Et je sortis.

Les pauvres Wayne Gronquist et Barto Arnold furent très embarrassés. Le gouverneur haussa les épaules et sourit.

— Je suppose, dit-il, qu'il est pressé de commencer une autre maquette.

Hélas, il est possible que les héros de la marine du Texas tels que Moore, Hurd et Hawkins ne deviennent jamais aussi célèbres que Travis, Bowie ou Fannin. Mais j'espère que le *Zavala* sera un jour déterré et préservé pour que le public puisse le voir tel qu'il est maintenant. Peut-être que ce qu'il reste de sa coque et de ses machines pourra être à l'origine d'une réplique grandeur nature, le montrant tel qu'il était au temps où il faisait l'orgueil de la flotte du Texas.

Maintenant, cap sur l'*Invincible*, qui parcourait le golfe du Mexique au large de Galveston en 1837 et qu'une énorme vague déferlante envoya par le fond. Il fut le plus insaisissable des trois et nous n'avons pas encore identifié ses restes avec certitude.

1. Personnage comique de la télévision américaine.

TROISIÈME PARTIE

# L'USS « CUMBERLAND » ET LE CSS « FLORIDA »

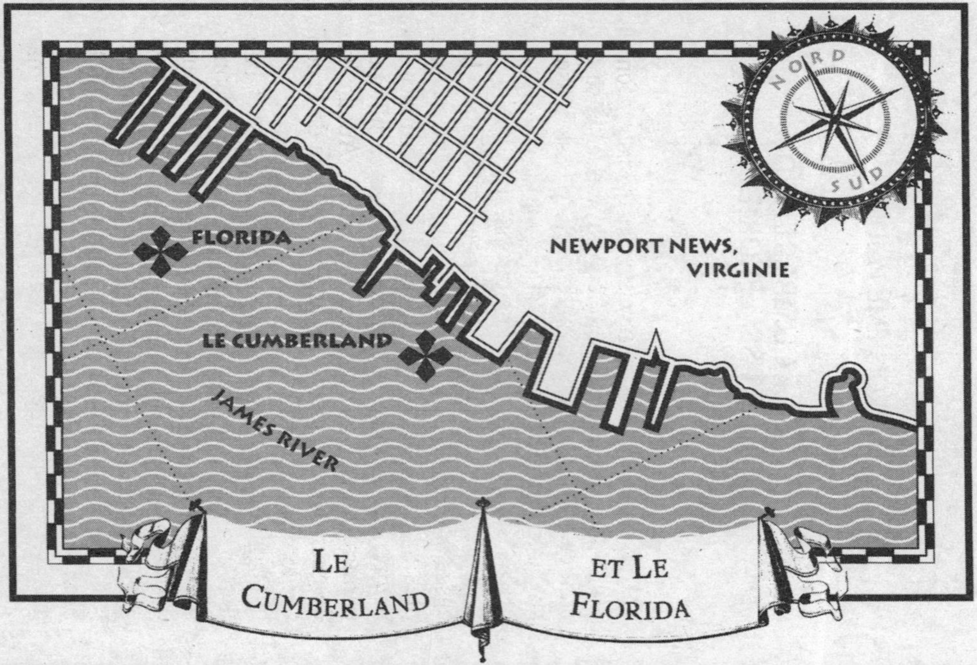
NORD
SUD
NEWPORT NEWS, VIRGINIE
FLORIDA
LE CUMBERLAND
JAMES RIVER
LE CUMBERLAND ET LE FLORIDA

I

# Son pavillon flotte toujours

*8 mars 1862*

Il avançait comme un monstre surgi des profondeurs d'une mer mésozoïque oubliée. La masse de sa coque était cachée sous l'eau sombre tandis que sa bosse massive, répugnante et repoussante, avec ses écailles de fer gris, s'élevait dans la brume du matin.

Il n'avait fallu que dix mois pour transformer la carcasse brûlée et à demi noyée en une machine de mort la plus moderne du monde. Quand ce fut terminé, aucun navire, dans toute l'Histoire maritime, n'aurait pu paraître aussi sinistre, aussi menaçant. Aucun bateau de guerre au monde ne devait être capable de le couler. On le disait invincible.

Originellement mis au point par la Navy et baptisé le *Merrimack*, frégate à vapeur, il avait été reconstruit par des ingénieurs confédérés après que leurs armées eurent pris d'assaut les chantiers navals de Norfolk appartenant à la marine de l'Union. Rebaptisé le CSS[1] *Virginia*, il fut confié au commandement de Franklin Buchanan, un vieux loup de mer sexagénaire qui avait été le premier directeur de l'Académie navale

---

1. CSS : navire confédéré. USS : navire de l'Union. HMS : navire britannique.

d'Annapolis. Le cuirassé voguait maintenant vers son destin.

La flotte de guerre de l'Union se balançait paresseusement sur ses ancres tandis que la marée montante envahissait la baie d'Hampton Roads. A part une légère brume flottant au-dessus de l'eau, le jour s'était levé avec un ciel bleu sans nuages. Bloquant l'embouchure de la James River non loin de la ville de Newport News, en Virginie, il y avait là les navires des Yankees, le *Cumberland*, un sloop de guerre armé de vingt-quatre canons, et la frégate *Congress* et ses cinquante-quatre canons. A trois milles autour de Newport News étaient rassemblés trois des plus puissants navires de guerre du Nord, les énormes frégates à vapeur *Minnesota* et *Roanoke*, chacune armée de quarante-quatre canons lourds, et le jumeau du *Cumberland*, le *St. Lawrence*. Cinq navires qui auraient pu détruire presque n'importe quelle flotte au monde.

Le *Cumberland* avait été l'orgueil de la Navy. Construit dans les chantiers navals de Boston en 1842, il avait été le navire amiral des escadres de la Méditerranée et d'Afrique. Les artistes adoraient le représenter. Avec ses mâts inclinés et son jeu de toiles blanches carrées se détachant sur le rideau bleu du ciel, sa coque sombre coupant silencieusement les eaux vertes, il était le dernier de son genre. Vingt ans plus tard, les bateaux de guerre en bois seraient remplacés par les mornes cuirassés de fer et, ensuite, d'acier.

Autrefois armé de cinquante-cinq canons, on l'avait modernisé, « rasé » comme on disait alors, en enlevant le pont inférieur de batterie et en remplaçant ses armes anciennes par d'autres, moins nombreuses mais plus puissantes. On installa deux canons pivotants Dahlgren de dix pouces, un à l'avant, l'autre à l'arrière, vingt-deux nouveaux modèles de Dahlgren de neuf pouces sur ses batteries de travers et l'une des plus puissantes armes jamais construites à l'époque, un canon rayé de soixante-dix. Pour un navire de guerre en bois, il était aussi redoutable qu'on peut l'être. Mais, sans moteur, c'était un instrument de guerre anachronique, indigne de son temps.

A bord du *Cumberland*, l'équipage faisait sécher son linge et achevait son repas de midi dans la cuisine. Les bateaux de passeurs se balançaient doucement contre la coque noire massive, près de l'échelle menant au pont de batterie ouvert. Les marins qui avaient une permission pour l'après-midi et la soirée se dirigeaient vers la ville sans savoir la chance qu'ils avaient de quitter le navire. Le commandant William Radford avait été convoqué pour présider une cour martiale près de Fortress Monroe et avait enfourché son cheval aux premières lueurs de l'aube pour couvrir les quinze kilomètres de la côte à Fortress Monroe.

Plusieurs marins attendant d'être choisis pour une journée à terre s'étaient rassemblés sur le gaillard d'arrière. L'un d'eux jouait une chanson à l'harmonica pendant qu'un jeune commis irlandais à la barbe épaisse dansait une gigue à côté d'un gros rouleau de cordage. L'Irlandais était heureux à la pensée de pouvoir bientôt aller boire un verre dans un bar du coin et peut-être même trouver une fille.

La lessive de la semaine, étendue sur un gréement, se balançait gentiment dans la légère brise de printemps. Un jeune marin d'une quinzaine d'années, assis sur le pont, gribouillait une lettre à sa famille. Quand il l'eut achevée, il la scella à la cire et mit l'enveloppe dans la poche de sa veste.

A terre, des soldats d'un régiment d'infanterie d'Indiana et une batterie d'artilleurs regardaient la lutte entre les champions de leurs deux compagnies. Etant donné la température très chaude pour la saison, un groupe de soldats barbotait dans la rivière proche de la plage rocheuse. Quelques bons nageurs, dans une partie plus profonde du fleuve, tentaient de persuader ceux qui préféraient l'eau moins profonde de les rejoindre.

Tanguant calmement, comme un élan fier dans le viseur du fusil d'un chasseur, le *Cumberland* ignorait la menace qui s'avançait vers lui, venant de l'autre côté de la baie. Son équipage ne pouvait imaginer l'enfer qu'il allait affronter. Comment auraient-ils pu prévoir qu'un grand nombre d'entre eux seraient mutilés ou tués au cours de la prochaine heure ? Le bois allait se heurter au fer et le résultat serait catastrophique. Après, la guerre navale ne serait plus jamais la même.

A toute vapeur, son unique cheminée crachant une fumée noire, le *Virginia* descendit l'Elizabeth River et pénétra dans les eaux de Hampton Roads. Paresseux comme une péniche trop chargée, laid comme une baignoire retournée, il était malgré tout devenu l'orgueil de la marine confédérée. Les civils et les soldats locaux qui avaient assisté à sa construction et exprimé un grand scepticisme quant à son avenir s'étaient massés des deux côtés de la rivière pour lui souhaiter bon voyage. Un marin brandit le drapeau de la Confédération de 1862, avec ses deux rayures rouges horizontales séparées par une bande blanche avec treize étoiles sur champ d'azur. Leurs vivats furent accompagnés par les tirs de canons des batteries confédérées gardant l'embouchure de la rivière.

L'armement du *Merrimack* reconverti était un assortiment mortel de vieux canons usés hâtivement transformés en armes rayées plus puissantes. Il en comptait dix. Il n'y eut pas de voyage d'inauguration. Les marins ne reçurent aucune formation et les machines durent fonctionner sans avoir été testées. Le vieux Buck Buchanan était un homme impatient. Avec ses installations de fortune, ses marins inexpérimentés rassemblés à la hâte, dont la plupart n'avaient jamais mis les pieds sur un bateau et à plus forte raison ignoraient tout des batailles navales, Buchanan ordonna qu'on engage le *Virginia* dans la guerre alors même que les ouvriers travaillaient encore à bord pour le terminer.

Dans l'impossibilité de composer un équipage expérimenté, il avait recruté trois cent vingt volontaires parmi les troupes d'infanterie et d'artillerie stationnées à Richmond. Il cherchait si désespérément des hommes valables qu'il accepta les services du colonel J. T. Wood, de l'armée confédérée, en qualité de lieutenant de vaisseau.

Tandis que le navire s'avançait pesamment vers l'ennemi, Buchanan rassembla ses hommes et leur tint un ardent discours d'encouragement qu'il acheva par ces mots :

— Et ne vous plaignez pas que je ne vous amène pas assez près de l'ennemi ! Maintenant, à vos canons.

Le lieutenant de vaisseau George Morris, officier en second du *Cumberland* et commandant le navire en l'absence de Radford, se tenait aux côtés du lieutenant Thomas O. Selfridge Jr. Il lui montra du doigt la colonne de fumée au loin.

— A ton avis, Tom, qu'est-ce que c'est ?

Selfridge regarda dans sa longue-vue.

— L'épaisseur de brume sur l'eau donne l'apparence d'un mirage. Je ne peux pas dire si ça avance ou si c'est immobile.

Morris prit une lunette d'approche sur le bastingage et scruta le lointain.

— Il me semble que ça vient par ici.

Les deux officiers de l'Union regardèrent en silence quelques minutes jusqu'à ce que la colonne de fumée sorte de la brume. Ils virent alors qu'elle s'échappait d'une haute cheminée s'élevant au centre d'un énorme vaisseau aux flancs inclinés qui labourait inébranlablement la surface de l'eau et venait droit sur le *Cumberland* et le *Congress*. Tout le monde, dans la marine de l'Union, savait que leur ancien navire avait été remis à neuf, reconstruit et couvert de plaques de fer. Tous s'étaient attendus à le voir apparaître un jour, mais pas si vite !

— C'est le *Merrimack* ! dit Morris d'un ton calme. Il vient sur nous.

Selfridge regarda à nouveau dans sa longue-vue leur châtiment s'approcher.

— Il se dirige sur nous et le *Congress*, confirma-t-il.

— Nous allons devoir nous battre aujourd'hui.

— Dois-je prévenir les autres officiers ?

Morris hocha gravement la tête.

— Et donnez l'ordre aux tambours de battre le rappel.

L'équipage ramassa en toute hâte le linge pendu, ferla les voiles qu'on avait mises à sécher et on éloigna du navire les bateaux de passeurs. On recouvrit de sable le pont de batterie pour absorber le sang qui n'allait pas manquer de couler. Les canons du *Cumberland* furent mis en batterie, chargés et amorcés. Un calme étrange tomba sur le navire où chacun suivait la progression du monstre de fer s'approchant inexorablement, estimait sa vitesse et comptait ses sabords.

Ce qu'ils ne pouvaient voir sous la surface de l'eau, c'était le bélier en fonte de dix mille livres sur la proue du *Virginia*, comme le bec d'une gigantesque gargouille.

— Pour l'instant, nous allons ignorer les frégates, dit Buchanan à son second, le lieutenant de vaisseau Catesby Jones. Nous nous concentrerons sur le *Cumberland* et le *Congress*.

Jones, la quarantaine, regarda le vieux Buck.

— Votre frère n'est-il pas à bord d'un de ces navires ?

Buchanan approuva d'un air grave.

— McKean est commissaire sur le *Congress*.

— Quel navire souhaitez-vous attaquer d'abord ?

— Le *Cumberland*. Il a un canon rayé de soixante-dix. Je veux voir ce qu'il peut faire contre notre armure.

Les yeux de Jones reflétèrent une certaine appréhension.

— Dommage que nous n'ayons pas eu un soixante-dix à nous à essayer pendant la construction.

Buchanan eut un mince sourire.

— Nous saurons bientôt comment il réagit, n'est-ce pas ?

Quinze minutes plus tard, le *Congress* fut le premier à faire feu, lâchant une bordée par le travers qui ricocha sur la casemate du *Virginia* « comme de la grêle sur un toit de tôle », ainsi que le décrivit un marin. Puis les batteries du *Cumberland* ouvrirent le feu à l'unisson de l'artillerie militaire de la côte. Des observateurs s'étonnèrent de la fumée qui sortit quand un obus frappa la casemate blindée des confédérés, ricocha vers le ciel et retomba sur la rive opposée. Ce qu'ils virent, ce fut l'effet de la graisse animale en train de frire et de grésiller. En effet, Buchanan avait ordonné que l'on en enduise les flancs de la casemate du cuirassé pour dévier les obus de l'Union. Ce qu'il n'avait pas prévu, c'était l'odeur épouvantable qui, passant par les sabords et les évents supérieurs, enveloppa l'équipage comme un vent pestilentiel.

Le seul dommage subi à ce stade initial de la bataille résulta d'un obus du *Cumberland* qui mit en pièces la chaîne d'ancre du *Virginia* et qui, passant par un sabord, tua un homme et en blessa plusieurs autres.

Le cuirassé avait un avantage. Etant donné que le navire de l'Union était à l'ancre avec la marée montante et que le *Virginia* approchait son étrave, les servants du *Cumberland* ne pouvaient utiliser leurs canons de travers. Réservant son tir pour le moment où la cible serait plus facile à atteindre, le canon rayé de sept pouces de l'avant fut avancé dans la casemate et tira. Le projectile traversa le flanc du *Cumberland*, explosa sur le pont de batterie dans un nuage de bouts de bois qui tua et blessa une douzaine de marins.

Rapidement rechargé, le canon tira une nouvelle salve qui éclata au milieu des servants du canon pivotant de dix pouces à l'avant, les tuant tous à l'exception du soutier. Elle blessa horriblement le canonnier en chef, John Kirker, dont les deux bras furent arrachés au niveau des épaules. Tandis qu'on l'emportait vers l'infirmerie où le chirurgien de bord opérait déjà les marins blessés, Kirker cria, tandis que le sang jaillissait de ses artères sectionnées :

— Battez-les, les gars, battez-les !

Le lieutenant de vaisseau Morris resta au milieu des cordages, dirigeant la bataille, suivant la destruction de son navire, frustré et impuissant tandis que le *Virginia* se rapprochait sans cesse davantage du *Cumberland*. Alors, de façon inattendue, le cuirassé se tourna en un large mouvement maladroit et pointa sa proue vers le flanc tribord du *Cumberland*. Ce n'est qu'à cette seconde que Morris réalisa ce qui se passait. La bête de fer avait l'intention de l'éperonner.

— Foncez droit sur lui et ne déviez pas, ne serait-ce que d'un degré ! hurla Buchanan à son pilote par-dessus le bruit de la canonnade.

— A vos ordres, monsieur, dit le pilote.

Un épais nuage de fumée noire s'échappa de la grosse cheminée du *Virginia* tandis qu'il s'approchait du malheureux navire de l'Union avec un angle de quatre-vingt-dix degrés. Avançant à sa vitesse maximum de cinq nœuds et demi, comme un poing géant frappant à travers l'eau, il fracassa une couche extérieure de poutres de bois, entassées autour de la coque du *Cumberland* en protection, précisément, contre ce type d'événement. Sa masse irrésistible brisa les poutres comme des cure-dents et traversa les quelques mètres restant jusqu'à sa cible en quelques secondes.

Après la guerre, quand Buchanan repensa à la bataille, il se rappela que l'ordre le plus inspiré qu'il eût jamais donné tout au long de sa carrière d'officier de marine fut celui qu'il lança à la salle des machines, une demi-minute avant l'impact.

— Renversez la vapeur ! Moteurs en arrière toute !

Les grosses hélices s'étaient arrêtées, inversées et avaient mordu dans la rivière tandis que le massif éperon, lancé par une masse de près de mille tonnes, s'était écrasé à travers la coque du *Cumberland*, sous la ligne de flottaison, un peu en arrière du mât avant et sous le pont des couchettes, repoussant les nervures et ouvrant un trou dont quelqu'un dit plus tard « qu'un cheval et sa charrette auraient pu y entrer ».

En même temps, les canons assassins à l'avant du *Virginia* avaient craché leur feu directement sur le flanc de la frégate déjà mortellement blessée, tuant dix hommes sur le pont. Les mâts du *Cumberland* avaient vacillé d'arrière en avant comme des pendules tandis que l'eau s'engouffrait dans les entrailles du navire frappé. Pendant près d'une minute, les deux navires avaient été étroitement liés l'un à l'autre, le *Virginia* semblant incapable de se dégager de l'emprise de la frégate. La proue du *Cumberland* avait commencé à s'enfoncer dans l'eau. Il avait semblé un moment que le navire de bois allait tirer le cuirassé au fond avec lui. Si Buchanan n'avait pas fait inverser les moteurs avant la collision, le *Virginia* aurait sûrement enfoncé son étrave plus profondément dans cette étreinte mortelle et coulé avec lui.

Heureusement pour Buchanan et son équipage, l'immense éperon fut arraché à ses boulons tandis qu'il restait enfoncé à l'intérieur du *Cumberland* et le cuirassé se libéra.

Alors le *Virginia* pivota jusqu'à ce que les deux

navires soient côte à côte. L'équipage brutalisé de la frégate reprit courage maintenant qu'il lui était possible de viser tous les canons des flancs sur leur adversaire venimeux. Les canonniers lancèrent trois bordées qui écrasèrent les gueules de deux des canons du *Virginia*, aplatirent sa cheminée, déchirèrent ses ancres et réduisirent en miettes toutes ses chaloupes sauf une. Leurs tirs étaient précis et délibérés mais hélas inutiles. Même d'aussi près, le feu du *Cumberland* fit peu de dégâts sérieux à son ennemi.

A bord du navire touché qui s'enfonçait rapidement, le spectacle était d'une horreur totale. Le pont de batterie était couvert du sang, des entrailles et des membres des marins décimés. Il y avait tant de morts éparpillés au milieu des canons que les vivants durent se donner beaucoup de peine pour les empiler en tas de l'autre côté du pont, où ils ne gêneraient pas. Les blessés, transportés sur le pont des cabines pour attendre que le médecin puisse s'occuper d'eux, étaient incapables d'échapper à l'eau qui ne cessait de monter des cales et des écoutilles ouvertes.

Un marin gravement blessé, nommé Winston Humbolt, attendait d'être soigné par le chirurgien. Son ami, marin lui aussi, Tom Lasser, dont la main blessée avait été soignée et qui retournait au combat, s'arrêta près de lui pour lui dire quelques mots d'encouragement.

— Tom, tu ne vas pas me laisser ! murmura Humbolt.

Lasser berça la tête de son ami sur ses genoux.

— Non, Winny, je ne te laisserai pas.

Le lieutenant de vaisseau Morris se tenait sur le pont principal au moment où un dernier tir du cuirassé frappa directement les servants du canon arrière. Le groupe d'hommes parut se dissoudre sous le choc. Morris en resta muet d'horreur. Immobile, éclaboussé par le sang et les morceaux des corps humains déchiquetés autour de lui, il était incapable de bouger. La bile monta dans sa gorge quand il vit le canonnier Karl Hunt, gravement blessé, les jambes coupées sous les genoux, ramper jusqu'à son canon et actionner une dernière fois le boutefeu, envoyant un boulet qui alla exploser dans la cheminée du cuirassé.

Selfridge, devant cette horreur, se précipita pour aider Morris à s'asseoir sur une écoutille derrière le grand mât.

— Reste avec nous, George, nous avons besoin de toi.

Morris agrippa la manche de Selfridge.

— Ça va aller dans une minute. Veille aux canons.

Soudain il se leva, incertain, et repoussa Selfridge en entendant une voix l'appeler dans le claquement des canons et lui demander de se rendre. Il alla en chancelant jusqu'au bastingage et regarda le cuirassé, à quelques mètres de lui. D'une écoutille sur le pont supérieur de la casemate, Buchanan répéta sa demande.

— Rendez votre navire.

— Jamais ! répondit Morris d'un ton de défi. Je coulerai d'abord avec lui.

Sa réponse fut ponctuée par une volée d'obus tirée d'un des Dahlgren de neuf pouces du *Cumberland*.

Comme un scorpion qui se débat et refuse de mourir, les quelques canons encore en état ne cessèrent de tirer sur l'invulnérable *Virginia*. Comme le pont penchait vers l'avant, l'un des énormes canons se détacha de ses embrasures. Le lieutenant de vaisseau Selfridge regarda, paralysé d'horreur, la grosse pièce glisser le long de la pente et écraser un jeune marin. Son cri d'agonie fut étouffé par sa chute dans la rivière, sous le poids du canon qui tomba avec lui. Son corps sans vie remonta à la surface, flotta un moment, le visage dans l'eau, image humaine du désastre.

L'équipage affolé fit feu jusqu'à ce que l'eau arrive

à la hauteur de la gueule des canons. Le dernier boulet du navire mourant fut tiré par un jeune marin de dix-sept ans, Matthew Tenney, alors que l'eau de la rivière atteignait ses genoux. Après que son boulet fut entré dans un hublot ouvert du *Virginia* et qu'il ait fracassé le fût d'un canon qui prit feu, Tenney tenta de fuir par son propre sabord. Mais la houle le balaya et il disparut à jamais.

Lorsque la proue se fut complètement enfoncée dans l'eau, Morris donna enfin l'ordre d'abandonner le navire.

— Que ceux qui le peuvent aident les blessés à sortir.

— Et le drapeau, monsieur ? demanda un marin.

Morris regarda la bannière étoilée qui flottait dans le soleil.

— Laissez-le là, que tout le monde le voie.

Puis il se tourna pour aider un homme gravement blessé à sortir par ce qui restait du bastingage.

Un jeune tambour replet nommé Joselyn était resté courageusement à son poste, battant l'appel aux armes tout au long du combat. Ce n'est qu'au dernier moment qu'il glissa ses baguettes dans sa ceinture et sauta dans l'eau. Utilisant son tambour comme flotteur, il commença à battre des pieds jusqu'à la rive.

Le navire roula sur bâbord et glissa au fond de la rivière. En dessous, sur le pont des cabines submergé, les cris des blessés furent rapidement étouffés. Tom Lasser, tenant toujours la tête de son ami sur ses genoux, ferma les yeux et accepta l'inévitable. Winston Humbolt et lui se noyèrent ensemble.

Délabrée, battue mais vaillante jusqu'à sa fin tragique, la quille du *Cumberland* s'enfonça dans la vase du fond de la James River, ses mâts dépassant encore de l'eau, son pavillon flottant toujours, sa dernière bataille achevée.

Comme un seul homme, l'équipage du *Virginia* fut

d'accord pour affirmer « qu'aucun navire ne s'était jamais battu si vaillamment ».

Sur les trois cent vingt-six hommes à bord du *Cumberland* au début de la bataille, cent vingt avaient trouvé la mort.

Lorsqu'il entendit le bruit des canons pendant la séance de la cour martiale, le commandant du malheureux navire, William Radford, quitta les lieux, sauta sur son cheval et couvrit les dix milles du retour comme si une armée de fantômes chevauchait derrière lui. En atteignant les falaises assez basses qui dominent la James River, Radford sauta au bas de son cheval dont la bouche moussait et le corps était couvert d'écume de sueur.

Il regarda avec horreur les hommes se battre et se noyer. Il ne restait rien de son fier navire sauf le haut des mâts qui dépassait de l'eau. Il nota avec un frémissement de satisfaction que son drapeau flottait toujours.

Derrière lui, le cheval frissonna sur ses jambes fatiguées et commença à trembler comme une feuille dans le vent. Puis l'animal s'écroula, la langue sortant de sa bouche ouverte, les yeux fixes, épuisé à mort par sa course folle et inutile.

Bien que son navire ait souffert pendant sa conquête du *Cumberland*, le vieux Buck Buchanan et le *Virginia* devaient encore connaître plusieurs batailles. Ils tournèrent ensuite leur attention vers le bateau suivant en ligne.

Essayant vainement d'atteindre des eaux trop peu profondes pour que le cuirassé puisse l'y poursuivre, le *Congress* se lança vers la rive et s'échoua, sa poupe face au milieu de la rivière. Buchanan se contenta de poster son invincible navire un peu plus loin et de marteler la frégate impuissante jusqu'à ce que son commandant soit mort et que son second hisse le drapeau blanc de la reddition.

Buchanan mit à l'eau la seule chaloupe encore capable de flotter et envoya un officier recevoir la reddition. Mais le vieux commandant hargneux qui dirigeait à terre les troupes et l'artillerie ne l'entendait pas de cette oreille. Si le navire s'était rendu, ce n'était pas son cas à lui et il ordonna à ses hommes de poursuivre le feu.

Debout avec ses officiers sur le pont supérieur pour mieux voir, Buchanan fut sérieusement blessé, comme plusieurs de ses compagnons. Il reçut une balle de fusil dans une cuisse. Pendant qu'on le descendait auprès du chirurgien, furieux de constater que les troupes à terre ignoraient le drapeau blanc du *Congress*, il ordonna au lieutenant de vaisseau Catesby Jones de détruire la frégate yankee.

— Brûlez le navire, qu'il n'en reste rien ! hurla-t-il en grimaçant sous la douleur de sa blessure.

Jones le prit au mot et cria au pont de batterie :

— Feu à volonté !

Les boulets de fer furent placés sur les grilles d'un fourneau et chauffés presque à blanc. Roulés dans des seaux et portés jusqu'aux canons, on les enfila dans les gueules des canons et on les tira sur la frégate impuissante. En quelques minutes, le *Congress* brûlait de la proue à la poupe.

Par un sabord, Jones regarda l'incendie avec satisfaction. Le feu avait atteint les canons du navire mourant qui partirent tout seuls, l'un après l'autre, comme si un équipage de fantômes avait tenu à accomplir un baroud d'honneur.

Rien ne réussit ce jour-là à la flotte de l'Union. Levant les voiles pour se porter au secours des navires frappés, le *St. Lawrence* s'échoua. Le puissant *Minnesota* subit le même sort. Dans son effort pour rejoindre le lieu du combat, lui aussi s'enfonça dans la vase. Et pour ajouter aux malheurs des Nordistes, le *Roanoke* était incapable de bouger, un de ses arbres d'hélice s'étant brisé.

Les trois derniers navires de la flotte de l'Union reposaient comme des agneaux attachés à un pieu et attendant l'arrivée du tigre.

Jones s'approcha de Buchanan dont le chirurgien était en train de soigner la jambe.

— Ai-je votre permission pour reprendre la bataille, monsieur ?

Buchanan regarda le bandage de sa cuisse qui, déjà, virait au rouge.

— On m'a dit que le *Minnesota* et le *St. Lawrence* s'étaient échoués ?

Jones fit signe que c'était exact.

— Ils paraissent immobilisés. Surtout le *Roanoke*. Nos espions rapportent qu'ils ont cassé un arbre d'hélice.

Buchanan regarda, par la porte de la cabine, la lumière qui venait d'une écoutille, plus haut.

— Il fera trop sombre pour y voir dans une demi-heure. Je pense qu'il vaut mieux arrêter les frais et nous diriger vers le dock. Le *Cumberland* s'est vaillamment battu et nous a causé des dommages qu'il faut réparer avant toute nouvelle attaque.

— Je suis de votre avis, dit Jones. Ils seront toujours à notre merci demain. Nous pourrons les achever plus tard.

— Oui, dit le vieux Buchanan avec un sourire rusé. Il sera assez tôt demain.

Jones retourna à la barre et dit au timonier de faire route vers Norfolk. Laissant derrière lui une scène de destruction comme on n'en avait jamais vu auparavant dans les eaux américaines, le *Virginia*, mû par la vapeur de ses chaudières, commença à traverser Hampton Roads jusqu'à son lieu de mouillage. Sur la scène du drame, deux cent cinquante marins de l'Union étaient morts et plus de cent étaient blessés, ce qui fut, à l'époque, la plus grande tuerie en une seule bataille de toute l'Histoire navale des Etats-Unis.

Juste après le coucher du soleil, le feu à bord du *Congress* atteignit la soute à munitions et le navire explosa en un immense feu d'artifice avant de rejoindre le *Cumberland* au fond de la James River. Buchanan et Jones savaient qu'ils avaient remporté une grande bataille et espéraient en remporter une encore plus grande le lendemain matin. Ils avaient accompli l'impensable en ne comptant que deux morts et huit blessés.

Mais, sans qu'ils le sachent, leur dernier triomphe leur fut ravi.

Avant que la fumée noire sortie de la cheminée calcinée du *Virginia* n'ait dérivé vers les rayons du soleil couchant et que l'explosion finale du *Congress* à l'agonie n'ait retenti à travers l'eau sombre de Hampton Roads, un vaisseau étrange, effrayant, se matérialisa dans la brume, venant de la baie de Chesapeake.

Au cours de ce qui devait être la plus incroyable coïncidence de l'Histoire moderne, le *Monitor*, cuirassé de l'Union, venait d'arriver. Le lendemain matin, l'équipage du *Virginia*, qu'on appelait encore le *Merrimack* dans le Nord, se préparait à un autre jour de gloire. Tous furent stupéfaits quand ce que l'un d'eux appelait « une boîte à fromage sur un radeau » apparut derrière la coque du *Minnesota*. Le petit cuirassé de l'Union fonça droit sur le monstre confédéré et fit feu de ses deux gros canons Dahlgren de onze pouces. Le *Virginia* répliqua. Ainsi commença la première bataille de cuirassés du monde. Quelques heures plus tard, elle s'acheva dans une impasse. Aucun des deux navires ne fut gravement endommagé et tous deux se proclamèrent vainqueurs. L'Histoire avait évolué et les batailles navales ne devaient plus jamais être les mêmes.

Deux semaines à peine après les batailles épiques de Hampton Roads, un plongeur indépendant du nom de Loring Bates fouilla les restes du *Cumberland* pour savoir si on pouvait le remonter et le reconstruire. Il trouva l'épave reposant par soixante-dix pieds d'eau, avec un angle de quarante-cinq degrés, en pleine confusion. Il décida qu'il était trop abîmé pour qu'on dépense de l'argent à le renflouer.

Il y eut des tentatives sporadiques de divers sauveteurs pour récupérer des fournitures et des équipements de valeur. Il y eut des batailles pour savoir qui avait ou n'avait pas la légitimité de ces récupérations, jusqu'à la fin des années 1870. Malgré la bravoure de son combat et l'héroïsme de son équipage, le *Cumberland* et sa tombe se perdirent puis s'effacèrent de la mémoire des hommes. Ce ne fut qu'en 1980 que d'autres hommes vinrent tenter de retrouver ses restes.

## II

## Le démon de la Confédération

*28 novembre 1864*

La soirée était claire, la lune pleine et le navire jetait une ombre spectrale sur l'eau. Un an et sept mois s'étaient écoulés depuis que le *Cumberland* avait disparu au cours d'une bataille à quelques centaines de mètres en aval de la rivière, en face de la ville de Newport News en Virginie. La petite équipe de huit marins qui gardait le navire ne s'attendait à aucun incident et la plupart dormaient. Seuls deux aides-mécaniciens qui tentaient de réparer une pompe auxiliaire étaient éveillés. Un navire de transport de troupes avait accidentellement heurté le flanc du bateau à l'ancre, ce qui avait provoqué la cassure de quelques bardages de la coque et quelques fuites intérieures.

Peu après minuit, un homme seul, venant en barque de la rive, s'approcha du navire. Levant les yeux, il regarda la masse sombre qui le dominait. Arrivé sans bruit en ville, il avait laissé son cheval attaché à un arbre près du rivage et avait « emprunté » une barque. Il n'y avait aucun soldat aux alentours et aucun résident civil qui pût être témoin de ce qu'il était sur le point d'accomplir.

Grimpant à l'échelle de coque, un sac de cuir coincé sous un bras, il avança comme un fantôme à travers le pont désert. Dans la lumière douce de la nuit, les canons ne paraissaient pas menaçants. Ils avaient juste l'air de grosses bêtes mortes.

Pénétrant dans la cabine du commandant, l'homme admira la très belle porte et les cloisons d'acajou. Il passa dans le carré des officiers avant d'atteindre la salle des machines. Il aperçut les mécaniciens travaillant sur la pompe endommagée. L'intrus, mécanicien lui-même, admira les machines de bord. Caressant les jauges de cuivre, il regarda les chaudières froides.

— Tu es un magnifique navire, admit-il à haute voix qui parut déplacée sur le bateau silencieux. Pardonne-moi ce que je vais te faire.

Le cœur lourd, il ouvrit son sac et en tira une grosse clef. L'utilisant comme levier, il tordit les boisseaux des robinets qui permettaient à l'eau de pénétrer dans le bouchain. Quand il eut enlevé le dernier boisseau, il attendit que l'eau sorte en gargouillant. Il écouta le navire craquer et grogner, ses poutres de bois se bandant sous le poids interne croissant. On aurait dit que le navire suppliait le mécanicien de le sauver.

Celui-ci s'obligea à ne pas entendre les sons inquiétants et remonta l'échelle qui donnait sur l'écoutille de la salle des machines, derrière le gros canon pivotant de sept pouces. Il se hâta de retraverser le pont pour atteindre l'échelle de coque, regrettant la mission clandestine destinée à couler ce magnifique petit navire, mais les ordres étaient les ordres.

Il sauta de l'échelle dans sa barque et rama aussi vite qu'il put vers le rivage. Abandonnant la barque au fleuve, il la regarda disparaître dans le courant. Puis il regagna l'endroit où il avait laissé son cheval, le détacha et partit au galop sans regarder derrière lui.

Alarmés par l'augmentation soudaine de l'eau dans la salle des machines, les hommes qui avaient réparé la pompe réveillèrent le chef mécanicien, William Lannan. Ayant constaté la montée régulière de l'eau, celui-ci fut sidéré de cette invasion dramatique. Les hommes firent tout ce qu'ils purent pour empêcher le navire de sombrer mais l'eau montait plus vite qu'on ne pouvait écoper.

On appela un remorqueur pour tirer le navire en eaux peu profondes mais il arriva trop tard. A sept heures du matin, il s'enfonça, ses mâts et ses vergues tentant vainement de griffer le ciel. Son chant de mort s'éleva quand l'air, comprimé par la pression de l'eau envahissante, siffla par les sabords et les écoutilles. La coque disparut dans un nuage de bulles remontant en protestant. Puis la quille s'enfonça dans le fond meuble et l'eau boueuse se referma sur lui.

Le premier grand raider des mers de l'Histoire n'était plus. Il reposait dans la vase tendre pour attendre la fin des temps.

Deux ans et demi auparavant, le 22 mars 1862, Thomas Dudley, consul des Etats-Unis à Liverpool, regardait, debout sur une digue, l'*Oreto* prendre la mer pour la première fois. Il essuya la lentille de sa longue-vue avec un mouchoir et suivit des yeux le navire qui pénétrait dans la pluie fine d'un orage de mars soufflant du nord. Il était toujours à la recherche de navires sortis des chantiers navals anglais et vendus clandestinement aux Etats confédérés d'Amérique, en dépit des lois maritimes interdisant la vente de navires de guerre aux nations étrangères belligérantes.

L'*Oreto* était un magnifique vaisseau, officiellement construit pour la marine italienne. Avec ses mâts nettement inclinés et ses deux cheminées jumelles, il paraissait bouger alors même qu'il était immobile. Etudié pour être un croiseur rapide, il comportait plusieurs innovations, dont une hélice propulsive que l'on pouvait relever pour réduire la résistance de l'eau quand on naviguait à la voile, ce qui économisait le charbon. Il paraissait petit pour un raider confédéré, pensait

Dudley. Sa longueur totale était de 63 mètres seulement, pour une largeur de 8 mètres.

Admirant ses lignes, il décida que l'*Oreto* était trop beau pour être dangereux. Il ne pouvait imaginer que ce navire serait l'un des meilleurs et des plus dangereux des Etats du Sud.

Dudley suivit la manœuvre des pilotes du port qui s'éloignaient à la rame, laissant le navire poursuivre son chemin dans la baie.

— On dirait qu'il ne fait qu'une sortie d'essai, dit-il à son assistant debout près de lui dans la forte pluie qui les trempait. Son commandant, James Duguid, est anglais. D'après ce que je sais, il n'a aucun lien avec les confédérés.

Son assistant, un petit homme maigre d'une vingtaine d'années, montra du doigt quelques femmes qui bougeaient sur le pont.

— Ces dames n'appartiennent sûrement pas à la marine confédérée.

— Ce bateau me semble assez inoffensif, dit Dudley. Mais tout de même, nous garderons un œil sur lui quand il reviendra à quai.

— Je serai ravi de me charger de cette surveillance, dit l'assistant en jetant un coup d'œil au pub voisin où il pourrait se mettre à l'abri de l'humidité et se réchauffer avec un bon whisky.

Dudley suivit des yeux le navire qui s'éloignait puis se tourna vers son assistant.

— Rentrons au consulat. Je veux envoyer un rapport à notre ambassade à Londres.

Déçu, l'assistant haussa les épaules.

— Comme vous voudrez, monsieur.

Ressemblant à un fin pur-sang des mers, un filet de fumée s'échappant de ses cheminées, l'*Oreto* passa les bouées de l'entrée du port et augmenta sa vitesse. Il se dirigeait vers l'ouest de Liverpool. Quand la terre eut disparu dans la pluie battante, le commandant Duguid ordonna de stopper.

— Le bateau-pilote s'approche, dit-il à l'officier en second. Aidez ces dames à descendre.

Il se dirigea vers la passerelle qu'on abaissait et remit à chacune des femmes une pièce d'or de cinq guinées.

— Merci pour votre compagnie, mesdames, dit-il poliment. Je suis désolé de vous voir partir.

Une jeune femme aux formes généreuses avec une mouche sur la joue fit un grand sourire à Duguid.

— C'est l'argent le plus facilement gagné que nous ayons reçu cette année, ronronna-t-elle. Faites-moi signe la prochaine fois que vous viendrez à Liverpool.

Duguid lui baisa galamment la main.

— Comptez sur moi.

Il surveilla le transfert des femmes sur le bateau-pilote. Il ôta son chapeau quand celui-ci s'éloigna de l'*Oreto* et les femmes lui firent de grands signes. Alors il se tourna vers le timonier.

— Virez au sud-ouest jusqu'à ce que j'aie décidé d'un cap définitif.

Puis, s'adressant à l'officier en second :

— Relevez l'hélice et hissez les voiles. Nous avons un long voyage à faire.

Un mois plus tard, Duguid et l'*Oreto* arrivaient au port de Nassau, aux Bahamas. A peine avait-il jeté l'ancre que le navire fut l'objet de grandes controverses. Le consul des Etats-Unis avait immédiatement envoyé une protestation aux autorités anglaises. Arguant du fait que l'*Oreto* avait été armé dans les eaux anglaises, il exigeait qu'il soit saisi. Les Anglais, qui soutenaient les confédérés, se contentèrent de hausser les épaules et répondirent que le navire n'avait pas de canons et qu'il n'y avait aucune preuve qu'on en installerait jamais.

Une forte brise venant de l'île faisait voler le rideau à la fenêtre du bureau du gouverneur des Bahamas, C. J. Bayley. La pièce simple aux murs blanchis à la chaux était meublée d'un grand bureau de teck orné de cuivre. Deux chaises de bois au dossier raide lui faisaient face. L'une d'elles était occupée par un homme mince aux traits coupés à la serpe.

Samuel Whiting, consul des Etats-Unis à Nassau, plaidait sa cause.

— L'*Oreto* est une canonnière, purement et simplement.

Bayley but le thé de sa tasse de porcelaine.

— Tout navire armé d'un canon peut être baptisé canonnière. Nous n'avons aucune preuve que ce bateau soit armé.

— Vous savez qu'il appartient secrètement aux confédérés, s'énerva Whiting.

— J'ignore tout de cette affaire, monsieur, rétorqua Bayley dont le visage s'empourprait. Qui plus est, mon bureau n'a reçu de Londres aucune information dans ce sens. Maintenant, ajouta-t-il en se levant, si vous voulez bien m'excuser, je dois assister à un match de cricket.

Ulcéré de l'attitude de Bayley dont le penchant pour la Confédération était évident, Whiting quitta la pièce comme un ouragan.

Tous les Anglais n'étaient pas du côté de Jefferson Davis et de Richmond. Suspectant un maquignonnage, un commandant de la marine britannique favorable à l'Union fit saisir l'*Oreto*. Mais le gouverneur fit remarquer que le navire était enregistré comme navire britannique et naviguait sous la croix de Saint-George [1]. Il donna l'ordre de relaxe immédiate. Les attaques et les contre-attaques se croisèrent. Le navire fut à nouveau saisi puis relaxé aussi rapidement. Il y eut un procès

---

1. Pavillon anglais.

qui donna aux agents des Etats-Unis une nouvelle occasion de condamner l'*Oreto*.

Jouant l'innocence, le commandant Duguid assura qu'à sa connaissance, il n'y avait rien d'irrégulier à propos de ce navire. Il admit qu'il ferait, certes, un parfait navire de guerre mais que, sans canons, il ne voyait en lui qu'un très ordinaire navire marchand. Cela satisfit le juge et l'*Oreto* fut à nouveau relaxé.

Tranquillement, le commandant Duguid remit le bateau à John Maffitt, un forceur de blocus confédéré impétueux et couronné de succès. Sa mission accomplie, Duguid prit le premier steamer rentrant en Angleterre.

John Newland Maffitt était fils de marin et né en mer. Entré à l'âge de treize ans comme aspirant dans la Navy, il était fasciné par les courants et l'hydrographie sous-marine. Elevé au grade de lieutenant de vaisseau, il avait passé quinze ans à étudier les côtes orientales et le golfe du Mexique. Maffitt connaissait sur le bout du doigt toutes les criques et toutes les baies depuis Portsmouth, dans le Maine, jusqu'à Galveston, au Texas. Il était de taille et de poids moyens mais se tenait très droit, ce qui le faisait paraître plus grand. Son menton fort était couvert d'une barbe épaisse et noire. Il avait un air assez impertinent et une étincelle dans le regard qui paraissait sans cesse scruter l'horizon quand il dévisageait un interlocuteur. Intelligent, rusé comme un renard, John Newland Maffitt ne rendait des points qu'à Raphael Semmes, commandant de l'*Alabama*, pour ses raids commerciaux, et était le plus efficace de tous les forceurs de blocus et le seul skipper confédéré à n'avoir jamais perdu un bateau. Craint mais respecté par ses anciens amis de la marine de l'Union, il était gentilhomme dans l'âme.

N'ayant aucune envie d'attendre une autre saisie de son nouveau navire. Maffitt quitta le port, évita adroitement un navire de guerre de l'Union et mit les voiles sur une petite île inhabitée au large des Grandes Bahamas, où il avait rendez-vous avec le *Prince Albert*, une goélette côtière qui transportait des canons et des munitions. Dès que les deux navires eurent jeté l'ancre, l'armement fut transféré de la goélette sur l'*Oreto.*

Maffitt n'apprécia pas la hâte de l'opération. Il était obligé de se contenter d'un équipage cruellement réduit. Il disposait de si peu de monde que lui-même et ses quelques officiers durent s'activer aux côtés des simples marins pour transborder les armes. Mais le 16 août 1862, nanti de six canons rayés Blakely de six pouces et de deux de sept pouces, et d'un obusier de douze livres, l'*Oreto* fut officiellement rebaptisé *Florida* et remis à la marine confédérée.

Le premier voyage du CSS *Florida* fut un cauchemar. L'équipement essentiel pour utiliser les canons n'était pas arrivé avec le *Prince Albert*. Le tout nouveau raider des mers du Sud avait l'air minable, comme une énorme bouche faite pour mordre mais sans dents. La position de Maffitt ne tarda pas à s'aggraver. Pendant le chargement, son équipage, déjà en sous-effectif, fut frappé par la fièvre jaune. Quand il en eut enfin terminé et put s'éloigner des Bahamas, le *Florida* emportait le fléau mortel à son bord.

Maffitt emmena son navire à La Havane pour débarquer les malades et recruter de nouveaux marins. Mais les officiels cubains lui ordonnèrent de repartir avant d'avoir contaminé toute la ville. Lorsque Cuba disparut à l'horizon, Maffitt sentit une douleur dans les articulations qui lui fit comprendre qu'il avait, lui aussi, attrapé la fièvre jaune. Il passa sur sa couchette la plus grande partie du voyage, trop malade pour monter sur le pont. Avec un équipage décimé (il ne restait que vingt et un hommes valides), il se dit que son seul espoir était de rejoindre un grand port du Sud avant qu'un navire yankee se rende compte de l'état d'impuissance du *Florida* et n'en profite. C'était une prouesse presque impossible en des circonstances normales mais que l'impossibilité de se défendre rendait encore plus périlleuse. Sa décision prise, il ordonna à son second, le lieutenant de vaisseau Jubal Haverly, de faire cap sur Mobile, en Alabama.

En fin d'après-midi du 4 septembre 1862, après une traversée de trois jours du golfe de La Havane, Maffitt aperçut les ruines du phare qui s'élevait à l'entrée de la baie de Mobile, près de Fort Morgan. Il vit également trois navires de l'Union qui bloquaient le port.

Encore convalescent après son attaque de fièvre jaune, pâle comme un fantôme, Maffitt était encore trop faible pour monter sur le pont. Calé dans un fauteuil près du bastingage de la demi-dunette, son regard erra des navires ennemis lourdement armés aux quinze milles d'eau qui séparaient le *Florida* de la protection des canons confédérés montés sur Fort Morgan et du sanctuaire du port, au-delà.

Maffitt se tourna vers le lieutenant John Stribling, qui avait servi sous les ordres de Raphael Semmes à bord du *Sumter* et s'était porté volontaire afin de retourner en Caroline du Sud et de revoir sa fiancée.

— Dites-moi, monsieur, comment estimez-vous nos chances ?

Stribling regarda, désolé, les trois navires ennemis.

— Nous avons un bateau servi par des malades et des invalides. Nous ne pouvons pas utiliser nos canons. Je dirais que nous avons toutes les chances d'être coulés en quelques minutes. C'est inévitable.

— Vous pensez qu'il ne serait pas raisonnable d'entrer dans la baie de Mobile ?

— Non, monsieur, mais je propose d'essayer à la nuit tombée.

Maffitt hocha la tête.

— Tâtonner pour trouver notre chemin au cœur de

la nuit en cherchant le chenal risque de nous faire heurter les bas-fonds.

— C'est ça ou amener le navire à terre et le brûler, dit sombrement Stribling.

Maffitt regarda pensivement l'entrée lointaine du port. Puis il se rangea bravement à l'avis de Stribling.

— Je suis joueur et j'aime les paris risqués. Je crois que nous pouvons les bluffer.

— Comment, monsieur ?

— Nous ressemblons comme un frère à une canonnière anglaise. Nous allons hisser le pavillon anglais et filer droit sur eux.

Dans le temps réduit dont il disposait, Maffitt rassembla les quelques officiers encore capables de se tenir debout.

— Nous entrons, dit-il. Hissez les couleurs anglaises. Chaque minute pendant laquelle nous pouvons bluffer les commandants des navires yankees nous protégera des salves de leurs canons. Au moment où ils comprendront et ouvriront le feu, je veux que vous mettiez toute la vapeur. Tous les hommes, y compris les malades, doivent se regrouper sous les ponts. Seuls les officiers resteront sur les hauts avec moi.

Personne ne protesta. Il n'y en avait pas un seul qui eût hésité à traverser l'enfer avec John Newland Maffitt.

— Monsieur Stribling, me ferez-vous l'honneur de m'attacher à la rambarde ?

— Mais, monsieur, si le navire va par le fond...

— Alors nous coulerons ensemble, dit Maffitt avec un sourire triste.

Il se tourna vers James Billups et Samuel Sharkey, les deux solides jeunes timoniers.

— Messieurs, je veux que vous viriez vers le plus gros navire de l'escadre yankee. Dirigez notre proue directement sur son bau.

— A vos ordres, monsieur, répondit Billups. Quand vous le direz, nous le couperons en deux.

Le commandant du *Winona*, le premier navire de l'Union approché par le *Florida*, vint au bastingage et cria au raider confédéré :

— Quel navire êtes-vous ?

— Le steamer *Vixen* de Sa Majesté britannique, répondit Maffitt.

Mordant à l'hameçon, le commandant du *Winona* signala aux autres navires yankees que l'étranger était amical.

— Le premier est pris, restent les deux autres, dit Maffitt tandis que le *Florida* passait le *Winona*.

Le commandant du second navire yankee, le *Rachel Seaman*, avala lui aussi l'hameçon et se gara sur bâbord, ne voyant rien de suspect sur le navire anglais dont les canons inertes n'avaient pas de servants.

Le dernier obstacle était l'*Oneida*, une grosse corvette de guerre, portant dix canons dont deux énormes de onze pouces. Son commandant, George Preble, ne prit pas de risque et ordonna à son homme de barre de virer vers la proue de l'intrus anglais.

Dans la salle des machines du *Florida*, aveugles au drame qui se jouait au-dessus d'eux, les chauffeurs affaiblis par la fièvre, leurs corps suants couverts de poussière, chargeaient les boîtes à feu comme des possédés. Les moteurs neufs répondirent avec un sursaut de vitesse qui souleva la proue du navire à travers les vagues, envoyant en l'air de grands voiles d'écume.

Billups et Sharkey empoignèrent sauvagement les rayons de la barre et dirigèrent le beaupré droit sur la coque de l'*Oneida*. Stupéfait de voir « l'Anglais » tenter d'éperonner son navire, le commandant Preble ordonna de mettre en machine arrière. Il n'avait pas encore compris que l'étranger pouvait ne pas être anglais. C'était un magnifique petit navire qui, à son avis, avait l'air trop innocent pour appartenir à la

Confédération. Apercevant son commandant près du bastingage, Preble lui cria, comme l'avait fait le commandant du *Winona :*

— Mettez en panne ! Quel navire êtes-vous ?

Maffitt, comme hypnotisé, fixait les gros canons de onze pouces prêts à tirer. Il avait dépassé le point de non-retour. Il ne pouvait plus reculer. Les deux navires avançaient parallèlement, maintenant, à moins de cent mètres l'un de l'autre. Preble ordonna qu'on tire un boulet sur la proue du *Florida* puis un second boulet qui éclaboussa l'eau devant le navire filant à toute vitesse. Maffitt avait joué sa dernière carte. Au dernier moment, la guerre avait rattrapé le *Florida*. Son destin était entre les mains de Dieu.

Sur l'ordre de Preble, l'*Oneida* lâcha une bordée. L'explosion dévasta le navire confédéré qui fuyait. Heureusement pour Maffitt et son équipage, les canonniers de l'*Oneida* avaient tiré trop haut. Si les canons avaient été abaissés, la carrière du *Florida* se serait achevée sur le fond du golfe. Des obus détruisirent ses chaloupes et ses garde-corps, ses gréements étaient en pièces, des espars tombèrent sur son pont ouvert, manquant Maffitt de peu. En un instant, le navire jusque-là si beau était devenu un vilain petit canard.

Les canonniers de l'Union abaissèrent leurs canons et des obus de onze pouces s'écrasèrent dans les parties les plus vulnérables du *Florida*. Un énorme obus traversa la coque tribord à quelques centimètres au-dessus de la ligne de flottaison, perçant la chaudière tribord, décapitant un homme et en blessant grièvement neuf autres avant de ressortir du côté bâbord et laissant un trou gros comme un cheval avant d'exploser. S'il avait explosé quelques secondes plus tôt, le désastre qui en aurait résulté aurait plongé le *Florida* sous les vagues.

Aussi calmement que s'il avait regardé une parade, Maffitt cria :

— Monsieur Stribling, il est temps de leur montrer

qui nous sommes. Amenez les couleurs anglaises et hissez les nôtres.

Le timonier Sharkey traversa le pont en courant, saisit les drisses et perdit un doigt arraché par un obus. Ignorant le sang coulant de sa blessure, il hissa le drapeau vers le ciel. Quand l'emblème de la Confédération se déplia au-dessus du *Florida*, les officiers des navires de guerre de l'Union réalisèrent à quel point ils avaient été trompés. Pour sauver leur réputation, ils étaient plus que jamais déterminés à supprimer le raider aussi vite que leurs canons pouvaient être chargés et actionnés.

Le *Winona* et le *Rachel Seaman* ouvrirent le feu avec toutes les armes disponibles. Un obus s'écrasa dans la cuisine du *Florida* tandis qu'un autre explosait près de sa passerelle bâbord. Bientôt, ses ponts furent jonchés de débris qui tombèrent dans l'eau. Comme pour envenimer la situation, les marins de l'*Oneida* commencèrent à tirer sur tout ce qui apparaissait au-dessus des ponts. Les hommes que Maffitt envoyait en haut pour descendre les voiles étaient criblés de balles de mousquets et d'obus. Cinq furent atteints mais réussirent à redescendre après avoir baissé les voiles. On les transporta en bas et on les étendit à côté des malades de la fièvre jaune.

Utilisant toutes les astuces auxquelles il pouvait penser, Maffitt esquiva et manœuvra pour se débarrasser des canonniers de l'Union, gagnant de précieuses minutes au cours desquelles le *Florida*, plus rapide, commençait à semer la meute de ses poursuivants. Vingt et un obus de neuf pouces frappèrent le navire sans défense. Une bordée de l'*Oneida* sembla soulever le *Florida* hors de l'eau dans un crescendo de détonations. Ironie de la bataille ! Ironie parce qu'aucun des marins de l'Union ne pouvait croire que la cible impuissante sur laquelle ils s'acharnaient se tenait encore droite sur l'eau, en dépit de l'inévitable défaite, souffrant de ses terribles blessures sans montrer la moindre intention de se rendre.

Pendant que les coups résonnaient tout autour de Maffitt et sous ses pieds, il ignora le terrifiant orage et donna des ordres à ses timoniers d'une voix ferme et sans trace de peur. Des officiers à bord de l'*Oneida* racontèrent, après la bataille unilatérale, avoir vu un homme assis près des rambardes, aussi calme et impérieux que s'il suivait une course de chevaux. Ils ne purent s'empêcher d'admirer la bravoure de cet homme, assis tout seul sur le pont, faisant des signes à ses timoniers.

Pendant une heure entière, le *Florida* fut martelé et brutalisé par trois ennemis capables de concentrer leurs tirs sans être gênés par le feu d'en face. Tandis qu'il fonçait à quatorze nœuds, sa vitesse supérieure commençait à faire la différence. Les équipages yankees durent remonter leurs tirs après chaque salve, pendant que leur proie s'éloignait.

Fort Morgan se rapprochait. Sur les remparts, les canonniers de la Confédération hurlaient des encouragements à leur navire, les canons chargés, prêts à tirer dès que les bateaux yankees seraient à leur portée. Ils observaient, avec un enthousiasme grandissant, les obus qui manquaient leur cible et faisaient voler l'eau dans le sillage du *Florida* de plus en plus hors de leur portée.

Aussi incroyable que cela puisse paraître, un miracle s'était produit. Maffitt avait parié avec le destin et il avait gagné. Il regarda les navires de l'Union, frustrés et privés de leur proie, retourner vers le golfe tandis qu'un obus tiré depuis Fort Morgan s'écrasait dans l'eau entre les chasseurs et leur gibier. Le *Florida* avait enfin atteint le port et sa sécurité.

Maffitt dénoua la corde qui l'attachait par la taille au garde-corps, se mit debout en chancelant tandis que l'entouraient ses officiers, qui n'avaient pas quitté leur poste depuis le début de la chasse.

— Messieurs, leur dit-il avec un large sourire, si notre provision de rhum n'a pas été détruite, je propose que nous en profitions généreusement.

Puis, en titubant, il alla vers la timonerie serrer la main de James Billups, qui avait courageusement dirigé le navire au milieu de l'orage de boulets et d'obus.

— Mes félicitations, Billups. Vous êtes un brave !

— Vous n'imaginez pas combien je suis heureux d'avoir pu être utile, monsieur.

— Attention aux bouées du chenal et amenez-nous à Fort Morgan. Nous y jetterons l'ancre.

Maffitt fit réduire la vitesse tandis que le *Florida* entrait fièrement dans la baie de Mobile, son drapeau déployé dans la brise du large. Les hommes de Fort Morgan tirèrent une salve d'honneur et crièrent leur enthousiasme quand le navire passa, clopin-clopant, sous leurs murs. Puis les canons se remirent à tonner et vingt et un coups saluèrent le petit navire. Maffitt et son équipage avaient réussi l'impossible. Les honneurs et les tributs arrivèrent de tout le Sud. On chanta les louanges de l'Angleterre pour le navire qu'elle avait construit. Partout les gens admiraient l'agneau qui avait battu le loup. Même les ennemis du Nord ne purent s'empêcher d'être fascinés. L'amiral yankee David Porter, un homme rude et dur à cuire, fut impressionné par l'audace inouïe de Maffitt.

— On n'a jamais vu un homme, dans des circonstances aussi défavorables, faire preuve de plus d'énergie et d'audace, dit-il.

Il fallut trois mois et demi pour réparer les quelque mille quatre cents blessures infligées au *Florida*. Ce n'est que le 16 janvier 1863 que Maffitt se glissa hors de la baie de Mobile pendant un orage, sous une pluie battante, et passa à travers la flotte du blocus yankee.

Il entama sa première croisière de raider qui ajouta un chapitre épique aux annales navales.

— Il porte la bannière étoilée, dit Maffitt en détaillant les lignes gracieuses d'un clipper toutes voiles dehors. Tirez un boulet dans sa proue.

Une bouffée de fumée suivie d'une forte explosion et l'obus sortit de la gueule de l'obusier de douze livres pour aller s'écraser dans l'eau, à quarante-cinq mètres de l'avant du clipper.

— Son commandant a compris le message, dit le lieutenant de vaisseau Charles Morris, second de Maffitt. Il se met le nez dans le vent.

— Il a l'air lourdement chargé, observa Maffitt.

Lorsque le *Florida* s'approcha, un marin tout seul sur le pont du navire marchand agita un drapeau blanc.

— Pas de chasse, cette fois-ci, dit gaiement Maffitt.

Il se tourna vers Morris.

— Abordez-le et récupérez son manifeste [1].

— A vos ordres, monsieur.

Morris rassembla rapidement quelques hommes et mit un canot dans les vagues houleuses. En ramant vers le navire yankee, il lut le nom étalé en lettres dorées sur sa proue bâbord. Le clipper s'appelait le *Jacob Bell.* « Ça porte malheur d'avoir un nom d'homme », pensa-t-il.

Le commandant Charles Frisbee, un homme bourru originaire de Nouvelle-Angleterre, reçut Morris quand il aborda sur le pont.

— Je ne vous souhaite pas la bienvenue à bord. Allez au diable ! dit le commandant du *Jacob Bell.*

— Je suis le lieutenant de vaisseau Charles Morris, du CSS *Florida*, commandé par John Maffitt, dit Morris d'un ton officiel. Nous prenons possession de votre navire comme prise de guerre.

1. Liste de colisage.

— J'ai entendu parler de votre maudit bateau, aboya le Yankee, et j'ai aussi entendu parler de ce Maffitt.

— Puis-je avoir votre liste de chargement, s'il vous plaît ?

Le commandant tendit à Morris une liasse de papiers.

— Je savais que vous me la demanderiez.

Morris jeta un coup d'œil au manifeste.

— Je vois que vous transportez tout un chargement de thé.

Le commandant du *Jacob Bell* hocha la tête.

— J'en ai pour plus d'un million et demi de dollars.

Morris ouvrit de grands yeux en entendant le chiffre incroyablement élevé.

— Dommage de penser qu'il ne verra jamais une théière.

— Vous ne me laissez pas la possibilité de l'entreposer dans un port étranger et de ramener le bateau ?

— Désolé, commandant, le risque d'être intercepté par un navire de l'Union est trop grand.

— Avez-vous l'intention de le couler ? murmura le commandant scandalisé.

— Nous avons l'intention de le brûler.

Après qu'on eut transbordé la nourriture et les objets de valeur sur le raider confédéré, le *Jacob Bell* fut livré aux flammes. John Maffitt fut très affligé de voir le feu consumer un si beau clipper. En vieux loup de mer, il détestait voir disparaître un bateau quel qu'il soit. Le fait que le *Jacob Bell* soit la plus belle prise qu'ait jamais faite un raider confédéré depuis le début de la guerre ne le consola pas.

Le premier raid du *Florida* réussit au-delà de toute espérance. Maffitt avait un flair extraordinaire pour trouver et capturer les navires marchands de l'Union. En six mois seulement, il captura vingt-cinq navires marchands qui, en tout, rapportèrent cinq millions de dollars. Son record ne fut battu que par Raphael Semmes sur son *Alabama.*

Des équipages furent mis à bord de deux navires capturés qui servirent de navires satellites. L'un fut commandé par l'omniprésent Charles Read qui avait affronté Farragut à la bataille de La Nouvelle-Orléans et armé la poupe de l'*Arkansas* d'une batterie de canons. Read avait capturé vingt et un navires avant d'être pris au cours d'un raid audacieux dans un port de la Nouvelle-Angleterre.

En août 1863, les moteurs du *Florida* eurent grand besoin d'une bonne révision et sa coque exigea qu'on retire plusieurs centimètres d'épaisseur de dépôts marins. Bien que Maffitt eût préféré faire faire ce travail dans un chantier naval anglais, le conflit politique entre les Etats-Unis et l'Angleterre rendit cela impossible. Aussi mena-t-il son navire dans le port français de Brest.

Les réparations du raider ne devaient, en principe, durer que dix-huit jours mais, à cause de complications avec les Français, elles prirent cinq mois. Pendant ce temps, Maffitt tomba malade, la plupart de ses maux étant des suites de son accès de fièvre jaune. Il demanda au secrétaire de la marine confédérée de le relever de ses fonctions. Le commandement du *Florida* fut finalement confié à son très loyal collègue Charles Morris.

Avec un équipage nouveau mais inexpérimenté, Morris quitta Brest en février 1864 et lança le *Florida* dans un nouveau voyage. Les prises furent maigres car la plupart des navires américains restaient dans leurs ports d'attache, les primes d'assurances ayant en effet considérablement augmenté à cause des raids du *Florida* et de l'*Alabama* qui, lui aussi, écumait maintenant les mers. Après avoir capturé treize navires, le lieutenant de vaisseau Morris entra dans le port de Bahia, au Brésil, pour s'y ravitailler en charbon.

Malheureusement pour Morris et pour le *Florida*, un navire de guerre de l'Union avait également mouillé dans ce port. Il s'agissait du USS *Wachusett*, commandé par Napoleon Collins.

— Il a fallu que nous rencontrions ce démon dans un port neutre ! dit Collins au consul des Etats-Unis à Bahia, Thomas F. Wilson, qui était venu en barque jusqu'au bateau yankee.

— Ne pouvez-vous le faire sauter quand il sortira du port ? demanda Wilson.

Le commandant Collins étudia le *Florida* dans ses jumelles.

— Sa vitesse est supérieure à la nôtre. S'il sort discrètement par une nuit sans lune, il sera impossible de lui faire la chasse.

— Si vous voulez mon avis, c'est un vrai scandale, grogna le consul. Si nous ne réussissons pas à le détruire, Dieu sait combien de cargos innocents seront brûlés et pillés par ce navire et son équipage de pirates.

Collins ne répondit pas. Il paraissait perdu dans ses pensées.

— Vous devez agir avant qu'il ne s'échappe.

— A votre avis, que nous ferait le Brésil si nous attaquions le *Florida* ici et maintenant ? demanda Collins.

— Ils menaceraient probablement de vous démolir, répondit Wilson. Mais je doute qu'ils puissent vraiment essayer. De plus, je serais rappelé à Washington et blâmé. Quant à vous, vous passeriez en cour martiale pour avoir créé un incident diplomatique.

Collins baissa ses jumelles et eut un sourire rusé.

— Dommage ! Il ne serait pas très difficile à prendre. La plupart de ses officiers et de son équipage sont allés à terre. J'ai appris que le commandant Morris et ses officiers sont à l'opéra.

— Cela nous offre une occasion en or, commandant. Sans tenir compte des conséquences personnelles, notre devoir est clair.

Collins se tourna vers son second.

— Monsieur Rigsby ?

— Oui, monsieur ?

— Trouvez notre chef mécanicien et dites-lui de monter la vapeur.

Rigsby regarda son commandant avec surprise mais un total respect.

— Vous allez prendre le *Florida*, monsieur ?

— J'ai l'intention de l'éperonner et de le couler sur place.

Un sourire sournois passa sur le visage de Wilson.

— Je serai ravi de défendre votre théorie affirmant qu'il s'est agi d'un regrettable accident.

Collins fit un signe vers la barre.

— Pour qu'ils sachent bien qui ils doivent blâmer, je prendrai moi-même la barre, avec vous à mes côtés.

— J'en serai honoré, dit sans hésiter le consul Wilson.

Avant l'aube du lendemain, le *Wachusett* leva ses ancres et fonça vers le *Florida*, mouillé à peine huit cents mètres plus loin, derrière un navire de guerre brésilien que l'on avait placé entre les deux ennemis justement pour décourager ce type d'action. Avec Collins en personne à la barre, le *Wachusett* fit le tour du bateau brésilien et prit le chemin qui lui ferait heurter le *Florida* sans méfiance. Un marin de garde sur le pont aperçut le navire yankee émerger de l'obscurité d'avant l'aube et donna l'alarme. Mais trop tard. Avant que l'équipage ait eu le temps de quitter ses hamacs et de charger ses fusils, le *Wachusett* avait frappé le *Florida* sur sa hanche tribord, démolissant ses garde-corps et son bastingage et mettant en morceaux son mât d'artimon et sa vergue principale.

Dans l'obscurité, Collins avait fait une erreur de jugement. Au lieu d'enfoncer son étrave dans le flanc du *Florida* et de l'envoyer par le fond de la baie de Bahia, il ne fit que l'effleurer, ne lui causant que des dommages mineurs. Tandis que ses marins installaient sur tout le pont leurs mousquets et leur petite artillerie, on fit tirer deux des canons latéraux dans le feu de l'action, sans qu'il en eût donné l'ordre. Tirant avantage de cette erreur, il cria à l'équipage du *Florida* le choix de se rendre ou d'être réduit en pièces.

Le lieutenant Thomas Porter, commandant le navire confédéré pendant que Morris était à terre, n'eut d'autre choix que de reconnaître sa défaite. Ses canons n'étaient pas chargés, il n'avait à bord que la moitié de l'équipage et les marins du *Wachusett* tiraient sur tout ce qui bougeait. Il conféra avec les quelques officiers qui n'étaient pas descendus à terre et tous reconnurent que résister ne servirait qu'à augmenter le nombre des victimes. A contrecœur, Porter abaissa pour la dernière fois le drapeau confédéré.

Collins ordonna qu'on attache une haussière au *Florida* impuissant et, en quelques minutes, fit tirer le navire hors du port.

Alerté par les bruits de canon, le navire de guerre brésilien vint voir ce qui se passait. Quand son commandant découvrit le projet infâme de violation de la neutralité de son pays, il ordonna à ses canonniers de tirer sur le *Wachusett*. Mais Collins ignora ses protestations inutiles et refusa de répliquer. Tandis que le soleil poignait à l'horizon, il prit le chemin de la haute mer, tirant son prisonnier dans son sillage.

Le consul Wilson demeura sur le *Wachusett* jusqu'aux Etats-Unis. Heureusement pour lui, la décision de le garder à bord se révéla judicieuse. Enragés par la violation injustifiée de la neutralité du Brésil, une foule de Brésiliens en colère mit à sac et brûla le consulat américain à Bahia. S'il était rentré à terre, Wilson aurait sans aucun doute été pendu au lampadaire le plus proche.

Le *Wachusett* tira le *Florida* illégalement capturé dans Hampton Roads et l'ancra au large de Newport News. Peu après, le raider confédéré coula mystérieusement à l'ancre. Des rumeurs circulèrent, accusant un transport de l'armée de l'avoir éperonné au plus profond de la nuit. La vérité ne fut révélée qu'un soir d'été de 1872, quand John Maffitt fut invité à dîner chez l'amiral Porter, à Washington.

Se régalant d'un cognac et d'un cigare sur la véranda du vieux loup de mer, Maffitt regarda Porter dans les yeux et demanda :

— Amiral, voulez-vous me faire un récit véridique du naufrage du *Florida ?*

Très détendu, Porter eut un sourire matois.

— Certainement. Il a passé assez d'eau sous les ponts, maintenant.

— Alors ce n'était pas un accident ?

— Non, pas un accident, dit Porter en hochant la tête. Le Président Lincoln était très ennuyé de recevoir une tempête de protestations de toutes les nations d'Europe à propos de la capture infâme que Collins avait faite au Brésil. Lincoln insista donc pour qu'on relâche le *Florida* et qu'il retourne à Bahia. Mais il fallait que les confédérés évitent de demander des réparations au gouvernement brésilien. Pendant la discussion, le ministre des Affaires étrangères Henri Seward m'appela dans son bureau.

Porter poursuivit le récit des événements ayant entraîné la fin du *Florida.*

— Seward arpentait son bureau. Son esprit machiavélique cherchait un moyen d'apaiser la communauté européenne.

— Laisser ce fléau en liberté pour qu'il retombe sur

nos navires de commerce serait terrible, dit-il. Il faut éviter cela.

— Que suggérez-vous, monsieur le ministre ? demandai-je.

— Je veux voir ce navire au fond de la mer.

— Au sens propre, monsieur ?

— Sur mon âme, oui ! dit-il avec une grimace.

— Alors, ce sera fait, promis-je.

« Le lendemain, j'envoyai un mécanicien, en pleine nuit, sur le steamer volé. Je lui avais donné l'ordre d'ouvrir les robinets avant minuit et de ne quitter la salle des machines que lorsque l'eau lui arriverait au menton. Au lever du soleil, ce bateau rebelle devait appartenir au passé et reposer au fond de la rivière.

Porter fit une pause pour lâcher un nuage de fumée dans l'air humide de Virginie.

— J'estimais qu'il y avait une sorte de justice poétique à l'envoyer reposer à l'endroit exact où le *Merrimack* avait éperonné et coulé le *Cumberland.*

Maffitt écoutait en silence, fixant le cognac dans son verre comme s'il y distinguait le navire autrefois si fier, reposant dans l'obscurité éternelle au fond de la James River, d'où il ne pourrait plus jamais harceler les bateaux de commerce des Etats-Unis. Jamais plus il ne hanterait la marine qui n'avait pu l'arrêter que par un subterfuge sournois. Il serait enterré dans le linceul de l'Histoire avec son navire jumeau, l'*Alabama*, comme l'un des navires confédérés qui avaient laissé leur marque indélébile.

Ainsi s'acheva le dernier chapitre de l'histoire du *Florida*. Il ne restait à rédiger que l'épilogue.

## III

# Où sont-ils allés ?

*Avril 1980*

Encore une manifestation de la « loi de Cussler » : « Chacun connaît l'endroit exact où trouver une épave qui n'existe pas. »

Malheureusement, semble-t-il, l'homme ne vit pas seulement de raison pure. Nous vivons trop souvent en fonction d'une intuition dégoulinante et de raisonnements fumeux sans aucune base solide de faits. Chacun doit être son propre gardien pour empêcher ces réactions de prendre le dessus. Je n'ai jamais entendu parler d'une épave retrouvée par révélation divine ou au pifomètre.

Parce qu'on savait qu'ils reposaient à moins d'un kilomètre l'un de l'autre, je décidai de combiner la recherche du *Cumberland* et celle du *Florida* en une seule expédition. Ce que je supposais être une recherche relativement simple, étant donné que les navires se trouvaient, d'après ce qu'on disait, dans une zone assez restreinte, se révéla une affaire très compliquée et difficile. Bien que le *Congress* eût explosé et brûlé jusqu'à sa ligne de flottaison, nous l'éliminâmes immédiatement des cibles possibles. En effet, on l'avait remonté en septembre 1865 et sa carcasse fut remorquée au Norfolk Navy Yard où on le vendit après l'avoir dépecé.

Pourquoi le *Florida* et le *Cumberland* restèrent-ils introuvables si longtemps, c'est un mystère. On savait qu'ils avaient tous les deux coulé entre le chenal de la James River et la côte de Newport News. Les récits de la bataille épique livrée par le *Cumberland* variaient considérablement. Comme pour les témoins d'un accident de voiture ou d'un meurtre, personne ne fait exactement le même récit. Bien que de très nombreux enquêteurs aient étudié l'énigme et accumulé quantité de données, de 1904 à 1980, personne, en groupe ou individuellement, n'avait fouillé activement les lieux des naufrages.

Je commençai donc à travailler avec les chercheurs Bob Fleming et le Dr. Chester Bradley, une autorité sur le naufrage du *Cumberland*, du *Florida* et du *Congress*. Ils rassemblèrent des récits de sauvetage, des rapports de témoins oculaires, de la correspondance et des articles de journaux, qu'ils étudièrent attentivement.

Les recherches révélèrent qu'après la guerre, George B. West, le fils du fermier dont la propriété sur le front de mer était proche de l'endroit où avaient coulé les vaisseaux, avait l'habitude de pêcher sur et autour des épaves pendant qu'on tentait de les récupérer. West avait raconté comment des plongeurs avaient essayé de trouver le bureau du commissaire de bord du *Cumberland* et plus particulièrement un coffre de métal supposé contenir quarante mille dollars en pièces d'or. Franchement, je n'ai jamais cru à cette histoire de trésor. Je n'ai d'ailleurs jamais entendu parler de soldats, marins ou aviateurs, de la guerre d'Indépendance à la Tempête du Désert [1], qui aient été payés en pièces d'or. Impossible de croire que notre généreux gouvernement

---

1. Opération alliée pendant la guerre du Golfe.

ait payé ses combattants autrement qu'en papier-monnaie ou en pièces d'argent. Mais, par extraordinaire, le coffre-fort fut retrouvé et remonté dix ans après la guerre, en 1875, par Clements Brown. Cependant, les journaux assurent qu'on n'a retrouvé que vingt-cinq ou trente dollars à l'intérieur.

J'ai toujours trouvé intéressant que, deux semaines après le naufrage d'un navire, de n'importe quel navire, qu'il s'agisse d'un remorqueur ou d'un paquebot traversant les océans, il y ait toujours une rumeur suggérant qu'il transportait dix mille dollars en liquide dans ses flancs. Vingt ans plus tard, la rumeur enfle la somme à cent mille dollars en argent. Cent ans après, le chiffre passe à un million en or. Après deux cents ans, les chercheurs de trésors jureront que le navire transportait dix tonnes d'or et des sacs de bijoux précieux pour une valeur d'au moins cinq cents millions de dollars. Tel est l'attrait fascinant des trésors.

En réalité, à part quelques exceptions fameuses, comme l'*Atocha* et le *Central America*, on a jeté à l'eau à chercher des richesses plus d'argent qu'on n'en a retrouvé. George West situait l'endroit où il avait observé des plongeurs fouiller le *Florida* « au large des môles 1 et 2 », près du front de mer de Newport News. Puis il décrivit le *Cumberland* comme « coulé au large du môle 6, à peu près au milieu du chenal ».

J'ai donc calculé les sites possibles en superposant le transparent d'une ancienne carte de 1870 sur la carte la plus récente du lieu. En comparant les points de repère d'après les déclarations de West, je découvris que le môle 6 correspondait maintenant au môle C du port de Virginia tandis que le chantier naval Horne Brothers occupait l'endroit qui avait été, à l'époque, les môles 1 et 2.

John Sands, administrateur du Musée maritime de Newport News, nous aida beaucoup en nous prêtant des copies de dessins et d'aquarelles réalisés par des artistes contemporains, montrant les mâts du *Cumberland* s'élevant du fond de la rivière, entre deux môles, à environ trois cents mètres de la rive.

Nous avions maintenant notre terrain de jeu.

Je décidai alors qu'il était temps de cueillir les fruits de notre travail. J'ouvris un bocal de beurre de cacahuètes et me confectionnai un de mes sandwiches préférés avec de la mayonnaise et des pickles[1] de fenouil. Je téléphonai à Bill Shea et à Walt Schob et fixai la date d'une réunion générale en Virginie au cours de laquelle nous ferions une inspection superficielle de quatre jours, pour rassembler les premières données avant une recherche en profondeur.

Il fallut ensuite demander à la Commission des ressources marines de Virginie l'autorisation de procéder à des recherches sous-marines dans la propriété historique. John Broadwater, chef du département d'Archéologie sous-marine, se montra très coopératif et nous fournit même une équipe d'archéologues officiels pour nous accompagner et plonger avec nous. Nous eûmes également le soutien de membres du British Advanced Underwater Team, des gens extrêmement amusants et joviaux.

Le jour où tout le monde se réunit pour le projet, les officiels de la Confédération de Virginie (le titre d'Etat n'est pas assez bon pour eux) ne furent pas le moins du monde impressionnés par notre méthodologie, un terme que les archéologues adorent utiliser. Ça sonne très académique, comme *provenance* et *données empiriques*.

Il y a bateau de travail et bateau de travail. Mais notre équipe de la NUMA travaillait à partir d'un yacht de luxe de trente mètres, construit en 1920, dont deux Présidents des Etats-Unis, Coolidge et Hoover, avaient arpenté les ponts. Il s'appelait le *Sakonit* et abondait

---

1. Petits légumes macérés dans du vinaigre.

en ponts de teck et en panneaux intérieurs en acajou. Son skipper, Danny Wilson, avait dépensé de grosses sommes et passé de longues heures à lui faire retrouver sa splendeur d'origine. Il vivait à bord avec sa famille.

Il suffisait de s'asseoir sur son luxueux pont arrière, sous une marquise colorée, pour imaginer les fantômes d'hommes en smoking et de femmes en robes des années 20, les bas roulés sous les genoux, buvant des alcools frauduleux[1] et dansant au son d'un orchestre de jazz Dixieland jouant *The Varsity Drag*.

Pensant que la recherche de navires de la guerre de Sécession serait un changement de décor agréable, Wilson fréta le *Sakonit* à la NUMA pour cinq jours, à moitié prix. Il m'offrit un bureau et m'invita à jouir d'une cabine sur le célèbre vieux bateau. Le problème, c'est que je ne pus pas dormir. Le *Sakonit* n'avait pas l'air conditionné et la Virginie, en juillet, n'est ni fraîche ni sèche.

Je passai donc mes nuits à regarder le reflet des vaguelettes par le hublot tandis qu'en sueur, j'enviais Bill Shea, Walt Schob et mon fils Dirk qui, pas fous, dormaient confortablement dans un Holiday Inn du coin, dans une chambre à 22 °C, ou buvaient dans un bar proche une bonne bière bien fraîche.

Je mourais d'envie de les rejoindre mais les Wilson étaient des gens si gentils et si hospitaliers que je supportai avec bravoure mon inconfort.

John Broadwater, son équipe de chercheurs sous-marins et l'équipe de plongeurs britanniques n'étaient pas sûrs que nous ayons la meilleure approche pour une étude archéologique. Pour une raison que j'ignore, ils pensaient que l'efficacité de notre étude était gravement limitée. Ils trouvaient notre équipement insuffisant. N'ayant nullement l'intention de faire les choses sur une grande échelle, nous n'avions apporté que

1. C'était l'époque de la prohibition. *(N.d.T.)*

notre fidèle gradiomètre Schonstedt, notre propre expert en archéologie, Dan Koski-Karell, deux caisses de bière Coors et quatre bouteilles de gin Bombay. De toute façon, j'ai la conviction profonde que l'expédition elle-même est déjà la moitié du plaisir.

A la réflexion, je me rends compte que nos philosophies étaient inconciliables. Broadwater et son équipage étaient tout ce qu'il y a de sérieux et attendaient de nous un effort maximum tandis que je n'étais là que pour examiner l'état du site, étudier les points de repère et m'amuser un bon coup. Le projet de recherche plus approfondi viendrait plus tard.

Nous nous mîmes au travail. Pour commencer, nous traçâmes nos couloirs à quinze mètres les uns des autres, perpendiculairement (j'adore ce mot !) à la côte. Quand on découvrait des anomalies importantes, on lançait des bouées et des plongeurs descendaient et nageaient sur des cercles de trente mètres autour des cibles.

Etant donné que toutes les cibles étaient à plus de vingt mètres de profondeur, les temps de plongée étaient limités à quarante minutes maximum et les plongées répétitives ne dépassaient pas vingt-cinq minutes. Et du fait que les tables de plongées anglaises limitaient le temps au fond à trente minutes et interdisaient les plongées répétitives, l'équipe anglaise ne sondait les sites qu'une fois par jour.

Nager dans les profondeurs de la James River n'a rien à voir avec la plongée sportive dans les Caraïbes. On a essayé de nettoyer l'eau en 1981 et 1982, c'est-à-dire après notre passage mais, à l'époque de nos recherches, nous dûmes lutter contre un vide sombre et boueux contenant tous les polluants connus de l'homme : eaux de vidange, cétone, produits chimiques et un nombre de colibacilles à faire pleurer un spécialiste de l'environnement. Et comme si cela ne suffisait pas, il y avait le courant de la rivière et le mouvement puissant de la marée venant de Chesapeake Bay qui balayaient sans cesse les sites de plongée. Il y avait également de nombreuses allées et venues de navires aux lourdes coques, les pales tranchantes des hélices des pétroliers, des navires de commerce, des remorqueurs et des péniches qui montaient et descendaient la rivière et représentaient en permanence une source de dangers pour les plongeurs.

Walt Schob, qui avait plongé dans toutes les mers du monde et participé à la découverte du *Mary Rose*, le navire amiral du roi Henri VIII oublié pendant quatre siècles, disait que le fond de la James River était le pire endroit qu'il ait jamais vu.

La chose la plus favorable était la chaude température de l'eau. En dehors de cela, on ne rêvait, après avoir plongé dans vingt mètres de ténèbres jusqu'au limon du fond, qu'à la joie de retrouver la surface et la lumière du soleil. La visibilité était nulle. Les plongeurs qui portaient des lunettes avaient recours à des optométristes pour faire installer des lentilles sur leurs masques. Même pour qui possède une vision de 10/10, il est difficile d'accommoder sur un objet flou à moins de quinze centimètres.

Laissant la part du lion aux plongeurs les plus jeunes, je passai mon temps à ouvrir l'œil pour noter les bateaux de passage et tous les signes de problèmes éventuels sous l'eau. Mon autre activité consistait à répondre aux questions des personnages importants et des journalistes. Cela m'amusait toujours, quand un visiteur montait à bord du *Sakonit* pour observer l'opération, de le laisser découvrir la jambe artificielle posée sur le pont. Il fallait voir leur réaction. La jambe appartenait à Dick Swete, l'un des archéologues du Centre de recherche de Virginie, qui l'avait perdue au Vietnam. Avant que le visiteur ne pose une question, je lui racontais que les plongeurs l'avaient trouvée en fouillant le fond de la rivière. Je ne crois pas que Dick ait jamais eu vent de l'histoire que j'avais imaginée et que je racontais aux naïfs à propos d'un marin unijambiste qui urinait contre la casemate du *Virginia* au moment où le navire éperonnait le *Cumberland.*

Un reporter me demanda :

— Avez-vous un médecin à bord ?

— Pas exactement, répondis-je. Je traite moi-même toutes les urgences médicales.

— Avez-vous fait des études de médecine ?

— Non, mais je suis abonné au *Reader's Digest.*

Je suis toujours surpris de constater combien ces messieurs-dames de la presse ont du mal à comprendre la plaisanterie.

Des deux cibles qui semblaient les plus prometteuses, l'une se révéla n'être qu'une vieille péniche de fer utilisée pour le transport du charbon. L'autre n'était qu'un chantier de scierie plein de planches mangées aux vers que les archéologues assuraient appartenir à une épave du XIX^e^ siècle. Cela pouvait-il être ce qui restait du *Florida* ?

IV

# Nous revenons nous venger

*Juillet 1982*

Un soir, après avoir bu deux Martini, je décidai de faire un nouvel essai pour trouver le *Florida* et le *Cumberland.* Cela me semblait la seule chose à faire.

Puisque nous étions à peu près sûrs de l'endroit où reposait le *Florida* et que le *Cumberland* ne devait pas être à plus d'un terrain de football de là, je sentais que, pour garder mon image d'homme sérieux, sel de la terre et colonne vertébrale de l'Amérique, le temps était venu de mener une enquête professionnelle avec une équipe professionnelle d'archéologues de premier ordre.

La chance nous sourit. Je n'eus pas besoin de faire appel à Superwoman ni de passer une annonce pour demander de l'aide. Quatre des archéologues de la Confédération de Virginie qui avaient plongé avec la NUMA en 1981 — James Knickerbocker, Sam Margolin, Dick Swete et Mike Warner — avaient démissionné et lancé leur propre organisation, appelée l'Underwater Archaeological Joint Venture (Association d'archéologie sous-marine), l'UAJV. Je n'aurais pu trouver meilleure équipe même en proposant une récompense. A eux tous, ils avaient huit cents heures au fond de la James River et, malgré des conditions épouvantables, avaient réalisé un record homologué de réussites tant dans le domaine de la recherche et de l'étude que dans celui des expéditions.

La première difficulté fut d'obtenir l'autorisation de l'Etat de Virginie et des ingénieurs de l'armée pour creuser les sites des épaves. Ayant peu de penchant pour les détails sans importance, je trouvai assez crispants les procédures et tous les obstacles que la bureaucratie mit sur notre chemin : restrictions, considérations de tout ce qui pouvait constituer une menace pour les activités de pêche aux coquillages et les ressources culturelles, obligation de présenter nos rapports quotidiens, rapports de plongées et d'excavations, registres des matériaux utilisés, rapports mensuels, méthodologie (encore ce mot !) et cent autres exigences aussi agaçantes. Evaluer ce que nous pouvions et ne pouvions pas faire me paraissait aussi frustrant qu'assister à un festival de cinéma sans pouvoir manger du pop-corn pendant les projections.

Sans doute à cause d'une sorte de court-circuit de mes gènes, je ne suis jamais devenu esclave de cette manie de collection des objets historiques, de sorte que le permis nous fut accordé en grande partie grâce à la patience de l'équipe de l'UAJV qui n'hésita pas à étudier et à rédiger sans flancher une montagne de paperasse.

Avant le début des véritables recherches, l'UAJV interrogea des propriétaires de bateaux locaux, des plongeurs, des pêcheurs de crabes et de coquillages, des commandants et affréteurs de bateaux, bref quiconque pouvait nous donner des indications sur les variations du lit de la rivière. Ils tirèrent le gros lot quand l'ancien pêcheur de palourdes Wilbur Riley offrit ses services et montra à notre équipe l'endroit où, un jour qu'il essayait de retirer ses pinces prises dans un objet submergé, il avait remonté des objets de l'époque de la guerre de Sécession.

Les plongeurs descendirent et découvrirent les morceaux éparpillés d'un grand navire de bois dont les énormes planches de coque émergeaient de la vase comme des fantômes glacés du passé. Presque aussitôt, ils virent la hampe d'une ancre, des planches de pont et des accessoires et des munitions utilisés par les servants des canons. Pendant plusieurs jours, on trouva un grand nombre d'objets intéressants provenant du navire qui avait si vaillamment mené une bataille qu'il ne pouvait gagner. Entre autres, un cadre irrégulier qu'un marin avait façonné autour des bords cassés d'un miroir. L'objet peut-être le plus impressionnant était la grande cloche de bronze du *Cumberland*, de quinze centimètres de haut et quarante-huit de diamètre. En la regardant, j'imaginais une main invisible secouant le battant pour envoyer l'équipage courir à ses canons à l'approche du *Virginia*.

Le seul objet pour lequel n'importe quel musée donnerait la main droite de son conservateur est l'éperon du *Merrimack/Virginia*, toujours enfoncé dans la coque du *Cumberland*. C'est l'objet le plus précieux que nous ayons trouvé mais sa récupération exigeait des sommes énormes et une préparation que la NUMA ne pouvait se permettre.

Une énigme tourmenta longtemps l'équipe de chercheurs : la perte constante des bouées servant à marquer les sites. Sur les rapports concernant les progrès de la mission, il est constamment fait mention d'« ensemble de nouvelles bouées », « perdu bouées », « bouées remplacées », « bouées manquantes ». Il semble que les lignes d'ancres de ces bouées aient été arrachées du fond. Impossible d'imaginer que les bateaux de passage ou les pêcheurs soient passés toutes les nuits de la semaine au-dessus de nos sites de plongée. Nous ne pouvions nous empêcher de penser que peut-être quelqu'un ne nous aimait pas. Mais sans suspect et sans mobile, nous décidâmes qu'il s'agissait des fantômes des marins coulés aimant faire des blagues aux vivants.

Ayant prouvé sans conteste possible que le navire au large du môle C était bien le *Cumberland*, Warner, Margolin et compagnie remontèrent la rivière sur six cents mètres en amont jusqu'au site que nous avions étudié deux ans auparavant, au large du dock des Horne Brothers. Un morceau de coque de trente-six mètres fut découvert et répertorié. La longueur de l'épave visible au-dessus de la vase mesurait quarante mètres sur une largeur de sept mètres. On retira un grand nombre d'objets parmi lesquels des caisses de cartouches Enfield, des bouteilles de champagne dans leurs caisses d'origine, des amorces de boulets, une chaussure, des blocs de gréement et des pointes ainsi qu'un grand pichet d'étain gravé.

Apparemment, les plongeurs tombèrent sur l'hôpital et la pharmacie du navire dont ils remontèrent tout un assortiment de pots et de flacons d'apothicaire. L'un des flacons, bien bouché, contenait encore un liquide jaune qui, depuis cent vingt ans, n'avait pas été touché. Un bol de pharmacien en céramique blanche était décoré d'un serpent rouge enroulé autour d'un palmier. L'inscription provenait d'une pharmacie de Brest, en France, le port où Maffitt avait pris le commandement du *Florida*.

Maintenant qu'il était établi que les sites des épaves étaient bien ceux des célèbres navires de la guerre de Sécession — établis par moi, en tout cas, même s'ils n'avaient pas été certifiés par des archéologues patentés qui insistent toujours pour trouver une plaque gravée du nom du bateau, son numéro de série, son groupe sanguin et son ADN —, nous fîmes retomber le rideau sur nos activités sur place pour nous occuper de la préservation des objets.

Pour l'heure, nous louâmes un petit garage et plaçâmes les antiquités retrouvées dans des conteneurs fixes remplis d'eau de cette bonne vieille James River pour les stabiliser et éviter qu'elles ne tombent en poussière. N'étant pas du genre à écorner leur budget en hot dogs et en bières, les gens de l'UAJV achetèrent des piscines d'enfants en vinyle pour immerger les pièces.

A l'origine, le département des Repères historiques de Virginie avait offert de s'occuper de la conservation. Mais, quand les objets furent remontés et stabilisés, ils renoncèrent sous prétexte qu'ils n'avaient plus de fonds sur le budget de l'année. Leur solution ? Rejeter ces précieux objets dans la rivière !

Je m'adressai alors directement à Dieu pour lui demander : « Seigneur, pourquoi ne cesse-t-on de m'embêter ? » Il baissa les yeux sur moi et répondit : « Si ça ne te plaît pas, pourquoi ne pas te mettre à collectionner les timbres ? » Finalement, il me prit en pitié. Il fit arriver Anne Garland, du Centre de conservation du collège William & Mary, à Williamsburg. Elle offrit de partager les frais des traitements chimiques nécessaires pour conserver les objets remontés de l'eau afin de les exposer au Musée maritime de Newport News. L'affaire fut conclue et ils firent un travail remarquable sur plus de trente pièces. J'ai toujours eu un penchant pour William & Mary, surtout depuis que, lorsque tout fut terminé, ils ne me firent payer qu'une petite partie des coûts finaux.

C'est alors qu'une fois de plus, on tira le tapis de dessous mes pieds.

John Sands, le conservateur du musée, organisa une magnifique exposition des objets provenant du *Cumberland* et du *Florida*. L'exposition durait depuis six mois quand un amiral et le conservateur du Musée naval de Norfolk arrivèrent, demandèrent à parler à Sands et exigèrent avec morgue qu'on leur rende ce qu'ils nommèrent charitablement *« nos objets »*. Il semblait que l'avocat de la Navy avait fait un rêve. Il avait rêvé que mes deux années de recherches, la petite fortune que j'avais dépensée pour ce projet et les efforts infatigables des types de l'UAJV ne devaient être que pour le seul bénéfice de la Navy. Il clama d'un ton moralisateur que le ministère de la Marine était propriétaire des deux navires et de toutes les miettes qui en provenaient. Concernant le *Cumberland*, il prétendit que celui qui l'avait vendu pour qu'on le remette en état après la guerre de Sécession n'avait aucune autorité pour le faire. Normalement, le *Florida*, concéda-t-il, était une propriété de la Confédération et appartenait par conséquent à l'Administration des services généraux. Cependant, la recherche navale avait démontré que le *Florida* avait été capturé en tant que forceur de blocus et qu'il était donc la propriété de la marine de l'Union.

Achevant sa démonstration avec un manque absolu de style et de sophistication, la Navy menaça d'aller devant les tribunaux pour réclamer les antiquités au sauvetage desquelles ils n'avaient nullement participé. Et, sous prétexte qu'ils assuraient à l'économie de la Virginie environ trente mille emplois, la Confédération de Virginie ne broncha pas et jeta l'éponge. L'exposition de John Sands fut démontée et les pièces emportées par camion jusqu'au Musée naval de Norfolk où elles sont maintenant exposées.

J'aurais pu contrer leur bluff, lutter et gagner facilement devant le tribunal de l'Amirauté. La Navy n'avait pas un clou auquel se raccrocher. J'ai des copies de la correspondance des premiers sauveteurs du *Cumberland*, prouvant que Gideon Welles, ministre de la Marine, leur avait vendu les droits. Si Welles n'avait pas le droit de vendre l'épave pour qu'on la répare, qui l'avait ? Quant à la réclamation de la Navy sur le *Florida*, elle était tout aussi absurde. Ils se trompaient de bateau. Le navire auquel ils faisaient allusion n'était pas le fameux Démon des mers commandé par le redoutable John Maffitt mais un vulgaire navire marchand, forceur de blocus, qui fut capturé et attribué à la Navy comme navire de guerre et baptisé *Florida.*

C'est dans ce genre d'occasion que j'ai envie de me convertir à la peinture psychédélique sur paupières. Au cours des années, j'ai souvent eu affaire à la Navy, le plus souvent pour notre bénéfice mutuel. Mais il y a eu des occasions au cours desquelles je me suis demandé comment elle avait bien pu gagner la guerre du Pacifique. Du moment que les objets étaient exposés publiquement au Musée naval de Norfolk, je décidai de ne pas faire d'histoires. Mais si on les avait cachés dans les sous-sols du musée, j'aurais appris à la Navy à maudire le nom de Clive Cussler. Ce qu'elle fait du reste déjà probablement.

Quels remerciements la NUMA et l'UAJV reçurent-elles pour avoir tant lutté pour sauvegarder le patrimoine maritime de notre pays ?

Plusieurs années plus tard, je rendis visite à des amis à Portsmouth, juste en face de l'Elizabeth River de Norfolk. Je visitais un jour le Musée naval et j'admirais les fruits de notre labeur quand un lieutenant de vaisseau sortit d'un bureau et passa le long des vitrines.

— C'est curieux qu'on n'ait pas cité les gens qui ont retrouvé l'épave et remonté les pièces, en mettant par exemple un petit carton avec leurs noms, remarquai-je à voix haute sans m'adresser à personne en particulier.

Il s'arrêta et me dévisagea.

— A qui faites-vous allusion ?

— A l'équipe de l'Agence Nationale Marine et Sous-Marine et à celle de l'Association d'archéologie sous-marine.

Son visage vira au rouge.

— Connaissez-vous Clive Cussler ? demanda-t-il brusquement.

— Cussler ? Oui, je l'ai déjà vu, répondis-je en faisant allusion aux milliers de fois où je m'étais regardé dans la glace.

— Eh bien, vous pouvez me croire, aboya le marin, ce fils de pute et son gang de voleurs n'ont absolument rien à voir avec ce que vous voyez ici. C'est une équipe de SEAL [1] de la Navy qui a remonté tout ça.

— Vous rigolez ?

— Ces salauds ont fait de fausses déclarations. Rien que du vent !

Ingratitude, rejet, antipathie.

Bon. C'est la vie, n'est-ce pas ? Pas de fusées, pas de parade. On finit par se dire qu'il est peut-être aussi intéressant de collectionner les timbres, après tout.

Il nous reste à écrire la fin de l'histoire. Une équipe de plongeurs de la Navy a essayé plusieurs fois de trouver l'éperon du *Virginia* mais, à ce jour, ils n'y ont pas réussi. En mars 1990, le FBI fit une descente dans un petit musée de la guerre de Sécession en Virginie où se cachait un trafiquant d'objets d'art. Armés d'un mandat de perquisition et de saisie, les agents récupérèrent un nombre étonnant d'objets volés sur les sites du *Florida* et du *Cumberland*. Il y avait parmi ces objets des morceaux de poutres de cale, des boulets de canon, des munitions de mousquets et tout un lot d'objets en cuivre et en cuir. Il y eut des mises en accusation mais personne ne fut condamné à la prison. Quant aux amendes, elles furent minimes.

Cela prouve au moins que, sachant que les épaves sont enregistrées et que les antiquités volées dans leurs coques peuvent facilement être retrouvées, les voleurs devraient réfléchir à deux fois avant de piller les sites. Dans l'avenir, on peut seulement espérer que l'on trouvera des fonds pour faire de vraies excavations archéologiques. Qui sait ? Peut-être qu'un jour vos petits-

1. Commandos spéciaux de la Navy.

enfants pourront s'émerveiller devant le gros bélier du *Virginia.*

La cache d'objets volés contenait plus de soixante mille dollars d'antiquités. Si le capitaine Charles Frisbee, du *Jacob Bell*, avait vécu jusqu'à l'âge canonique de cent soixante-cinq ans, il aurait peut-être été heureux d'apprendre qu'un collectionneur avait payé trois mille dollars pour une cuiller provenant de son navire.

QUATRIÈME PARTIE

# LE CSS « ARKANSAS »

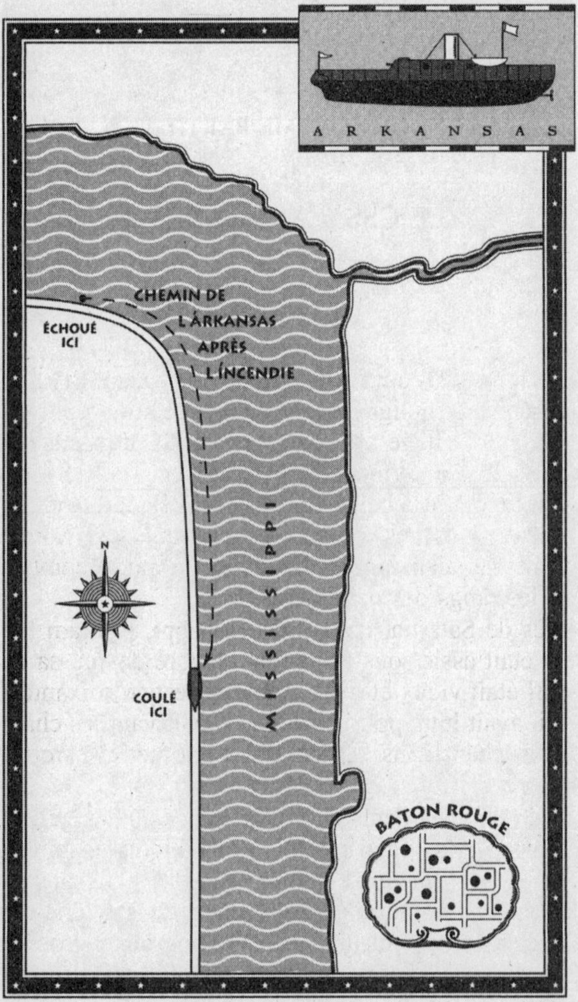
ARKANSAS
CHEMIN DE
L'ARKANSAS
APRÈS
L'INCENDIE
ÉCHOUÉ
ICI
N
COULÉ
ICI
MISSISSIPPI
BATON ROUGE

I

# La souricière

*Juillet 1862*

Le long du cours sinueux de la Yazoo River, les rives étaient soulignées par une végétation épaisse et emmêlée, héritage visible du riche sol du delta. Une succession de fermes, maintenant en friche, s'égrenaient le long des berges. Leurs récoltes de coton pourrissaient dans les champs parce que les hommes avaient dû abandonner la cueillette pour combattre dans les rangs des confédérés.

Près de Satartia, dans le Mississippi, Ephram Pettigrew était assis sous le porche délabré devant sa maison. Il était vieux et hâlé. Âgé de presque soixante-dix ans, il avait lutté pour survivre en cultivant les champs et en pêchant dans le fleuve sur une petite barque de bois.

Les quelques dents encore attachées à ses gencives étaient noircies par le tabac qu'il chiquait habituellement et ses cheveux, maintenant rares, faisaient un contraste blanc sur la peau rougie de son crâne. Se balançant lentement dans son rocking-chair grossièrement taillé, il caressait un chat jaunâtre qui ronronnait sur ses genoux.

Il entendit le battement sourd du navire à vapeur qui s'approchait quelques minutes avant qu'il n'apparaisse dans la courbe lointaine du fleuve. Sans cesser de gratter les oreilles du chat, il attendit patiemment que le bateau se montre.

Au lieu des steamers munis de roues à aubes qui passaient d'habitude devant son porche depuis des années, il aperçut le plus étrange navire qu'il eût jamais vu. Pour un cuirassé confédéré, la coque était haute à la surface de l'eau. Son énorme éperon métallique sur la proue ouvrait un sillage blanc dans l'eau boueuse de la rivière. S'élevant au centre du pont principal, il y avait une casemate rectangulaire se terminant en pente sur les côtés curieusement raides et lourdement cuirassés de rails de fer. La timonerie, semblable à une pyramide tronquée, émergeait du rouf avant de la casemate.

Dix canons pointaient leurs gueules sinistres à travers le flanc cuirassé dont trois de chaque côté dans des sabords carrés. Les quatre canons installés à l'avant et à l'arrière tiraient au travers de sabords arrondis. Il y avait un étrange mélange de canons à âme lisse de 9 pouces, de 8 pouces lançant des boulets de 64 livres, de 6 pouces et des canons à âme lisse de 32 livres.

Contrairement à la plupart des cuirassés de la marine confédérée, peints en gris, ce vaisseau très laid était d'un brun sale qui ne ressortait pas sur la couleur des rives. D'un tirant de 13 pieds, le CSS *Arkansas* était aussi féroce et aussi dangereux que tous les cuirassés construits par les confédérés. Il se dirigeait vers l'aval de la Yazoo, prêt à affronter la bataille.

Le fermier Pettigrew cessa de caresser le chat en voyant un homme maigre à l'épaisse barbe rousse se tenir à côté de la timonerie, les bras croisés sur sa poitrine, le regard vers l'aval. Crachant un jet de salive et de tabac dans un plant de tomates le long du porche, il quitta son rocking-chair et rentra étriper l'écureuil qu'il avait tué pour son dîner.

Il jeta un dernier regard sur l'*Arkansas* avant qu'il disparaisse au prochain coude du fleuve.

— Voilà un bateau qui ne me dit rien qui vaille, murmura-t-il à son chat nullement intéressé.

Le commandant du cuirassé passa une écoutille située sur le rouf de la casemate et descendit sur le pont supérieur où étaient les canons. Dans l'air suffocant, la brise créée par le mouvement du navire avait du mal à pénétrer à l'intérieur.

Isaac Brown, peu porté sur le décorum strict des bateaux, enleva la jaquette de son uniforme gris pour échapper à la chaleur estivale. En pantalon et bretelles, il commença à inspecter les batteries des canons.

Se dirigeant vers l'arrière de la casemate protégé par les huit centimètres de rambardes de fer avec, derrière, les quarante centimètres de pin massif, Brown fut rejoint par les lieutenants Alphonso Barbot et A. D. Wharton, chargés des canons latéraux.

— Bonjour, commandant, dit Barbot. Vous semblez prêt à agir.

— Je suis aussi prêt qu'on peut l'être, répondit Brown en souriant et en faisant claquer ses bretelles. Comment se débrouillent les troupes armées que nous a envoyées du Missouri le général Thompson ?

— C'est une excellente petite troupe, assura Wharton.

— Ils se sont mis aux canons comme s'ils avaient fait ça toute leur vie, ajouta Barbot.

— Je suis heureux de l'apprendre. Tenez-vous prêts et continuez les manœuvres. Nous rencontrerons l'ennemi demain à cette heure-ci.

Vétéran de la Navy, y ayant passé vingt-sept ans, Isaac Brown considéra ses deux officiers d'un air inquiet. Grands et droits comme des tiges d'acier, tous deux croyaient ferme en la cause et affichaient l'allure optimiste de la jeunesse. Mais ils n'avaient pas encore assisté aux horreurs de la guerre vue de près.

Wharton avait vingt ans. Il était depuis peu fiancé à une douce et ravissante jeune femme de Nashville alors que Barbot, âgé de vingt-deux ans, était déjà marié et père de deux jeunes enfants en Caroline du Sud.

Brown regarda à nouveau le pont d'artillerie. Le plancher était propre, balayé, nettoyé à la stéatite et le bois semblait ciré. Près de chacun des gros canons, montés sur des supports à roues, s'entassaient des boulets de fer dans des casiers de bois, avec les écouvillons et la poudre à canon à portée de la main. Il observa avec satisfaction que les servants de chaque pièce circulaient aisément dans les zones de tir.

— Je descends inspecter la salle des machines. Veillez à ce que les hommes continuent à travailler à leurs canons.

Essuyant la sueur de son front avec le grand mouchoir qu'il avait toujours dans sa poche, Brown descendit dans la salle infernale et confinée des machines. A l'approche du commandant, le chef mécanicien George City quitta son bureau de métal vissé à la paroi.

City avait presque trente ans. La chaleur des chaudières donnait à son teint naturellement rougeaud une belle teinte brique. Ses cheveux avaient la couleur de l'acajou et, contrairement à la plupart de ses collègues, il était rasé de près, assurant que cela le protégeait de l'atmosphère surchauffée où il travaillait.

Pendant la rapide construction du navire, on avait fait en sorte que la salle des machines puisse atteindre une pression négative. Les écoutilles étaient placées exactement où il fallait pour recueillir l'air de la mer, rafraîchissant ainsi l'intérieur de la pièce. Le problème, ce jour-là, était que la température de l'air sur la rivière avoisinait 32 °C et que la différence avec la chaleur des chaudières ne créait pas beaucoup de courant d'air.

Les moteurs, hâtivement construits à Memphis, étaient aussi têtus qu'un troupeau d'ânes.

Le chef mécanicien City transpirait et sa chemise était trempée. Il donnait l'impression d'avoir en permanence au bout du nez une grosse goutte de liquide sale.

— Bonjour, City, dit Brown.

— Bon jour mais rudement chaud, répondit City.

— Comment fonctionnent vos moteurs ?

— Je croise les doigts. La chaudière qui alimente la roue à aubes tribord n'était pas correctement ventilée de sorte que, lorsque la pression tombait, la poutre débrayait. Je crains que nous n'ayons des problèmes avec les paliers.

Depuis le premier voyage du navire, l'un ou l'autre des moteurs s'était périodiquement arrêté, ce qui faisait que, chaque fois, une seule roue fonctionnait et que le bateau tournait en rond comme un chien qui court après sa queue.

— Je prie pour qu'ils ne nous laissent pas tomber quand nous rencontrerons la flotte yankee.

— Je veillerai à ce qu'ils nous amènent jusqu'à Vicksburg, promit City, ou je porterai le bateau sur mon dos !

Pour ne pas fatiguer ses moteurs capricieux, l'*Arkansas* descendit la rivière lentement. Lorsque la nuit commença à tomber, les criquets, partout sur le navire, entonnèrent une lente stridulation mélodieuse. Dans la brume pourpre qui s'épaississait, les hommes assignés aux canons allumèrent des torches métalliques emplies d'essence de térébenthine qui éclairèrent les eaux boueuses à l'avant du navire.

A intervalles réguliers, le pilote John Hodges appelait la salle des machines pour arrêter leur progression. Alors deux vigies sur la proue sondaient le fond de la rivière au moyen de lignes plombées. En comparant les profondeurs enregistrées aux repères de la rive, le pilote marquait la position du bateau sur une carte du fleuve avant d'ordonner à la salle des machines de remettre les moteurs en route.

Le commandant Brown était assis dans la salle à manger avec Henry K. Stevens, l'officier en second, et les lieutenants John Grimball, George W. Gift, Alphonso Barbot, A. D. Wharton et Charles Read. Les restes d'un petit déjeuner fait de bouillie et de bacon furent enlevés de la table par le maître d'hôtel Hiram McCeechum. Celui-ci servit de nouvelles tasses de café et sortit de la pièce, laissant les officiers discuter de la toute prochaine bataille.

— Nous serons sur le Mississippi à dix heures, dit Brown. Et nous avons toutes les raisons de croire que la flotte yankee nous y attend.

Il prit le temps de vider sa tasse de café avant de poursuivre :

— Les espions que nous avons sur le fleuve affirment que trois canonnières fédérales rôdent déjà juste au-dessus de l'entrée de la Yazoo. Dès que nous serons en contact, j'ai bien l'intention d'éperonner et de couler le navire de tête. Quelqu'un a-t-il des questions ?

Chacun fit signe que non. Alors Brown prononça son petit discours habituel.

— Messieurs, en cherchant le combat comme nous le faisons en ce moment, nous devons vaincre ou périr. Si je tombe, celui qui prendra le commandement fera de même, résolu à traverser la flotte ennemie ou à couler. S'ils ont le dessus et nous abordent, il faudra faire sauter le navire. Il ne doit pas tomber entre les mains des ennemis. Et maintenant, à vos canons.

L'un après l'autre, les officiers se rendirent tranquillement à leurs postes. Brown resta assis un moment, perdu dans ses pensées, étudiant les cartes du fleuve. Puis il soupira, repoussa sa chaise et se dirigea vers l'échelle menant à la cabine de pilotage.

La fumée noire sortant de la grosse cheminée flottait

assez bas sur l'eau et traînait dans le sillage du navire. Le long des pentes herbeuses des rives, les oiseaux du fleuve pinçaient du bec la mousse humide sur les branches des arbres tandis que, dans une clairière à bâbord, un petit troupeau de vaches laitières lapaient l'eau sale en regardant passer le cuirassé à vapeur. Brown hésita avant d'entrer dans la cabine de pilotage. Il savait que la paix de cette scène était trompeuse.

Les mains solidement posées de part et d'autre de la barre de bois poli, le chef pilote Hodges regardait le fleuve devant lui par les fentes du revêtement métallique. Il parla à Brown sans détacher son regard du cours sinueux.

— Il y a de la fumée au-dessus des arbres après le second coude.

— Etant donné que nous sommes le seul navire confédéré ici aujourd'hui, dit Brown, cela ne peut être que la flotte yankee.

Hodges approcha une allumette de la pipe qu'il serrait entre ses dents et rendit la vie à la coupelle de bruyère par petites bouffées.

— Je parierais ma prochaine solde qu'ils nous ont préparé une petite réception.

Au même instant, presque avant que Hodges ait fini sa phrase, le cuirassé de l'Union *Carondelet* se matérialisa lentement devant eux.

Les espions de la marine du Nord avaient surveillé Brown depuis qu'il avait fabriqué son curieux cuirassé de bric et de broc. Ils avaient suivi la construction de l'*Arkansas* de la pose de la quille à celle des canons. Quand ils avaient prévenu l'amiral Farragut du départ du navire, de la Yazoo vers le Mississippi et sa destination finale, la ville de Vicksburg aux mains des confédérés, l'amiral avait envoyé une petite flotte de trois bateaux pour l'intercepter.

La flottille annoncée était constituée du *Queen of the West*, un rapide navire-bélier, du *Tyler*, une canonnière légère, et du *Carondelet*, un cuirassé sous le commandement de Henry Walke, un vieil ami de Brown avant la guerre. Ils avaient fait ensemble une croisière autour du monde et été un temps aussi proches que deux frères.

Dès qu'il aperçut les bateaux de l'Union, l'*Arkansas* fut sur le pied de guerre. Parcourant le pont d'artillerie d'un bout à l'autre, les tambours battirent le rappel tandis que les servants se tenaient prêts à faire rouler leurs canons dans les sabords. Les officiers, à chaque poste, passèrent des mousquets, des pistolets et des coutelas aux hommes pour le cas où ils devraient repousser un abordage. On déversa des seaux de sable sur le pont pour absorber le sang qui ne manquerait pas d'être répandu au cours de la bataille qui se préparait. La plupart des marins se mirent torse nu et nouèrent des foulards autour de leur tête. Comme Brown, plusieurs officiers ôtèrent leur veste et accomplirent leurs tâches en sous-vêtements.

Depuis la cabine de pilotage, Brown observait les navires qui s'approchaient.

— Ils viennent sur nous tous les trois sur la même ligne, annonça-t-il. Visez la canonnière du milieu, monsieur Hodges, la grosse. Essayez de l'avoir par le milieu.

A bord du *Queen of the West*, son seul avantage, l'énorme vitesse qu'il pouvait tirer de ses moteurs, était réduit par les courants importants de la rivière. Il n'avait aucune batterie de canons et son habileté à éperonner ne lui servait à rien pour le moment. A la vue du cuirassé confédéré malveillant, le commandant du *Queen* décida rapidement de faire demi-tour et de redescendre le fleuve.

Restant bien en course vers l'amont, le *Carondelet* et le *Tyler* se préparaient à faire tonner leurs canons de proue sur l'ennemi. Les boulets qui sortirent bientôt des gueules de leurs monstres passèrent trop haut, manquant l'*Arkansas* qui s'approchait inexorablement.

— Passez le message au *Tyler*, ordonna Walke, du *Carondelet*, à son second. Dites-leur que nous virons et nous dirigeons vers l'aval. Le plan est de continuer la lutte avec nos canons arrière et d'attirer le navire confédéré à notre poursuite.

Tournant la barre, le pilote du *Carondelet* fit virer le navire puis appela la salle des machines pour qu'ils donnent toute la vapeur tandis que les canonniers de poupe se préparaient à tirer.

En réponse aux ordres criés dans une sorte de trompette de cuivre servant de mégaphone, le *Tyler* vira en même temps que l'autre bateau du Nord. Plus court et plus léger, il accomplit rapidement son demi-tour et s'éloigna de l'*Arkansas* à toute vapeur. Ses bordées s'éloignèrent tandis qu'il voguait à la suite du *Queen of the West.*

Réglant légèrement le gouvernail, Hodges se dirigea droit sur le cuirassé de l'Union dont la poupe occupait l'arrière de la petite flotte. Debout près du pilote, Brown observa à la jumelle le *Carondelet* qui s'éloignait. Essayant de percer la fumée sortant des canons nordistes, il se tourna vers Hodges.

— J'aperçois la blancheur du bois neuf sous sa cuirasse. Quand nous serons à bonne portée, le soixante-quatre livres du lieutenant Grimball devrait être capable de pénétrer la casemate et de le couler.

Grimball n'eut besoin d'aucun ordre de son commandant. Lui et son équipe commencèrent à tirer, à recharger et à tirer encore et encore. Dans un rythme bien coordonné, les canonniers avant acquirent une sorte de routine. Grimball comptait les coups tandis que le recul de ses canons balançait la proue de l'*Arkansas* de droite à gauche. D'abord le premier canon, puis l'autre, chacun tirant une bordée toutes les trois minutes.

L'*Arkansas* poursuivait sa route menaçante vers l'aval comme un serpent mortel crachant du feu et de la fumée sur sa proie. Une troupe de pigeons s'élança des arbres bordant la rive dès que retentit le premier claquement assourdissant du gros canon de soixante-quatre livres.

En bas, dans la salle des machines, le chef mécanicien City et ses chauffeurs enfournaient furieusement du charbon dans les chaudières. La température ne cessait de monter et il cria à ses hommes, dans le bruit combiné des canons et des chaudières rugissantes :

— Le gouvernail a besoin de plus de vapeur ! Enfournez comme si le diable était après vous !

Dans le fourneau tribord, les boulets rougis luisaient déjà comme la lave d'un volcan. Maniant les pelles comme des possédés, les chauffeurs lançaient le charbon dans les flammes ronflantes avant de refermer violemment la porte de métal et de repousser la targette noircie avec une planche. Puis ils passaient à l'autre chaudière et reprenaient l'opération.

— On gagne du terrain sur eux, monsieur, annonça Hodges à Brown.

Avant que celui-ci puisse répondre, un tir du *Carondelet* frappa la protection avant de la cabine de pilotage qui s'enfonça en infligeant à Brown une sévère contusion au front lorsqu'il fut projeté contre le mur de fer. Il resta allongé sur le pont, sentant le battement des moteurs au-dessous de lui, luttant pour ne pas perdre conscience, tâtant la blessure dont le sang inondait ses yeux.

— Ça va, monsieur ? cria Hodges. Dois-je appeler le médecin ?

Brown essuya le sang avec une froide détermination

jusqu'à ce qu'il voie clair à nouveau. Ne sentant rien qui puisse indiquer que son cerveau avait été touché, il répondit calmement :

— Non, je ne crois pas...

Ses paroles furent interrompues par un autre tir du *Carondelet* qui frappa l'un des murs de la cabine et explosa contre le blindage. Une partie de la barre fut arrachée et Brown fut inondé par le sang de Hodges qui gicla comme le jus d'une tomate écrasée.

Le pilote s'effondra sur le pont. Il avait perdu un bras et la moitié de l'épaule.

Un autre pilote de la Yazoo River, J. H. Shacklett, grimpa prestement l'échelle et entra dans la cabine pour voir s'il pouvait être utile. Il reçut en pleine poitrine les éclats d'un autre obus. Il tomba à son tour, à genoux et sur les mains, et essaya de regrimper l'échelle.

James Brady, un jeune homme du Missouri d'un mètre quatre-vingt-deux, avait suivi Shacklett dans la cabine. Sous le pont des canons quand les obus avaient frappé, il leva les yeux et vit le carnage. Saisissant le bras d'un aspirant, il cria :

— Envoyez chercher le chirurgien et trois aides, vite !

Puis il remonta dans la cabine de pilotage, enjamba les corps et saisit ce qui restait de la barre.

— Restez en ligne derrière le cuirassé yankee, ordonna Brown d'une voix faible.

Brady attendait une occasion d'éperonner le *Carondelet* mais la rivière se rétrécissait, ce qui l'empêcha de faire virer l'*Arkansas* après le coude. Il était trop tard pour cette manœuvre. La vitesse supérieure de l'*Arkansas* l'amena bientôt à la hauteur du navire nordiste. Bord à bord, les deux bateaux firent la course vers l'aval, se heurtant violemment l'un l'autre.

Au plus fort de la bataille, la précision des canonniers confédérés augmenta de façon évidente. Obus après obus, ils déchirèrent la poupe du *Carondelet*, mettant en pièces la tuyauterie de son système de vapeur et rendant impuissante sa direction. Ayant perdu sa pression à cause de ses tuyaux brisés, sa vitesse fut considérablement réduite et son gouvernail inutilisable. Le commandant Walke ordonna à contre-cœur à l'homme de barre de se diriger vers la rive la plus proche.

Presque au même moment, Brady avait réussi à contrôler la barre. Le chirurgien H. W. M. Washington pénétra dans la cabine et s'agenouilla près de Brown.

— Je ne suis pas gravement blessé, murmura celui-ci. Occupez-vous d'abord des autres.

Le chirurgien hocha la tête et mit le doigt sur la veine du cou de Hodges puis fit signe à ses aides.

— Couvrez-le et descendez-le.

Il se tourna vers Shacklett qui, bien qu'il fût presque éventré, était toujours conscient.

— Portez-le sur ma table d'opération, installez-le confortablement et attendez mon retour.

Après que les aides eurent accompli leurs tristes tâches et emmené les deux pilotes, Washington revint à Brown.

— Commandant, je dois vous examiner.

Brown avait réussi à se mettre debout et se tenait à côté de Brady à la barre. Il resta silencieux pendant que Washington examinait la plaie de son front et lui posait un large bandage.

— Vous avez la tête dure, dit le chirurgien quand il eut fini.

— C'est ce que me disait mon père, répondit Brown avec un sourire tendu.

Le *Tyler* était revenu vers l'amont pour essayer d'aider le *Carondelet* désemparé. Le capitaine de corvette Gwin, qui commandait le *Tyler*, donna l'ordre à un détachement de tireurs d'élite de l'armée assignés à son navire de monter sur le pont et de tirer avec leurs mousquets et leurs pistolets sur ce fichu rebelle.

Comme un terrier agaçant un loup, la canonnière vint se ranger le long de l'*Arkansas* tandis que les tireurs commençaient à balayer le pont du cuirassé bien plus large du feu de leurs armes de poing.

— Restez avec les Yankees, monsieur Brady, ordonna Brown. Je descends diriger le feu.

— Je vais les coller comme de la mélasse, dit courageusement Brady.

Brown descendit sur le pont de batterie, ses bottes faisant crisser le sable répandu pour absorber le sang. Juste à ce moment-là, trois des pièces de batterie tirèrent ensemble une énorme salve. Avec un bruit épouvantable, les obus fendirent l'air en direction du *Carondelet* invalide. En même temps, les canons avant de l'*Arkansas* visèrent le *Tyler* à quelques mètres à peine. Brown observa les résultats de ce barrage à bout portant avec une intense satisfaction.

Des morceaux du *Tyler* volèrent tandis que la petite canonnière tremblait de la proue à la poupe. En même temps, de l'autre côté du cuirassé rebelle, les obus pénétraient le *Carondelet*, inclinant son pont tribord jusqu'en dessous de l'eau et inondant son pont de batterie. A la même seconde, une balle tirée par un officier de l'Union à bord du *Tyler* pénétra dans la casemate par un sabord ouvert et frappa Brown à la tempe, rebondit miraculeusement et se perdit dans la fumée.

Pour la seconde fois en moins d'une heure, Isaac Brown tomba sur le pont, pratiquement inanimé.

Le lieutenant Wharton, qui commandait les pièces de batterie bâbord, cria :

— Le commandant est touché ! Emmenez-le au chirurgien !

Pendant que la bataille faisait rage autour de lui,

Brown ouvrit lentement les yeux, s'assit et regarda autour de lui. Tandis qu'il commençait à se lever, le quartier-maître Samuel Milliken courut vers lui et le prit par le bras.

— Monsieur, vous devriez rester allongé. Votre tête saigne !

— Je survivrai, murmura Brown.

Il dégagea son bras de l'emprise de Milliken et se dirigea en chancelant vers les sabords des canons de proue d'où il put voir les effets des tirs précis de ses canonniers.

Le *Carondelet* était une ruine : son blindage en pièces, ses moteurs inutilisables, environ trente hommes tués ou blessés par le cuirassé rebelle qui, une heure avant, n'était encore que l'objet de rapports superficiels des espions du Nord. Il reposait, impuissant, quand l'*Arkansas* le dépassa. Des nuages de vapeur tourbillonnaient au-dessus de ses tuyaux éventrés tandis que l'équipage, paniqué, sortait par toutes les ouvertures et sautait par-dessus bord dans les eaux grises de la rivière.

Brown sortit sur le rouf de la casemate de l'*Arkansas* et cria quelque chose à son ancien ami Henry Walke. On ne sut jamais si Walke l'entendit ou non car il ne répondit pas. Laissant le *Carondelet* délabré frôler les saules de la berge, Brown ordonna à son homme de barre de poursuivre le *Tyler* et le *Queen of the West*.

En des circonstances ordinaires, on aurait considéré la bataille comme la fin d'une bonne journée de travail mais, pour l'*Arkansas* et son équipage, ce n'était qu'un prélude. Malgré ses blessures à la tête, l'esprit de Brown fonctionnait toujours aussi activement.

— Je descends, dit-il à son second, Stevens. Ne laissez pas retomber la vapeur.

Le bandage autour de sa tête était taché de rouge. Brown se dirigea vers la salle des machines.

— Seigneur ! s'exclama-t-il quand une vague de chaleur étouffante le frappa en entrant.

Dans la pièce, la chaleur atteignait 55° C et ne cessait de monter. Les chauffeurs étaient torse nu, leurs corps noirs de charbon où se collait leur transpiration, leurs visages aussi rouges que des betteraves. Chacun avait l'impression que son corps n'était qu'une écorchure.

Stevens regarda par l'écoutille et cria à Brown :

— Je me suis débrouillé pour qu'ils se reposent un peu. Nous ferons des équipes pour faire marcher les moteurs. Le deuxième groupe va arriver.

Brown dévisagea City qui avait du mal à garder la tête droite et essayait de son mieux de ne pas s'évanouir sous l'effet de la fatigue et de la chaleur.

— Vous ne tenez plus debout, monsieur City. Vous feriez bien d'aller vous reposer un moment.

City secoua la tête.

— Les ouvertures entre les fourneaux et les cheminées ont été obstruées par un tir d'obus. Impossible d'avoir le moindre souffle d'air ici.

Le commandant blessé aida le chef mécanicien épuisé à monter l'échelle menant au pont de batterie, plus frais. Dès qu'il émergea de la salle des machines, City s'écroula. L'un des marins du pont l'arrosa d'un seau d'eau pour le ranimer. City cracha, secoua les toiles d'araignée de son cerveau et cria à Brown, d'une voix rauque, en essayant d'avaler un peu d'air frais :

— Encore une chose, commandant. Je ne peux pas vous fournir plus de vingt livres de vapeur.

L'*Arkansas* en avait eu plus de cent vingt au début du voyage.

— Occupez-vous de ces hommes, ordonna Brown à Stevens. Qu'ils ne restent pas plus de quinze minutes d'affilée dans ce trou infernal. Et assurez-vous qu'ils aient toute l'eau douce qu'ils désirent. Si vous avez besoin de moi, je serai dans la cabine de pilotage.

Serrant entre ses mains sa tête douloureuse, Brown entra dans la timonerie, pataugeant dans le sang des blessés et des morts. Il entoura d'un bras l'épaule de Brady.

— Comment se porte ce bon vieil *Arkansas* ? demanda-t-il.

— Toujours plein d'ardeur, commandant. Mais nous n'éperonnerons personne. J'ai tout juste assez de vitesse pour avancer.

— Alors nous ne remonterons pas la rivière ?

— Absolument pas. Si nous ne voguions pas avec le courant, un homme à pied irait plus vite que nous.

— Dans ce cas, nous pénétrerons dans l'antre du diable avec un sérieux désavantage, dit Brown en imaginant leur réception par la flotte de l'amiral Farragut, composée de navires capables d'affronter le fleuve et l'océan et qui les attendait après le dernier coude de la Yazoo, à seulement trois kilomètres de là.

Il n'y aurait pas d'échappatoire pour l'*Arkansas*. D'une rive à l'autre du grand fleuve, les trente-sept navires de guerre composant l'escadre de l'Union sur le Mississippi étaient ancrés aussi loin que pouvait porter le regard. Leurs coques noires, la forêt de leurs mâts et les rangées interminables de leurs cheminées formaient une souricière impénétrable hérissée de plus de mille canons.

— Oh ! Doux Jésus ! grogna Brown devant ce tableau épouvantable.

Il s'installa sur un haut tabouret pour pouvoir regarder à travers une fente du blindage de la timonerie.

— Allez droit au milieu, monsieur Brady. Il faut que nous touchions tous les navires sur lesquels nous tirerons.

Le menton de Brady tremblait de peur devant le spectacle choquant de tant de navires, les canons pointés, dans son imagination, directement sur lui. La sueur ruisselait sur son visage. Mais ses mains restaient fermes sur la barre cassée.

— A vos ordres, monsieur, dit-il d'une voix résolue. Droit au milieu.

Le cri se répercuta de navire en navire au sein de la flotte de l'Union.

— L'*Arkansas* arrive !

Les tambours de bord commencèrent à battre le branle-bas de combat. Incapable d'avancer et de manœuvrer en position de tir, la flotte de l'Union, malgré sa formidable puissance de feu, souffrait d'un lourd handicap. Ne croyant pas que l'*Arkansas* et son commandant auraient le culot de s'en prendre à la flotte entière, Farragut et sa flotte n'étaient pas préparés. Ils s'étaient fait prendre au dépourvu, sans vapeur dans leurs chaudières, avec quelques canons seulement chargés et prêts à tirer.

Menaçants et déterminés, les hommes de l'*Arkansas* ne pouvaient que prier le ciel de leur permettre de survivre au bombardement de feu qui se préparait tandis que le courant de quatre nœuds les emmenait dans les mâchoires de cette monstrueuse flotte qui les entourait.

Le cuirassé de la Confédération arriva bientôt à la hauteur du premier navire de la ligne, le navire amiral USS *Hartford* de l'amiral Farragut, avec ses vingt canons de neuf pouces. Les batteries de proue de l'*Arkansas* crachèrent un mortel coup de feu. Le gros navire de guerre capable de naviguer sur l'océan fut pris au dépourvu et immédiatement ravagé par les obus du cuirassé. L'ancre du *Hartford* deux canots et plusieurs morceaux de ses garde-corps furent arrachés par une grêle de fer tandis que son équipage courait se mettre à l'abri. Les canonniers de l'*Arkansas* étaient libres de tirer de tous les côtés sans crainte de frapper un autre rebelle ami et ils surent en tirer parti. Visant dans toutes les directions, leur feu continu ne pouvait manquer d'atteindre ses cibles. Brown se dit que c'était vraiment une chasse à la dinde.

Le suivant en ligne était l'*Iroquois*, un sloop à aubes, puis le cuirassé de rivière *Benton*, puis le sloop à vapeur *Richmond* et le ferry-boat cuirassé *Essex*. Tous furent férocement attaqués par le navire confédéré fou qui passait en tirant de ses dix sabords.

Le vent était tombé et la fumée des trois cents coups de canon qui pouvaient être servis sur l'*Arkansas* créa bientôt un voile noir épais qui s'étendit sur l'eau. Incapables de rien distinguer, les canonniers fédérés furent obligés d'utiliser les éclairs des canons de l'*Arkansas* pour diriger leurs obus. Dans leurs tirs croisés, ils frappèrent leurs propres navires presque aussi souvent qu'ils atteignirent le cuirassé rebelle. Un cri s'éleva des navires de l'Union, demandant que l'on cesse le feu jusqu'à ce qu'on puisse y voir.

A bord de la canonnière de l'Union *Sciota*, le commandant Reigard Lowry ordonna que son canon de onze pouces tire sur l'intrus brun et grotesque. La première salve frappa la casemate du rebelle mais rebondit très haut contre son blindage et explosa sans causer de dommage bien au-dessus de sa poupe. Lowry surveilla le second obus qui alla s'écraser dans le flanc du cuirassé. La moitié supérieure d'un corps tomba d'un sabord. L'homme s'était penché de la casemate pour pousser l'écouvillon dans le tube du canon quand le coup le coupa en deux.

Le lieutenant Barbot avait la charge de la batterie de canons de l'*Arkansas* où l'homme venait d'être tué. Il regarda, écœuré, la partie inférieure du torse gisant dans une mare de sang. Craignant que ces restes horribles ne démoralisent son équipage déjà secoué par des heures de bataille ininterrompue, il ordonna à l'un de ses canonniers de jeter le corps par-dessus bord.

— Je ne peux pas ! cria l'homme dans le tumulte. Voyez-vous, capitaine, c'était mon frère !

Barbot fit alors lui-même le geste épouvantable.

Le lieutenant George Gift, originaire du Tennessee, un homme aux larges épaules, commandait le tir de la batterie avant quand un obus de l'Union frappa le blindage de l'*Arkansas*, juste à côté du canon bâbord.

— Ce n'est pas un tir bien placé ! cria-t-il à son équipe de canonniers.

— Ne vous inquiétez pas, capitaine, répondit un jeune porteur de munitions, on dit que la foudre ne frappe jamais deux fois au même endroit.

Le jeune homme avait à peine fini sa phrase qu'un autre obus entra par un sabord et explosa avec une force féroce juste à l'intérieur du pont de batterie. Le chapeau de Gift fut soufflé et sa barbe et ses cheveux immédiatement brûlés jusqu'à la peau.

Sur le pont autour de lui, comme des marionnettes cassées et désarticulées, seize canonniers étaient étendus, morts ou blessés. La plupart avaient été gravement mutilés par des éclisses arrachées aux panneaux de bois doublant le blindage. L'obus avait embrasé le pont et Gift, se saisissant d'une pompe, dut éteindre le feu. Tandis qu'il répandait l'eau, le jet passa sur le jeune homme qui, quelques secondes auparavant, s'était adressé à lui. Le corps du garçon était affreusement mutilé, une de ses jambes complètement arrachée au niveau de la cuisse. Sa tête ne tenait plus aux épaules que par quelques lambeaux de chair. Il était mort avant même d'avoir atteint le pont.

Sur la partie arrière de la casemate, le lieutenant Charles Read, déjà vétéran de la bataille de La Nouvelle-Orléans, promis à la renommée sur le CSS

*Florida*, dirigeait l'équipe servant les deux canons de trente-deux livres placés sur la poupe. Calme et déterminé, il sifflait comme s'il faisait la queue pour acheter un billet de théâtre.

Il avait l'air amusé lorsqu'un tir vigoureux frappa le blindage de la casemate et poursuivit sa course, aplati, tandis que les obus volaient en milliers de fragments.

Les obus tirés par l'*Arkansas* parcouraient la brève distance les séparant de la canonnière de l'Union, le *Lancaster*. Bien que le commandant du *Lancaster* eût recommandé à son équipage de couvrir les chaudières de chaînes pour détourner les tirs des canons, la protection se révéla inutile face aux boulets de l'*Arkansas*. Deux obus pénétrèrent le blindage sur le flanc du navire et se frayèrent un chemin à travers l'épaisseur du bois pour pénétrer dans les chaudières. L'eau bouillante se répandit comme une vague brûlante dans tout le bateau, transformant les mécaniciens en homards dans une marmite. Une douzaine d'hommes hurlèrent à l'unisson dans une agonie de souffrance au point qu'on les entendit à bord de l'*Arkansas*. En l'espace de trente secondes à peine, ils moururent, brûlés jusqu'aux os. Le reste de l'équipage, sous un déluge de boulets, sauta dans la rivière pour échapper à une mort certaine dans la vapeur brûlante.

Brady, le pilote, agrippait la barre, impuissant, tandis que l'*Arkansas* chargeait au milieu des marins de l'Union luttant pour rester à flot dans l'eau boueuse, s'accrochant au moindre morceau de bois flottant qui les empêcherait de se noyer. Brady ne sut jamais que certains marins du *Lancaster* avaient été broyés par les roues à aubes de l'*Arkansas*.

Enfin, l'*Arkansas* avait échappé au pire. Il était très abîmé, son blindage complètement démoli par endroits, ses moteurs à peine opérationnels et pourtant il naviguait encore et produisait de la vapeur, ses canons tonnant toujours, pleins de défi.

Il ne restait devant lui qu'un seul navire, un cuirassé yankee battant pavillon d'un officier général. C'était le *Benton*, sous les ordres du commodore David Dixon Porter, le dernier vaisseau de la souricière de l'Union, considéré comme l'un des plus puissants du fleuve.

— Je pense pouvoir éperonner celui-là, dit Brady à Brown. Le courant paraît plus fort par ici et il nous pousse à bonne vitesse.

Trop tard, Brown aperçut une vigie à bord du *Benton* qui montrait l'*Arkansas* en criant frénétiquement. Avec un soudain regain de vitesse, le cuirassé de l'Union glissa hors du chemin du confédéré vengeur et vira vers le bord opposé du fleuve.

— Lâchez une bordée sur lui ! hurla Brown aux canonniers.

Les hommes épuisés et couverts de sang donnèrent la dernière mesure de leurs forces et tirèrent une volée finale. Le navire de l'Union fut soumis à un orage d'obus. L'équipage sur le pont de batterie du *Benton* fut décimé et tomba comme de l'herbe sous la faux.

L'amiral Farragut était furieux de voir que le navire confédéré solitaire avait pu échapper à la puissance combinée de deux flottes. Il ordonna au rapide petit steamer fluvial le *Laurel Hill* de le prendre en chasse. Mettant toute la vapeur, le steamer lourdement armé partit à la poursuite du cuirassé meurtri.

Mais c'était trop tard. Leur proie s'était enfin libérée de la souricière.

L'*Arkansas*, ressemblant maintenant à une bizarre péniche pleine de morceaux de ferraille, naviguait le long des berges sinueuses du fleuve au-dessus de Vicksburg et atteignit enfin la protection des batteries de canons de l'armée confédérée au sommet des falaises rocheuses de la forteresse rebelle. Isaac Brown, protégeant d'une main ses yeux du soleil, scruta à l'arrière la fumée du *Laurel Hill* qui s'approchait.

— Attendons-nous qu'il soit à notre portée ? demanda-t-il calmement au fidèle Brady, toujours à la barre.

Brady fit non de la tête.

— Nous aurons de la chance si nous avons assez de vapeur pour atteindre le dock.

— Alors ramenez-nous, dit Brown en tapotant le dos du pilote. Nous avons assez combattu pour aujourd'hui.

Sur les collines de Vicksburg, des milliers de soldats, qu'avait rejoints une multitude de citoyens des environs, firent une ovation au navire épuisé. Alertés par le bruit de tonnerre des canons, en amont du fleuve, ils avaient entendu parler de la bataille par un cavalier qui avait assisté au spectacle depuis la rive avant de rentrer en ville au galop. Lorsque l'*Arkansas* se faufila le long du quai, ils descendirent de leur perchoir pour lui offrir leurs sincères félicitations.

Conduite par trois fanfares envoyées par l'armée dès qu'elle avait appris la nouvelle du glorieux combat, l'assistance fit de grands signes aux hommes courageux qui étaient montés, éblouis et épuisés, sur le pont ouvert du cuirassé. Barbouillés de poudre à canon et du sang des blessures occasionnées par les éclisses qui avaient volé dans tous les sens, ceux-ci demeurèrent muets et indifférents à la réception chaleureuse.

— Je veux que tous ceux qui en sont encore capables transportent les morts et les blessés, ordonna Brown au lieutenant de vaisseau Stevens.

— Je m'en occupe tout de suite, répondit l'officier avec un salut fatigué.

En quelques minutes, les marins qui pouvaient encore marcher, pour la plupart couverts de bandages, commencèrent à transporter les morts et les presque morts.

Comme les spectateurs d'un grotesque carnaval, la foule sur le rivage se pressait autour du cuirassé et regardait par les sabords ouverts. Du sang couvrait presque chaque centimètre carré du pont de batterie. Des membres et les restes humains des marins tombés au combat jonchaient encore les abords des canons fumants. On regardait avec stupeur les trous béants du blindage creusés par les obus de l'Union. La peinture brune était arrachée par larges plaques et révélait une couche de rouille sur les rails de protection.

Soudain glacés d'horreur à la vue du massacre, les spectateurs demeurèrent silencieux tandis que les chariots de l'hôpital et de la morgue commençaient à évacuer leur triste chargement. Les hommes qui avaient transporté les cadavres et les blessés retournèrent immédiatement à bord et, sans même un instant de repos, commencèrent à réparer les dégâts.

— Demandez à l'armée de vous aider à transporter du charbon sur le quai, ordonna Brown au lieutenant Harris. Je veux que les soutes soient remplies dès que possible.

Au-dessous de Vicksburg, une petite force de blocus composée de cuirassés de l'Union se mit à tirer sur l'*Arkansas*. Ils restèrent assez loin, craignant les puissantes batteries du rivage dont l'une était commandée par David Todd, le beau-frère du Président Lincoln. Le barrage sans enthousiasme ne fit guère plus que souffler la poussière de charbon recouvrant le pont du cuirassé tandis qu'on remplissait ses soutes.

Les officiers mortifiés de la flotte de l'Union, rendus fous de rage par la mort et la destruction semées par le navire de guerre rebelle, remontèrent les ancres et se dirigèrent vers Vicksburg pour continuer la lutte. Leur colère était fondée, les boulets et les obus tirés par les canons de l'*Arkansas* avaient frappé soixante-treize fois les navires de l'Union, tuant quarante-deux hommes et en blessant soixante-neuf.

A sept heures ce soir-là, ils arrivèrent à portée du cuirassé à quai. Lorsque la flotte passa en formation, se dirigeant vers l'aval du fleuve, cent canons crachèrent contre la casemate déjà en ruine de l'*Arkansas*.

Le ciel du soir s'embrasa sous ce furieux bombardement et des étincelles s'allumèrent sous l'impact du feu de l'Union contre les parois blindées du rebelle. L'enfer du feu des canons dura toute la nuit. A la lumière de l'aube, l'amiral Farragut et le commodore Porter regardèrent anxieusement dans leurs jumelles, espérant que l'*Arkansas* avait disparu au fond du Mississippi.

Ils furent sidérés de constater qu'il flottait toujours avec entêtement à côté de son môle et qu'il répondait avec orgueil aux coups qu'on lui portait.

— Les Yankees ne savent pas s'arrêter, dit Brown avec un sourire satisfait.

N'étant pas homme à esquiver une bataille, il ordonna à l'équipage de faire reprendre l'offensive à l'*Arkansas*.

Le navire n'était pas en état de supporter un autre combat dont les risques étaient aussi importants. Néanmoins il remit la vapeur et se dirigea vers la flotte de l'Union tandis qu'un ouragan de feu tiré par les batteries confédérées sur les collines gronda au-dessus de lui en couverture. Les citoyens assiégés de Vicksburg regardaient, fascinés, le cuirassé amoindri par la bataille s'avancer pour combattre la flotte entière des navires de l'Union pour la seconde fois en vingt-quatre heures.

Avant d'avoir pu tirer un seul coup, l'*Arkansas* fut frappé par un boulet de bronze de deux cent vingt-cinq livres sorti d'un des gros canons yankees. L'énorme missile en forme d'haltère transperça la partie inférieure de la casemate, traversa le blindage, réduisant en miettes au passage les lourdes poutres qu'il protégeait, et fit d'énormes dégâts dans la salle des machines. Le chef mécanicien City fut projeté contre une cloison et s'évanouit.

— Aidez-moi à remonter City sur le pont ! cria l'un des chauffeurs.

Un autre chauffeur, à peine visible dans le nuage de vapeur qui commençait à envahir la salle, attrapa City par les pieds. Ensemble, ils le remontèrent sur le pont de batterie.

Après que la bombe eut démoli la salle des machines, rendant un moteur inutilisable, tuant deux chauffeurs et en blessant plusieurs autres, elle poursuivit son chemin à travers le dispensaire, répandant une grêle de fragments divers et d'éclats de bois. Au passage, elle tua un pilote, William Gilmore, qui s'était porté volontaire pour venir à bord remplacer les deux pilotes morts pendant le combat contre le *Carondelet*, et alla enfin se loger dans le bois, à quelques centimètres du blindage. James Brady, le courageux pilote qui avait héroïquement manœuvré la barre tout au long de la route jusqu'à la sortie de la souricière, fut blessé et projeté par-dessus bord dans le fleuve.

Quand le soleil monta à l'horizon, l'*Arkansas*, avec un moteur tournant à peine, regagna péniblement le quai au pied de Vicksburg et, une fois encore, évacua ses morts et ses blessés. Mais les navires de l'Union ne s'en tirèrent pas sans blessures. Ils perdirent plusieurs hommes tués par les tirs précis des confédérés, et subirent beaucoup de dégâts. Les morts et les blessés dans leurs rangs furent aussi nombreux que ceux de l'*Arkansas*.

Les quelques jours suivants passèrent lentement car il y eut beaucoup de réparations à faire. Le commandant Brown prit un grand plaisir à harceler les hommes de l'amiral Farragut. Chaque jour, à des heures différentes, il faisait allumer les chaudières. Dès que la fumée commençait à sortir de la cheminée, toute la flotte de l'Union, croyant que l'*Arkansas* allait à nouveau quitter le quai, mettait sous pression. Les équipes des salles des machines étouffaient déjà dans la chaleur de l'été, et les chaudières en fonctionnement faisaient grimper la température à bord des navires à des degrés insupportables.

Indomptable, Farragut ordonna un nouvel assaut. A l'aube du 22 juillet, les navires des fédérés revinrent en force. Le cuirassé *Essex* prit la tête et traversa le feu des batteries confédérées, se dirigeant droit sur l'*Arkansas*. Il n'aurait pu choisir un moment plus opportun car tous les officiers et membres de l'équipage sauf vingt-huit, sur les deux cents que comptait normalement le navire, étaient à l'hôpital, blessés ou malades.

Les gueules de leurs canons respectifs à quelques centaines de mètres les unes des autres, les deux navires échangèrent un tir à bout portant. Les boulets de l'*Essex* traversèrent le blindage à l'arrière et manquèrent de peu le canon tribord, tuant huit confédérés et en blessant six, c'est-à-dire presque la moitié de ce qui restait d'effectif. Pourtant, tirant comme ils le pouvaient, les canonniers de l'*Arkansas* mirent à mal le navire de l'Union handicapé qui ne put que s'enfuir.

Tandis que l'*Essex*, très abîmé, filait vers l'aval, sa cheminée criblée de trous, ses tuyaux éclatés et sa coque percée en de nombreux endroits, les batteries de la rive prirent le relais et démolirent ses ponts, cassant ses canots et son ancre avant de blesser son commandant.

Le rapide *Queen of the West* chargea à son tour dans la fumée ambiante et frappa le flanc du navire rebelle. L'*Arkansas* frémit sous le coup. Il sembla un moment que sa coque allait lâcher. Mais il soutint le choc, se reprit et ouvrit un feu nourri sur le *Queen of the West* qui s'enfuit à son tour.

La flotte de l'Union frustrée avait du mal à croire qu'il fut impossible d'avoir le dessus sur l'incroyable confédéré. L'amiral Farragut eut la sagesse d'arrêter l'attaque.

— Ou vous gardez le lit et vous vous reposez, ou vous en supporterez les conséquences.

Le chirurgien de l'armée qui examinait Isaac Brown ne semblait pas envisager d'objection.

— Mon bateau et mon équipage ont besoin de moi, protesta faiblement Brown.

— Pour le moment, vous ne leur seriez pas plus utile que si vous étiez mort, l'admonesta le chirurgien, et c'est ce qui arrivera si vous ne suivez pas mes instructions.

Finalement, après quelques protestations de principe, Brown fut transporté sur un chariot jusqu'à Grenada, dans le Mississippi. Là, chez un vieil ami, il fut bien obligé de se reposer et de récupérer de toute sa fatigue et de ses blessures. Malheureusement, ce répit ne fut que de courte durée.

— Que je sois damné si mon navire part sans moi ! s'exclama Brown en apprenant qu'on avait ordonné à l'*Arkansas* de participer à la bataille de Baton Rouge. Le chef mécanicien City est à l'hôpital et, sans lui pour surveiller les moteurs, qui sait quel désastre peut arriver ?

Il avait laissé des ordres interdisant au lieutenant de vaisseau Stevens de bouger le navire. Mais sous la pression et les ordres de l'officier général de la marine de la région, Stevens ne put qu'obéir et largua les amarres pour un voyage de trois cents milles en aval, jusqu'à Baton Rouge.

Isaac Brown ne manquait certes pas de courage. Quittant son lit de malade, il prit le premier train pour

Vicksburg. A peine capable de bouger, il parcourut les cent quatre-vingts milles du trajet dans un wagon postal. Bien que tourmenté par la maladie, il loua un chariot pour faire le reste du voyage.

Il arriva quatre heures trop tard. L'*Arkansas* avait commencé sans lui son dernier voyage.

Le nouveau commandant du navire, le lieutenant de vaisseau Henry Stevens, avait pris le cuirassé en main. Debout à la proue tandis que le navire se dirigeait vers Baton Rouge, il contemplait l'eau sale sans grande appréhension. Bien que les dégâts eussent été réparés et que l'*Arkansas* fût aussi effrayant que lorsqu'il avait affronté toute la flotte de l'Union, sans Brown l'équipage ne croyait pas à sa chance. Et sans le chef City, le moindre problème sur les moteurs risquait d'être catastrophique. Le nouveau responsable de la salle des machines était un jeune officier sans expérience des moteurs à vapeur maritimes. Déjà, avant qu'ils aient parcouru la moitié du chemin, le navire dut mettre en panne pour une rapide réparation.

Le lendemain matin, tandis que l'*Arkansas* jusqu'alors toujours victorieux se frayait un chemin dans l'eau boueuse et que la fumée s'échappait paresseusement de sa cheminée hâtivement raccommodée, Stevens perçut dans le lointain un grondement de tonnerre. Il reconnut le bruit d'une bataille tandis que l'artillerie ébranlait la campagne de Louisiane. Il comprit que l'assaut terrestre des troupes confédérées pour reprendre Baton Rouge avait déjà commencé.

Il se précipita par une écoutille jusqu'au pont de batterie et descendit par une échelle dans la salle des machines.

— Est-ce que les moteurs tiennent le coup ? demanda-t-il.

— Pas très bien, monsieur, répondit franchement le mécanicien. Ils ne sont absolument pas fiables.

Comme pour prouver ce jugement, cinq minutes plus tard, le moteur bâbord s'arrêta inexplicablement.

— J'ai provoqué cette réunion pour avoir votre sentiment sur l'opportunité de poursuivre jusqu'à Baton Rouge, expliqua Stevens au groupe d'officiers rassemblés autour de lui dans la salle à manger. On m'a assuré qu'on pouvait réparer les moteurs et les remettre en marche. Mais on ne me garantit pas pour combien de temps.

— Nous irions plus vite si l'équipage se mettait aux rames, marmonna le lieutenant Charles Read d'un ton sarcastique.

Stevens regarda chacun des participants.

— Vous avez devant vous des feuilles de papier. Je veux que chacun exprime son avis par écrit et dise si nous devons continuer ou faire demi-tour. N'inscrivez pas vos noms. Je tiens à ce que vous vous exprimiez sans crainte de représailles.

Un par un, utilisant un bout de crayon qui passa de main en main, les officiers remplirent leurs papiers et les mirent dans un chapeau au centre de la table. Stevens écrivit sur le sien puis dépouilla les bulletins.

— Voyons maintenant quel sera notre destin, dit-il en ouvrant les feuilles pliées avant de les lire. Continuons, continuons, continuons, Baton Rouge, continuons, luttons, continuons...

Jusqu'au dernier papier, la décision fut unanime.

— Reprenez vos postes, messieurs. Nous avons un rendez-vous à honorer à Baton Rouge.

Stevens observa les trois navires de guerre de l'Union qui remontaient le fleuve, venant de Baton Rouge.

— Il y a notre vieil ami l'*Essex*, dit-il au nouveau pilote. Eperonnez-le. Ensuite, nous en terminerons avec les deux autres.

L'*Arkansas* approchait du dernier coude du fleuve avant d'entrer dans le chenal qui s'étendait le long de la ville assiégée. Stevens sortit et se posta sur le pont de la casemate. Dans ses jumelles, il aperçut l'artillerie confédérée sur la rive occidentale qui s'efforçait d'empêcher les navires de l'Union de tirer sur les positions des troupes rebelles. A peine était-il rentré dans la cabine de pilotage qu'un grincement retentit d'un bout à l'autre du navire. Le moteur tribord s'arrêta soudain et la roue à aubes bâbord fit virer l'*Arkansas* sur un arc et le poussa à terre sur un écueil.

Le mécanicien remplaçant vint expliquer le problème.

— Le tourillon de manivelle s'est cassé, dit-il. Nous avons installé une forge sur le pont de batterie et le forgeron en fabrique un autre que nous insérerons dans l'arbre oscillant.

— Dans combien de temps pourrons-nous repartir ? demanda Stevens.

— A peu près à l'aube. Je ne peux pas être plus précis, répondit le mécanicien en s'essuyant le front, noir de graisse, avec un chiffon sale.

Comme promis, le moteur tournait au lever du soleil et l'*Arkansas* commença immédiatement à se sortir de l'écueil. De peur de tomber dans des bas-fonds, les canonnières yankees n'attaquèrent pas pendant la nuit.

— Dirigez-vous sur l'*Essex*, ordonna Stevens au pilote.

L'*Arkansas* vira pour retourner au centre du fleuve et allait prendre la route de Baton Rouge quand soudain le moteur bâbord fit un bruit de ferraille et s'arrêta. Poussé par le seul moteur tribord hâtivement réparé, le navire refit un demi-cercle avant d'enfoncer son éperon dans la rive boueuse.

— Je suis désolé, monsieur, dit le mécanicien, les traits tirés en une expression de défaite. Le moteur bâbord est trop abîmé pour être réparé.

— Alors, c'est fini, murmura Stevens, désespéré.

Plein de remords, il ordonna d'abandonner le navire.

Lorsque l'ordre atteignit l'équipage, les hommes allèrent dans leurs quartiers prendre les quelques affaires qu'ils pouvaient emporter. Tous étaient tristes et abattus. Ils ne pouvaient croire que leur navire tant aimé allait mourir sans combattre. Comme en une procession funéraire, ils sautèrent de la proue sur la rive.

Stevens appela l'un des officiers.

— Lieutenant Wharton ?

— Monsieur ?

— Quand tout le monde sera à terre, j'aimerais que vous preniez le commandement des hommes et que vous les rassembliez bien en ordre.

— Que ferez-vous, monsieur ?

— Je vais brûler le navire.

La file oscillante des hommes s'étira dans l'eau peu profonde et se rassembla sur la terre ferme. Les plus grands aidèrent les plus petits à grimper. Ils formaient une troupe sale et dépenaillée. Ils portaient dans leurs bras les quelques objets qu'ils avaient pu sauver, un fusil, quelques vêtements sales attachés en ballots, des lettres et des images de leurs foyers. Seuls Stevens et Read restèrent à bord.

— Les hommes ont chargé et armé tous les canons, rapporta Read.

— Bien, dit Stevens. Cela devrait nous permettre un baroud d'honneur. La poudre est-elle en place ?

Read fit signe que oui.

— Elle est dans les soutes.

— Très bien. Filez à terre, maintenant.

Le visage baigné de larmes, Stevens mit le feu à la canonnière qu'il n'avait commandée que trois jours.

L'équipage, immobile sur la rive, regardait son navire. La fumée commença à s'élever tandis que les flammes éclataient au-dessus des ponts et sortaient des sabords. L'*Essex* s'était rapproché et tirait des obus, depuis le coude du fleuve, dans les flancs de l'*Arkansas*. Puis éclata un bruit assourdissant quand la soute à munitions explosa. L'eau surgit et se précipita jusqu'à la poupe. La proue s'éleva et le cuirassé glissa, sortit du bas-fond et commença à dériver vers l'aval, sa casemate flambant comme l'enfer, ses canons lançant une dernière salve de défi. Peu après il explosa en un puissant feu d'artifice et disparut.

Aucun ennemi ne foula jamais ses ponts, aucun navire de l'Union ne le vainquit jamais. Donnant plus qu'il n'avait pris, combattant jusqu'au dernier instant, il avait défié les meilleurs parmi les meilleurs. Peu de navires dans l'Histoire avaient autant que lui bravé le sort et gagné le combat. Construit à la hâte de bric et de broc, avec des matériaux de mauvaise qualité pris au rebut, il avait accompli l'impossible au cours de sa courte vie.

L'extraordinaire carrière de l'*Arkansas* n'avait, en effet, duré que trente-trois jours.

Curieusement, on ne fit jamais à l'*Arkansas* les honneurs historiques qu'on a accordés à son frère cuirassé le *Merrimack* ou *Virginia*, selon le camp vers lequel vont les sympathies, qui est beaucoup plus connu. Le fantastique combat que livra le *Tennessee* avant sa reddition à Mobile Bay est célèbre. On a écrit des livres sur l'*Albemarle* mais aucun sur l'*Arkansas*. Peut-être son manque de notoriété est-il dû au fait qu'il ait causé tant de dommages à la marine de l'Union. Or, ce sont les vainqueurs qui écrivent les livres d'histoire.

L'*Arkansas* repose sous la boue du Mississippi, perdu et oublié et, d'après ce que l'on peut savoir, n'a jamais été dégagé. On ne parla de lui pour la première fois que soixante-cinq ans après sa destruction. Après quoi on le confondit avec la frégate de la marine de l'Union, le *Mississippi*.

EXTRAIT D'UN ARTICLE DU « BATON ROUGE NEWSPAPER », EN JUIN 1927.

Une grande quantité d'obus et de squelettes humains que l'on suppose provenir du navire amiral commandé par George Dewey, le futur héros de Manila Bay, ont été déterrés par la Thompson Gravel Company, à quelques kilomètres au nord de Baton Rouge, sur la rive ouest du fleuve.
L'obus de trois pouces, offert à James R. Wooten, de la Commission des autoroutes de Louisiane, par P. A. Thompson, de la Gravel Company, avait été tiré par un canon confédéré, selon le major J. C. Long, du ministère des Travaux publics des Etats-Unis, qui a longuement étudié ce sujet. Il dit que l'apparence de l'obus confirme qu'il a été tiré et qu'il est du même type que ceux qu'utilisaient les confédérés.
Le navire commandé par George Dewey, qui remontait le fleuve avec l'amiral Farragut, fut mis à mal par les canons confédérés au sud de Port Hudson. Il a dérivé sur le fleuve pour finalement s'échouer sur la rive quelques kilomètres plus haut et prendre feu. Presque tous ses occupants ont pu s'échapper. On suppose que les squelettes humains et les obus venaient de ce navire, les obus confédérés s'étant logés dans les gréements après qu'il eut pris feu. L'un de ces obus pesait cent deux livres.

II

## Au pied de la digue

*Novembre 1981*

Quand je lançai notre recherche de l'*Arkansas*, je pensais essayer de trouver une autre de ces âmes aventureuses qui me permettrait d'envoyer promener toute prudence et qui ferait pendant à mes efforts et à mes dépenses. Aussi pris-je pour modèle une page d'Ernest Shackleton, l'explorateur polaire britannique renommé. Il avait un jour fait passer une annonce dans le *London Times*, demandant des volontaires pour se joindre à son expédition au pôle Sud. Il avait reçu des milliers de réponses. Paraphrasant son annonce, je fis passer la mienne dans le *Wall Street Journal* :

> On demande des volontaires pour rechercher des épaves historiques. Quelques dangers. Beaucoup de frustration. De longues heures fastidieuses en mer. Echec souvent possible. Investissement probablement perdu. Mais grandes satisfactions personnelles en cas de réussite.
>
> Contacter Clive Cussler
> Agence Nationale Marine et Sous-Marine
> Austin, Texas.

Je reçus deux réponses de curieux et aucune proposant de l'aide ou un investissement.

Au cours des années, j'ai appris que les demandes

d'argent sont des causes perdues d'avance et décidé qu'il était moins frustrant de payer les expéditions de la NUMA sur mes droits d'auteur — une sage décision que je n'ai jamais regrettée. C'était ça ou laisser l'argent à mes enfants.

Je suppose que j'aurais pu entretenir une maîtresse avec les sommes que j'ai dépensées à chercher des bateaux coulés, mais ça n'aurait pas été gentil pour ma charmante épouse depuis quarante et un ans. De plus, la satisfaction qu'on retire de la découverte d'un objet historique perdu depuis longtemps a une valeur bien plus permanente qu'une simple relation sexuelle. J'admets que bien des hommes et un bon nombre de femmes pourraient trouver cette opinion erronée mais personne ne m'a jamais accusé d'être normal. C'est moi contre le reste du monde et, trop souvent, c'est le reste du monde qui a raison.

Avec seulement le colonel Walt Schob et le gradiomètre Schonstedt, j'ai fouillé d'un bout à l'autre le Mississippi en Louisiane, avec un budget limité. Et j'ai découvert les cuirassés confédérés le *Manassas*, le *Louisiana*, coulé pendant que l'amiral Farragut s'emparait de La Nouvelle-Orléans, et l'invincible *Arkansas*. Ce dernier se révéla particulièrement satisfaisant à cause de ses incroyables actions, inconnues de tous ceux qui ne sont pas voués à la cause de l'Histoire de la marine de la guerre de Sécession.

Le meilleur conseil que je puisse donner à ceux qui cherchent un site historique dans une petite ville est de se rendre directement chez le shérif ou chez le chef de la police, d'expliquer ce que vous souhaitez accomplir et de demander son aide et sa bénédiction. En étant direct et honnête, je n'ai jamais rencontré de problème et j'ai toujours reçu un accueil chaleureux et une amicale coopération. Trop souvent, les étrangers qui se mettent à fouiller autour de la rivière et des champs d'une petite ville font l'objet d'une suspicion non déguisée de la part des habitants. Mais si vous leur dites que le shérif épaule votre projet, vous êtes toujours accueilli comme un vieil ami.

Arrivés en voiture de La Nouvelle-Orléans en plein orage, Walter Schob et moi débarquâmes à l'ouest de la paroisse de Baton Rouge pour chercher le site du cuirassé confédéré *Arkansas*. Nous nous rendîmes directement au bureau du shérif de la paroisse (la Louisiane est divisée en paroisses et non en comtés). Après une courte attente, on nous fit entrer dans le bureau du shérif Bergeron, un gros homme amical, souriant et parlant avec le doux accent du Sud. Malgré son attitude chaleureuse et pleine d'humour, on comprenait très vite qu'il valait mieux ne pas être l'objet d'une traque de sa part sur une autoroute ou dans un bayou.

Quand nous lui eûmes exposé nos intentions, le shérif Bergeron nous prêta gentiment le bateau de recherche du service, une petite embarcation en aluminium bien conçue, étudiée et construite par un prisonnier de confiance. Notre seule obligation était de payer un de ses adjoints pour manœuvrer le bateau.

J'ai aussi découvert que, dans presque toutes les villes situées au bord de l'eau, il y a toujours un représentant de l'ordre ou des pompiers qui possède un bateau. Ce bateau, comme nous le découvrîmes bientôt, servait surtout à draguer l'eau à la recherche de victimes de noyades. Le lendemain matin, une petite troupe de badauds se rassembla le long de la digue pendant que nous promenions notre gradiomètre d'avant en arrière. Voyant le câble tendu sur l'arrière du bateau, ils ne cessaient de nous crier des questions depuis la rive.

— Qui s'est noyé ? Quelqu'un qu'on connaît ? Combien de morts ?

Personne ne voulut nous croire quand nous répondîmes que nous cherchions une vieille épave.

Ce qu'il y a de bien quand on fouille une rivière au

lieu de travailler en plein océan, c'est qu'il y a autre chose que de l'eau à regarder. La surface est aussi bien plus lisse, les seules vagues ne se formant qu'au passage d'un remorqueur avec un chapelet de péniches. Le bateau prêté par le shérif Bergeron disposait d'une confortable petite cabine qui nous protégeait du soleil et de la pluie. Il est aussi très agréable de travailler avec des gens qui ont grandi et vécu dans le voisinage car ils racontent des histoires fascinantes. Les étrangers sont les dépositaires idéaux des commérages locaux, des mystères et des secrets que j'ai toujours pris grand plaisir à écouter. Qui sait, je pourrais y trouver le sujet d'inspiration de mon prochain livre ?

L'adjoint, désigné par le shérif Bergeron, conduisit sans se plaindre le pimpant petit bateau, construit par un prisonnier, d'amont en aval du fleuve. Il supporta avec patience toute l'épreuve, changeant de direction quand Schob le lui disait, l'œil rivé sur le télémètre. Une fois seulement il se tourna vers moi et demanda :

— Mais enfin, qu'est-ce que vous cherchez exactement ?

— Une vieille épave de la guerre de Sécession, répondis-je.

Il me regarda drôlement.

— Pour quoi faire ?

Je ne pensais pas que « parce qu'elle est là » serait une réponse satisfaisante... Alors je lui expliquai :

— C'est le seul navire confédéré qui ait fichu une vraie pagaille au milieu de ces maudits Yankees.

Son regard s'alluma immédiatement.

— Ouais ! Ça me plaît bien, ça !

Il me passa alors un thermos de café. Je dois dire une chose à propos du café torréfié à la maison dans le Sud et mêlé de chicorée : si vous avez des vers, vous n'en aurez jamais plus.

J'aimerais bien, un jour, m'allonger dans un hamac, laissant passer les heures tandis que le gradiomètre chanterait sa petite chanson et que je boirais du Dom Pérignon en mangeant du rôti froid et du caviar. On peut toujours rêver ! En général, je dois me contenter d'un mauvais sandwich et d'une bouteille de vieux jus de fruits. Je me dis que je dois faire quelque chose de travers.

Nous commençâmes nos recherches en aval de Free Negro Point[1], à Mulatto Bend Landing[2] (ils donnent de drôles de noms aux lieux le long de la rivière), à six kilomètres au nord de Baton Rouge. Dans les registres, il s'agissait de l'endroit où l'équipage avait quitté l'*Arkansas* avant qu'on y mette le feu. La seule question était de savoir jusqu'où il avait dérivé autour et au-dessous du coude, avant de couler enfin.

Comme pour tous les désastres, il y avait eu beaucoup de témoins oculaires de la destruction du navire mais aucun ne se souvenait exactement où il avait explosé et coulé. Un témoignage, passionnant à lire, venait d'un livre appelé *Journal d'une jeune fille confédérée*, de Sarah Morgan Dawson. Adolescente, elle avait été sur la digue regarder l'équipage rebelle évacuer et brûler le navire. Elle décrivait l'*Arkansas* comme « un bateau plat, laid, rouillé et pataud, avec une grande boîte carrée au milieu et de gros canons poussant leurs nez sur les côtés et à l'avant. Ses ponts étaient pleins de monde, des hommes rudes et sales, jacassant et avalant en hâte leur petit déjeuner. C'était donc ça, l'*Arkansas* ? Que Dieu le bénisse et le protège, ainsi que les hommes braves qu'il transportait ».

Comme le font les adolescentes, Sarah, sa sœur Miriam et deux amies avaient flirté avec les jeunes hommes du cuirassé après qu'ils eurent abandonné le navire. Elle était tout spécialement toquée du jeune héros Charles Read qui avait défié la mort mais que la

1. Point du Nègre Libre.
2. Accostage de la Courbe du Mulâtre.

timidité faisait rougir quand il parlait à la jeune et vive Sarah. D'après son récit, le cuirassé était précisément sur la rive ouest, à la courbe du fleuve, quand l'équipage y avait mis le feu.

J'acceptais sa version comme parole d'évangile alors que je mettais en doute le récit du vieux journal qui prétendait que c'était la frégate de l'Union, le *Mississippi*, qui avait été trouvée par la Thompson Gravel sur son chantier, parce que les récits contemporains assuraient avec emphase que le *Mississippi* s'était fait sauter et avait coulé bien plus au nord des bas quartiers de Baton Rouge.

Le *Mississippi*, qui fut l'une des frégates à vapeur originelles de la marine de l'Union, avait accosté et brûlé en essayant d'échapper aux canons du fort tenu par les confédérés, en amont, à Port Hudson, à vingt-cinq bons kilomètres de l'endroit où l'*Arkansas* avait finalement coulé. George Dewey, qui se rendit célèbre à Manila Bay pendant la guerre hispano-américaine, n'était pas le commandant mais l'officier en second. Après avoir été abandonnée par son équipage, la frégate en flammes avait dérivé vers l'aval jusqu'à ce que ses soutes à munitions explosent et qu'elle aille reposer au fond du fleuve qui lui a donné son nom. Je ne tardai pas à me rendre compte que les rapports des ouvriers qui avaient trouvé un vaisseau de la guerre de Sécession dans une carrière de la Thompson Gravel indiquaient le site de l'*Arkansas* et sûrement pas celui du *Mississippi*, qui n'aurait jamais pu dériver aussi loin. Sa coque en morceaux dort encore quelque part, tout au fond d'un vaste marécage où le fleuve coulait autrefois, juste en dessous de l'île du Prophète. Les obus qu'ils ont découverts venaient à l'évidence des canons du cuirassé. Quant aux squelettes humains, ils demeurent un mystère puisque personne ne resta à bord de l'*Arkansas* et qu'on sait que presque tout l'équipage avait quitté le *Mississippi*.

Le problème fut de passer d'une vague rumeur à des faits contrôlables. Un rapport prétendait que l'*Arkansas* avait dérivé une heure ou davantage en aval avant d'exploser. Considérant un courant maximum de quatre nœuds sur le fleuve, Walt et moi ne voulûmes pas prendre le risque de manquer notre cible et étendîmes la grille de nos recherches d'un kilomètre et demi au-dessus du point où l'*Arkansas* avait heurté la rive ouest, jusqu'à un point situé à six kilomètres en dessous de Baton Rouge, trois bons kilomètres au-delà de l'endroit où il aurait pu dériver en une heure et demie.

Je calculai que l'estimation du temps et de la dérive incluait l'intervalle compris entre le moment où le lieutenant de vaisseau Stevens avait quitté le navire en flammes et celui où la poupe, lourde de toute l'eau embarquée par ses ouvertures, s'était enfoncée de quelques mètres tandis que sa proue se relevait et s'arrachait à la rive. C'est seulement à ce moment-là que, libéré de toute entrave, il avait laissé le courant l'emporter autour du coude du fleuve et l'approcher de Baton Rouge.

Que j'aie raison ou tort, j'ai toujours eu ce désir fou de lancer mes grilles de ratissage du point le plus éloigné et de travailler en me rapprochant de la zone originelle de ma cible. La plupart des chasseurs d'épaves, eux, sont impatients et commencent par le centre. Qui peut dire qui a raison ? Comme pour l'or, les épaves sont où on les trouve.

Commençant à un kilomètre et demi en aval de Free Negro Point, nous travaillâmes autour de la courbe puis vers le sud sur presque huit kilomètres avant de virer sur cent quatre-vingts degrés et de nous diriger vers l'amont de notre grille. De sorte que, ne laissant pas une pierre non retournée, nous ne pouvions manquer accidentellement le site de notre épave. Puis nous parcourûmes les couloirs de la rive est en travaillant vers l'ouest, vers le lieu le plus prometteur. Sauf lorsque nous passâmes au-dessus d'un pipeline éventuel de pétrole ou de gaz, les relevés magnétiques ne montrèrent rien d'intéressant. Le temps était doux, la rivière paresseuse. Il ne passait par là que quelques remorqueurs hauts comme des maisons de six étages, poussant d'énormes barges. Je les regardais passer comme le fil dans le chas d'une aiguille entre les piles des ponts semés sur le fleuve, espérant les voir égratigner leurs flancs. Mais cela n'arriva jamais.

Naturellement, la seule anomalie qui fit réagir le gradiomètre, nous la trouvâmes sur la dernière partie de la rive ouest. Stupide ? Peut-être, mais si nous n'avions pas trouvé notre cible, du moins savions-nous où nous ne devions plus chercher. Cela s'appelle *ne pas savoir où elle est mais savoir où elle n'est pas.*

L'*Arkansas* repose sous une grosse digue rocheuse. Schob parcourut toute la zone à pied, posant des bouteilles de plastique là où son magnétomètre détectait la présence de fer. Les relevés en indiquaient une grosse masse. Quand Walt eut terminé, il pouvait dessiner parfaitement le tour du vieux cuirassé — cinquante mètres sur onze. Une preuve insuffisante pour une identification positive mais la preuve vint plus tard.

Peu après que nous eûmes présenté nos découvertes aux archéologues de l'Etat de Louisiane un historien de renom qui portait beaucoup d'intérêt à l'*Arkansas*, l'éminent homme de loi de Baton Rouge Fred Benton, emmena un vieux pasteur vivant depuis longtemps à Baton Rouge sur le toit du plus haut bâtiment du centre-ville.

— Révérend, demanda Benton, pouvez-vous me montrer où était autrefois la Thompson Gravel Company ?

Le révérend leva la main.

— Juste là-bas, sur la rive ouest du fleuve.

Benton vit que le doigt du prêtre montrait exactement l'endroit où Walt Schob et moi avions trouvé la seule et unique énorme anomalie sur les onze kilomètres que nous avions balayés sur la rivière.

Nous pouvions poser nos valises.

# CINQUIÈME PARTIE

# L'USS « CARONDELET »

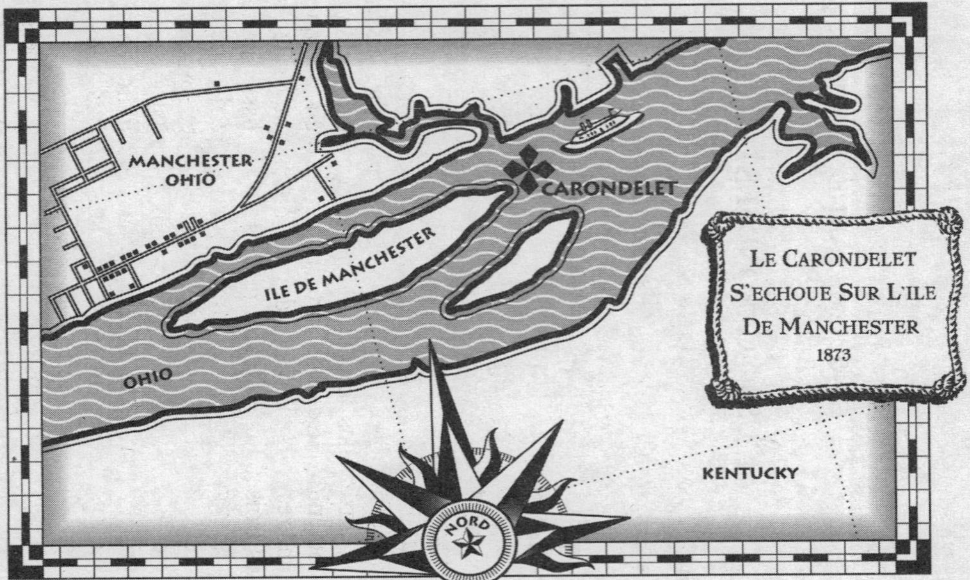
LE CARONDELET
S'ECHOUE SUR L'ILE
DE MANCHESTER
1873
MANCHESTER
OHIO
ILE DE MANCHESTER
CARONDELET
OHIO
KENTUCKY
NORD

I

## La guerre fluviale

*Février 1862*

— Canons, parez à tirer ! ordonna le commandant Henry Walke à l'officier qui dirigeait les batteries de canons à bord de l'USS *Carondelet.*

Walke regardait d'un air las sa canonnière cuirassée s'approcher à environ mille cinq cents mètres sous la forteresse confédérée de Fort Donelson.

Seul le *Carondelet* avait couvert la distance. Les autres canonnières yankees de l'escadre du Mississippi, auxquelles le commodore Porter avait ordonné de soutenir l'attaque du fort, étaient encore à quelques kilomètres en aval. Walke donna l'ordre d'ouvrir le feu et les trois canons de huit pouces à âme lisse, devant la casemate blindée, crachèrent une grêle de boulets qui traversèrent la rivière. Ils furent bientôt doublés par les trente-deux et les quarante-deux livres des canons tribord. Pendant deux heures, le navire solitaire forma un barrage solide, tirant cent quarante obus dans et contre les murs du fort confédéré.

Situé dans une position défensive idéale, Donelson était construit sur un promontoire rocheux d'environ trente-cinq mètres au-dessus de la rive ouest du fleuve. Il commandait une parfaite ligne de tir sur cent quatre-vingts degrés en amont et en aval de la Cumberland

River, dans le Tennessee. Trois lourdes batteries dirigeaient les gueules de leurs canons vers l'eau, l'une au niveau de la crête, la seconde quinze mètres plus bas et une autre à six mètres à peine au-dessus de la rive.

Seize canons en tout, et tous visant le *Carondelet.*

Pendant un long moment, le cuirassé de l'Union sembla imperméable aux projectiles qui explosaient dans l'eau autour de lui. Puis le blindage de soixante-cinq millimètres commença à être bosselé et cabossé par le tir de barrage du fort. Un bruit de tonnerre partit de Donelson lorsqu'un obus de cent vingt-huit livres s'éleva et alla s'écraser dans la salle des machines après avoir traversé la casemate.

Le choc dans la zone de la chaudière abattit le chauffeur Albert Floyd. Il se mit péniblement à genoux et contempla son collègue William Jeppsen gisant face contre terre sur le pont à côté de lui.

— Mon Dieu, Billy, j'aurais juré que cet obus faisait la chasse aux chauffeurs de notre chaudière !

Jeppsen ne répondit pas.

Floyd leva le ton, craignant que le sifflement de la vapeur s'échappant des tuyaux percés n'ait noyé ses paroles.

— Billy ? Tu m'entends ? On aurait dit que cet obus poursuivait nos garçons.

Toujours pas de réponse.

Floyd tendit la main pour secouer son ami. Ne sentant aucune résistance, il le fit rouler sur le dos. La moitié de la poitrine de Jeppsen avait disparu. Son estomac était ouvert comme une boîte de conserve, montrant les organes à l'intérieur. Les traits de son visage étaient affreusement tordus. Plusieurs esquilles arrachées aux poutres éclatées étaient plantées dans sa chair comme des épines de porc-épic. En regardant son ami, Floyd se dit qu'il ressemblait à un épouvantail grotesque et sanguinolent.

Choqué et terrifié, il se jeta sur l'échelle la plus

proche, vomit et quitta la salle des machines en hurlant comme un damné.

— En arrière ! cria Walke au chef pilote William Hoel tandis que le chauffeur traversait le pont de batterie sans cesser de hurler.

Tournant la barre, Hoel éloigna le navire du fort. Avec peu de vapeur à cause des dommages du circuit, les roues à aubes centrales poussaient à peine le cuirassé à la surface du fleuve. Un second obus de cent vingt-huit livres venant du gros canon rayé sur l'îlot cassa en deux la grosse ancre du *Carondelet* comme une simple brindille. Puis l'obus frappa la cabine de pilotage avant et arracha une partie de la cheminée avant de tomber dans la rivière. Une fumée étouffante commença à se répandre sur le pont de batterie, obligeant l'équipage à passer la tête par les sabords pour respirer un peu d'air pur.

Bien que la canonnière reculât, le barrage continua sans fléchir. Tous les canots de sauvetage furent arrachés de leurs supports. Des morceaux de blindage, au niveau de la ligne de flottaison, s'ouvrirent sous le choc. L'eau se précipita dans plusieurs de ces ouvertures. Le blindage de fer semblait avoir été arraché par un ciseau géant.

« Les obus volaient sur l'eau comme des ricochets », se rappela plus tard Walke. Il avait ordonné qu'on donne toute la vapeur disponible, ce qui ne représentait pas grand-chose.

Pendant qu'ils s'éloignaient lentement du fort, l'un des canons côté bâbord explosa, blessant douze marins. Les morceaux de canon chauffés à blanc volèrent avant d'aller se ficher dans le bois du pont où ils mirent le feu.

Simon Grange, un marin que l'on avait chargé d'alimenter le canon anéanti, ne fut que légèrement blessé par l'explosion. Il courut immédiatement vers la pompe à incendie pour éteindre le feu. Grange avait à peine plus de dix-sept ans, des cheveux blond clair et ses essais pour faire pousser sa barbe afin de ressembler à un vrai marin n'étaient guère couronnés de succès. Il avait un menton volontaire, un sourire un peu tordu et, dans le regard, toute l'innocence de la jeunesse.

Grange agitait furieusement le manche d'acier de la pompe à incendie lorsqu'un dernier boulet confédéré entra par un sabord ouvert à bâbord. Horrifié, il vit passer devant lui les corps de trois de ses collègues, leurs têtes arrachées par l'explosion. Les corps s'écrasèrent à ses pieds dans une grande flaque de sang.

Le pont de batterie du *Carondelet* ressembla soudain à un abattoir. Des fragments de métal, des morceaux de bois arrachés à la casemate, des corps mutilés se partageaient le lieu. Grange, écœuré, voyait les fleuves de sang se mélanger à l'eau de la pompe avant de disparaître dans les interstices du plancher du pont. Lorsque l'incendie fut maîtrisé et qu'il eut fini d'aider les blessés, son regard était devenu dur et froid comme la mort qu'il avait affrontée.

Cette nuit-là, on transporta les morts et les blessés du *Carondelet* et l'on procéda à quelques réparations urgentes. Le lendemain matin, le reste de la flotte le rejoignit. Les cuirassés *St. Louis, Pittsburgh* et *Louisville* le raccompagnèrent vers l'amont jusqu'à Fort Donelson. Ils étaient suivis par des canonnières de bois, le *Tyler* et le *Conestoga*, ce dernier commandé par le lieutenant de vaisseau Thomas Selfridge, ancien officier en second du malheureux *Cumberland*, coulé par le *Merrimack*.

A l'aube, la bataille recommença. L'amiral Andrew Foote, commandant l'escadre, ordonna à ses navires de se rapprocher du fort. Ce fut un très mauvais calcul, qui allait causer une destruction qu'on aurait pu éviter.

Les navires ayant pris position sous les canons

confédérés, les bombes ennemies n'avaient plus besoin de décrire un arc de cercle pour frapper leurs cibles. Au contraire, elles arrivaient droit au but et, avec la vitesse acquise par la gravité, passaient à travers les roufs faiblement protégés des navires de l'Union.

Le *St. Louis*, navire amiral de la flotte, reçut un obus qui tua sur le coup le pilote en lui enfonçant une éclisse grosse comme une lance en pleine poitrine. Il cassa ensuite la barre et blessa l'amiral en lui brisant une cheville. Le *St. Louis* dériva en aval du fleuve, impuissant, hors combat.

Presque au même moment, un tir venu de la côte coupa net les drosses du gouvernail du *Pittsburgh*. Egalement hors de contrôle, il dériva avec le courant jusqu'à ce qu'il échappe au mitraillage des batteries de la côte.

Le *Louisville* souffrit également, prenant un boulet confédéré bien placé juste en dessous de la ligne de flottaison. Il commença à s'enfoncer en plein milieu du fleuve. Seuls quelques petits compartiments étanches lui permirent de flotter encore un peu, luttant pour s'échapper, handicapé par le poids de l'eau engouffrée dans sa coque.

Devant ce combat féroce et unilatéral, le *Tyler* et le *Conestoga*, non blindés, partirent aussi vite que le leur permettaient leurs chaudières, laissant encore une fois le *Carondelet* affronter seul le feu nourri du fort.

— Gardez cette route, cria Walke au pilote depuis le pont de batterie.

La fumée des canons du *Carondelet* emplissant l'air et le cachant aux regards de la côte, le navire solitaire ne cessa de tirer. Un obus sorti de l'un de ses canons de proue fit long feu, faisant exploser sa gueule comme une banane que l'on pèle, tuant tous les servants et repoussant le blindage environnant vers l'extérieur, comme si un gros furoncle s'était formé sur la casemate.

Sifflant dans la fumée, les obus des tireurs confédérés tombaient en faisant voler l'eau de la rivière autour du *Carondelet*. Finalement, une légère brise nettoya suffisamment l'air pour qu'ils puissent diriger leurs salves sur la cible. Les projectiles commencèrent à pleuvoir sur le navire avec une grande précision.

L'un d'eux heurta la cabine de pilotage et tua le pilote qui avait remplacé Hoel. Le boulet coupa net la hampe du drapeau de l'Union et déchira le blindage de la casemate comme une hache détache l'écorce d'un arbre.

Après avoir vu pendant une heure son navire réduit en bouillie sans qu'apparemment l'ennemi ait subi aucun dommage, Walke décida à contrecœur d'arrêter les frais. Il donna l'ordre de mettre la vapeur et de quitter le champ de bataille.

Au cours des deux derniers jours, son navire avait reçu quarante-quatre coups directs. Quarante hommes avaient été tués ou blessés et les survivants saignaient des oreilles à cause des secousses perpétuelles.

Walke s'approcha d'un marin blessé, recroquevillé sous des couvertures près d'un trou creusé dans la cloison de la casemate, près du canon qu'il servait.

— Comment vas-tu, fiston ? demanda-t-il doucement.

— J'ai un peu froid, monsieur.

— Descends près des chaudières et réchauffe-toi un moment.

— Je ne peux pas laisser mon canon, monsieur, dit le jeune marin.

— Tu peux si je te l'ordonne, dit Walke avec un sourire. Maintenant, vas-y.

Le marin ne se le fit pas dire deux fois et se dirigea en boitant vers la salle des machines.

Henry Walke ne ressemblait pas à un héros naval,

dur et rude. Grand, mince, émacié même, ses yeux sombres avaient un regard perdu et vague. Ses cheveux épais, noir d'ébène, étaient partagés par une curieuse ligne droite en haut du front. Il portait une barbiche qui le faisait ressembler à Benjamin Disraeli, le Premier ministre de Grande-Bretagne.

Walke acheva l'inspection des dégâts, grimpa dans la cabine de pilotage très abîmée et s'adressa au pilote William Hoel.

— Amarrez au quai principal du Caire[1]. Je veux que les blessés soient débarqués et conduits à l'hôpital aussi vite que ce sera humainement possible. Quand ils seront partis, nous emmènerons le navire en amont jusqu'au chantier naval de Mound City, dans l'Illinois.

— Il est sévèrement endommagé, commandant, dit Hoel. Est-ce que les charpentiers pourront réparer ce qu'il en reste ?

— On pourra réparer, répondit fermement Walke en regardant sa canonnière abîmée par la bataille.

Il était fier du navire et de son équipage. Le *Carondelet* avait été le premier à affronter l'ennemi et avait survécu jusqu'au bout. Certes, il était bien mutilé mais il survivrait et combattrait encore.

Quelques jours plus tard, le commandant de Fort Donelson se rendit à Ulysses S. Grant, qui reconnut avec joie qu'il avait une dette envers la canonnière car elle avait considérablement réduit les défenses du fort par un tir héroïque.

Malcolm Chesley travaillait comme charpentier aux chantiers de Liverpool, en Angleterre, avant la guerre. En 1860, il avait émigré à Chicago, cherchant du travail comme ébéniste. Quand la guerre éclata et qu'il devint évident que l'Union avait besoin de charpentiers

1. Le Caire, Ohio. Beaucoup de villes américaines portent des noms de villes célèbres (Paris, Londres, Le Caire, Venise, etc.). *(N.d.T.)*

qualifiés aux chantiers navals de Mound City, il se porta volontaire.

Il était debout sur le quai près de la lourde caisse en cerisier contenant ses précieux outils dont certains avaient plus de cent ans et lui venaient de son grand-père. Tandis qu'il attendait qu'on l'aide à les porter à bord, il regarda le navire à l'allure étrange qu'on lui avait demandé de réparer.

Le *Carondelet* était un des sept cuirassés construits pour la guerre fluviale par un brillant ingénieur civil nommé James B. Eads. En 1874, il avait construit le premier pont à trois arches traversant le Mississippi, toujours en service aujourd'hui pour le trafic automobile.

Lorsqu'il comprit que la guerre menaçait, Eads proposa de construire une flotte de cuirassés, des navires de guerre à vapeur capables de s'opposer au Sud sur les rivières occidentales. Le gouvernement finit par accepter sa proposition et Eads réalisa ce lourd projet en un temps record. Employant quatre mille hommes en trois équipes de huit heures, il acheva les nouveaux navires en cent jours, plusieurs mois avant le duel du *Monitor* et du *Merrimack*, à Hampton Roads.

Le *Carondelet* et ses six homologues composèrent la première flotte de cuirassés du monde qui engagea le combat avec des navires de guerre ennemis et des fortifications terrestres.

Son nom lyrique ne vient pas d'un lieu historique mais du baron de Carondelet, le dernier gouverneur espagnol de Louisiane. On avait donné son nom à la petite ville où Eads l'avait fait construire.

Peu élégants mais rudes et extrêmement efficaces, les cuirassés de Eads, ou les « tortues bâtardes » comme on les appelait parfois à cause de leurs flancs en pente, furent le fer de lance de l'offensive que lança le général Ulysses Grant depuis Fort Donelson jusqu'à Vicksburg. Ils bataillèrent d'amont en aval du Mississippi et sur tous les fleuves, du Tennessee au Texas. Comme s'il cherchait à gagner une étoile d'or pour assiduité, le *Carondelet* fut présent lors de presque tous les engagements, de 1862 à la fin de 1864.

Chesley pensait que ce bateau était différent de tous ceux qu'il avait connus à ce jour. La coque était arrondie aux deux extrémités. Il mesurait cinquante-trois mètres de long et quinze de large. Déplaçant cinq cent douze tonneaux, il pouvait manœuvrer en eaux peu profondes car il avait seulement un mètre quatre-vingts de tirant. Une casemate oblongue occupait le haut de la coque plate. Faisant un angle de trente-trois degrés sur les côtés et de quarante-cinq degrés sur la proue et la poupe, elle se terminait par un toit plat. Près de l'avant du navire se trouvait une cabine de pilotage octogonale recouverte de fer et au même niveau que le toit. Pour voir, on avait découpé de petits sabords carrés dans le métal.

A l'arrière de la cabine, deux cheminées jumelles crachaient la fumée de six chaudières qui alimentaient deux moteurs horizontaux à haute pression. Au-delà des cheminées, vers la poupe, il y avait une structure rectangulaire avec une surface ronde au sommet, qui abritait les deux roues à aubes intérieures. Quatre canots pendaient de chaque côté. Les gouvernails suspendus n'attendaient que de trouver l'erre nécessaire.

La casemate aux parois blindées en pente avait des sabords de protection que l'on pouvait fermer ou ouvrir. Par ces intervalles pointaient treize canons, trois à l'avant, quatre de chaque côté et deux à l'arrière.

Chesley étudia de près les gros dommages que Fort Donelson et ses canons avaient infligés au navire. Qu'il flotte encore tenait du miracle. Pour lui, il fallait tout reprendre à zéro.

Un jeune charpentier passa la rampe d'abordage et se dirigea vers le pont avant du navire. Chesley le héla.

— Donne-moi un coup de main pour monter mes outils, vieux, tu veux bien ?

L'homme fit demi-tour et souleva un côté de la lourde caisse. Il montra du menton les ouvertures béantes du blindage.

— Voilà qui devrait nous occuper au moins jusqu'à Noël, tu ne crois pas ?

— Peut-être même jusqu'à Pâques, grogna Chesley en soulevant l'autre côté de la caisse.

Dix jours plus tard, le *Carondelet* rejoignait la Flotte.

Henry Walke tira de sa poche une vieille pipe culottée. Il la remplit de son tabac préféré de la vallée de l'Ohio que renfermait une vieille poche en peau de phoque. Puis il commença une inspection minutieuse de la salle des machines. Constatant que le tout était parfaitement en ordre, il se tourna vers le chef mécanicien.

— Êtes-vous satisfait des réparations faites aux chaudières de vapeur ?

— Elles ont l'air bien, monsieur. Comme les autres chaudières sont allumées, je vais ouvrir les valves et le bateau devrait commencer à chauffer.

La cloche dans la salle des machines se mit à sonner.

— C'est le pilote, dit Walke. Nous avons quitté le dock.

Le mécanicien hocha la tête.

— En arrière, un quart, ordonna Walke à un marin qui saisit immédiatement un levier de cuivre qu'il abaissa.

— Prévenez-moi si vous avez des problèmes, dit Walke.

— Je le ferai, commandant, dit l'officier en souriant. Vous serez le premier à qui je me plaindrai.

Walke hocha silencieusement la tête et alluma sa pipe.

— Puis-je vous demander notre destination ? demanda le chef mécanicien.

— Ile Numéro Dix, dit Walke par-dessus son épaule. Nous allons regarder le diable au fond des yeux.

La forteresse confédérée de l'île Dix était le verrou du Mississippi supérieur. Les frontières entre le Kentucky et le Tennessee ne cessaient de changer, les lignes sur les cartes retenaient des otages par les caprices d'une rivière qui refusait de reconnaître les lignes tracées par l'Etat. A l'époque des batailles pour la suprématie sur une rivière, l'île Ten faisait partie du Tennessee, mais tout juste.

La forteresse de l'île s'élevait presque au milieu du Mississippi, empêchant la marine de l'Union d'y accéder sans entrave. Au tout début de la guerre, les confédérés avaient sagement érigé un vaste complexe de forts sur l'île, onze au total. Les multiples batteries comptaient environ soixante canons.

En plus, une batterie flottante artificielle de seize canons, avec des pompes pour lever ou abaisser la plate-forme, s'élevait au-dessus des fortifications. Ces puissantes batteries, ainsi qu'un complément de près de sept mille soldats sur la rive orientale, permettaient aux confédérés d'assurer un contrôle mortel sur le haut de la rivière.

Pour gagner la guerre fluviale, il était essentiel que les forces de l'Union s'emparent de l'île Dix.

Sous les fortifications, on avait déployé une longue ligne de navires armés de mortiers, en amont et tout au long de la berge. Ils étaient cachés par les arbres au bord de l'eau. Un bateau à mortier était à peine plus qu'un radeau flottant avec des flancs en pente et un énorme canon au centre du pont. Empilés tout autour, des tonneaux de poudre et de munitions. Un petit treuil soulevait le projectile pour le placer dans le canon trapu.

Les hommes qui le servaient devaient charger les obus massifs, allumer la mèche puis courir vers une porte et s'accroupir derrière un mur sur le pont. La bouche ouverte pour éviter que les tympans n'explosent, les mains en coupe sur les oreilles, ils attendaient l'impact. Même avec toutes ces précautions, la plupart des servants de mortiers devenaient sourds.

Au lever du soleil, toutes les forces de l'Union ouvrirent le feu sur les batteries de l'île.

Les jours passèrent et l'assaut continua, de la terre et de la rivière. Les confédérés, dont l'Union était sûre qu'ils se rendraient dès l'arrivée de la canonnière, tenaient sans problème, rendant coup pour coup chaque fois qu'ils apercevaient une cible.

Le major général de l'Union, John Pope, commandant une armée de douze mille hommes, avait installé son camp sur la rive ouest de la rivière, en dessous de l'île. Il pensait que s'il réussissait à faire traverser le fleuve à ses troupes et attaquer l'île par le sud, les confédérés seraient isolés et n'auraient d'autre choix que de se replier, laissant aux Yankees le contrôle de la rivière. C'était un plan raisonnable mais il fallait qu'une canonnière passe devant la grande masse des canons de l'île et réduise au silence toute artillerie de campagne qui eût risqué d'empêcher sa traversée.

Le contre-amiral Foote, commandant la flottille des canonnières de l'Union, s'élevait avec force contre ce projet. Il était sûr que les canons confédérés mettraient en pièces chacun de ses navires qui tenterait de faire le tour des forts de l'île.

Seul un commandant de canonnière s'opposa aux vues pessimistes de Foote. Sous une toile de tente montée près du fleuve, la discussion était chaude.

— Nous devons trouver un autre moyen, insista l'amiral Foote.

— Le barrage de mortiers n'a pratiquement aucun effet, annonça franchement le général Pope.

Assis sur un tabouret pliant, il frottait l'une contre l'autre les semelles de ses bottes de cuir noir pour en ôter la boue. En même temps, il passait ses doigts dans sa barbe épaisse en buvant une tasse de son thé préféré.

— Il nous faut le support de la marine. Alors seulement mes troupes pourront prendre l'île.

— Si je perds un de mes navires du fait de l'impossibilité de passer soixante canons sans mal, à quoi servira notre aide ?

La fracture de la cheville que Foote avait subie à la bataille de Fort Donelson le faisait beaucoup souffrir et sa santé déclinait rapidement sous la tension du commandement.

Plusieurs commandants de ses canonnières écoutaient attentivement, sans rien dire.

Walke écoutait aussi, le regard au sol, perdu dans ses pensées. Soudain il leva les yeux et parla lentement.

— Je suis certain que je peux contourner l'île Dix avec le *Carondelet*, amiral. Mon équipage est le plus expérimenté de la flotte. Ils ont l'habitude du feu ennemi. Si nous passons au cœur de la nuit, nous aurons une bonne chance de réussir.

— Il y a au moins quelqu'un dans la marine qui fait preuve de courage, dit Pope d'une voix aigre.

Le contre-amiral Foote ignora la remarque et regarda Walke. Foote était un homme indulgent, avec des yeux bruns très doux. Il avait atteint ce grade élevé à la force du poignet, grâce à son expérience et ses sages décisions.

Ses collègues officiers et ses supérieurs le respectaient tous. Ses cheveux étaient restés sombres et naturels mais sa barbe dure avait viré au gris. Il était las de cette guerre qui n'avait pourtant pas un an.

Il se pencha et croisa les mains.

— Vos collègues officiers ne croient pas que cela soit faisable. Pourquoi devrais-je risquer de vous perdre, vous et votre équipage ?

— Le *Carondelet* est un navire qui porte chance, amiral. Il a participé à toutes les batailles fluviales d'ici à Belmont et il a survécu. Si un bateau peut réussir, c'est lui. Je vous jure que si vous me permettez d'essayer, je réussirai.

Foote regarda longuement Walke et répondit :

— S'il y a une chose que j'ai apprise au cours de mes longues années de guerre dans la marine, c'est de ne pas sous-estimer mes commandants. Si vous sentez que votre navire peut réussir ce que les autres officiers considèrent comme une folie, alors je partagerai cette folie. Mais j'ai foi en votre ferveur, Henry, et en votre dévouement. Faites passer votre navire le long de cette île maudite. Vous comprenez ?

— Oui, monsieur, vous pouvez compter sur moi.

— Bon, grogna Foote. Foutez-les en l'air.

— Amen, soupira le général Pope. Amen !

Le 4 avril, les préparatifs étaient achevés.

En plus de la casemate renforcée, une énorme barge chargée de charbon et de balles de coton fut disposée le long de la rive afin de servir d'écran protecteur contre les canons de l'île. Le *Carondelet*, déjà très ordinaire de conception, ressemblait maintenant à une épave en voyage vers nulle part.

— Donnez aux hommes des pistolets, des fusils et des poignards pour repousser un abordage, ordonna Walke à son second, Charles Murphy. Et vérifiez bien que les tuyaux des chaudières sont en place.

Walke avait ordonné aux constructeurs d'installer des tuyaux partant des chaudières à vapeur jusqu'aux ponts supérieurs. Si le navire était immobilisé et si les confédérés tentaient de le prendre à l'abordage en combattant au corps à corps, on les aspergerait de jets d'eau bouillante.

Sûr d'avoir fait tout ce qu'il devait faire, Walke fit lâcher les amarres attachées aux arbres de la rive.

A dix heures ce soir-là, la lune était déjà levée, la rivière était noire comme de l'encre et les étoiles couvertes par d'épais nuages. Une grosse averse de printemps, avec quelques coups de tonnerre et des gouttes comme des œufs de pigeon, s'abattit sur les ponts du navire qui s'éloignait de la rive.

Tel un mauvais présage, la foudre déchira intensément le ciel. Des éclairs sortirent des nuages noirs en traits hachés, bleus d'abord puis jaunes et enfin blancs. Aux yeux des observateurs, sur la berge, le *Carondelet* apparaissait et disparaissait comme une sorte de fantôme sans substance et sans corps.

Sur le pont supérieur, l'équipage était rassemblé autour du commandant qui, debout, bible en main, conduisait la prière. Lui aussi avait une allure de spectre chaque fois qu'un éclair l'illuminait brièvement.

— Le voilà ! cria Foote d'un ton excité dans son porte-voix aux navires ancrés près de son vaisseau amiral.

Tandis que la nouvelle passait d'un bateau à l'autre, les radeaux à mortiers lâchèrent un rideau d'obus qui couvrit le bruit des moteurs du *Carondelet*. La seule lumière à l'intérieur de la canonnière qui prenait de la vitesse sur l'eau sombre venait d'une simple lanterne tout au fond de la salle des machines. Le reste du navire était aussi obscur qu'une caverne tandis qu'il avançait vers ce que certains pensaient être une destruction assurée.

— On approche, dit Walke au premier maître, le pilote Hoel, qui surveillait la barre avec toute son expérience afin de garder le bateau dans l'eau la plus profonde, loin des bas-fonds. C'était une tâche presque impossible dans l'obscurité froide et le pilote profitait du moindre éclair qui lui permettait d'apercevoir les rives.

— On va arriver le long de la pointe noire de l'île, annonça Hoel.

Le conduit de vapeur qui empêchait la poussière de sortir des cheminées avait été branché dans les coffrages des roues à aubes pour en amortir le sifflement. Quand le *Carondelet* passa la batterie flottante des confédérés, les cheminées asséchées furent soudain illuminées de flammes et d'étincelles.

— Actionnez les pompes et éteignez ce feu ! cria Walke depuis la cabine de pilotage.

Ses cheminées jumelles crachant le feu comme des volcans devenus fous, éclairé par les éclairs de l'orage, le bateau arriva à la portée des batteries confédérées. Et pourtant, rien n'indiquait qu'on avait vu le *Carondelet*. Aucun tir de canon ne troua la nuit.

Soudain Hoel cria :

— A gauche, toute !

Et il tourna furieusement la barre. A un mètre près, il avait empêché le navire de heurter un obstacle que les rebelles avaient secrètement construit dans le chenal de la rivière. Mais par cette manœuvre, il avait amené le *Carondelet* à la hauteur de l'île, qu'ils découvrirent à la lueur d'un nouvel éclair. Voyant la canonnière yankee se matérialiser soudain dans l'obscurité, les confédérés se ruèrent sur leurs canons.

Une pluie sporadique de boulets et d'obus vola au-dessus de l'eau, visant la barge de charbon placée en protection que les confédérés pensaient être le flanc du vaisseau du Nord. Le barrage n'eut aucun effet. Pas un seul boulet ne toucha la casemate de la canonnière.

Ses cheminées crachant toujours des étincelles, les aubes des roues fouettant l'eau avec rage et Walke, jubilant, tirant sur la chaîne de la sirène à vapeur d'un geste de défi, le *Carondelet* longea à toute vapeur le coude de la rivière et, sans plus d'obstacle, disparut dans la nuit.

Quelques kilomètres au sud de l'île Dix, la canonnière favorisée par la chance ralentit le long de la berge sous les hourras des troupes yankees exaltant de savoir que ses gros canons allaient bientôt aider à attaquer les installations des confédérés.

Deux nuits plus tard, encouragée par la réussite de Walke et du *Carondelet*, une seconde canonnière, le *Pittsburgh*, traversa la passe dangereuse. Bientôt les troupes du général Pope furent transportées par ferry sur l'autre rive du fleuve pour attaquer les arrières des rebelles. Le 7 avril, cernée au centre d'un terrain grouillant de soldats et de forces fluviales de l'Union, l'île Dix se rendit.

Trois mois plus tard, le commandant Walke fut convoqué sur le navire amiral de Farragut, le *Hartford*, récemment arrivé après avoir remonté le fleuve depuis La Nouvelle-Orléans en passant devant les chantiers confédérés de Port Hudson.

Après lui avoir offert un verre de porto, Farragut lui dit :

— Commandant Walke, nos espions rapportent que le navire-bélier construit par les confédérés en haut de la Yazoo River est presque achevé. Il paraît qu'il est blindé avec des garde-corps en fer. J'aimerais que vous alliez jusque-là avec votre navire pour voir ce qu'il en est.

— Dois-je engager le combat ? demanda Walke.

— Détruisez-le si vous pouvez.

— J'ai du mal à croire que les rebelles aient trouvé assez de matériaux pour construire un navire de guerre !

— Le *Queen of the West* vous accompagnera, poursuivit Farragut.

Avec un petit sourire permanent sur ses traits agréables, David Farragut représentait l'idéal de tous les marins. Il représentait aussi le grand-père que chacun souhaiterait avoir.

— Comment s'appelle le bélier des rebelles ?

— L'*Arkansas*, m'a-t-on dit.

— Sait-on qui le commande ?

— Un ancien officier des Etats-Unis, le lieutenant de vaisseau Isaac Brown. Si je ne m'abuse, c'est un de vos vieux amis ?

— Isaac Brown n'est pas un étranger pour moi. Nous étions très proches avant la guerre.

— Si vous ne pouvez pas couler l'*Arkansas*, faites-le-moi savoir longtemps à l'avance pour que j'envoie la flotte à sa rencontre au cas où il tenterait d'atteindre Vicksburg.

— Vous pouvez compter sur le *Carondelet*, amiral.

Farragut serra la main de Walke.

— Bonne chance, commandant.

En retournant à la rame jusqu'à sa canonnière, Walke ne pouvait imaginer à quel point le navire confédéré allait se montrer dangereux.

— Canons avant, feu ! ordonna Walke depuis la cabine de pilotage à son officier canonnier.

Il regarda par une fente du blindage l'apparition soudaine de l'*Arkansas*. Le navire confédéré venait de passer le coude lointain de la rivière et se dirigeait droit sur le *Carondelet*.

— On dirait l'œuvre d'un désespéré, murmura Walke en voyant l'allure impossible du navire de son ancien ami. C'est bien de ce vieil Isaac de l'avoir peint en brun !

— Brun ou gris, il en veut, remarqua le pilote Hoel à la barre.

— Y a-t-il assez de place sur la rivière pour passer et le coincer entre le *Tyler* et nous ?

— La largeur n'est pas un problème, monsieur, dit le pilote, mais si nous essayons, il va nous éperonner.

Walke tourna la tête et vit que le *Queen of the West* avait déjà viré et descendait la Yazoo River en direction du Mississippi.

— On dirait que nous n'avons pas le choix. Il faut montrer notre poupe au rebelle et filer en vitesse.

Quand il eut crié ses intentions au commandant Gwin sur le *Tyler*, les deux navires de l'Union firent demi-tour. Walke ordonna alors aux canons de poupe de commencer à tirer. En quelques secondes, les deux canons de trente-deux livres, à l'arrière de la casemate, ouvrirent le feu sur le cuirassé confédéré approchant à toute vapeur.

— Voilà qui va donner un coup à Isaac ! s'exclama Walke très excité lorsqu'un boulet du *Carondelet* alla s'écraser sur la cabine de pilotage de l'*Arkansas*.

— Nos canons sont parfaitement réglés sur la cible, dit Hoel tandis qu'un second obus yankee frappait la timonerie du navire rebelle.

Sur le pont de batterie arrière du *Carondelet*, les servants tiraient aussi vite qu'ils pouvaient recharger et allumer leurs mèches. L'*Arkansas* s'était tellement rapproché qu'il était difficile de le manquer mais malgré tout, il continuait sa course, implacablement, prenant des coups mais montrant peu de dégâts.

— Canons bâbord, parez à tirer ! cria Walke au pont de batterie inférieur en voyant que l'*Arkansas*, plus rapide, avalait la distance qui les séparait. Ne pouvez-vous nous donner plus de vitesse ? demanda-t-il par le porte-voix au chef mécanicien Samuel Garrett.

— La pression de la vapeur est dans le rouge, monsieur, répondit la voix sans visage de Garrett.

Menaçant, l'*Arkansas* arriva à la hauteur de son opposant puis ils échangèrent les coups de quille à quille. Les deux cuirassés étaient si proches l'un de l'autre que Walke crut apercevoir Isaac Brown. Son vieil ami était debout près d'un trou ouvert par un obus sur le côté de sa timonerie d'où il dirigeait le combat. Il paraissait avoir un bandage autour de la tête.

Avec un grondement de tonnerre au-dessus de l'étroite bande d'eau qui les séparait, l'*Arkansas* lança un mur de boulets dans la casemate du *Carondelet.*

— J'ai perdu le gouvernail ! cria Hoel. Il ne répond plus !

Un midship entra en trombe, le visage blanc comme un linge.

— Commandant, ils ont percé les chaudières ! haleta-t-il. Certains tuyaux sont détruits. Le chef mécanicien dit que notre pression tombe très vite.

— Retournez sur le pont de batterie et faites votre rapport au lieutenant Donaldson, dit calmement Walke. Dites-lui que la barre est abîmée et que je veux qu'il attache les gouvernails à bâbord. Nous allons amener le navire sur la berge.

Impuissant, tandis que sa canonnière encaissait sans merci les coups des gros canons confédérés, Walke attendit patiemment que ses ordres soient exécutés. Déjà on aurait pu croire que la casemate avait subi l'assaut d'un ouvre-boîtes géant.

— Il revient ! annonça Hoel.

— Enfoncez la proue franchement dans la boue, monsieur Hoel. Nos ancres ont été coupées.

Tandis que l'*Arkansas* avançait, Walke vit Isaac Brown debout sur le rouf de sa casemate mettre ses mains en porte-voix pour lui crier :

— Tu auras plus de chance la prochaine fois, Henry !

« Ce salaud a un sacré courage », pensa Walke. Il cria une réponse mais rentra immédiatement sa tête dans ses épaules quand un coup de travers de l'*Arkansas* s'écrasa dans le *Carondelet* et le fit rouler à un angle de vingt degrés. Du coup, l'eau s'engouffra par les sabords et inonda le pont. Au même instant, la proue du navire de l'Union glissa et remonta jusqu'en haut de la berge où il s'arrêta quand sa coque s'y enfonça à son tour. Walke fut projeté contre la paroi de la cabine de pilotage où il se blessa gravement à l'épaule.

Il se remit debout et s'apprêta à répondre à Brown mais il était trop tard. L'*Arkansas* s'éloignait déjà, engagé dans un nouveau combat contre le *Tyler*. Walke ne put que serrer les poings de frustration.

La célèbre lutte du *Carondelet* contre l'*Arkansas* était terminée et le navire yankee avait affronté le pire.

Le *Carondelet*, raconta le contre-amiral Henry Walke bien des années après, fut un bâtiment extrêmement réussi. Dirigé par sept commandants successifs tout au long de la guerre, l'USS *Carondelet* participa à davantage de batailles contre l'ennemi (plus de quinze engagements) et fut plus soumis à son feu que n'importe quel autre navire de la marine de l'Union. De Fort Henry jusqu'à sa terrible épreuve de Fort Donelson, son incroyable percée le long de l'île Dix au cours du siège de Vicksburg, son combat contre le solide *Arkansas*, la bataille de Memphis, la défense de Nashville et la campagne de l'Union en amont de la Red River, le *Carondelet* atteignit un record au combat qui ne lui fut ravi qu'au cours de la Deuxième Guerre mondiale.

Pendant son service ininterrompu, du début de 1862 à la fin de la guerre de Sécession, il fut frappé plus de trois cents fois par des boulets et des obus ennemis. Trente-sept marins y laissèrent la vie et soixante-trois y furent blessés. Rien que son affrontement avec l'*Arkansas* lui coûta trente-cinq morts et blessés.

Une semaine après la fin de la guerre, le *Carondelet* entreprit son dernier voyage et remonta le Mississippi jusqu'à Mound City, dans l'Illinois, où il fut désarmé.

Quelques jours plus tard, on lui ôta ses canons et fournitures, son équipage fut mis à pied et ses officiers transférés à d'autres postes. La carrière du vieux seigneur combattant des rivières occidentales était terminée. En novembre 1865, il fut acheté aux enchères pour 3 600 dollars par Daniel Jacobs, de Saint Louis.

Au cours des quelques années suivantes, le sort du *Carondelet* fut entouré de mystère. On suppose que Jacobs le vendit et qu'il fut envoyé à Cincinnati où, selon la rumeur, il fut ferraillé. Mais, sans qu'on sache comment, il réussit à survivre. On ignore cependant où il se trouvait entre 1865 et 1872.

Vers la fin de 1872, il fut reconnu sous l'aspect d'un navire d'appontement à Gallipolis, dans l'Ohio. Il appartenait au commandant John Hamilton. Une photo de l'époque le montre, très différent, certes, mais toujours à flot.

A Gallipolis, la vieille canonnière se détériora et Hamilton décida de la brûler et de la ferrailler pour récupérer ce qui pouvait rester de fer dans sa coque, estimée à 3 000 dollars. Mais avant qu'on la démolisse, l'inondation du printemps 1873 brisa ses amarres et la poussa sur cent trente milles en aval de l'Ohio. Le *Carondelet* vint finalement s'échouer à la pointe de l'île de Manchester où il finit par s'enfoncer dans la vase meuble avant de disparaître.

Après douze ans de dur service et de gloire immortelle, le *Carondelet* n'était plus.

## II

# Il y a des jours où on ne peut gagner

*Avril 1982*

Quelqu'un de très intelligent écrivit un jour : « Un objet perdu et caché attend et murmure. » Je n'arrive pas à me rappeler l'auteur. J'espère qu'il ou elle me pardonnera mais cette phrase me vient souvent à l'esprit à cause de toutes ces épaves perdues qui ont murmuré pour moi au fil des années. Pour mon imagination fertile, il semble que le *Carondelet* ait murmuré plus fort que les autres. C'est comme s'il appelait dans la brume des temps, depuis cent dix ans, suppliant qu'on le retrouve. Malheureusement, comme la cavalerie qui arrive après que les Indiens en maraude ont fait brûler le train, je suis arrivé trop tard sur la scène.

J'ai toujours eu un faible pour les cuirassés de la guerre de Sécession parce que leurs lignes sont tellement différentes de celles de tous les autres navires construits avant et après eux. Ces bateaux rudes, souvent grossiers, bâtis par les Sudistes, furent des merveilles d'opportunisme et d'improvisation. Certains en fer, d'autres assemblés à la hâte dans un champ de maïs, leurs flancs typiques en pente naquirent de la pénurie d'usines de traitement des métaux lourds et de la rareté du fer, réservé principalement à la fabrication des canons pour les armées rebelles. Leur blindage était souvent constitué de rails de chemins de fer reliés ensemble pour servir de boucliers.

Les cuirassés de la Navy, basés en majorité sur la recherche de performances, révolutionnèrent la guerre navale avec leurs canons pivotants, leurs plats-ponts et l'absence totale de voiles et de gréements. Ses vaisseaux de type Monitor eurent tant de succès que la Navy en construisit plus de cinquante jusqu'en 1903. Le dernier Monitor ne fut frappé par les vagues qu'en 1937.

On peut dire sans crainte de se tromper que le *Monitor* d'origine fut le grand-père des cuirassés géants qui suivirent et combattirent au cours de cinq guerres.

Apprenant que le fameux cheval de bataille des guerres fluviales avait été vendu pour être ferraillé après la guerre de Sécession et était par la suite devenu un navire d'appontage sur l'Ohio River, à Gallipolis, il ne me fut pas difficile de retracer sa route après les inondations du printemps qui le firent dériver sur cent trente milles en aval, jusqu'à l'île de Manchester. Même si son propriétaire, John Hamilton, avait brûlé ses restes pour récupérer le peu de fer de son squelette, l'expérience m'avait enseigné qu'une très grande quantité de la partie inférieure de sa coque et de ses poutres devait encore être intacte.

Il y a deux îles sur la rivière, au large de la ville de Manchester. La plus petite s'appelle Numéro Un, la plus grande, Numéro Deux. Le dilemme ? Sur laquelle le *Carondelet* s'était-il échoué ? Nous eûmes la réponse en étudiant les croquis du chercheur Bob Fleming à partir d'un atlas du comté d'Adams, dans l'Ohio, d'environ 1875. Avant le début du siècle, la plus petite terre, au centre de la rivière, s'appelait l'île Tow Head. L'île de Manchester qui retient les restes du *Carondelet* s'appelle maintenant Numéro Deux.

En agrandissant le croquis de Fleming à la même

échelle que la carte moderne et en faisant l'habituelle superposition, je déterminai rapidement que la pointe de l'île de Manchester en 1982 était en aval de deux cents mètres par rapport au point où elle fendait le fleuve en 1873. Ceci me permit d'établir une grille de recherche à peine plus étendue qu'un terrain de football.

Armés de suffisamment de données pour envisager une tentative de recherche du *Carondelet*, Walt Schob et moi nous rendîmes à Cincinnati, dans l'Ohio, avec notre gradiomètre Schonstedt. Nous louâmes une voiture et parcourûmes la rive de l'Ohio en face du Kentucky. La vallée, creusée par des millions d'années d'érosion de la rivière, était spectaculaire. Des collines ondulantes, des forêts profondes, des fermes pittoresques dont la plupart cultivaient le tabac.

Soudain, je dis à Schob, qui tenait le volant :

— Arrête la voiture et fais demi-tour.

Il me regarda d'un air étonné.

— Pourquoi ? Est-ce que j'ai écrasé quelque chose ?

— Non, répondis-je, très excité. Il y a une grange un peu plus haut sur la route. Je voudrais y jeter un coup d'œil.

— Une grange ?

— Une grange.

Walt fit demi-tour et suivit mes instructions jusqu'à ce que je lui dise de s'arrêter.

Avec l'impression de remonter dans le temps, je parcourus une cinquantaine de mètres sur une petite route poussiéreuse avant d'atteindre une grange de bonne taille aux murs gris foncé érodés par le temps. Un homme sur une échelle peignait une grande enseigne sur des planches verticales.

— C'est chouette, lui dis-je. Vous faites un beau boulot.

Il se retourna, me regarda et sourit.

— Ça fait quarante-cinq ans que je fais ça, alors j'ai le coup de main.

J'étudiai son œuvre.

— Je ne savais pas qu'on peignait encore des pubs pour le tabac Mail Pouch sur les murs des granges. Je croyais que les publicités pour Mail Pouch avaient disparu comme celles, sur les autoroutes, pour Burma Shave.

— Non, elles sont encore sur le marché et je fais partie des quelques dizaines de gars qui les peignent encore.

Après un bref bavardage, je retournai à la voiture.

— De quoi s'agit-il ? demanda Walt.

— Quand j'étais gamin, dans le Minnesota, j'admirais toujours les enseignes de Mail Pouch sur les murs des granges, lorsque mon père nous emmenait nous balader à la campagne. Je pensais qu'elles avaient disparu.

— Est-ce qu'on fume encore du Mail Pouch ?

— On le chique.

Walt fit une grimace.

— Une sale habitude. Ça bousille les dents.

Pauvre Walt, son âme ignore la romance et le sentiment.

En atteignant la ville de Manchester, en fin d'après-midi, nous nous arrêtâmes au bureau du shérif et demandâmes à lui parler. C'était un homme grand et souriant du nom de Louis Fulton. Bien que son bureau n'ait aucun bateau de sauvetage pour fouiller la rivière, la brigade des pompiers du coin possédait un joli hors-bord en fibre de verre qui servait justement à cela. Naturellement, le copain de pêche du shérif était le chef de la brigade des pompiers, Frank Tolle, et avant qu'on ait le temps de dire « ça paie d'avoir de l'influence », nous disposions d'un bateau de recherche de sorte que, tôt le lendemain matin, nous éclusions la magnifique Ohio River avec, aux commandes, le pompier Earl Littleton.

Il y avait une petite condition, cependant. Pour rendre service au shérif Fulton, nous dûmes accepter d'utiliser notre matériel magnétique pour rechercher une femme qui avait inexplicablement disparu trois ans auparavant.

L'énigme était du genre « mystères non résolus ». L'histoire que nous raconta le shérif concernait une veuve de près de soixante-dix ans. Un après-midi, alors qu'elle faisait rôtir un poulet dans le four, elle avait quitté sa maison pour se rendre rapidement en ville à l'épicerie. Après qu'elle eut quitté le magasin, personne ne la revit jamais. On ne retrouva pas non plus sa voiture. Quand les inspecteurs apprirent sa disparition, ils fouillèrent aussitôt sa maison. A part le poulet trop cuit, rien ne parut déplacé, rien ne manquait.

Etant donné que la maison de la dame était située sur une route en pente menant à la rivière, les enquêteurs du shérif avaient conclu qu'elle avait fait une fâcheuse marche arrière ou qu'elle avait eu une crise cardiaque. Sa boîte aux lettres enclose dans un pilier de brique à l'entrée du chemin allant chez elle semblait abîmée, suggérant que sa voiture avait pu la heurter après qu'elle se soit évanouie. N'étant plus contrôlée, la voiture avait pu rouler jusqu'à la rivière et couler au fond. C'est du moins ce que l'on supposa.

Des plongeurs avaient écumé la rivière sans résultat. La dame et sa voiture restèrent introuvables.

Amateur de puzzles et d'énigmes, j'acceptai volontiers d'aider aux recherches avant d'entamer ma chasse au *Carondelet*.

Avec à bord le shérif et deux de ses adjoints, curieux de voir comment nous procédions pour chercher un objet immergé, Walt Schob et moi commençâmes par établir une grille de fouille, d'avant en arrière, dans l'eau au bout de la route. Après avoir couvert une centaine de mètres en aval et près de trente mètres vers le centre du chenal, nous étions toujours bredouilles. Nous ne tombâmes sur aucune anomalie magnétique pouvant suggérer la masse d'une automobile.

Je déteste chercher quelque chose sans être totalement préparé. Je proposai donc de retourner au bateau et de déjeuner. Cela me donnerait le temps de vérifier certains détails. Je remontai le chemin venant de la grande route principale, passai devant l'ancienne maison de la dame et descendis la colline jusqu'à la rivière. Je demandai au shérif en quel mois la dame avait disparu.

— Début décembre, répondit-il.

— Il devait faire très froid ?

— A cette époque de l'année, le thermomètre descend au-dessous de zéro.

— Alors on peut penser que la dame roulait les fenêtres fermées ?

— Ça paraît logique, répondit le shérif.

— A votre avis, quelle était la vitesse du courant ?

— Environ trois ou quatre kilomètres à l'heure jusqu'aux crues de printemps. A ce moment-là, elle atteint six ou huit kilomètres à l'heure.

— A peu près l'allure d'un homme qui marche ?

— Oui, je suppose.

Je montrai la route le long de la maison.

— La pente est d'au moins dix pour cent. Ce n'est pas mal. Si elle s'est évanouie avant d'avoir pu prendre le virage qui mène chez elle et si la voiture a continué sur environ quatre-vingts mètres alors qu'elle avait toujours le pied sur l'accélérateur, elle a pu tomber dans l'eau à plus de cinquante kilomètres-heure.

— C'est juste, acquiesça le shérif. En fait, nous avons plutôt estimé cinquante-cinq kilomètres-heure.

— Tout bien considéré, dis-je, nous cherchons au mauvais endroit.

— Vous ne croyez pas qu'elle soit près du bout de la route ?

— L'élan et la vitesse ont dû l'envoyer presque au milieu du chenal. Et étant donné qu'elle roulait fenêtres fermées à cause du froid, l'eau n'a pas dû remplir et couler la voiture avant plusieurs minutes. Assez en tout cas pour que le courant entraîne le véhicule sur une bonne centaine de mètres ou davantage en aval.

— Ça fait trois ans, dit le shérif. Je ne me rappelle pas si nous avons cherché si loin. Je sais que les plongeurs ont dû se battre contre le courant et qu'ils n'ont couvert que la zone principale autour du bout de la route.

C'était une situation semblable à la noyade des deux fils de Susan Smith à Union, en Caroline du Sud. Bien que la tragédie ait eu lieu dans un lac et non dans une rivière, la visibilité était si mauvaise que la première équipe de plongeurs avait manqué la voiture. Un second essai permit de trouver les garçons plus loin et plus profond dans le lac. Les recherches sous l'eau sont rarement simples.

— Que proposez-vous ? demanda le shérif Fulton.

— D'étendre les recherches plus loin de la rive et plus en aval.

Une demi-heure plus tard, le gradiomètre traînait derrière le bateau à trois mètres sous la surface de l'eau. Tandis que Walt surveillait les résultats des instruments, j'attachai un flotteur au bout d'une corde. Ensuite j'enfilai une paire de gants que j'emporte toujours dans mes expéditions et jetai un grappin à travers le lit du fleuve. Si nous avions de la chance et que nous accrochions une partie de la voiture, les gants protégeraient mes paumes et le flotteur marquerait l'endroit.

A près de deux cents mètres de la route, Walt distingua une cible constituée d'une grosse masse magnétique. Nous repassâmes plusieurs fois au-dessus et reçûmes les mêmes relevés importants.

— Quel que soit l'objet qui est là, il est gros et enterré, dis-je.

Le shérif regarda vers l'amont.

— Ça paraît rudement loin, dit-il.

Je haussai les épaules.

— Peut-être, mais c'est le seul objectif crédible que nous ayons entre ici et le bout de la route.

— Vous ne pouvez rien remonter avec votre grappin ?

— On est passés huit fois dessus et on n'a rien attrapé, alors je pense qu'il faut admettre que la voiture est enterrée jusqu'au toit dans la vase.

Le shérif parut pensif.

— Alors je suppose qu'on va devoir envoyer des plongeurs et une drague pour voir de quoi il s'agit.

Walt et moi repartîmes le lendemain. Nous n'avons jamais su si la dame et sa voiture avaient été retrouvées sur le lieu que nous avions désigné.

Etant donné qu'il ne restait que cinq heures de lumière du jour, nous déposâmes le shérif et ses adjoints sur la rampe à bateaux et nous dirigeâmes vers l'amont du fleuve, où je pensais pouvoir trouver le *Carondelet*. Comme nous contournions l'extrémité de l'île de Manchester, la plus grosse drague que j'aie jamais vue apparut, menaçante, sur la rivière. On aurait dit un immeuble rectangulaire massif avec des murs rouillés et une rangée interminable de grands seaux d'acier aux dents acérées qui fouillaient l'eau et remontaient, remplis de tonnes de vase de la rivière. J'eus l'impression d'être sur le point de perdre le gros lot de la loterie : la grosse drague paraissait travailler à moins de cent mètres de notre grille de recherche initiale.

Sans prendre la peine de mettre à l'eau le gradiomètre, nous nous dirigeâmes droit sur la drague et nous rangeâmes à côté d'elle. Le chef de chantier sortit de son bureau et nous invita à monter à bord. Ce grand homme rougeaud, aussi large qu'une cabine téléphonique, nous tendit une main énorme. Quand il me serra la main, je sentis craquer mes articulations.

— Que puis-je faire pour vous ? demanda-t-il avec un grand sourire.

Je lui expliquai que nous étudiions les lieux pour retrouver une canonnière coulée et lui demandai s'il allait creuser vers l'aval. Si c'était le cas, je souhaitais qu'il arrête son insatiable drague avant qu'elle n'avale les restes du *Carondelet.*

Son sourire disparut.

— Nous ne travaillons pas en aval, dit-il. En amont seulement.

Le petit monde de Cussler trembla au bord de l'abîme. Il y avait encore une chance que les tranchées creusées par les gros godets de l'engin aient manqué l'épave. Je montrai le lieu où nous allions établir nos premières recherches.

— Avez-vous creusé dans cette zone ?

Il fit un signe affirmatif.

— Ouais, il n'y a pas plus de quatre heures.

— Savez-vous si vous avez remonté des morceaux de bois ?

— Bien sûr que oui. J'en ai même mis quelques-uns de côté. Voulez-vous les voir ?

Sans attendre ma réponse, il disparut par une porte de la drague et revint avec les restes d'une poutre de bois, brune et pleine de la vase accumulée pendant de longues années d'immersion, une brique à feu qui pouvait provenir d'un moteur à vapeur et plusieurs pièces de fer, lourdes et rouillées, comprenant une tôle gousset, de longues pointes et des fragments d'une tuyauterie de vapeur.

Walt et moi échangeâmes un regard de défaite.

— De quelle sorte de navire avez-vous dit qu'il s'agissait ? demanda le chef de chantier.

— D'un des plus célèbres navires de la guerre de Sécession, répondis-je.

— Vous plaisantez ? Mes garçons et moi croyions avoir remonté une vieille péniche !

Désirant confirmer que la drague avait bien pulvérisé la coque du *Carondelet*, Walt et moi disposâmes notre grille avec des bouées et tirâmes le gradiomètre d'un bout à l'autre, jusqu'à la tombée de la nuit. Nous étendîmes nos chemins de fouille bien au-delà de l'ancien promontoire de l'île de Manchester pour plus de sûreté. La seule anomalie que nous trouvâmes se situait juste à l'endroit indiqué par le chef de chantier de la drague, là où il avait trouvé les débris. Nous lûmes un petit nombre de données magnétiques à une profondeur de dix-huit pieds. Quelques plongées révélèrent des restes dispersés d'une grande épave. Les godets de dragage n'avaient pas tout remonté. La coque inférieure éparpillée et la quille du *Carondelet* paraissaient reposer sous la vase.

N'ayant plus rien à faire là, Walt et moi rentrâmes à Cincinnati et y passâmes la nuit avant de prendre un avion pour rentrer chez nous le lendemain matin.

Bien des nuits, je suis resté éveillé, regardant le plafond, regrettant de n'avoir pas rejoint directement le lieu que nous avions choisi de fouiller au lieu de perdre notre temps à chercher une vieille dame disparue avec sa voiture. Je suis presque sûr que nous aurions pu arriver à temps pour sauver les restes de la vieille canonnière des mâchoires de la drague mangeuse d'épaves.

Dommage que nous n'ayons pas réussi. Il semble incroyable qu'après presque cent dix ans, notre tentative de sauvetage du *Carondelet* et de ses restes historiques ait raté à quelques heures près. Walt et moi étions là, à moins d'un kilomètre, quand il a été détruit.

Je regretterai toute ma vie de ne pas avoir répondu à temps aux murmures du *Carondelet*.

SIXIÈME PARTIE

# LE SOUS-MARIN CONFÉDÉRÉ « HUNLEY »

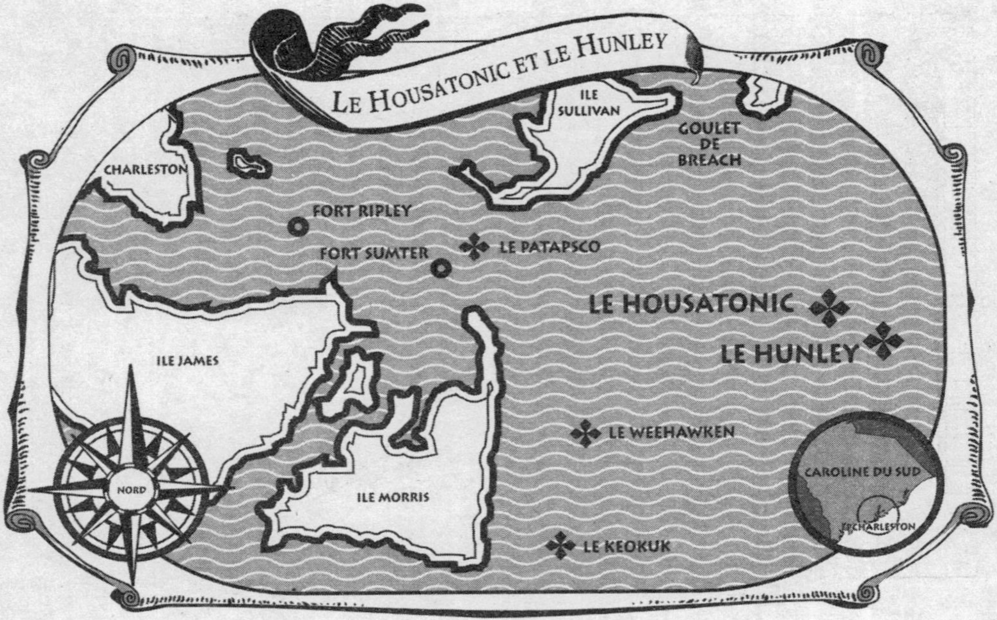
LE HOUSATONIC ET LE HUNLEY
ILE SULLIVAN
GOULET DE BREACH
CHARLESTON
FORT RIPLEY
FORT SUMTER
LE PATAPSCO
LE HOUSATONIC
LE HUNLEY
ILE JAMES
LE WEEHAWKEN
NORD
ILE MORRIS
CAROLINE DU SUD
CHARLESTON
LE KEOKUK

LE HUNLEY AU PORT

# I

## Ce petit sous-marin qui pouvait... et qui fit

*Février 1864*

Un crabe sortit du sable, courut sur la plage et s'enfonça dans un trou. Un homme revêtu d'un uniforme d'officier des Etats confédérés jeta un rapide coup d'œil au crabe, se leva et enleva d'un geste le sable collé aux genoux de son pantalon. Il avait des cheveux couleur de feuilles mortes, des yeux d'un bleu lumineux dans un visage enfantin entouré de grandes oreilles. L'homme vérifia l'aiguille de sa boussole et reporta ce qu'il lut sur un bout de papier.

— Ils ont jeté l'ancre pour la nuit, dit un homme aux cheveux blond pâle près de lui.

Le lieutenant de vaisseau George Dixon plia soigneusement le papier et le glissa dans la poche de son pantalon.

— Je crois que vous avez raison, monsieur Wicks.

Tous deux regardèrent sur l'eau un navire que balançaient les vagues de cette fin d'après-midi. A huit kilomètres de distance, il paraissait petit, comme un jouet sombre se détachant sur le rideau bleu Wedgwood [1] du ciel. Les voiles de ses vergues étaient ferlées et un brin de fumée, sortant en volutes de sa cheminée, indiquait qu'on avait gardé les chaudières allumées afin de pou-

---

1. Faïence anglaise dont le bleu est très célèbre. *(N.d.T.)*

voir bouger rapidement au cas où les vigies décèleraient un forceur de blocus tentant de se faufiler dans le port de Charleston.

— De quel bateau croyez-vous qu'il s'agisse, monsieur ? demanda Wicks.

— Le *Housatonic*, répondit Dixon. Une toute nouvelle corvette de guerre yankee, tout juste sortie des chantiers de l'Union. Un navire rapide, égal ou supérieur à tous les bateaux de commerce que je connais.

— Pas pour longtemps, dit gravement Wicks.

Dixon sourit et hocha la tête.

— Si Dieu le veut, ce soir sera LE soir.

Une heure après le coucher du soleil, neuf hommes de l'équipage du sous-marin confédéré *Horace L. Hunley* parcoururent le quai de bois du chenal derrière l'île Sullivan. Un pélican perché sur un pilier les contempla de son petit œil rond avant de déployer ses ailes et de s'envoler en direction de la baie. On ne voyait au-dessus de l'océan que la bosse métallique du sous-marin avec ses deux tourelles d'écoutilles et le tube de six mètres partant de sa proue. On aurait dit un animal préhistorique endormi dans un étang mésozoïque.

Deux marins attachèrent la torpille à l'extrémité du tube de fer et vérifièrent la ligne attachée à un treuil prête à déclencher la détente du détonateur. Un lourd ardillon relié à une boîte de cuivre, contenant cent livres de poudre noire, était inséré au-dessus de l'extrémité du tube comme un dé sur le doigt d'une couturière.

Théoriquement, lorsque l'ardillon se plantait sous la coque d'un ennemi, le *Hunley* faisait marche arrière sur environ cent cinquante mètres avant que la ligne ait été complètement dévidée et déclenche la charge. Mais ce système n'avait encore jamais été testé.

Des bidons d'eau fraîche, un petit conteneur de

nourriture et une lanterne aux lentilles bleues passèrent de main en main jusqu'aux hommes déjà dans le sous-marin. Il s'agissait d'une mission de nuit qui durerait du crépuscule à l'aube. L'équipage du *Hunley* était habitué au froid humide, à la vie claustrophobique et aux efforts physiques qui laissent les muscles douloureux et un épuisement extrême. Le lourd tribut physique de ces hommes au cours des semaines précédentes avait été considérable. Cinq nuits par semaine, ils avaient tenté en vain de couler des navires ennemis, manquant parfois de peu d'être eux-mêmes capturés par les piquets du Nord ou d'être déportés en pleine mer par des courants hostiles. Le risque de mourir était plus grand que la chance de vivre. Après avoir si souvent trompé la mort, l'équipage avait tendance à se croire immortel. Ils étaient fiers d'être à la pointe de la technologie, d'appartenir au premier sous-marin qui, une nuit, ils en étaient convaincus, coulerait un navire ennemi.

Le matelot Frederick Collins retourna au dock, venant de la passe de Breech, le chenal séparant l'île des Palmes de l'île Sullivan. Il venait de jeter une branche de cyprès dans le courant et suivait des yeux sa rapide progression vers la mer. Il s'approcha de Dixon et le salua.

— La marée a tourné et elle est forte, monsieur.

Dixon lui rendit son salut.

— Merci, monsieur Collins. Je vous en prie, prenez place à bord.

Silencieusement, Collins suivit ses camarades entre les étroites écoutilles jumelles qui s'ouvraient au-dessus du dos de fer du *Hunley*. Tous prirent la place qui leur était attribuée et mirent leurs mains calleuses sur les gaines de métal entourant les poignées de la manivelle. Seul le matelot Wicks alla s'asseoir près du réservoir à ballast arrière et Dixon se faufila par l'écoutille avant. Il se tint derrière la barre de gouvernail, l'indicateur au mercure de plongée et la boussole.

— On n'a oublié personne ? demanda-t-il.

— Tout le monde est là, répondit Wicks depuis l'arrière.

Dixon fit un signe de la main aux sentinelles debout sur le quai.

— Prêts à larguer les amarres !

Puis il fit signe à Wicks, derrière lui.

Les deux hommes lancèrent les cordes de chanvre enroulées autour des tourelles d'écoutilles. Les sentinelles tirèrent les câbles et poussèrent le sous-marin avec leurs pieds pour l'aider à s'éloigner du quai. Le *Hunley* tangua dans l'eau jusqu'à ce que Dixon donne l'ordre de mettre en marche. Les huit hommes derrière lui commencèrent à tourner la manivelle reliée à l'hélice de poupe. Le *Hunley* se dirigea lentement vers la pointe de l'île Sullivan où il retrouverait le courant de la marée qui le porterait, par la passe de Breech, jusqu'à la haute mer.

Depuis des semaines, ils avaient navigué vers la flotte de l'Union, dont seule la malchance les avait éloignés. Plusieurs fois, ils s'étaient approchés si près des piquets ennemis que, lorsque Dixon avait levé une écoutille pour respirer un peu d'air frais, il avait pu entendre les marins yankees chanter et bavarder dans l'obscurité.

Une fois encore, ils allumèrent des chandelles pour éclairer le conteneur en forme de cercueil et les placèrent dans les chandeliers vissés dans le mur de métal.

Ils avaient supporté des mois d'entraînement sans se plaindre. Maintenant, l'équipage de Dixon était aiguisé, rude et tenace, uni par la dure vie partagée et par l'habitude prise de regarder la mort en face, nuit après nuit. Et cette nuit devait être *leur nuit.*

Un croissant de lune luisait sur la mer calme. En maintenant l'hélice à un rythme lent en tournant la manivelle, profitant de la marée qui les poussait vers le large, ils parcoururent le premier mille à quatre nœuds. Heureusement, le froid à l'intérieur du bateau disparut très vite grâce à la chaleur qu'ils dégageaient. Bientôt, la condensation de leur respiration embua les parois. Dixon put laisser l'écoutille ouverte puisque la mer était calme. Il fit virer le sous-marin vers les lumières du *Housatonic* et surveilla la manœuvre.

— Dommage que nous ne puissions transporter un tonneau de bière à la place de cc misérable bidon d'eau, murmura Collins.

— Tu l'as dit, répondit Augustus Miller, seconde classe d'un bataillon d'infanterie de Caroline du Sud qui s'était récemment porté volontaire pour rejoindre l'équipage en même temps que le caporal Charles Carlson. A part Dixon, ils étaient les seuls à ne pas appartenir à la marine.

— L'arbre a l'air dur, se plaignit à Wicks le matelot Arnold Becker.

Sans répondre, Wicks prit un seau de graisse animale et en oignit l'arbre à la jointure des collets de presse-étoupe servant à éviter au maximum les fuites. La plainte de Becker était habituelle. Il était le seul à se lamenter perpétuellement de la dureté de l'arbre de l'hélice.

Le temps passait lentement tandis que les hommes poussaient et tiraient leurs poignées de manivelle. Ils commencèrent à manœuvrer par tours de vingt minutes, quatre hommes à la fois, afin de conserver leurs forces pour l'assaut final contre l'ennemi et le long retour à la passe de Breech. Aidés par le courant, ils maintenaient une vitesse de deux nœuds et demi dans une mer calme comme un miroir.

Dixon laissa ouverte l'écoutille avant et navigua pratiquement à vue. La pâle lumière de la lune lui permettait de lire la mer sur près de cent mètres devant la proue, ce qui lui laissait le temps nécessaire pour refermer l'écoutille s'il apercevait une vague assez haute pour déferler sur sa position exposée. La coque sombre du *Housatonic* grandissait avec une angoissante lenteur. La puissance des batteries était encore balbutiante et c'était lors de moments comme celui-ci que Dixon aurait aimé découvrir un système de propulsion mécanique capable de fonctionner sous l'eau sans avoir besoin d'air.

De son poste d'observation, il commença à distinguer quelques hommes se déplaçant sur le pont de la corvette yankee.

Il supposa qu'il s'agissait de vigies guettant l'attaque d'un éventuel navire confédéré surgissant de la nuit avec une de leurs infernales machines sous-marines. Il fit retomber l'écoutille et la verrouilla. Puis il retourna vers son équipage, bougeant comme des fantômes dans la lueur vacillante des chandelles.

— Nous ne sommes plus qu'à trois cents mètres. Reposez-vous une minute. Ensuite, que chacun se mette à la manivelle.

— Un navire ? murmura le matelot Joseph Ridgeway. Allons-nous vraiment attaquer un navire yankee ?

Tous purent voir les lèvres de Dixon découvrir ses dents sur un sourire.

— Nous ne rentrerons pas les mains vides cette nuit.

— Gloire à la Confédération ! dit le matelot Collins.

— Gloire à nous tous ! ajouta Wicks. Nous enverrons ce maudit Yankee par le fond et nous partagerons la récompense.

— Je suppose que ça fera au moins cinq mille dollars par personne, dit Ridgeway.

— Ne les dépensez pas trop vite, conseilla Dixon. Nous ne les avons pas encore gagnés.

Il essuya soigneusement les trois petits hublots de la cloison bâbord de la tourelle qui s'étaient embués à cause de l'humidité générée par la respiration et la transpiration des hommes. Par le hublot le plus proche de l'avant, il étudia le *Housatonic*

Le navire était ancré la proue vers l'ouest-nord-ouest en direction de Fort Sumter. Dixon observa qu'il y avait peu de mouvement sur le pont. Le *Hunley* approchait lentement sur un angle arrière et un peu sur le quart tribord du navire de l'Union. Rien ne portait à croire qu'ils avaient aperçu le sous-marin.

Quand il repéra les bouées flottantes qui tenaient le filet extérieur autour du navire, Dixon prit une décision essentielle. Il cria un ordre par-dessus son épaule.

— Monsieur Wicks, remplissez votre réservoir à ballast d'un quart.

Chacun garda le silence. Les hommes échangèrent des regards étonnés. Ils s'étaient attendus à ce que le lieutenant de vaisseau demande deux tiers de lest, assez pour faire glisser le *Hunley* sous la surface, hors de la vue des vigies du *Housatonic.*

— Je vous demande pardon, monsieur, dit Wicks. Nous n'attaquerons donc pas sous l'eau ?

— Nous avons fait trop de chemin pour le manquer dans cette eau noire comme de l'encre, monsieur Wicks. D'ailleurs, il a un filet de protection dans l'eau, autour de sa coque. Nous passerons par-dessus le filet avec seulement nos tours d'écoutilles en plongée et nous placerons la charge juste au-dessous de sa ligne de flottaison. Si nous manquons cette occasion, ils ne nous laisseront pas la moindre chance d'en trouver une autre.

En moins d'une minute, la quantité d'eau demandée fut introduite dans les réservoirs avant et arrière. Le sous-marin s'enfonça sous la surface jusqu'à ce qu'une étroite bande de son massif et ses deux tourelles seulement restent en surface. Nul ne songea à faire demi-tour, il n'y eut aucune hésitation. Les hommes du *Hunley* ne ressentirent aucune peur, sans être pour autant stoïques face à leur destin. Ils s'étaient forgé une carapace qui les rendait capables d'aller au-delà de la résistance. Ils ne réalisaient probablement pas qu'une gloire immortelle était à leur portée.

— Maintenant ! dit Dixon plus fort qu'il n'en avait l'intention. Tournez la manivelle, dur, tournez comme des démons. Nous attaquons.

Les hommes poussaient la manivelle de tous les muscles de leurs bras et de leurs épaules jusqu'à ce que l'hélice fasse mousser l'eau. Debout dans la tourelle avant, scrutant l'obscurité jusqu'à ce que le navire ennemi remplisse complètement son champ de vision dans le hublot de huit centimètres de diamètre, Dixon poussa de toutes ses forces sur la barre du gouvernail et fit virer le sous-marin sur un large arc de cercle vers le flanc tribord du *Housatonic*. Il se guida sur son mât d'artimon et vira vers la coque noire juste en dessous.

Parcourant le pont de son navire pour une dernière inspection avant de se retirer pour la nuit, le commandant Charles Pickering s'arrêta et regarda par-dessus l'eau noire, du côté de Charleston, les lumières de la corvette à vapeur *Canandaigua*. Plus et mieux armé que le navire de Pickering, le *Canandaigua* était amarré un mille plus loin. Il était un maillon de la chaîne de protection destinée à intercepter les navires de commerce qui tenteraient de ravitailler la Confédération. Pickering se retourna et admira avec satisfaction toute la longueur de son bateau. Il était prêt à affronter n'importe quelle menace, sur l'eau ou en dessous.

Le *Housatonic* était l'une des quatre nouvelles corvettes tout juste sorties des chantiers de Boston. Il portait trois canons dont un gros cent livres à âme lisse. Il déplaçait 1 240 tonnes et mesurait soixante et un mètres de long. D'une largeur de douze mètres, il avait un tirant d'eau de cinq mètres. Cette nuit, trois mètres soixante seulement séparaient sa quille du limon doux du fond de l'eau.

Pickering avait été prévenu des dangers d'une attaque possible des torpilleurs confédérés. Toute la flotte de l'Union connaissait la menace grâce aux espions et aux déserteurs qui la lui avaient décrite. Par précaution, Pickering avait ordonné à son équipage de descendre autour du bateau des filets plombés qui leur serviraient de cuirasse. Il pensait — à tort, comme il fut démontré — que les filets feraient obstacle à un sous-marin qui s'aventurerait près de son navire. Il fit installer des vigies supplémentaires et des obusiers sur le pont, visant non pas la terre mais l'eau autour de lui. Il avait ordonné aux mécaniciens d'avoir en permanence vingt-cinq livres de vapeur dans les chaudières. Les moteurs avaient été mis en marche arrière pour permettre au navire de lever l'ancre et de filer en vitesse sans se prendre lui-même dans la chaîne.

Satisfait, Pickering se retira dans sa cabine décorée de panneaux de cèdre. Il alluma sa lampe à pétrole et se mit à étudier les cartes de la côte de Caroline du Sud. Son officier en second, Frank Higginson, commandait le quart. Un type bien, pensa Pickering. Rien n'échapperait à son attention.

Le lieutenant de vaisseau Higginson parla brièvement à l'officier de quart John Crosby qui, sur le pont, regardait à la jumelle dans l'espoir d'apercevoir les étincelles trahissant les cheminées d'un forceur de blocus.

— Je ne pensais pas qu'il pouvait faire si froid dans le Sud, dit Higginson, les mains enfoncées dans les poches de sa vareuse.

Crosby baissa ses jumelles et haussa les épaules.

— Avant la guerre, mon frère a épousé une fille de Géorgie. Elle prétendait qu'il neigeait souvent à Atlanta.

Après une brève conversation, Higginson descendit sur le pont inférieur pour inspecter la salle des machines. Il s'approcha du mécanicien en second,

Cyrus Houlihan. C'est alors qu'il entendit une grande agitation dans les hauts.

A environ 20 h 45, le lieutenant de vaisseau Crosby aperçut quelque chose dans l'eau. Il pensa d'abord qu'il s'agissait d'un marsouin. Il appela la vigie la plus proche, debout sur les gréements au-dessus de lui.

— Voyez-vous quelque chose dans l'eau, à cent mètres à peu près de notre hanche tribord ?

— Non, monsieur, seulement une petite ride sur l'eau.

— Regardez encore, cria Crosby. Je vois quelque chose qui s'approche très vite de nous.

— Je l'aperçois maintenant, répondit la vigie. Ça a deux protubérances qui dépassent la surface.

Crosby secoua un jeune tambour qui dormait.

— Battez le branle-bas !

Puis il donna l'ordre de laisser filer la chaîne de l'ancre et appela la salle des machines pour qu'on envoie le navire en arrière. Ses ordres furent exécutés en moins de vingt secondes. L'hélice tournait déjà quand Higginson remonta en courant sur le pont.

— C'est un forceur de blocus ? demanda-t-il à Crosby.

L'officier de quart fit non de la tête et montra le flanc du navire.

— Il est là ! On dirait un de ces maudits torpilleurs.

— Je le vois, dit Higginson. On dirait une planche aiguisée aux extrémités. Regardez là, il y a une petite lumière qui brille à l'intérieur, à travers le dessus.

Le commandant Pickering arriva à la hâte de son carré, un fusil à double canon à la main. Il s'enquit de la raison de l'alarme. Lorsqu'on lui montra le torpilleur qui s'approchait, il répéta les ordres de Crosby de laisser filer l'ancre et de reculer en vitesse. Aux yeux de Pickering, le torpilleur ressemblait à une grosse baleine sur le dos, avec deux saillies à un tiers de chaque extrémité. Il leva son fusil et commença à tirer sur l'étrange bâtiment, criant et appuyant sur la détente.

— En arrière, plus vite !

Higginson saisit le fusil d'une vigie et ouvrit le feu à son tour. Il fut bientôt rejoint par d'autres, dont l'enseigne de vaisseau Charles Craven qui tira, lui, deux coups de revolver. Le bâtiment attaquant était si proche maintenant que Craven dut se pencher pour tirer un troisième coup de revolver. Il s'aperçut que le feu des armes de poing était inutile et courut jusqu'au plus proche canon de trente-deux livres et essaya de le traîner vers l'objet dans l'eau qui s'éloignait maintenant du *Housatonic*. Il était sur le point de tirer l'aiguillette quand le pont explosa soudain sous ses pieds.

Au moment même où l'aiguillon du long espar contenant la boîte de cent livres de poudre noire s'enfonça dans l'enveloppe de cuivre de la coque, Dixon cria :

— Inversez la manivelle, vite !

Dans le sous-marin, les hommes inversèrent furieusement le sens de leurs efforts sur la manivelle et le petit bâtiment commença lentement à s'éloigner de son adversaire. Tandis que l'espace entre eux grandissait, Dixon regarda par le hublot bâbord et vit des hommes tirer par-dessus la rambarde du *Housatonic*. Il entendit les balles de leurs petites armes frapper le *Hunley* sans lui faire de mal puis ricocher et tomber à l'eau. Il était sûr que l'ardillon contenant la charge avait pénétré et s'était accroché à la coque du Yankee. Il n'avait plus qu'à s'éloigner et faire sauter la charge.

C'est alors qu'il aperçut un canon visant le *Hunley*, le trente-deux livres manœuvré par l'enseigne de vaisseau Craven. Le sous-marin était maintenant à cinquante mètres, presque assez pour être hors de portée de l'explosion. Désespéré, il réalisa que dans quelques secondes, le coup de canon allait les envoyer par le fond. Il n'avait d'autre choix que de jouer le tout pour le tout en espérant que la chance serait de son côté. Il avait l'intention d'ouvrir à la volée le couvercle de l'écoutille, sortir un bras, saisir la corde du détonateur et faire lui-même sauter la charge.

Avant qu'il puisse exécuter ce projet, un coup de feu partit du revolver de l'enseigne Craven, frappa le touret et le coinça contre la tige. La corde se tendit, s'étira et activa le détonateur.

L'ardillon au bout de l'espar pénétra dans la coque du *Housatonic* où il s'accrocha près du gouvernail et de l'hélice. La détonation explosa sous le navire, sa force principale absorbée par la partie arrière de la coque. Il n'y eut pas de bruit assourdissant, pas de colonne d'eau, pas de fumée, pas de flamme. Pour les hommes à bord du navire de l'Union, la convulsion ressembla davantage à une collision contre un autre bateau. L'un d'eux expliqua que le bruit de l'explosion sonna comme le tir distant d'un obusier, suivi d'un grand tremblement. Un autre, qu'il vit des morceaux du navire voler dans l'air nocturne.

L'eau s'engouffra dans le *Housatonic* par une énorme ouverture, écrasant des poutres et passant à travers les cloisons. Le moteur s'emballa quand l'arbre de l'hélice se brisa. Une grande partie tribord arrière du navire et le mât d'artimon furent soufflés. Le bateau commença immédiatement à couler par la poupe. Comme un animal mourant, il vacilla sur bâbord et se coucha au fond de l'eau qui se referma sur lui. Moins de cinq minutes après l'explosion, il ne restait rien au-dessus de la surface que les mâts et les gréements du *Housatonic*.

Pendant les quelques secondes de panique, le quartier-maître Joseph Congdon cria qu'on mette les chaloupes à la mer. On ne put en descendre que deux sur les six accrochées à leurs portemanteaux. Les hommes qui étaient tombés par-dessus bord s'y rassemblèrent très vite tandis que les officiers faisaient monter le reste de l'équipage dans les gréements pour les sauver car très peu savaient nager.

Assez sérieusement blessé, le commandant Pickering cria depuis les gréements aux hommes des chaloupes :

— Ramez jusqu'au *Canandaigua* et demandez-leur de l'aide.

Ce n'est que le lendemain en faisant l'appel que l'on apprit que cinq marins du *Housatonic* manquaient, probablement noyés.

L'onde de choc succédant à l'explosion affecta bien davantage les hommes du *Hunley* que l'équipage du *Housatonic*. Elle leur coupa la respiration et les jeta contre la manivelle et les parois du sous-marin. Dixon fut momentanément assommé et vit dans un brouillard la vague causée par l'explosion s'écraser au-dessus du *Hunley*, le poussant de tous les côtés et le faisant tressauter dans tous les sens comme un radeau pris dans des rapides. Jusqu'alors, il n'avait eu aucun moyen de connaître les effets d'une explosion sous-marine sur un bâtiment en plongée lorsqu'il en est trop rapproché. A sa connaissance, on n'avait jamais fait d'essais dans de telles conditions.

Le matelot Wicks fut projeté contre Arnold Becker, l'homme le plus proche de lui à la manivelle, et se mit à saigner du nez. Au centre du sous-marin, le matelot Simpkins se cogna fortement la tête contre l'intérieur de la coque puis en avant contre la poignée de la manivelle et s'évanouit. Frederick Collins s'écrasa le menton tandis que son voisin, le caporal Charles Carlson, tomba sur le dos et se blessa.

L'artilleur Augustus Miller tomba aussi sur la manivelle et se cassa une dent en deux morceaux.

— Merde ! marmonna-t-il entre ses lèvres en sang. J'ai perdu ma dent ! Aidez-moi à retrouver ma dent !

Tous ressentirent un fort bourdonnement d'oreilles et tous souffrirent de contusions. Mais il n'y eut ni panique ni chaos dans le sous-marin. La plupart des hommes restèrent où ils étaient, en état de choc, avant que le sentiment de la victoire ne les embrase tous. Dixon secoua la tête pour reprendre ses esprits et jeta un coup d'œil par un hublot. Déjà la marée avait poussé le *Hunley* cinquante mètres de plus au sud-est du navire coulé mais il vit que le *Housatonic* s'enfonçait rapidement.

— Quelqu'un est-il gravement blessé ? cria-t-il.

— Simpkins est évanoui, rapporta Wicks.

— Je crois que j'ai le nez cassé, dit Collins.

— J'ai perdu ma dent ! larmoya Miller.

— Qu'est-il arrivé, capitaine ? demanda anxieusement Wicks. Est-ce qu'on l'a eu ?

— Jetez un coup d'œil par les hublots arrière, répondit Dixon, l'exaltation remplaçant déjà l'engourdissement. Nous avons coulé ce maudit Yankee.

La tension tomba d'un seul coup. Presque comme s'ils étaient projetés dans une nouvelle vie, les hommes oublièrent leur léthargie et commencèrent à crier leur joie. Après une incroyable adversité, ils avaient mis leurs vies en jeu et ils avaient gagné. Le *Hunley* s'était vengé. Il avait enfin accompli ce que l'on attendait de lui.

— Nous ne sommes pas encore sortis du bois, prévint Dixon. Reprenez la manivelle. Je veux mettre encore trois cents mètres entre nous et le *Housatonic* avant que la flotte de l'Union n'apprenne son naufrage.

Le moral au beau fixe, sept marins reprirent la manivelle comme si leur douleur et leur fatigue n'avaient jamais existé. Simpkins reprit peu à peu conscience mais était encore trop faible pour aider à la manœuvre. Dixon prit la barre et fila vers l'est sur quatre cents mètres avant de diriger la proue vers la passe de Breech. Ce n'est que lorsqu'il sentit qu'ils étaient assez loin qu'il ordonna à son équipage de s'arrêter et de se reposer.

— Que trois d'entre vous travaillent en équipe pour nous garder en position jusqu'à ce que la marée tourne et que nous puissions rentrer au port. Je vais prendre la place de Simpkins à la manivelle jusqu'à ce qu'il aille mieux.

— Je vous demande pardon, capitaine, dit Wicks, mais au lieu de rentrer à Battery Marshall, je propose que nous allions à Charleston raconter au vieux général Beauregard ce que nous avons fait. Ça me ferait rudement plaisir.

— Je comprends, dit Dixon en souriant, mais cela signifierait traverser la moitié de la flotte de l'Union. Il vaut mieux regagner la passe de Breech et poursuivre jusqu'à Charleston par la baie arrière.

Prenant des tours pour faire tourner l'hélice juste assez pour empêcher le *Hunley* de se déporter avant le changement de marée, les hommes firent passer les bidons d'eau et se détendirent en dînant de navets et de bœuf séché. Dixon et Wicks ouvrirent les volets des écoutilles pour laisser pénétrer l'air frais.

Puis Dixon se leva, passa un bras par l'écoutille et agita une lumière bleue. C'était le signal pour que les sentinelles de Battery Marshall allument un feu de joie qui servirait aussi à guider le *Hunley* jusqu'au port.

A 21 h 20, à bord du navire de guerre de l'Union le *Canandaigua*, le commandant Joseph Green fut appelé par son officier de quart. Celui-ci l'informa qu'une chaloupe s'était rangée près d'eux. Green s'approcha immédiatement du bastingage et cria :

— Quel bateau êtes-vous ?

— Nous sommes du *Housatonic*, répondit le matelot Robert Fleming. Nous avons été coulés par un torpilleur rebelle. Ce qui reste de notre équipage se tient dans les gréements.

N'ayant entendu aucun bruit d'explosion, Green et ses officiers furent très surpris. Le commandant lança immédiatement des signaux de détresse en envoyant des fusées pour alerter le reste de la flotte. Puis le *Canandaigua* remonta sa chaîne d'ancre et se lança directement au secours du *Housatonic*. En chemin, ils prirent à bord les occupants de la seconde chaloupe dont faisait partie l'infortuné commandant Pickering.

Ils arrivèrent près du bateau coulé à 21 h 35, mirent leurs chaloupes à la mer et commencèrent à récupérer les hommes réfugiés dans les gréements. Aucun des officiers, aucun marin du *Canandaigua* ne rapporta rien d'inhabituel pendant le trajet accompli pour sauver les survivants du *Housatonic*.

Trop tard, Dixon perçut une vibration dans l'eau à travers les flancs métalliques du *Hunley*. Trop tard, il découvrit les lumières du navire venu à la rescousse des survivants du *Housatonic*. Trop tard, il referma les écoutilles et ordonna de mettre le sous-marin en plongée. Trop tard, il cria le branle-bas. Huit hommes se mirent désespérément à tourner la manivelle en une vaine tentative pour sortir le *Hunley* de la route du *Canandaigua*. Le temps s'était envolé pour les hommes du sous-marin.

Glacé, Dixon regardait par le hublot la proue du navire de l'Union, menaçante dans l'obscurité. L'impact fit rouler le *Hunley* sur le côté et l'enfonça dans la mer. Les plaques métalliques se cassèrent et l'eau l'envahit en quelques secondes.

Personne ne peut savoir quelles furent les dernières images qui passèrent dans la tête du malheureux équipage du *Hunley* pendant qu'il glissait sous les vagues pour la dernière fois. Les ultimes pensées de Dixon furent probablement pour sa fiancée, Queenie Bennett,

1. Aquarelle du vapeur de Long Island, le *Lexington*, après son lancement, par Bard.

2. Lithographie représentant l'incendie du *Lexington*, par Currier.

3. Forage à Galveston, Texas, sur le parking pour retrouver le *Zavala*.

4. Modèle réduit du navire de guerre de la république du Texas, le *Zavala*.

5. L'USS *Cumberland* au chantier naval de Portsmouth, vers 1860.

6. L'USS *Cumberland* après avoir été éperonné par le CSS *Virginia (Merrimack)*.

7. Le célèbre raider de la Confédération CSS *Florida*.

8. Clive Cussler avec des objets récupérés sur le USS *Cumberland* et sur le CSS *Florida*.

9. Modèle réduit du cuirassé confédéré CSS *Arkansas*.

10. Bataille entre le cuirassé de l'Union USS *Carondelet* et le CSS *Arkansas*.

11. Le célèbre cuirassé de rivière USS *Carondelet*.

12. L'historique sous-marin des confédérés *Horace L. Hunley* sur le quai de Charleston en 1863.

13. La corvette de guerre de l'Union, le USS *Housatonic* coulé par le sous-marin confédéré *Hunley*, le 17 février 1864.

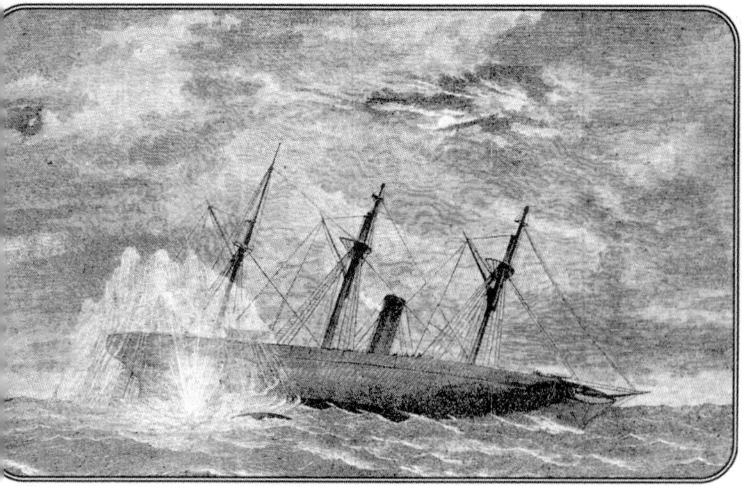

14. Le sous-marin confédéré CSS *Hunley* coulant le navire de guerre de l'Union, le USS *Housatonic*.

15. Le célèbre inventeur, Dr. Harold Edgerton, avec Clive Cussler pendant la première recherche du *Hunley*, en 1980.

16. Peter Throckmorton, doyen de l'archéologie marine d'Amérique, avec Clive Cussler, pendant la recherche du *Hunley*.

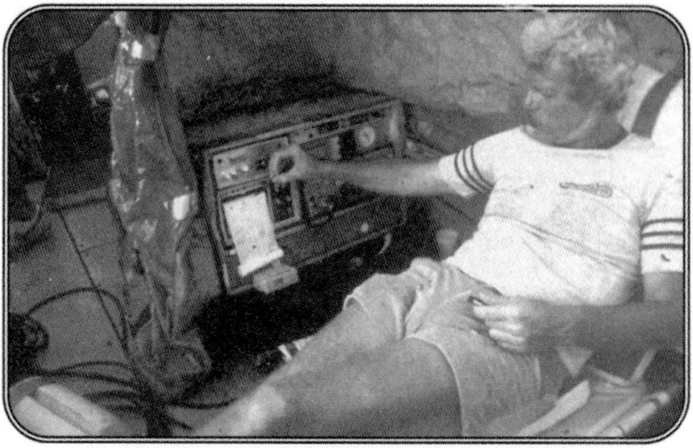

17. Bill Shea montrant les passionnantes techniques de recherche au magnétomètre.

18. Clive Cussler regardant Cal, chargé de l'entretien de la ville, creusant pour sortir le forceur de blocus confédéré *Stonewall Jackson*, sur la plage de l'île des Palmes, en Caroline du Sud.

19. *De gauche à droite*, Walt Schob, Clive Cussler et Bill Shea traçant les grilles de recherche du *Hunley*.

20. Les premiers hommes à avoir touché le *Hunley* depuis 131 ans. *De gauche à droite* : Wes Hall, Ralph Wilbanks et Harry Pecorelli III.

21. Panneau installé par Craig Dirgo et Dirk Cussler lors de l'annonce de la découverte.

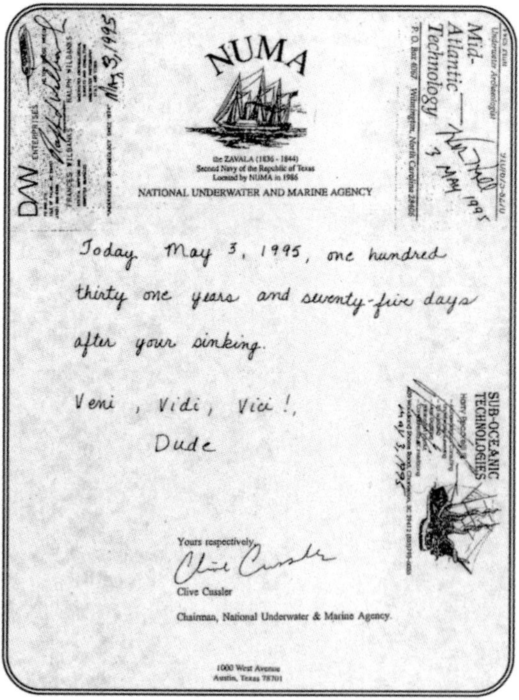

D/W ENTERPRISES

NUMA

the ZAVALA (1836 - 1844)
Second Navy of the Republic of Texas
Located by NUMA in 1986

NATIONAL UNDERWATER AND MARINE AGENCY

Mid-Atlantic Technology

Today May 3, 1995, one hundred thirty one years and seventy-five days after your sinking.

Veni, Vidi, Vici!,
Dude

SUB-OCEANIC TECHNOLOGIES

Yours respectively,

Clive Cussler

Chairman, National Underwater & Marine Agency.

1000 West Avenue
Austin, Texas 78701

22. Ainsi, il n'y aura pas d'erreur sur l'auteur de la découverte. Attestation étanche placée dans l'écoutille avant du *Hunley*.

23. Une Baldwin 4-6-0, du même type que la locomotive perdue de Kiowa Creek.

24. La première meute d'attaque, les *U-12, U-20* et *U-21*, tous retrouvés par la NUMA, en 1984.

25. Le premier navire éclaireur anglais, le HMS *Pathfinder*.
Il fut le premier navire coulé par un U-boat.

26. Le naufrage du *Pathfinder* par le *U-21*, 5 septembre 1914.

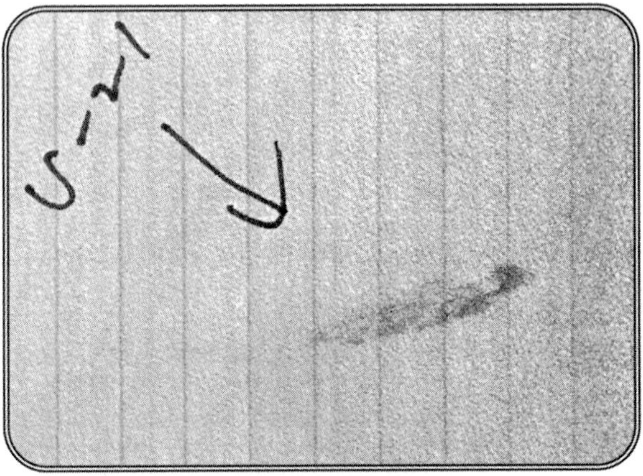


27. L'enregistrement par sonar latéral du *U-21* dans la mer du Nord, à une profondeur de 190 pieds (57 mètres).

28. Le transporteur de troupes belge *Léopoldville*, torpillé la veille de Noël 1944 au large de Cherbourg.

29. Clive Cussler avec la plus belle fille de Bridlington en Angleterre.

30. Le commandant Jimmy Flett de l'*Arvor III*.

31. L'équipe bigarrée de la NUMA après son attaque à la pomme de terre de la frégate lance-missiles française. *De gauche à droite* : John, le second, Dirk Cussler, Derek Goodwin, Jimmy Flett, Clive Cussler, Colin le cuisinier, Wayne Gronquist et Bill Shea.

32. L'auteur honoré par Bob Hesse au cours de la réunion de la 66ᵉ division d'infanterie de l'Organisation des vétérans des Panthers.

qui l'attendait en Alabama. James Wicks revit peut-être les visages de sa femme et de ses quatre filles avant que l'obscurité se referme sur lui.

Le total final de morts du *Hunley* fut de vingt-deux. Au fil des ans, les os de Dixon et de ses compagnons seraient conservés par le limon qui, peu à peu, s'infiltrerait dans le sous-marin et le remplirait tout entier. Il allait se passer cent trente et un ans avant que quelqu'un apprenne où et pourquoi ils étaient tous morts.

L'aventure du petit sous-marin — qui entra dans les livres d'histoire comme étant le premier à avoir coulé un navire de guerre, un exploit qui ne se répéterait que lorsque le U-boat *U-21* torpillerait le croiseur britannique HMS *Pathfinder* au cours de la Première Guerre mondiale — commença à La Nouvelle-Orléans au début de 1861.

Son grand-père et prédécesseur s'appelait le *Pioneer*. Imaginé par le mécanicien James McClintock et construit trois ans avant le *Hunley*, il avait la forme d'un cigare avec des extrémités coniques, mesurait neuf mètres quinze de long et un mètre vingt-deux de diamètre. Avec soixante-dix ans d'avance sur l'avion de course de Howard Hugues, le *Pioneer* utilisait des rivets fraisés pour relier entre elles les plaques de fer de son châssis interne, ce qui réduisait la friction quand il se déplaçait sous l'eau. On dit qu'il fonctionnait étonnamment bien quand il était manœuvré par son équipage de trois marins qui, du reste, firent sauter une goélette sur le lac Pontchartrain pendant un voyage d'essai.

Deux des commanditaires du *Pioneer*, Horace L. Hunley et Baxter Watson, furent enthousiasmés par la perspective de le transformer en un coursier de guerre, aussi émirent-ils les lettres de marque nécessaires.

Malheureusement, l'amiral nordiste David Farragut

en décida autrement. Il amena sa flotte devant les forts du bas Mississippi et prit La Nouvelle-Orléans avant que le *Pioneer* soit achevé.

Hunley ordonna qu'on démonte le *Pioneer* pour l'empêcher de tomber entre les mains des Yankees. Plusieurs années plus tard, un sous-marin que l'on disait être le bâtiment de McClintock fut retrouvé dans un canal et est maintenant exposé à Jackson Square. Cependant ni sa taille ni sa forme ne correspondent aux descriptions du *Pioneer* que firent les témoins oculaires contemporains. Des chercheurs affirment aussi que le sous-marin de Hunley et McClintock fut remonté et vendu pour être ferraillé plusieurs années après la guerre.

Hunley, McClintock et Watson s'échappèrent à Mobile, en Alabama, et se mirent rapidement à construire un second sous-marin dans un atelier appartenant à Thomas W. Park et Thomas B. Lyons. Ils avaient bénéficié de l'aide de deux officiers mécaniciens du 21e Régiment d'Alabama, les lieutenants William Alexander et George E. Dixon.

Appelé simplement *Pioneer II* et, de temps en temps, l'*American Diver*, le nouveau bateau était plus grand et plus efficacement étudié que son prédécesseur pour naviguer sous l'eau.

Il fonctionnait bien et se maniait sans effort. Ses essais se passèrent sans encombre mais, quand il sortit pour sa première mission consistant à couler un navire de blocus du Nord, une tempête soudaine se leva en mer. Pendant qu'un remorqueur le tirait à travers Mobile Bay, les vagues se précipitèrent par les écoutilles ouvertes du *Pioneer II*. Il ne servit à rien d'écoper et l'équipage abandonna le sous-marin avant qu'il ne coule au large de Fort Morgan.

Avec plus de courage que de prévoyance, Hunley racla les fonds de tiroirs afin de commencer à construire son troisième sous-marin. McClintock fut le conseiller de ce projet tandis que le lieutenant Alexander réalisait les plans et dirigeait la construction. On raconte que le navire commença sa carrière avec une vieille chaudière de locomotive que l'on découpa horizontalement et dont on augmenta la hauteur par une feuille de fer de trente centimètres, rivetée entre les deux moitiés. On avait fait la proue en fer massif en forme de coin et la poupe en fer coulé tandis qu'à l'intérieur, dans la coque, des cloisons de neuf centimètres d'épaisseur que l'on pouvait remplir d'eau jouaient le rôle de réservoirs à ballast.

Ce bâtiment, qui devint célèbre sous le nom de *Hunley*, armé en torpilleur, était incroyablement en avance sur son temps. La configuration de sa coque ressemblait beaucoup à ce que serait plus tard celle du sous-marin nucléaire le *Nautilus*. De chaque côté de la coque, on avait installé des plans de plongée. Des pompes manuelles augmentaient ou diminuaient le lest liquide. Une seule hélice et un unique gouvernail dépassaient du centre de la poupe, là encore très semblables à ceux de nos sous-marins nucléaires modernes. On pouvait lâcher sur la quille des poids en fer, avec une rotation de la manivelle, pour diminuer le lest en cas d'urgence. Deux petites ouvertures relevables avec des hublots servaient de tourelles d'écoutilles d'entrée et de sortie. Elles étaient juste assez larges pour qu'un homme s'y faufile, à condition qu'il lève les bras. Le navire possédait même un système de snorkel rudimentaire, appelé boîte à air, avec des tuyaux qu'on pouvait relever à la verticale pour placer leurs extrémités au-dessus de la surface. C'était presque comme si Henry Ford avait construit sa conduite intérieure Model A de 1929 lors de son premier essai pour fabriquer une voiture à cheval. Le seul inconvénient du *Hunley* était son système primitif de propulsion. La propulsion par batterie électrique et les moteurs diesel étaient encore pour longtemps inconnus. Le navire devait se contenter de huit hommes musclés qui tournaient une manivelle pour actionner l'hélice.

En gros, le *Hunley* mesurait dix mètres soixante-dix de long avec une coque d'un mètre cinquante-deux de haut et un barrot d'un mètre vingt. Le gouvernail fonctionnait par rotation de la barre dont s'occupait le commandant, en naviguant à vue grâce aux hublots de la tourelle avant. Un tuyau en fer de six mètres, partant de l'avant, servait d'épar, glissé sur l'extrémité comme un manchon. Un ardillon cranté comme une scie était attaché à une boîte ronde en cuivre, contenant une charge de poudre noire. L'idée générale était que l'équipage manœuvrait l'hélice en tournant la manivelle aussi vite qu'il le pouvait et dirigeait l'ardillon dans la coque du navire ennemi. Ensuite, en reculant, l'épar glissait de l'ardillon et de la boîte à poudre tandis qu'un cordeau de détonation se déroulait sur un dévidoir situé à côté de l'écoutille avant. A cent cinquante mètres, le cordeau entraînait le mécanisme de mise à feu et faisait exploser la charge dès que le *Hunley* était à bonne distance.

Dans la prose fleurie des journalistes locaux, on parlait de « machine infernale » ou, de façon plus appropriée, de « cercueil péripatétique » (itinérant). Les journaux du Nord, quand les espions eurent fait connaître la nouvelle de sa construction, le considérèrent comme « l'arme secrète du Sud ».

Les eaux agitées de Mobile Bay se révélèrent trop houleuses pour le sous-marin et les navires yankees demeuraient trop éloignés pour qu'on les atteigne en une seule nuit, de sorte que Hunley et ses associés abandonnèrent bientôt tout espoir de piratage lucratif. C'est alors que se présenta une offre qu'ils ne purent refuser.

Le général Pierre Beauregard, commandant la défense de Charleston, en Caroline du Sud, demanda que l'on transporte le sous-marin dans sa zone d'action afin d'éliminer la flotte de l'Union qui bloquait le port. Horace Hunley et ses collaborateurs sautèrent sur l'occasion, d'autant qu'un riche marchand propriétaire de plusieurs forceurs de blocus, John Fraser, offrait une récompense de 100 000 dollars à tout bateau qui coulerait le navire amiral du Nord, le *New Ironsides*, ou de 50 000 dollars pour un monitor ou autre vaisseau de guerre envoyé par le fond.

Le sous-marin fut hissé sur deux plateaux posés sur un wagon de chemin de fer. On l'envoya à travers la campagne boisée du Sud, jusqu'au foyer de la sécession. Il devait avoir grande allure, aux yeux étonnés des habitants des villes et des villages tout au long du parcours. Le *Hunley* n'était pas un géant mais les wagons plats grognaient sous sa masse de métal. D'après diverses estimations, son poids oscillait entre quatre et dix tonnes.

Horace Hunley confia à McClintock les commandes du sous-marin. L'opération démarra sous des auspices à peine favorables. McClintock et son équipage de civils essayèrent plusieurs fois de quitter le port et d'attaquer la flotte de l'Union mais en furent empêchés par des problèmes mécaniques et par une mer trop grosse.

Les militaires ne furent guère impressionnés. Ils voulurent imposer d'envoyer un officier de marine comme observateur mais McClintock refusa froidement. Ce ne fut pas une bonne réaction. Le *Hunley* fut promptement réquisitionné au nom de la Confédération. McClintock reçut ses feuilles de route. Un équipage de marins venant de la flotte de cuirassés du port, sous le commandement du lieutenant de vaisseau John Payne, s'embarqua pour tenter sa chance.

Mais ils tirèrent une main perdante.

Peu de temps après, à cause de son inexpérience, Payne fit plonger le bateau alors qu'il était pris dans un cordage enchevêtré dans le volet de l'écoutille. Les écoutilles s'ouvrirent sous l'eau et le sous-marin coula. Payne réussit à se libérer et cria à ses hommes d'abandonner le bateau. C'était facile à dire. Lui-même était déjà à demi sorti de la tourelle avant, mais les pauvres types à l'intérieur, derrière lui, auraient eu plus de facilité à traverser la Manche les mains liées que d'échapper à ce cercueil de fer.

Le lieutenant Charles Hasker, qui se tenait dans la tourelle arrière d'où il manœuvrait la pompe à ballast, fut entraîné au fond où la succion de l'eau referma le volet de l'écoutille, lui coinçant une jambe et en cassant l'os. A mesure que le sous-marin se remplissait d'eau, la pression intérieure s'équilibra et Hasker put dégager sa jambe. Il nagea vigoureusement vers la surface, treize mètres plus haut, et atteignit miraculeusement l'air et le soleil sans se noyer et sans embolie. Après la guerre de Sécession, Hasker se vantait avec orgueil d'être le seul homme coulé avec le *Hunley* qui eût survécu.

Cinq hommes se noyèrent. Le *Hunley* avait fait ses premières victimes.

On le remonta, on évacua les victimes et on sécha l'intérieur. Horace Hunley proposa les services de l'équipage qui l'avait créé, parmi lequel Thomas Park, propriétaire de l'atelier où le bateau avait été construit, et le lieutenant de vaisseau Dixon. Beauregard accepta. Hunley et ses collègues vinrent rapidement remettre le sous-marin en état de plonger.

Les manœuvres d'entraînement commencèrent sur les rivières Ashley et Cooper. Elles furent assez impressionnantes. En plusieurs occasions, le *Hunley* et son équipage glissèrent sous l'eau à cent mètres d'un navire à l'ancre et remontèrent à la même distance de l'autre côté, en dix ou quinze minutes.

Le 15 octobre 1863, une brume matinale épaisse masquait le soleil. Dixon, qui commandait normalement le sous-marin, n'était pas présent ce jour-là. Hunley prit la barre pour une plongée d'entraînement. Pour une raison inconnue, il manquait également un autre membre de l'équipage qui comptait maintenant huit personnes.

Les hommes traversèrent les petites planches reliant le quai aux tourelles ouvertes du *Hunley*. Ils pénétrèrent par les étroites écoutilles et prirent leurs places à la manivelle de l'hélice, assis en rangs vacillants et serrés dans cet étroit espace. Puis Thomas Park entra par l'arrière et ferma l'écoutille pendant que Hunley faisait de même à l'avant.

Hunley dirigeait le *Indian Chief*, un navire utilisé par la marine confédérée pour soutenir les opérations minières du port. Le commandant avait le choix entre deux options pour naviguer sous l'eau. Il pouvait remplir les réservoirs à ballast jusqu'à ce que les tourelles dépassent à peine de l'eau et ensuite faire plonger le bateau en bougeant les plans de plongée, ce qui lui permettait de contrôler l'angle de plongée désiré. Ou alors, ce qui était plus facile pour son équipe de propulsion de l'hélice, il pouvait remplir les réservoirs jusqu'à l'obtention d'une flottabilité neutre à la bonne profondeur, ce qui est la méthode généralement utilisée par tous les sous-marins modernes. L'assiette était stabilisée par Park qui manœuvrait les soupapes et la pompe du réservoir arrière. Quand Hunley était prêt à remonter, Park et lui pompaient ensemble l'eau des réservoirs et le sous-marin s'élevait jusqu'à la surface. A condition que tout se passe bien.

Mais ce jour-là, il arriva quelque chose de tout à fait inattendu.

Des témoins oculaires se rappelèrent avoir suivi la plongée du sous-marin sous la surface et attendu en vain qu'il réapparaisse. Après quelques heures, il parut évident qu'Horace Hunley et tout l'équipage de la « machine infernale » étaient perdus.

Une fois de plus, il s'agissait d'une erreur humaine.

Hunley avait mal calculé son angle de descente et trop rempli le réservoir avant. Le sous-marin avait perdu son assiette et cogné profondément son nez dans le fond boueux tandis que sa pompe remontait lentement vers la surface, quarante-trois mètres plus haut. C'est alors que l'un des défauts de construction entra en jeu. Les cloisons des réservoirs à ballast n'allaient pas jusqu'en haut du plafond de la coque et le réservoir avant déborda de sorte que l'eau se répandit dans le compartiment principal.

Frénétiquement, Hunley secoua la poignée de la pompe d'avant en arrière, ordonnant à Park de faire sauter le réservoir arrière en un effort désespéré pour augmenter la flottabilité. Malheureusement, Hunley paniqua et oublia de fermer sa soupape. Malgré ses efforts sur la pompe, l'eau continua à se déverser.

Il cria à l'équipage de laisser tomber les plaques de fer du ballast attachées à la quille. Travaillant en déséquilibre, ils essayèrent de dévisser les boulons rouillés mais ne réussirent qu'à les faire tourner à moitié avant que l'eau qui entrait sans discontinuer se referme au-dessus de leurs têtes. Dans un effort désespéré pour se sauver, les hommes tentèrent de fuir par les écoutilles et de nager jusqu'à la surface. Mais les couvercles refusèrent de s'ouvrir, scellés par la pression de l'eau. Quand on retrouva leurs corps, la plupart serraient encore des chandelles.

Le score des victimes était maintenant de treize pour le *Hunley* contre zéro pour les confédérés.

On raconta dans toute la ville que « le *Hunley* pouvait couler dans un délai d'une minute et parfois même sans délai du tout ». La marine confédérée, sur l'air de « nous vous l'avions bien dit », se lava les mains du sort du sous-marin. Malgré ses réserves, Beauregard fit remonter le bâtiment. Des plongeurs dirigés par le capitaine Angus Smith furent engagés pour remonter le *Hunley* pour la seconde fois. On trouva Hunley la tête dépassant de l'écoutille de tourelle avant, un bras levé comme pour pousser le couvercle. Thomas Park avait la même position dans l'écoutille arrière. Tous deux avaient suffoqué. Les six autres hommes s'étaient noyés.

Ceux qui virent les visages noircis et tordus des corps n'oublièrent jamais cette horrible vision. On pouvait accepter l'horreur du sang et des entrailles sur un champ de bataille, voire la comprendre. Mais la mort dans une boîte de fer sous la mer emplissait chacun d'un dégoût bien pire qu'un cauchemar.

Les funérailles eurent lieu le dimanche suivant. Le corps de Hunley fut transporté au cimetière Magnolia de Charleston par deux compagnies de soldats et une fanfare. Il y fut enterré après une cérémonie solennelle suivie de l'enterrement de ses malheureux compagnons, le lendemain.

Le sous-marin fut hissé sur un quai tandis que Beauregard se demandait ce qu'il allait en faire. Un artiste du Sud, Conrad Wise Chapman, tourna autour et fit des esquisses du torpilleur. Il en peignit ensuite un petit tableau qui est maintenant exposé au Musée confédéré de Richmond. Primitif dans sa conception bien qu'étonnamment moderne dans ses lignes, il ressemble au fameux « poisson hors de l'eau », son épar de torpille visant tristement la flotte ennemie à la surface.

Le *Hunley* était aussi maudit que Jonas et la majorité de ceux qui formulèrent des critiques exigèrent que, maintenant qu'on avait récupéré l'équipage, on le remette à l'eau et qu'on le laisse pourrir au fond de la mer. Beauregard refusa toute opération ultérieure, ne voyant aucune raison de sacrifier d'autres vies dans une « machine qui n'avait jamais réussi à quitter le port ». Deux personnes seulement contestèrent sa décision.

Lorsqu'ils apprirent, à Mobile, la tragédie, les lieutenants de vaisseau George Dixon et William Alexander, qui avaient participé à la construction du *Pioneer II*, coururent à Charleston et refusèrent d'accepter la défaite.

Ensemble, ils persuadèrent un Beauregard hésitant que ce serait un terrible gâchis d'oublier les efforts héroïques des morts et d'ignorer la menace perpétuelle que représentait le sous-marin contre la flotte de l'Union qui bloquait le port. Très peu enthousiaste, Beauregard céda cependant, à la seule condition que les attaques contre l'ennemi seraient faites en surface et non en plongée.

Les deux jeunes officiers mécaniciens entreprenants remirent rapidement le bateau en état et, contre toute attente, réussirent à rassembler un équipage composé de volontaires avant même que la terre soit tassée sur les tombes de Hunley et de ses camarades. Peut-être l'offre tentante, toujours valable, de 100 000 dollars pour couler le *New Ironsides* fit-elle oublier la menace d'une mort horrible qui planait sur le sous-marin. On ne sut jamais si la récompense devait être payée en or ou en monnaie confédérée.

Le bateau fut officiellement rebaptisé *Horace L. Hunley* et le lieutenant de vaisseau Dixon en reçut le commandement. Il était maintenant sous l'aile de l'armée, la marine n'agissant qu'en soutien. Amarrant le bâtiment dans les eaux noires du chenal derrière Battery Marshall, sur l'île Sullivan, Dixon et Alexander fixèrent leurs quartiers à Mount Pleasant et ouvrirent ce qui fut la première école de sous-mariniers du monde. On y enseigna les bases du maniement sous l'eau en traçant des diagrammes sur le sable humide de la plage. On fit faire aux hommes la gymnastique suédoise du XIXe siècle. Quel dommage que nous n'en possédions pas une vidéo ! Ils passaient leurs après-midi à s'entraîner à la plongée et à courir sur de longues distances. A la fin de la journée, les deux jeunes officiers s'étendaient sur le sable et opéraient des relèvements à la boussole des navires de l'Union à l'ancre.

Quand ils considérèrent que le bateau et l'équipage étaient prêts, ils commencèrent à accomplir des missions nocturnes contre la flotte ennemie, partant avec le jusant et revenant avec le flux.

L'amiral John Dahlgren, qui commandait la flotte du blocus du sud de l'Atlantique, recevait des rapports indiquant les progrès du *Hunley*, que lui communiquaient des déserteurs confédérés. Il recommanda aux commandants de ses navires de garder les yeux bien ouverts lorsqu'ils étaient à l'ancre pour la nuit. On installa des guis flottants avec des chaînes pendantes autour des navires, premiers réseaux antitorpilles. On prépara des fusées lumineuses au calcium et on arma des piquets, sortes de vedettes à vapeur qui sillonneraient en permanence les sites de mouillage. Dahlgren ordonna également à ses monitors cuirassés de mouiller en eau peu profonde, afin que le *Hunley* n'ait pas la place de manœuvrer sous leurs quilles.

Nuit après nuit, le sous-marin disgracieux et son équipage bien entraîné battirent la mer au large de Charleston pour couler un navire yankee. Et chaque fois, ils rentrèrent bredouilles, naviguant en profondeur pour éviter d'être découverts, traversant les eaux agitées, les courants contraires, les vents forts ou se laissant porter, trop fatigués pour donner un seul tour de manivelle de plus.

L'hiver ramena le froid et un temps misérable, de sorte que les raids du *Hunley* devinrent encore plus difficiles. Plus d'une fois les courants manquèrent de peu de les balayer jusqu'à la haute mer. D'autres fois, ils étaient encore à portée des canons de l'Union quand le soleil se levait. Dixon, épuisé, décida de mettre son équipage au repos pendant qu'il conduirait de nouveaux essais sans marins, dans des eaux plus calmes derrière l'île Sullivan. Ce qu'il voulait surtout essayer, c'était une plongée d'endurance.

S'ils étaient appréhendés par une vedette ou pris sous le feu d'un des navires du blocus, ils n'auraient d'autre échappatoire que de plonger et de rester au fond. Leurs vies pourraient dépendre de la connaissance précise du temps qu'ils pouvaient passer en plongée, pour que les vedettes nordistes perdent leurs traces.

Après s'être entendus sur un projet coordonné, Dixon et Alexander firent un signe d'adieu aux soldats alignés sur le quai de Battery Marshall et fermèrent les volets d'écoutilles avant et arrière. Puis ils vérifièrent l'heure à leurs montres. Les réservoirs à ballast furent remplis et le sous-marin s'installa lentement dans la boue du chenal. Pour simuler les conditions réelles de navigation, les deux hommes firent tourner lentement l'hélice, chacun s'obligeant à ne pas être le premier à crier « on remonte ».

Vingt-cinq minutes plus tard, les chandelles refusèrent de brûler. Chaque seconde s'étira éternellement. L'humidité de leur respiration atteignit un niveau intolérable. L'obscurité les enveloppa comme une couverture étouffante. Leur conversation, généralement pleine de plaisanteries, mourut et le silence ne fut interrompu que par quelques « comment vous sentez-vous ? » suivis de « très bien », qu'échangeaient Dixon et Alexander.

L'intérieur devint irrespirable, l'air souillé se mêlant à la transpiration. Aucun homme dans l'Histoire n'était jamais resté si longtemps au fond de l'eau. Et pourtant, personne ne supplia que cela cesse.

Ils dépassèrent de loin les limites qu'on attendait d'eux. Enfin, comme s'ils s'étaient donné le mot, les deux marins crièrent en chœur « on remonte ! ».

Rapidement, Dixon actionna la pompe pour vider le réservoir avant. Mais la pompe d'Alexander refusa de fonctionner. Avec un calme incroyable, il analysa le problème. A l'instinct, il tourna la vis de la pompe, sortit la soupape et retira un paquet d'algues qui s'y était logé.

Maintenant, l'avant s'était élevé tandis que l'arrière restait fermement coincé dans la boue. Ils luttèrent contre la panique naissante, revoyant les images horribles des derniers instants de Hunley, de Park et de leur équipage. La mort les regardait en face et ils n'osaient pas ciller.

Alexander sentait l'inconscience envahir son cerveau tandis qu'il remontait la pompe et actionnait frénétiquement le levier. Pendant un instant poignant, la boue du fond sembla refuser de relâcher son étreinte. Puis soudain la poupe s'arracha de sa gangue et le *Hunley* retrouva son assiette comme les tourelles crevaient la surface de l'eau. On déverrouilla les volets d'écoutilles et on les ouvrit. Ils ressentirent en même temps un épuisement et un immense soulagement en respirant l'air frais et pétillant.

Le soleil brillait quand ils avaient commencé l'essai. Maintenant il faisait nuit. Il ne restait qu'une sentinelle sur le quai. Le reste s'était dispersé, pensant que le *Hunley* avait encore fait des siennes. Le garde cria de joie en réalisant la soudaine réapparition du sous-marin et en entendant Alexander lui demander de saisir les cordes d'amarrage.

On gratta une allumette pour calculer le temps de la plongée. Ils étaient restés sous l'eau deux heures et trente-cinq minutes. Un résultat remarquable si l'on considère le peu de place dont ils disposaient à l'intérieur. Le *Hunley* était vraiment un précurseur des conflits sous-marins de l'avenir.

Beauregard fut très impressionné par cette performance et ordonna que le sous-marin et son équipage reçoivent toute l'aide que pouvaient leur procurer l'armée et la marine. De nouveau soutenu, Dixon fit sortir le bateau chaque fois que le temps le permettait. Il prit même de gros risques en futiles tentatives pour atteindre des cibles inapprochables.

Puis, de façon inattendue, début février 1864, Alexander reçut l'ordre de quitter Charleston pour Mobile où il devait construire et mettre au point un canon à répétition, à chargement par la culasse.

— Ce fut un coup terrible pour Dixon et moi, raconta-t-il plus tard. Nous avions supporté tant d'épreuves ensemble !

Toutes ses demandes pour rester sur le *Hunley* furent rejetées. Les besoins du service exigeaient qu'Alexander exerce ses talents là où ils étaient le plus nécessaires. Il fut remplacé par un artilleur d'une compagnie stationnée dans l'un des nombreux forts de la ville.

Dixon continua seul jusqu'à sa mort, cette funeste nuit du 17 février 1864.

II

## La plus difficile de toutes les découvertes

*Juillet 1980*

Au cours des siècles, les marins ont été hantés par des supersititions concernant leur vie en mer. On considérait autrefois qu'une femme à bord portait malheur. Les navires baptisés de noms d'hommes au lieu de noms féminins connaissaient des destins tragiques. Aucun marin n'aurait tué un albatros, une éternité avant *Le Vieux Marin*[1]. A la lumière de la technologie moderne et de la pensée de progrès, la plupart des superstitions des marins ont été jetées par-dessus bord et oubliées. Une tradition, cependant, continue à être partagée par de nombreux hommes de la mer. Ils prétendent qu'il est de mauvais augure pour un navire de quitter le port un vendredi. Jusqu'aux débuts du XXe siècle, les compagnies d'assurances imposaient une prime supplémentaire à tout bateau qui prenait la mer un vendredi.

En 1894, un commerçant écossais, propriétaire de bateaux à Liverpool, fut exaspéré de devoir indemniser ses commandants et ses équipages tenus de rester au port jusqu'au samedi. Il n'était pas non plus très chaud pour payer des primes scandaleuses aux avides compa-

1. Ballade du poète anglais Coleridge. *(N.d.T.)*

gnies d'assurances. Il décida d'envoyer au diable les contes de bonnes femmes une fois pour toutes.

Il fit construire un bateau dont la quille fut posée un vendredi. Le navire fut lancé un vendredi. Il le baptisa *Friday*[1]... un vendredi. Il choisit même un commandant dont le nom était Friday. Puis, ayant chargé son fret et refusé de l'assurer, le commerçant écossais agita son mouchoir lorsque son bon navire, le *Friday*, avec à la barre le commandant du même nom, quitta le port un vendredi à destination de New York.

On n'entendit plus jamais parler du bon *Friday* ni de son équipage.

Il y a navires malchanceux et navires malchanceux. Mais le sous-marin confédéré *Hunley* détient probablement une sorte de record de malchance. Trois fois il coula, deux fois il fut remonté. Plus de vingt hommes perdirent la vie dans ses parois de fer. Neuf reposent encore au fond de l'eau.

Pour quelqu'un comme moi, passionné par les mystères de la mer, le *Hunley* dégage une sorte d'envoûtement que je trouve aussi irrésistible qu'à un chat affamé un rat obèse.

Au cours des décennies qui s'écoulèrent après son triomphe et son plongeon dans l'oubli, de nombreuses personnes ont essayé de retrouver le petit sous-marin qui aurait pu beaucoup mais rata tout. On déposa des déclarations de découvertes mais aucune ne fut justifiée. Personne ne montra jamais ni photo ni preuve. La seule chose dont on soit sûr, c'est que personne ne l'a jamais revu.

Il y eut de nombreuses théories sur le sort de ce bateau. Elles furent même si nombreuses qu'il fallait en étudier plusieurs avant d'en avancer une nouvelle. Fut-il détruit lors de l'explosion ou avalé dans le trou qu'il avait lui-même ouvert dans le *Housatonic*,

1. *Vendredi*, en anglais.

comme le prétendent plusieurs chercheurs ? Son équipage souffrit-il des effets du choc et dériva-t-il, inconscient ou mort, avant que le sous-marin ne coule ? L'explosion avait-elle détaché les plaques et les rivets, causant son naufrage avant qu'il ne puisse achever son voyage de retour à la passe de Breech ? Supposez que son équipage, jubilant du triomphe, se fût précipité dans le port de Charleston pour raconter son exploit au peuple et au commandant de la ville, le général Pierre Beauregard en personne, et qu'il fût renversé par l'un des nombreux transporteurs du port confédéré ? Et s'il avait fait tout ce chemin pour rentrer et qu'il ait coulé au mouillage ?

C'était un mystère à mille clefs et aucune porte ne menait nulle part.

Je n'ai jamais accepté l'idée que son destin ait été lié à celui du *Housatonic*. Le sauveteur d'après la guerre de Sécession, Benjamin Mallifert, n'était pas un empoté. Il remonta en grande pompe la corvette de guerre de l'Union et écrivit avec emphase dans son journal qu'il n'avait trouvé aucune trace du *Hunley*. Le lieutenant de vaisseau Churchill, à bord de la goélette de sauvetage *G. W. Blunt*, dragua le fond sur cinq cents mètres autour du *Housatonic* « sans rien trouver du torpilleur ».

Après la guerre, le plongeur Angus Smith et son frère fouillèrent deux kilomètres carrés autour de l'épave, espérant empocher la récompense de 100 000 dollars offerte par P. T. Barnum pour le célèbre sous-marin. Dans une lettre datée de 1876, il affirma avoir trouvé le torpilleur, échoué le long du *Housatonic*, et pouvoir le remonter quand on voulait. Mais comme tant de chercheurs qui déclarèrent par la suite la même chose, Smith ne put jamais fournir l'ombre d'une preuve.

En 1908, le plongeur William Virden obtint un contrat du Corps des ingénieurs de l'armée pour abaisser l'épave qui devenait une menace pour la navigation. Après avoir remonté quatre tonnes de vieille ferraille et fait sauter les restes du *Housatonic*, il reçut 3 240 dollars et affirma qu'il n'avait trouvé aucun signe du sous-marin.

L'hypothèse de la fuite du sous-marin après qu'il eut percé un trou dans la poupe de son ennemi fut vérifiée quand le chercheur Bob Fleming enleva le sceau de cire et posa les yeux sur les cent quinze pages du témoignage manuscrit du tribunal naval d'enquêtes après le naufrage. Caché dans les archives de Suitland, au Maryland, ignoré depuis cent vingt ans, le témoignage de l'équipage du *Housatonic* affirmait que le torpilleur s'était reculé de cinquante mètres avant l'explosion. L'un des marins, le matelot Fleming (sans rapport avec notre chercheur), expliquait qu'après que le navire eut coulé sous ses pieds, il avait grimpé dans les gréements pour échapper à l'eau qui ne cessait de monter. Lors d'un interrogatoire ultérieur, il avait affirmé que « quand le *Canandaigua* (le navire qui était venu au secours des survivants) était arrivé sur l'arrière et qu'il s'était installé par le travers (ni perpendiculaire ni parallèle mais sur un angle) du *Housatonic*, à environ quatre longueurs de navire de lui, pendant que j'étais sur le gréement avant, j'ai vu une lumière bleue sur l'eau, juste à l'avant du *Canandaigua* et sur le quart tribord du *Housatonic* ».

Cela me suffit pour être sûr que le *Hunley* avait quitté le site du naufrage. Il y avait aussi un panneau d'affichage indiquant l'endroit où reposait le sous-marin et le sort qui lui avait été réservé, mais je ne suis pas arrivé à saisir sa signification.

Il y eut aussi le rapport du colonel O. M. Dantzler, commandant Battery Marshall, au large de la passe de Breech, où se situait le point d'ancrage du *Hunley* : « J'ai l'honneur de vous informer que le torpilleur stationné à cet endroit est sorti dans la nuit du 17 courant et n'est pas rentré. Les signaux décidés pour le cas où le bateau souhaiterait qu'on allume une lumière à cet endroit pour le guider jusque-là furent observés et reçurent une réponse. Un rapport aurait dû être rédigé plus tôt à ce sujet mais l'officier de jour en service hier a cru que le bateau était rentré et m'a informé dans ce sens. Dès que je fus averti du fait, j'envoyai un télégramme au commandant Nance, adjudant général adjoint, pour le mettre au courant. »

Il y eut des rectificatifs à ce rapport, surtout sur le point indiquant qu'on avait « observé » les signaux lumineux du *Hunley* et qu'on y avait « répondu ». Ces sceptiques pensèrent que le colonel Dantzler avait été négligent, qu'il avait ignoré le retour manqué du sous-marin et qu'il se couvrait en blâmant un officier de jour. Je n'étais pas d'accord et, au début, considérant le rapport comme véridique, je commençai à étendre notre grille de recherche près de la côte, supposant qu'une lumière bleue tenue au-dessus de la surface de l'eau ne pouvait être vue à plus d'un mille. La confiance que j'accordais au colonel Dantzler se révéla un mauvais calcul que je regrettai plus tard.

Je commençai ma première tentative pour retrouver le *Hunley* en demandant une autorisation à l'Institut d'archéologie et d'anthropologie de l'université de Caroline du Sud (SCIAA). Alan Albright, l'archéologue en chef, se montra très coopératif malgré quelques réserves à propos de notre matériel de nouveaux riches alors que nous nous prétendions une organisation sans but lucratif qui ne recherchait pas de trésors.

Doutant de la sincérité de quelqu'un qui assurait ne vouloir aucun objet précieux. Albright me regarda comme un renard qui découvre l'odeur du loup parce que le vent a tourné.

— Et si vous trouvez le *Hunley*, que ferez-vous ?

Je lui adressai un sourire prudent et répondis :

— Ça, c'est votre problème.

L'équipe de la NUMA arriva à Charleston et traversa la baie jusqu'à l'île des Palmes où Walt Schob, venu en avant-garde, s'était débrouillé pour que tout le monde loge dans un vieux motel bon marché dont les petits pavillons en stuc paraissaient avoir abrité des trafiquants de la prohibition et sans doute leurs réserves. Bill Shea pensait même que Puff le Dragon magique s'était vautré là et était mort d'avoir gambadé dans le brouillard de l'automne. Quant à moi, je n'avais encore jamais vu de chambres séparées avec une salle de bains commune entre elles. Cela provoquait des confrontations inattendues et délirantes.

Il faut avouer que notre équipe était disparate. Doc Harold Edgerton arriva avec son sonar latéral, avec « pénétrateur latéral » comme il l'appelait. Nous eûmes Peter Throckmorton, qui avait lancé l'archéologie d'épaves anciennes en Méditerranée. Nous eûmes également Dan Koski-Karell, l'archéologue auquel on avait délivré notre permis d'Etat, Bill Shea, Dirk Cussler, Walt Schob, Wayne Gronquist, l'amiral Bill Thompson, la force agissante du Mémorial de la marine de Washington, ils étaient tous là. Et Dana Larson, comme toujours prête à donner son appui, ainsi que notre médium de la Duke University, Karen Getsla, qui apparut pour diriger notre service de magie.

Pour ajouter aux festivités, les épouses et les petites amies s'étaient jointes au groupe — je veux dire, bien sûr, les petites amies des célibataires. Je ne me rappelle pas si nous les avions invitées mais elles étaient toutes venues. Par miracle, tout le monde s'entendit bien et nous passâmes des moments très agréables.

Le seul moment difficile fut quand Throckmorton annonça qu'il allait préparer un dîner communautaire composé de son célèbre sauté de crevettes à la sauce spéciale, volé à un gardien de chèvres en Turquie. Il envahit la cuisine du motel et engagea les épouses et les petites amies, dirigeant ses aides-cuisinières comme s'il était le capitaine Bligh[1] en personne commandant une école de cuisiniers marins. Ses exigences déplurent aux dames. Pendant que Peter noyait son âme dans la sauce exotique de ses crevettes, ses aides se mutinèrent silencieusement derrière son dos.

L'une de ces dames trouva une vieille paire de chaussettes dans une boîte à ordures derrière le motel. Tandis que la sauce gourmande de Peter mijotait sur le fourneau, elle y ajouta les chaussettes et remua consciencieusement. Les autres dames firent preuve de grande discipline en n'en disant rien mais en posant le plat de sauce sur la table buffet avec les autres entrées. Je crois me rappeler que Walt Schob et Bill Shea furent les premières victimes. Levant la louche pour arroser de sauce leurs crevettes et leur riz, on vit leur expression de gourmandise se transformer lentement en un étonnement dégoûté. Sans un mot, ils repoussèrent la sauce et passèrent au plat suivant. La performance se répéta pour chacun des convives qui se demandaient si les chaussettes étaient un assaisonnement ou une blague. Les dames, bien entendu, luttèrent si fort pour ne pas éclater de rire que des larmes coulèrent sur leurs joues.

Enfin vint le moment que chacun attendait. Throcko commença à se servir. Quand il arriva à sa sauce et qu'il en sortit une chaussette, il se glaça d'horreur.

Ce fut comme s'il changeait complètement de personnalité. Il resta immobile, comme un homme dont l'épouse viendrait de s'enfuir avec un éleveur itinérant de ratons laveurs. Puis il saisit lentement le plat par les anses, ouvrit la porte et jeta la sauce, les chaussettes et le plat dans un buisson de lauriers-roses qui en mourut avant la fin de notre expédition et notre départ.

---

1. L'odieux capitaine des *Révoltés du Bounty*. *(N.d.T.)*

Les escapades à terre n'avaient d'égales que celles en mer. L'une d'elles, qui faillit se terminer en tragédie, arriva deux jours plus tard. L'équipage du canot gonflable Zodiac que j'avais loué pour parcourir les couloirs de ratissage près de la côte était composé de Bill Shea, qui lisait les données du magnétomètre à protons, Dan Koski-Karell, qui dirigeait la navigation, et mon fils Dirk, qui s'occupait du canot et de son moteur hors-bord.

En ces années-là, le système de navigation le plus approprié pour suivre de près les lignes de trente mètres de la grille était le Mini Ranger Motorola. Plutôt que de monter l'équipement dans un canot déjà bondé, nous trouvions plus efficace de diriger la recherche à partir d'une caravane à terre, par radio. Chaque matin, l'équipe de recherche parcourait, par la passe de Breech, le même chemin qu'avait parcouru le *Hunley* cent vingt ans auparavant et de là prenait une position de base suivant les instructions des opérateurs du Mini Ranger.

Ce matin-là, lorsque Shea, Koski-Karell et Cussler passèrent en canot, ils remarquèrent des gens sur la côte qui criaient et agitaient les bras en montrant quelque chose à l'avant du Zodiac. C'est alors seulement que l'équipe de la NUMA repéra trois petites têtes dans l'eau, que le flot courant de la marée poussait vers la haute mer. Cussler fit virer le bateau vers les têtes qui montaient et descendaient dans l'eau. Lorsqu'il fut à côté d'elles, Shea et Koski-Karell sautèrent par-dessus bord, saisirent les trois petits garçons dont aucun n'avait plus de neuf ans et les hissèrent dans le canot. Ça avait été de justesse. Une minute ou deux plus tard, les gamins se seraient noyés. Pour l'heure, ils ressentaient les phases initiales du choc et commençaient à bleuir. Ce fut vraiment un miracle que le seul bateau à des kilomètres ait pu naviguer dans les eaux peu profondes mais traîtresses de la passe. C'est ce qu'on appelle être où il faut quand il faut.

Retournant à la plage, les sauveteurs furent rejoints par la mère hystérique et la tante des garçons, qui emmenèrent vivement les enfants dans une voiture et démarrèrent sans un mot de remerciement, sans une phrase de reconnaissance, sans même un geste de la main.

Quand nous y retournâmes l'année suivante, je rencontrai le shérif du coin et lui demandai s'il avait entendu parler de trois garçons que notre équipe avait sauvés de la noyade. Il répondit qu'il n'en était pas sûr mais qu'il pensait que l'un des trois s'était probablement noyé. Je rétablis la vérité, expliquant avec joie que nous les avions sortis tous les trois vivants et remuants.

Je me suis souvent demandé pourquoi le destin murmurait à mon oreille que je devais aller chercher le *Hunley*. Peut-être ce message représentait-il plus qu'un simple message pour retrouver une épave. Parce que nous étions là ce jour-là, trois gamins avaient pu devenir des adultes et peut-être — peut-être seulement — ils parcourraient un jour cette plage avec leurs enfants et leur raconteraient comment papa se serait noyé sans l'aide de trois étrangers dans un bateau en caoutchouc.

Tandis que le Zodiac commençait à chercher le *Hunley* le long de la côte, en travaillant en direction de la haute mer, notre second bateau cherchait le site du *Housatonic*. Des sondes avaient bien défini le périmètre de ce qui restait de la coque et d'une chaudière. Mais rien n'indiquait un sous-marin.

Aucun dessin animé ne pourrait faire justice à cette partie de l'expédition. Le bateau était un cabin-cruiser de huit mètres en mauvais état, appelé le *Coastal Explorer*, qui n'était pas dans sa prime jeunesse. Il avait deux moteurs dont l'un se mourait d'une sorte de maladie mécanique. Et bien qu'il s'arrêtât chaque après-midi avec la régularité d'une horloge, on le réparait et il se débrouillait pour nous ramener à la maison. Enfin, presque. Une fois, comme nous rentrions après une journée d'étude de terrain, les deux moteurs se mirent à tousser. A cent mètres du quai, ils n'avaient plus d'essence. Par chance, les copains du Zodiac passèrent à ce moment-là et nous remorquèrent jusqu'au mouillage.

Un voyage sur le *Coastal Explorer* m'a toujours fait penser à un voyage dans les bas quartiers d'Oz[1].

Le bateau appartenait à un très chic type, Robert Johnson, qui en assurait le commandement. Nous l'appelions affectueusement Skipper Bob. Ses deux marins, étudiants de la fameuse Charleston Citadel, étaient deux compères vraiment spéciaux. Ils auraient été capables de faire de Gilligan[2] un parangon d'efficacité. Mais ce qu'il leur manquait en finesse était compensé par leur sens de l'humour. Quand les choses devenaient difficiles, ils faisaient le tour du bateau en jouant du tambour. Je n'avais encore jamais vu personne jouer du tambour avec une tapette à mouches. J'ai oublié leurs vrais noms, ce qui vaut probablement mieux. Nous les appellerons Heckle et Jeckle.

Un jour où la mer était un peu houleuse, la porte de la cabine ne cessait de s'ouvrir et de se fermer brusquement. Le verrou était cassé, peut-être même n'y en avait-il aucun.

— Arrangez cette saleté de porte ! ordonna Skipper Bob.

Heckle et Jeckle se mirent à l'ouvrage. Sous le regard fasciné de Doc Edgerton et de moi-même, Heckle saisit un énorme marteau tandis que Jeckle prenait un clou de la taille d'un piton de rail. Puis, en un

1. Allusion au *Magicien d'Oz*, conte de fées adapté au cinéma. *(N.d.T.)*

2. Personnage paresseux et maladroit de série télévisée américaine. *(N.d.T.)*

mouvement preste, ils enfoncèrent le piton au bas de la porte et dans le bois du pont.

— Cette porte ne se balancera plus, annonça triomphalement Heckle.

Skipper Bob fit signe qu'il était content, apparemment indifférent aux dommages infligés à son bateau.

— Il faut admettre, me dit Doc avec son superbe sourire, qu'il y a de la méthode dans leur folie.

— Peut-être, répondis-je en secouant la tête, mais je doute qu'on leur confie jamais la rubrique bricolage du *Journal des dames et des demoiselles.*

Travailler avec Doc Edgerton était un réel plaisir. Il s'asseyait sur une chaise longue, observant les enregistrements de son « pénétrateur latéral », en se balançant au rythme du bateau. Juste au moment où nous pensions tous qu'il allait tomber, le bateau se mettait à bouger en sens inverse et lui le suivait au même rythme.

Les folies du *Coastal Explorer* continuèrent sans trêve. L'équipage était particulièrement fasciné par Karen Getsla, assise à l'avant et essayant de repérer le site du *Hunley*. Apparemment en transe, les bras levés comme des antennes, elle « voyait » des fractions de scènes qui s'étaient passées pendant le naufrage. Mais elle ne réussissait pas à préciser l'endroit exact.

Je suis convaincu que les médiums peuvent voir des choses qui vont beaucoup plus loin que tout ce que je peux imaginer. Les problèmes qu'ils rencontrent pour retrouver un bateau englouti, c'est qu'il n'y a pas de points de repère sur l'eau. Pas de voies de chemin de fer, pas de châteaux d'eau, pas de poteaux télégraphiques ni de rivières pour marquer une position. Pourtant, il est amusant de travailler avec eux et je n'hésite jamais à leur donner une chance d'essayer leurs pouvoirs.

Au cours du second voyage sur notre intrépide esquif, la petite amie de Wayne Gronquist, Debbie, une superbe créature d'au moins un mètre soixante-dix-sept, nous accompagna. J'accueille toujours volontiers les femmes sur nos bateaux de recherche. Mais non sans appréhension car nous n'avons pas de salle de bains à bord et les femmes ne sont pas réputées pour leurs vessies d'acier. Je tiens cela de mon épouse qui me prie de m'arrêter à toutes les stations-service quand nous prenons la route.

Dès que nous eûmes quitté le port et fait le tour des trois kilomètres de récifs en pleine mer, Debbie se déshabilla, ne gardant que son bikini, et s'allongea sur le rouf de la cabine avant, juste devant le pare-brise, se gorgeant de soleil et étalant sa beauté sous les yeux exorbités des occupants de la cabine.

Heckle et Jeckle semblaient en transe. C'était comme s'ils assistaient au retour du Messie. Même Doc paraissait impressionné.

Skipper Bob regarda cet étalage de douce chair féminine qui emplissait tout le pare-brise. Il se tourna vers moi et murmura :

— Je ne vois rien autour d'elle !

Je haussai les épaules.

— Navigue à la boussole et fais pour le mieux.

Il va sans dire que nous n'avons pas fait grand-chose d'utile ce jour-là.

Même le dernier voyage, avant que nous ne fermions le rideau sur l'expédition de cette année-là, ne se passa pas sans incident. A l'aller, Skipper Bob décida de gagner trois milles et vingt minutes en prenant un raccourci et en passant au-dessus des récifs à marée haute. Il y a des jours où il vaut mieux être prudent. C'en était un.

Avec un bruit sourd, le *Coastal Explorer* heurta les rochers et s'arrêta net.

Je plongeai sous la coque. La quille semblait coincée entre deux rochers. Je découvris qu'en me tenant debout sur un rocher et en mettant mon épaule contre la proue, je pourrais faire bouger le bateau de quelques centimètres quand la crête de chaque vague passerait en dessous. Pendant que je tentais de sauver le *Coastal Explorer*, j'entendis un éclaboussement derrière moi et sentis la présence de quelqu'un qui venait me donner un coup de main. Je me retournai et vis Doc, en short, qui poussait tant qu'il pouvait.

Un journaliste venu passer la journée à bord et qui était apparemment un bon catholique pensa que le bateau était fichu quand Doc et moi plongeâmes. Pour lui, nous abandonnions le navire. Il commença à dire ses prières, un chapelet entre les doigts, dont les grains filaient si vite que ses mains devaient fumer.

En levant les yeux, je vis l'intrépide équipage, penché par-dessus le bastingage, qui nous regardait tranquillement en buvant des canettes de Pepsi. Doc avait soixante-dix-sept ans, moi seulement cinquante et aucun des observateurs bien au sec n'en avait encore vingt-cinq. Pourtant ils restaient là-haut à regarder ces deux vieilles branches grogner et finalement pousser le bateau en eaux plus profondes.

Le *Coastal Explorer* avait une brèche et, quand nous atteignîmes le quai, il y avait soixante centimètres d'eau dans le compartiment moteur et dans la cabine principale.

L'année suivante, quand nous revînmes faire une nouvelle tentative pour trouver le *Hunley*, j'eus la tristesse de voir les restes de ce fidèle bateau, cassés en petits morceaux, abandonnés dans les marais derrière l'île Sullivan.

Malgré un court retard, les folies NUMA réussirent à éliminer une grille de trois kilomètres de long, commençant à la passe de Breech et allant jusqu'à huit cents mètres en haute mer. Nous étions maintenant à peu près sûrs que l'insaisissable sous-marin ne s'était pas englouti près de la côte ni dans le ressac mais qu'il devait reposer plus loin, vers le *Housatonic*.

Je me souviendrai toujours avec affection de cette expédition qui fut pour nous le Grand Traumatisme des années 80.

III

## Encore une fois avec émotion

*Juin 1981*

La plupart des membres de la fine équipe revinrent faire un nouvel essai l'été suivant. Cette fois, Walt nous installa dans une grande maison confortable sur la plage de l'île des Palmes. Il obtint même les services d'une cuisinière. Elle nous confectionna des repas somptueux, généralement noyés dans la graisse. Elle traversait Crisco plus vite qu'une baleine ne traverse le plancton. Son seul défaut était de refuser de nous faire du gruau de maïs, un plat que j'aime depuis toujours. Mais étant donné que j'étais le seul amateur de gruau, le reste de l'équipe s'en fichait pas mal.

J'adore cette bonne vieille cuisine familiale du Sud. Donnez-moi de la sauce aux airelles et des biscuits, du gruau de maïs avec du beurre, de la chicorée dans mon café et je suis prêt à saisir un sabre pour conduire la charge de Pickett jusqu'à Cemetery Ridge.

L'obtention du permis fut cette fois une simple formalité. Alan Albright nous offrit généreusement une équipe de plongeurs archéologues extraordinaire et un hors-bord de premier choix. L'ensemble de l'équipe se montait à dix-sept personnes grâce à l'arrivée d'une demi-douzaine de jeunes volontaires : le garde-côte Tim Firmey, deux étudiants de l'Institut d'archéologie de Caroline du Sud, Bob Browning et Wilson West, mon gendre Bob Toft, mon fils Dirk et un jeune homme de la région, David Farah, qui se révéla très serviable et dont les parents organisèrent un merveilleux barbecue pour toute l'équipe de recherche. Cette fois, nous fûmes aussi rejoints par Ralph Wilbanks et Rodney Warren, de l'Université. Bill O'Donnell et Dave Graham, de Motorola, vinrent par avion pour faire fonctionner le système de positionnement Mini Ranger.

L'expédition se déroula aussi bien que possible. L'équipement fonctionna sans problème, le temps nous offrit une mer calme et les seuls petits bobos, heureusement, furent les coups de soleil et les gueules de bois. En parcourant nos couloirs de trente mètres, nous couvrîmes au total seize mille carrés, reprenant les recherches où nous les avions laissées l'année précédente, cherchant autour et au-delà du *Housatonic*. Nos réussites furent mêlées d'insuccès. Bien que nous n'ayons pas trouvé le *Hunley*, nous découvrîmes cinq forceurs de blocus et trois cuirassés de l'Union.

Walt Schob manœuvra le bateau de l'université et parcourut les couloirs de la grille tandis que Bill Shea, luttant contre le *mal de mer*[1] tout au long de l'expédition, faisait fonctionner le magnétomètre à protons qu'il avait construit lui-même. Pendant les communications radio, Walt appelait le hors-bord le *Steak Boat* parce qu'il ne voulait pas qu'on sache qu'il se servait d'une propriété de l'Etat. Il y a comme cela des choses difficiles à expliquer.

Dirk et Dave Graham, installés dans une caravane Budget de location, s'étaient garés dans la cour arrière d'une maison proche de la passe de Breech et actionnaient le Mini Ranger. Quand, sur la plage, les garçons en avaient assez de suivre les couloirs avec le *Steak*

1. En français dans le texte.

*Boat*, ils faisaient des concours élaborés de chasse aux mouches, affichant leurs scores en collant leurs victimes sur la paroi de la caravane.

La propriétaire de la maison était très accommodante. Un après-midi, elle invita l'équipe à prendre un verre. Elle se montra une hôtesse charmante jusqu'à 18 h 30. Ensuite, elle nous annonça que nous devions partir parce qu'elle avait invité des amis et des voisins avec lesquels elle pensait que nous n'avions rien en commun. Je crois qu'il y a des particularités de l'hospitalité du Sud que nous autres, du Nord et de l'Ouest, ne réussirons jamais à comprendre.

Pour plonger et chercher notre épave, nous avions affrété un navire digne de confiance appartenant à Harold Stauber, un homme doué d'une immense patience qui connaissait les eaux autour de Charleston comme sa propre salle à manger. Avec ce bateau, baptisé *Sweet Sue*, notre équipe put suivre les cibles notées par le *Steak Boat*, plonger au-dessus et les identifier, pour savoir s'il s'agissait de l'épave d'un vieux bateau pour la pêche aux crevettes ou d'une barge coulée. La plupart des anomalies se révélèrent n'être que des vieilleries jetées à la mer par des bateaux. En trois cents ans, on n'imagine pas le nombre de débris qui se sont accumulés sur le fond, dans et autour du port de Charleston. Il y en a suffisamment pour occuper une entreprise de ferrailles sur trois générations.

Pendant les journées interminables où le *Steak Boat* ne tombait sur aucune anomalie pouvant suggérer, de près ou de loin, un sous-marin, mon équipe, sur le *Sweet Sue*, cherchait d'autres épaves historiques de la guerre de Sécession.

Le mois précédent, j'avais trouvé quelques données intéressantes. En comparant de vieilles cartes à des cartes récentes, je remarquai que les méridiens de longitude, avant le XXe siècle, s'étendaient approximativement quatre cents mètres plus à l'ouest de leurs projections modernes. Ce qui retint mon attention fut que le cinquante-deuxième méridien paraissait beaucoup plus proche de Fort Sumter, sur une carte de 1870 que sur une carte de 1980. En vérifiant cette révélation, nous découvrîmes plusieurs épaves à quatre cents mètres à l'ouest de l'endroit où elles étaient notées sur les cartes contemporaines.

Le premier navire que nous localisâmes fut le *Keokuk*, un cuirassé à double tourelle qui coula après avoir reçu quatre-vingt-douze coups de canons confédérés. Il repose au large du phare abandonné de l'île Morris, dans un mètre vingt de vase. Ensuite ce fut le *Weehawken*, un monitor de l'Union. C'était un célèbre navire qui coula par gros temps, le seul cuirassé à en avoir vaincu un autre pendant la guerre. Nous le trouvâmes enterré à deux mètres quarante sous le fond de la mer.

La plupart des gens pensent que les épaves sont fièrement posées au fond de l'eau. Il y en a quelques-unes, en effet, que l'on peut apercevoir mais la majorité ont coulé près de la côte et se sont enfoncées dans la vase meuble où l'action des vagues les a peu à peu enterrées au fil des ans. Nous découvrîmes le *Patapsco*, un moniteur de l'Union qui sauta sur une mine confédérée en 1865 et coula au large de Fort Moultrie avec soixante-deux membres d'équipage qui moururent avec lui. Etant donné qu'il repose dans le chenal balayé par les courants, nous plongeâmes et le trouvâmes dressé debout sur le fond. Bien qu'on en eût récupéré une grande partie après la guerre, la Navy considère qu'il représente toujours un site funéraire. Nous avons donc regardé sans toucher.

Chaque fois que nous trouvions une épave, Ralph Wilbanks amusait l'équipage du *Sweet Sue* en dansant une gigue campagnarde. Solidement bâti, plutôt poids lourd, Ralph faisait vibrer tout le bateau quand il commençait à danser. Rien de tel qu'une bonne humeur vive et débridée et un peu de frivolité pour briser la monotonie.

Un briseur de blocus confédéré fut probablement ma découverte la plus heureuse. Un jour que la mer était trop houleuse pour que nous suivions les couloirs de notre grille, je me dis que je pourrais utiliser ce temps mort pour chercher le briseur de blocus *Stonewall Jackson*, perdu pendant une tentative pour entrer dans Charleston, au printemps 1863. Il avait été mitraillé par les navires du blocus de la flotte yankee, s'était échoué sur l'île des Palmes et avait été détruit avec sa cargaison de pièces d'artillerie et quarante mille chaussures. Au cours des années, le sable et l'action des vagues l'avaient profondément enterré.

Une carte de 1864 montrant les eaux devant le port de Charleston indiquait en gros l'endroit où il s'était échoué et avait brûlé. En superposant un transparent de la carte de 1864 sur une carte moderne, je vis que maintenant la plage s'étirait au moins quatre cents mètres plus avant dans la mer qu'elle ne le faisait pendant la guerre de Sécession. Tenant compte de quatre cents mètres de différence de longitude, je dessinai une grille de ratissage rectangulaire que parcourrait l'équipe et qui inclurait quinze cents mètres parallèles à la plage et quatre cents mètres de chaque côté de la barre de ressac. Ceci était rendu possible par le peu de profondeur sur une distance considérable.

Une zone de cette taille est facile à couvrir quand on est assis dans un bateau qui bouge mais à pied, monter puis redescendre cette plage de sable chaud avec un détecteur de métal est une affaire fatigante et de longue haleine. Sur terre, on avance d'environ huit cents mètres par heure en promenant le détecteur à droite et à gauche, comme une faux, tandis que sur un bateau, on peut naviguer à huit nœuds.

Plusieurs membres de l'équipe de la NUMA et moi-même nous réunîmes sur la plage pour marquer les lignes que nous entendions parcourir avec nos magnétomètres. Je portai le gradiomètre Schonstedt et posai mon enregistreur sur le sable. Puis j'enclenchai les batteries et essayai de calibrer les réglages en étudiant les résultats sur le compteur et en écoutant les grésillements du haut-parleur. Quand il est bien réglé, le gradiomètre émet un bourdonnement assez bas qui, en augmentant, monte à l'aigu quand son palpeur détecte la présence de métal. Curieusement, les chiffres ne cessaient de grimper et le haut-parleur hurlait. Je m'énervais de ne pas pouvoir régler l'instrument. Qu'est-ce qui ne fonctionne pas ? me demandais-je. Vérifiant à nouveau les contacts des batteries, je tripotai les boutons de réglage mais rien n'améliora la situation.

Puis je compris. Non seulement j'étais descendu sur la plage en posant le gradiomètre carrément au-dessus de l'épave du *Stonewall Jackson*, mais en plus j'étais en train de lire la masse métallique de son moteur et de ses chaudières enterrées. Des découvertes semblables se produisent à peu près aussi souvent qu'une météorite vous tombe sur la tête. Et pourtant, il n'y avait aucune autre épave reconnue à plus de huit cents mètres.

En attendant qu'un employé des travaux publics de l'île des Palmes, un homme charmant appelé Cal, vienne avec une pelle rétro, Bob Browning, Wilson West et Dirk Cussler enfoncèrent des sondes en inox dans le sable. Ils heurtèrent un gros morceau de métal. Il est intéressant de noter que l'impact des sondes déclencha une vibration sous nos pieds nus. Tout le monde était très excité à l'idée d'avoir touché les chaudières du navire. Dès que cela se sut sur la plage, une foule de gens vinrent regarder l'excavation.

La pelle creusa une tranchée de deux mètres quarante mais n'atteignit que de l'eau salée. Alors Cal proposa de courir à l'atelier de maintenance de la ville et de rapporter une pompe à eau portative et une longueur de tuyau de plastique. Son idée était de verser de l'eau par le tuyau et de l'enfoncer dans le sable, un peu comme le font les enfants quand ils creusent un tunnel dans la poussière avec le bec d'un tuyau d'arrosage.

Cal revint très vite et, dix minutes plus tard, nous commencions à déterrer le passé. A trois mètres, du charbon et de superbes morceaux d'acajou remontèrent à la surface. Puisque les sondes indiquaient la présence d'une chaudière, le charbon le confirmait. Nous ne remontâmes pas de chaussures mais nous fûmes à peu près certains de nous tenir sur les restes du *Stonewall Jackson*. Le bois ajoutait foi à cette découverte. J'espère qu'un jour quelqu'un creusera pour voir quelle quantité de ce navire est conservée sous le sable. Quand on voit le coût et le manque grandissant d'intérêt des jeunes de notre nation pour notre Histoire, il est triste de penser que cela n'arrivera peut-être jamais. Notre équipe de la NUMA, où chacun est mordu d'Histoire, se dit que la journée avait été productive sur la plage et tout le monde rentra heureux. D'où la devise de la NUMA : « Fais les choses en grand, fais-les bien, mets-y de la classe et fais-les rire. »

Il se passa pendant l'expédition quelque chose que certains d'entre nous n'ont jamais pu oublier.

Tard un après-midi, nous passâmes au-dessus d'une grande anomalie en revenant au quai sur le *Sweet Sue*. L'enregistreur du magnétomètre fonctionnait encore et un des plongeurs regarda par hasard dans sa direction au moment où le stylet zigzagua sur le papier millimétré le temps d'un clin d'œil. Une anomalie représentant une grosse masse métallique, à ce qu'il semblait. Nous fîmes immédiatement demi-tour pour parcourir une grille jusqu'à ce que nous retombions dessus. Puis nous jetâmes une bouée et une ancre.

Les étudiants en archéologie Bob Browning et Wilson West ainsi que le garde-côte Tim Firmey plongèrent pour sonder le site. Quelques minutes plus tard, West remonta et annonça :

— Nous avons un objet d'environ neuf mètres de long sur un mètre vingt de large. Ne le répétez pas mais on dirait que l'extrémité est fuselée.

L'impatience nous fit battre le cœur. Il était près de dix-huit heures mais nous avions encore deux bonnes heures avant qu'il fasse nuit. Nous courûmes au quai, tirâmes sur le bateau une drague suceuse et filâmes jusqu'à la bouée. Nous croisâmes le *Steak Boat* qui avait terminé et rentrait.

Schob et Shea nous regardèrent avec étonnement lorsque nous leur fîmes de grands signes, ne comprenant pas pourquoi nous ressortions si tard.

Tandis que Ralph Wilbanks et Rodney Warren actionnaient la drague dans l'eau, nous restâmes assis à attendre impatiemment. Des requins apparurent souvent pendant l'opération de dragage, attirés par les poissons qui s'étaient pris dans le tuyau. Il en vint même un qui fureta pendant que les plongeurs étaient au fond et nous lui jetâmes des boîtes de Pepsi en criant jusqu'à ce qu'il s'éloigne en quête d'une pitance plus facile à attraper. Il faisait presque nuit quand les plongeurs remontèrent et nous décidâmes que ça suffisait. Ralph fit le dessin de ce que Rodney et lui avaient trouvé après avoir creusé un trou de soixante centimètres.

Cela ressemblait à un morceau de fer d'un centimètre posé à angle droit et attaché à une plaque de métal qui disparaissait dans la vase. Comme ils n'avaient vu aucun rivet pour tenir l'objet en place, on pouvait penser que cet objet était soudé sur la plaque. Mais sachant que la soudure métallique était encore inconnue en 1860, nous pensâmes avoir trouvé une bouée de garde-côte, à peu près de la même taille et de la même masse que le *Hunley*.

Le temps avait passé. Nous avions couvert une

grande partie du terrain et découvert plus de sept épaves. Mais la chasse au *Hunley* n'avait rien donné. Il refusait toujours de se laisser découvrir. A moins qu'il ne nous ait joué un tour cruel ?

## IV

# Si vous ne réussissez pas du premier coup

*Juillet 1994*

Je ne peux pas vraiment expliquer pourquoi il m'a fallu treize ans pour tenter une nouvelle fois de retrouver le sous-marin. Peut-être ai-je fait un blocage mental ou peut-être n'étais-je pas dans les bonnes dispositions. Pour toutes sortes de raisons, certaines épaves ne peuvent être localisées. Mais je ne croyais pas que ce fût le cas du *Hunley*. Des tas de gens prétendaient qu'il n'était pas là parce que quelqu'un, qui ne l'avait pas signalé, l'avait déjà repêché. Mais j'avais du mal à avaler ça. Il fallait qu'il soit là, quelque part au large de Charleston. Et cette fois, je n'allais pas baisser les bras.

On allait donc tout recommencer. Walt arriva avec les autres et s'occupa du logement et des bateaux. Bill apporta sa caméra de télévision et fit une vidéo de l'expédition. Nous avons apprécié le résultat, surtout les scènes où l'on voit Bill repositionner ses sujets puis courir se remettre à l'objectif sans même arrêter la prise de vues.

On eut des conversations avec de nouveaux membres de l'Institut d'archéologie de Caroline du Sud. Au lieu de nous accorder un permis, ils nous demandèrent de travailler avec nous en association. Le grand nigaud que je suis s'empressa de dire oui. La suite allait prouver que ce n'était pas très malin de ma part.

Etant donné que l'ouragan Hugo avait mis à bas notre vieux motel et la grande maison sur la plage (il ne restait pas une pierre debout de l'un ni de l'autre), Walt Schob nous installa au Holiday Inn local. Nous voyagions beaucoup. Le fait que les droits d'auteur de mes livres aient bien augmenté au cours des années ne pouvait pas faire de mal non plus.

Je me suis souvent plaint de retourner dans certaines villes pour de nouvelles tentatives de recherche d'une épave mais, en fait, j'ai toujours été heureux de revenir à Charleston. Peu de villes des Carolines — et de la plupart des autres Etats — sont plus agréables. Les gens sont cordiaux et aussi affables que de vieux amis, la ville est pittoresque et — ce qui est très attirant pour moi qui suis gourmand et doté d'un solide appétit — ils ont des restaurants superbes. Bien que nous y passions une bonne partie de l'été, nous y trouvâmes un temps doux et agréable.

J'eus vraiment de la chance que Walt ait pu nous assurer les services de Ralph Wilbanks, qui avait quitté l'université et dirigeait maintenant sa propre société d'études maritimes. Wilbanks sait tout faire. Il est aussi solide et résistant que les visages du mont Rushmore[1]. Plein d'humour, avec un sourire espiègle sous une moustache à la Pancho Villa, il travailla sans relâche, jour après jour, luttant contre la houle pour maintenir le bateau de recherche sur les couloirs définis, sans un mot de découragement.

Son commentaire préféré, quand il regardait le graphique du magnétomètre alors que de grosses vagues secouaient le bateau comme un bouchon de liège dans un mixeur, était : « Mince, alors, ça remue ! »

1. Mont où sont taillés les visages des premiers Présidents des Etats-Unis. *(N.d.T.)*

Son associé, qui surveillait l'appareil de détection, s'appelait Wes Hall, un archéologue propriétaire de la Mid-Atlantic Technology. Ralph et lui avaient travaillé ensemble à des études sous-marines. Wes est un très bel homme et les femmes disent qu'il pourrait doubler Mel Gibson. Il est calme et solide, le genre de type qui pourrait traverser un ouragan, une forêt en feu ou un tremblement de terre sans cesser de sourire puis entrer dans un bar, commander une bière et demander au barman où il pourrait trouver un peu d'action.

Leur endurance était à peine croyable. Les heures passées à parcourir les couloirs de recherche sont interminables mais eux ne flanchaient jamais. A huit heures du matin, Ralph et Wes nous attendaient sur la jetée. Leur journée ne s'achevait pas avant qu'ils soient revenus à quai, qu'ils aient fait le plein du bateau et l'aient tiré en haut de la rampe sur sa remorque. Ils rentraient rarement à l'hôtel avant huit heures du soir. Même quand le temps était pourri, même quand la mer était démontée, ils tenaient bon, heure après heure.

Le bateau de Ralph s'appelait *Diversity* et les seules fois où il se fâchait, c'était quand on insistait pour l'appeler *Perversity*. Surtout quand c'était à la radio et que tout le monde pouvait entendre. Il est difficile de contrôler les esprits méchants.

Les visiteurs qui venaient à bord en pensant que la recherche devait être pleine d'imprévus demandaient inévitablement à être ramenés à quai après deux ou trois heures. S'ils n'avaient pas le mal de mer, ils mouraient d'ennui. Ces visions d'aventure et d'exaltation étaient pour nous la routine quotidienne. Il faut du dévouement et de la persévérance pour chercher des épaves. Les loisirs ne commencent que lorsqu'on met le pied sur une jetée calme et immobile.

Pour cette expédition, l'Institut d'archéologie de Caroline du Sud nous fournit le bateau de plongée et employa des plongeurs qui payaient pour avoir le privilège de trouver, peut-être, le *Hunley*. Cette partie de l'expédition nous rappela beaucoup les folies à bord du *Coastal Explorer*, quatorze ans plus tôt. Ils perdirent les bouées que notre bateau installait sur les sites où ils devaient plonger et prétendirent un jour que des dauphins les avaient emportées. Trouver et sonder les cibles était une aventure jouée à quitte ou double. Le chercheur en chef du projet de l'université, comme on l'appelait, aimait beaucoup annoncer que chaque anomalie sur laquelle ils plongeaient avait les mêmes dimensions, la même configuration que le *Hunley*. Il s'enthousiasma particulièrement sur une de ces cibles qui se révéla n'être qu'un vieux moteur à vapeur. Une fois, un plongeur eut un problème et manqua de peu de se noyer. C'est ce qui lui serait arrivé si Harry Pecorelli III, un excellent plongeur archéologue, ne l'avait aidé à remonter.

Craig Dirgo et Dirk Cussler, cependant, firent de leur mieux pour amuser tout le monde pendant les longues journées sur l'eau. Craig est un grand bonhomme, en taille et en poids, qui dirige depuis des années le bureau de la NUMA. Quand ils sont l'un à côté de l'autre, Dirk avec son mètre quatre-vingt-treize, mince comme un fil, et Craig, ils pourraient passer pour les sosies de Laurel et Hardy. Chacun mettait l'autre en valeur. Je ne pouvais m'empêcher de me demander si Heckle et Jeckle ne s'étaient pas réincarnés.

On leur avait confié un petit hors-bord de quatre mètres soixante et ils parcouraient les couloirs des zones peu profondes avec un gradiomètre. Le bateau paraissait avoir servi lors du débarquement de Normandie, fatigué, usé, croulant. Le démarrage de son moteur était un événement. Trois fois au moins la radio du *Diversity* capta leur appel radio. Il fallait alors abandonner nos couloirs de recherche pour aller les récupérer. Chaque fois, on les retrouvait avec un moteur muet, dérivant dans l'océan en direction du Portugal.

Abandonnant enfin leur rafiot, Dirk et Craig vinrent à bord du *Diversity* et ils amusèrent l'équipage avec leur version de *L'Ile au trésor* avec Craig dans le rôle du pirate Long John Silver. Ils déclenchèrent les rires mais les critiques furent mitigées.

Ce n'est que lorsque nous fûmes contactés par Walt Schob sur le bateau de plongée que Craig s'affirma sur notre réseau de communication. Walt fit savoir que la voix de Craig faisait exploser le récepteur. Craig prit un porte-voix, le colla contre l'émetteur, monta le volume et appela le bateau de plongée. Tout le monde rit aux larmes quand arriva la réponse de Walt.

— Je vous entends fort et clair, maintenant. Les conditions atmosphériques ont dû s'améliorer.

Je ne pouvais pas faire grand-chose à bord pendant ces longues heures, à part décider de temps en temps où se porterait la prochaine étude. Je somnolais en écoutant de la musique sur mon baladeur ou je faisais voler des cerfs-volants. J'ai souvent pensé à pêcher à la traîne mais je n'ai jamais été assez intéressé pour m'y mettre vraiment.

Un soir, tandis que nous remontions le quai pour faire le plein après une journée de recherche, quelqu'un me cria :

— Etes-vous Clive Cussler ?

Flatté d'être reconnu d'après mon allure saisissante, je demandai :

— Comment m'avez-vous reconnu ?

— A cause du cadran orange de votre montre de plongée, répondit l'homme. Comme celui que porte Dirk Pitt dans vos livres.

Je regardai ma vieille Doxa de vingt-sept ans et soupirai de désappointement. Il avait deviné qui j'étais à cause de ma montre, pas à cause de mon allure d'aventurier. Rien de tel qu'une petite dose de réalité pour me faire tomber de mon piédestal. En réalité, ma plus grosse désillusion était encore à venir et n'avait rien à voir avec mon ego.

Après avoir éliminé une autre zone de dix milles carrés et identifié plusieurs anomalies enterrées comme n'étant que de la camelote sans intérêt, notre troisième tentative pour trouver le *Hunley* s'épuisait et on comprenait déjà que ce serait un nouvel échec. Pour moi, c'était un coup dur. Bien sûr, nous ne regrettions pas nos efforts mais ça faisait mal de savoir que nous cherchions au mauvais endroit.

Quelle preuve avais-je laissée passer ? Quel signe indiquant l'endroit où le sous-marin avait pris son dernier repos avais-je ignoré ? Avais-je mal interprété la recherche ?

Au début, j'avais tablé sur le rapport du colonel Dantzler et concentré les recherches entre la passe de Breech et le *Housatonic*. Mais le *Hunley* n'y était pas. Il ne restait que la solution d'étendre les limites des grilles de ratissage.

Déterminé à trouver le *Hunley* et son équipage avant de rendre mon dernier soupir, je pris une décision qui assura le succès. Je passai un contrat avec Ralph Wilbanks et Wes Hall pour qu'ils continuent la recherche pendant leur temps libre. Ils acceptèrent et je rentrai chez moi dans le Colorado écrire un autre livre pour payer toute cette folie.

Qu'il pleuve ou qu'il vente, Ralph et Wes sortirent pour suivre les grilles que je leur avais envoyées par télécopie pendant l'automne et l'hiver 1994 et au printemps 1995. Puis, le 4 mai, je reçus un coup de fil de Ralph à six heures du matin.

A demi endormi, je l'entendis me dire :

— Eh bien, je crois que je vais t'envoyer ma dernière facture.

— Tu laisses tomber ? demandai-je, soudain éveillé par la déception.

— Non, dit calmement Ralph, nous l'avons trouvé.

Je ne me rappelle pas ma réponse mais ce fut sans doute quelque chose comme « tu es sûr ? ».

— C'est une affaire classée, dit Ralph. Wes, moi et Harry Pecorelli avons creusé la vase et touché la tourelle avant. Ensuite, nous avons trouvé la boîte de snorkel et l'ailette de plongée bâbord.

— Avant que nous dévoilions la découverte, dis-je, nous devons avoir une preuve irréfutable. Des gens ont prétendu avoir trouvé le *Hunley* depuis 1867 mais personne n'a pu fournir l'ombre d'une preuve. Il nous faut des photos.

— On peut faire mieux. Wes, Harry et moi allons redescendre pour faire une vidéo.

Je retins mon souffle et demandai :

— Où l'avez-vous trouvé ?

— A environ mille mètres à l'est et un peu au sud du *Housatonic*.

— Alors il a survécu à l'explosion mais n'avait pas encore commencé son voyage de retour vers la passe de Breech.

— On dirait, en effet, dit Ralph.

— Est-ce que nous n'avions pas plongé là en 81 ? Sur cet objet que nous avions pris pour une bouée de garde-côte ?

— J'en ai fait des cauchemars pendant quatorze ans, soupira Ralph. Mais je ne vais pas continuer à croire que nous l'avons mal identifié.

— C'est ma faute. Je n'ai pas insisté pour que vous en découvriez davantage.

La réponse s'était cachée dans la poussière du temps. J'avais auparavant ignoré la lumière bleue qu'avait vue le matelot Fleming pendant qu'il attendait les sauveteurs dans les gréements parce que je ne voyais pas pourquoi le *Hunley* serait resté sur place près d'une heure, risquant de se faire capturer avant que le *Canandaigua* arrive à la rescousse des survivants du *Housatonic*. Le problème réside dans mon erreur de calcul du temps nécessaire pour que la marée change et que les vagues commencent à courir vers la côte. J'avais placé ce moment-là trop tôt. Pour une raison obscure, j'ai pensé que la marée s'était inversée peu après le naufrage et non deux heures après.

Trop fatigué pour manœuvrer la manivelle de l'hélice contre le courant, l'équipage du *Hunley* avait dû s'éloigner du *Housatonic* et attendre que la marée lui soit favorable et ramène le bateau au port.

Mais cela n'expliquait ni son naufrage ni sa disparition. Là encore, Fleming donnait la clef en affirmant qu'il avait vu la lumière bleue juste devant le *Canandaigua*. Cela suggérait que l'équipage du *Hunley* avait peut-être ouvert les écoutilles pour avoir un peu d'air frais en attendant que la marée tourne. Quand le *Canandaigua* les avait doublés en se dirigeant vers le *Housatonic*, son remous avait fait pénétrer l'eau dans les écoutilles ouvertes et inondé le sous-marin. Ou peut-être, comme l'indiquaient les volets d'écoutille fermés, le navire de l'Union avait, sans le savoir, éperonné le *Hunley* et l'avait envoyé par le fond.

Bientôt, quand le sous-marin serait remonté, nous aurions la réponse à ces questions.

La découverte historique de l'équipe avait eu lieu dans l'après-midi du 3 mai 1995. Ralph avait essayé de m'appeler le soir même mais je n'étais pas chez moi. Après avoir reçu la merveilleuse nouvelle, je fus un peu dans le brouillard pendant trois jours avant de réaliser totalement le sens de ce que nous avions accompli.

Cela se passa pendant que Ralph déjeunait. Après avoir éliminé une de mes grilles, il avait décidé de retourner vers le site du *Housatonic* et de travailler plus à l'est. Après une heure, le magnétomètre enregistra une cible qui correspondait à la masse métallique du

*Hunley*. Harry Pecorelli avait accompagné Wes et Ralph ce jour-là et fut le premier à descendre sonder la cible. Il avait remué la vase jusqu'à ce qu'il touche un gros objet de fer. Il remonta alors pour dire à ses amis que le peu qu'il avait vu ne semblait pas être un sous-marin mais recommanda de poursuivre l'investigation.

Wes Hall plongea et élargit le trou dans la vase de six centimètres par six de profondeur. Il reconnut ce qui se révéla la charnière du gond d'un volet d'écoutille. Remontant à la surface, il annonça :

— C'est le *Hunley* ! Nous sommes tombés sur l'un des volets d'écoutille.

Ralph plongea immédiatement et élargit lui aussi le trou jusqu'à ce que quatre-vingts pour cent de la tourelle soit découverte. Il remarqua qu'il manquait la vitre de l'un des hublots. Il passa la main et constata que l'intérieur du sous-marin était rempli de vase, ce qui pouvait avoir été un des facteurs de la conservation des restes de l'équipage.

Certains maintenant qu'ils avaient bien trouvé le *Hunley*, ils rentrèrent au port, se rendirent au musée de Charleston et étudièrent la maquette du sous-marin.

— Est-ce que vous vous rendez compte, dit Ralph, que nous sommes les trois seules personnes au monde à savoir qu'une partie de la maquette est incorrecte ?

Ensuite ils achetèrent une bouteille de champagne, se rendirent au cimetière de Magnolia et fêtèrent l'événement avec le fantôme d'Horace Hunley.

Peu après que l'équipe du *Diversity* fut revenue du tournage vidéo du sous-marin enterré, mon fils Dirk, Craig Dirgo, Walt Schob et moi arrivâmes par avion pour faire l'annonce officielle au cours d'une conférence de presse. La veille, nous nous rassemblâmes sur le bateau de Ralph pour aller nous-mêmes voir le *Hunley*. Mais Mère Nature devait avoir souffert d'un quelconque syndrome. Ce qu'elle donne, elle le reprend. Nous fûmes battus par le mauvais temps et la tempête. Il ne fut pas question de plonger ce jour-là.

J'allais devoir attendre que le *Hunley* soit remonté avant de voir de mes yeux le résultat d'années d'efforts et de près de 130 000 dollars que m'avaient coûté toutes les recherches et quatre études sur place. Mon seul objet souvenir est la bouée de Ralph marquant l'épave pendant le filmage vidéo.

Nous tînmes une conférence de presse pour annoncer la découverte le 11 mai, à côté de la maquette du *Hunley* devant le musée de Charleston. Nous donnâmes des copies du film aux chaînes de télévision et des photos à la presse.

C'est alors que les ennuis commencèrent.

Une grande bataille éclata à propos de la propriété de l'épave. L'Etat d'Alabama, où le *Hunley* avait été construit, la voulait. La Caroline du Sud affirmait qu'elle lui appartenait et qu'elle devait être exposée à Charleston. Même les descendants du premier sauveteur du *Housatonic* la réclamèrent. Le gouvernement fédéral dit qu'il n'en était pas question étant donné que toutes les possessions abandonnées par les confédérés tombaient sous la juridiction de l'Administration des services généraux.

Les vautours arrivèrent, aussi sympathiques que des gargouilles sur une cathédrale en ruine. Wilbanks, Hall et moi dûmes subir l'enfer parce que nous refusions de donner les coordonnées du lieu avant d'être certains que le sous-marin serait remonté et conservé de façon scientifique.

L'Institut d'archéologie lui-même exigea que nous leur cédions le site pour qu'ils procèdent à des vérifications. Qu'y avait-il à vérifier ? J'étais perplexe jusqu'à ce que le directeur de l'Institut dise qu'il fallait placer une bouée sur le site de l'épave pour écarter les vandales. A mon avis, une bouée équivaudrait à une enseigne au néon proclamant : « VOLEURS, VENEZ TOUS. » De quoi les intéresser quand on sait qu'il y eut des rumeurs affirmant que des collectionneurs d'objets de la guerre de Sécession avaient offert cinquante mille dollars pour un volet d'écoutille et cent mille dollars pour l'hélice du sous-marin.

La NUMA ne fit aucune demande. Je ne souhaitais plus que rentrer chez moi commencer les recherches de la prochaine épave que j'espérais trouver. Pourtant on m'accusa de désacraliser la tombe des héros de guerre confédérés, de subtiliser l'épave, de rançonner l'Etat souverain de Caroline du Sud et de préparer le transport du *Hunley* pour l'installer dans mon jardin dans le Colorado. Les Fils des Vétérans de la Confédération voulaient brûler mes livres. On me traita de charlatan à la recherche de gloire, d'escroc, de nécrophage et de Benedict Arnold[1] pour avoir trahi la noble profession d'archéologue marin. Rodney Dangerfield était plus respecté que moi.

Pendant un moment, j'ai eu peur qu'ils me prennent jusqu'à ma bicyclette !

Heureusement, les esprits plus sains furent les plus nombreux. Ils comprirent ce que l'équipe de la NUMA avait vraiment accompli. Mes diverses expéditions m'avaient pris au total cent cinq jours, j'avais parcouru mille neuf cents kilomètres de couloirs de ratissage en mer pour retrouver le sous-marin sans espérer aucune récompense financière, aucune reconnaissance des masses. Nous avions pris ce projet comme un défi et notre seul profit fut la satisfaction d'avoir atteint un but longtemps recherché et d'avoir sauvé notre héritage historique.

En fin de compte, les braves gens de l'Administration des services généraux remirent le titre de propriété

1. Général américain de la guerre d'Indépendance qui trahit son pays et passa dans les rangs des Anglais en 1780. *(N.d.T.)*

du sous-marin au Département historique et archéologique de la Navy, dirigé par le Dr. William Dudley et par le Dr. Robert Neyland. Ils firent le maximum pour faire remettre en état et conserver le *Hunley*, utilisant les meilleurs experts, les dernières techniques, pour s'assurer que tout serait fait comme il faut.

Le sénateur de Caroline du Sud Glenn McConnell nomma une commission chargée d'œuvrer avec la marine afin de récupérer puis d'exposer l'épave à Charleston à condition que le vaisseau historique revînt ensuite à l'Etat de façon permanente. Depuis, les scientifiques des services du Patrimoine national au Centre des ressources culturelles subaquatiques, qui avaient recherché le navire de guerre *Arizona* ainsi que les bateaux coulés lors d'une explosion nucléaire dans l'atoll de Bikini, avaient étudié environ 50 % du *Hunley* pour connaître son état de conservation. Ils découvrirent que le sous-marin était bien plus moderne et sophistiqué qu'on ne l'avait imaginé. Ils furent d'accord pour considérer que son état était assez bon pour qu'on le remonte, à condition de suivre les procédures archéologiques appropriées.

La plus grande contribution de Ralph Wilbanks, en plus de sa découverte du *Hunley*, fut peut-être sa création d'un cocktail qu'il partagea avec tous les membres de l'équipe : du rhum Goslings Black Seal mélangé à du ginger-ale[1] de la Blenheim Bottling Company de Caroline du Sud et un citron vert entier. Rien ne vaut cette merveille. Trois verres et vous êtes prêt à parcourir toute la plage et à jeter du sable à la figure du diable lui-même.

J'en aurais eu bien besoin lors de l'émission de télévision au cours de laquelle le présentateur me demanda :

— Monsieur Cussler, au vu de vos longues années

1. Boisson gazeuse au gingembre. *(N.d.T.)*

d'efforts et des critiques des coupeurs de cheveux en quatre qui ont entouré votre découverte, croyez-vous vraiment que ça valait la peine de dépenser autant d'argent ?

— Si ça en valait la peine ? aboyai-je. Flûte, alors ! Bien sûr que ça en valait la peine ! Il y a des choses qu'on ne peut mesurer en termes de temps et d'argent. La recherche du *Hunley* en est une. Si nous n'avions pas découvert le seul navire de guerre intact de la guerre de Sécession, je serais encore penché sur des cartes ou en train de signer des chèques pendant que Ralph et Wes continueraient à le chercher dans l'eau.

Quelquefois, ça paie d'être tenace et optimiste. Mais pas toujours.

## SEPTIÈME PARTIE

# LA LOCOMOTIVE PERDUE DE KIOWA CREEK

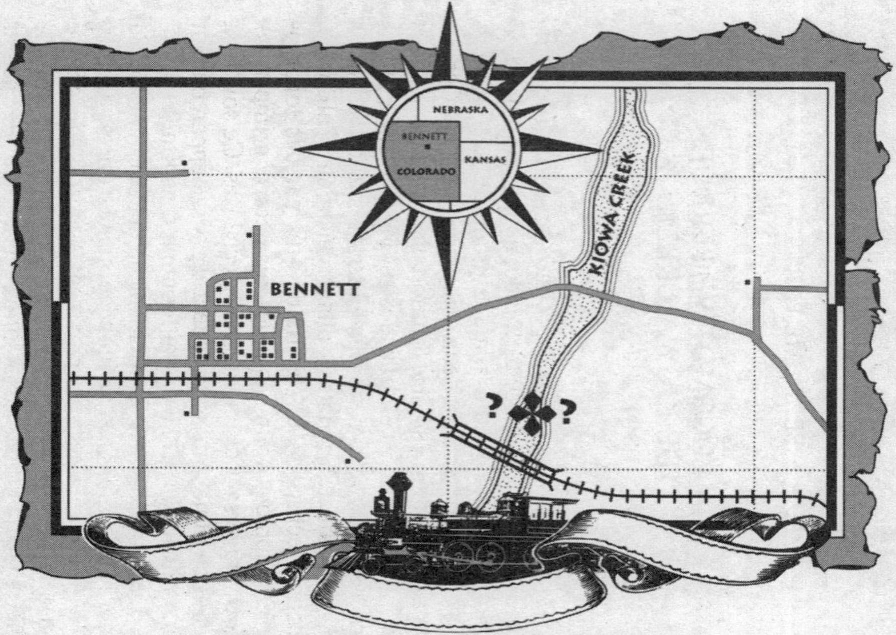


LA LOCOMOTIVE 4-6-0 PERDUE DE KIOWA CREEK

I

# Voyage vers nulle part

*Mai 1878*

Le remue-ménage au dépôt du Kansas Pacific Railroad de Denver, dans le Colorado, ne laissait nullement prévoir qu'un désastre allait se produire. Le Colorado était devenu un Etat deux ans auparavant et Denver prenait rapidement une importance régionale. Des trains venant de l'Est, transportant les fruits de l'industrie orientale, arrivaient plusieurs fois par jour. On les déchargeait et certains, allant jusqu'en Californie, étaient rechargés sur des trains tirés par des locomotives supplémentaires qui les aidaient à grimper les voies traversant les montagnes Rocheuses. Ce soir-là, à part une pluie diluvienne due à un orage apparemment interminable, tout se passait comme d'habitude.

La pluie tombait lourdement depuis des jours et la moitié de la ville était inondée depuis que la Cherry Creek et la Platte River avaient débordé. Ce déluge encore jamais vu était très inhabituel pour un mois de mai, mais le climat du Colorado est connu pour passer d'une chaleur ensoleillée à un mètre de neige en vingt-quatre heures. La seule chose exacte qu'on puisse dire du temps de l'Etat des montagnes Rocheuses est qu'il est totalement imprévisible.

Venant de sa maison de la 32e rue, le mécanicien

John Bacon, du Kansas Pacific Railroad, traversa le pont de la South Platte River. Le fleuve était gonflé et boueux à cause de cette pluie incessante.

Les restes très abîmés d'un gros wagon de marchandises étaient coincés par le courant contre les piles du pont. Il avait basculé sur le côté et ses roues à essieux de bois tournaient follement comme un animal gravement blessé, couché sur le dos et qui agite ses pattes. Bacon pensa que c'était normal. Les wagons de marchandises devenaient très vite obsolètes. Les locomotives à vapeur avaient rapidement envoyé aux oubliettes les wagons tirés par des chevaux et les diligences.

Bacon renifla l'air humide du soir. La forte brise sentait la boue fraîche et la fumée de charbon du dépôt. Poursuivant au-delà du pont, il s'engagea dans une allée poussiéreuse puis traversa quatre rails pour arriver au bureau des acheminements.

Il entra après avoir gratté la boue de ses chaussures sur un sac de jute. Le sol de bois était assez neuf pour sentir encore le pin. Dans un coin, un poêle ventru portait une cafetière en émail bleu. Faisant un signe amical à un homme bâti comme Frère Tuck[1] debout près d'un comptoir, Bacon s'approcha de la cafetière. Il prit une tasse en métal accrochée à un clou, en essuya la couche de poussière avec son mouchoir et la remplit de café fumant.

Le gros homme, l'expéditeur Chester Tubbs, complétait un horaire de chemin de fer avec un crayon et une règle. Tubbs avait presque cinquante-quatre ans et en avait passé trente au service des chemins de fer.

— Fait-il assez humide pour toi, John ? demanda-t-il sans lever les yeux.

— Au mois d'août, nous serons bien contents d'une

1. Le gros moine ami de Robin des Bois. *(N.d.T.)*

pluie pareille, répondit Bacon. Les fermiers des plaines de l'Est ne s'en plaignent pas.

Tubbs croisa les jambes, leva son horaire et pointa avec son crayon.

— Tu vas conduire le *Train No. 8* à Kansas City.

— Qu'est-ce qu'il transporte ? demanda Bacon.

— De la ferraille.

— Quelle locomotive m'a-t-on assignée ?

— La *No. 51.*

— Baldwin 4-6-0, nota Bacon. Un bon moteur et une excellente traction.

— Même comme ça, il va falloir mettre une bonne dose de vapeur, avec un pareil chargement, remarqua Tubbs.

— Combien de wagons ?

— Vingt-cinq plus un fourgon de queue.

Bacon calcula de tête ce que pouvaient peser vingt-cinq wagons chargés de lourdes ferrailles, tirés par une locomotive roulant sur des rails mouillés.

— C'est en pente, d'ici à Kansas. Je ne devrais pas avoir de problème pour garder ton horaire.

— A condition que l'orage ne te suive pas dans les plaines.

— Est-ce que tu m'as associé à mon beau-frère Frank Seldon ? demanda Bacon.

Tubbs hocha la tête.

— Et aussi à ton copain de poker George Piatt, qui s'occupera des freins.

— Tu es un chic type, apprécia gaiement Bacon.

— Il faut bien que je fasse plaisir aux mécaniciens, répondit Tubbs avec un sourire.

— Quand mes collègues arriveront, dis-leur que je suis sur la *No. 51*, dit Bacon qui avait fini son café et raccroché la tasse au clou.

Quittant le bureau des acheminements, Bacon prit la piste menant à la *Locomotive No. 51*. Il la trouva froide et silencieuse sur une voie de garage, accrochée à son tender. Il s'arrêta et regarda vers le sud-est. Loin au-dessus des plaines, vers le comté d'Elbert, des éclairs éclataient contre le ciel noir. Le tonnerre suivait et grondait de façon inquiétante.

La nuit était vraiment devenue mauvaise.

Frank Seldon et George Piatt parcoururent ensemble le chemin venant du bureau des acheminements. Une lanterne de cuivre scintillait dans la cabine de la *Locomotive No. 51* et un filet de fumée s'échappait de sa cheminée en forme de losange. Quand les deux hommes grimpèrent l'échelle de la cabine, ils entendirent refermer vivement la porte de la grosse chaudière.

— Le mécanicien fait le boulot du chauffeur ? dit Seldon à Bacon avec une grimace.

— Il faut bien que quelqu'un allume le feu de la bête si nous voulons tenir les temps, répondit Bacon à son beau-frère. Piatt est-il avec toi ?

Il eut la réponse en entendant le bruit d'une paire de bottes piétinant le sol métallique de la cabine puis vit entrer George Piatt. Celui-ci était musclé mais trop gros où il ne fallait pas. Ses bras étaient comme les cuisses de la plupart des hommes, épais, volumineux.

Chaque wagon du train possédait un frein manuel et le travail de Piatt consistait à les engager lorsque c'était nécessaire. Les roues de frein ne tournaient pas facilement mais la force herculéenne de Piatt lui donnait un avantage certain.

— 'soir, dit Piatt d'une voix éraillée.

— Bonsoir, George, l'accueillit Bacon. Comment s'est passé ton jour de congé ?

— Mary m'a obligé à l'emmener au bal à Sloan Lane.

Bacon sourit.

— Je ne sais pas pourquoi mais j'ai du mal à t'imaginer en train de valser dans une salle de bal.

Piatt ignora l'ironie.

— Tubbs dit que le train est couplé et qu'il est sur la voie 12. Si Frank et toi amenez la *No. 51* quand la vapeur sera suffisante, je vous attendrai pour vous accrocher.

— Nous y serons dès que possible, dit Bacon tandis que Seldon, saisissant une pelle, commençait à charger le fourneau.

Quinze minutes plus tard, Bacon tira doucement le levier du régulateur relié par une tringle au dôme de vapeur au-dessus de la chaudière, où étaient situées les soupapes. Seldon sauta à terre, courut vers l'avant et aiguilla les rails pour que la locomotive puisse reculer jusqu'à la voie 12 et rencontrer Piatt, debout devant l'attelage du wagon de marchandises de tête. Bacon bougea légèrement le bras du régulateur, libérant l'attelage derrière le tender et l'accrochant à l'un des wagons.

— Les chevilles sont en place, cria Piatt depuis l'arrière du tender.

Bacon ouvrit doucement le bras du régulateur. Avec une série de bruits métalliques, les attelages rattrapèrent le jeu. Puis il tira vivement sur le régulateur, envoyant un jet de vapeur dans le piston et faisant tourner les grosses roues d'entraînement pour décoller le poids énorme que devait tirer la *Locomotive No. 51*. Soufflant d'abord lentement, le *Train No. 8* pour Kansas City quitta le dépôt de Denver. Longeant Larimer Street, il commença à prendre de la vitesse.

La locomotive, de la classe Mogul 4-6-0 construite par Baldwin, était le fer de lance des chemins de fer américains. Avec quatre roues sur un bogie pivotant à l'avant et six roues motrices de cinquante-quatre pouces, elle était monstrueuse pour son époque, capable de tirer sans grand effort, et même en côte, une longue chaîne de wagons chargés. Agée de seulement trois ans, la *Locomotive No. 51* était l'une des trois haleuses roulantes du Kansas Pacific Railroad. Bien qu'elle fût normalement destinée à faire passer les trains de l'autre côté des montagnes, ce voyage allait employer son énorme puissance pour transporter le lourd chargement de ferraille aux frontières de l'Est.

Presque toute sa masse métallique, maintenant luisante sous un film d'eau, était peinte en noir. De fines rayures rouges peintes à la main soulignaient les jantes de ses roues, le châssis de la fenêtre de la cabine et les poignées au-dessus des roues motrices. Le chasse-bestiaux, qui n'était pas fait pour attraper des bouvillons égarés mais pour envoyer leurs carcasses sur les côtés des voies, saillait devant la locomotive juste au-dessus des rails.

Devant la haute cheminée terminée par un losange, il y avait un phare avec une lampe à kérosène et des miroirs réflecteurs qui trouaient l'obscurité d'un large rayon.

Après avoir tiré la chaîne actionnant le sifflet à vapeur et la corde de la cloche, Bacon brava la pluie et se pencha par la fenêtre lorsque la locomotive passa au-dessus de Steele Street et des faubourgs de la ville, se dirigeant vers les grandes terres plates qui s'étendaient des Rocheuses vers le Mississippi. Le *Train No. 8* filait maintenant en un monotone voyage vers l'Est à travers un paysage sans arbres et sans buissons. Personne, à bord, n'avait la prémonition que ce trajet serait le dernier qu'ils feraient ensemble.

Quatre-vingts kilomètres plus loin, une muraille d'eau déferla et écrasa le pont 607.80. La vague arriva en une déferlante que ne portait ni colère ni revanche mais seulement un énorme élan multiplié par la gravité. Se précipitant contre les supports du pont, des piliers de bois enfoncés sur deux mètres quarante dans le lit du fleuve, l'eau furieuse les cassa en d'énormes morceaux et les emporta avec elle. Poussés vers l'aval par la force incroyable du courant déchaîné, les piliers furent projetés comme des fétus de paille dans un ouragan. Sur le pont, les rails privés de supports oscillèrent mais restèrent suspendus, créant l'illusion que le passage était possible.

Jesse Dillup était couché dans un trou creusé le long du fleuve gonflé, sous les voies du Kansas Pacific, dans un buisson de cotonnier. Une couverture de laine déchirée, maintenant trempée de pluie, était enroulée autour de ses épaules. Ses maigres possessions reposaient dans un sac à dos, à ses pieds. Il éternua et se leva de son abri boueux.

Dillup avait quitté le Texas pour la Californie, se faufilant dans des wagons de marchandises vides. Il y avait du travail, en Californie, du moins l'avait-il entendu dire. Il faisait ce voyage parce qu'il comptait bien que la chance allait enfin tourner. Récemment, il avait perdu au jeu le peu qu'il avait amassé dans sa vie et c'est pratiquement sans le sou qu'il se dirigeait vers l'Ouest. Un peu de nourriture, quelques effets personnels dans son sac et quatre dollars en menue monnaie, c'était tout ce qu'il possédait.

Le trou, maintenant plein d'eau, n'était plus habitable et la rivière montait vers son abri à une vitesse alarmante. Aussi décida-t-il d'aller plus loin, vers l'ouest, dans l'espoir de trouver un endroit plus confortable, un peu plus surélevé, pour passer cette nuit épouvantable. Grimpant rapidement la pente jusqu'aux pierres du ballast sous les traverses des rails, il s'arrêta en atteignant les voies et, par habitude, se tourna pour voir, à travers le rideau de pluie, s'il n'y avait pas un train qui s'approchait. Au lieu de la lumière d'une locomotive, il vit les restes dispersés du pont 607.80 illuminés irrégulièrement par les éclairs. Les rails d'acier pendaient au-dessus du torrent d'eau bouillonnante. Tandis qu'il regardait, l'énorme tronc d'un cotonnier vint s'écraser contre la base est du pont et fit tomber le dernier support. Le squelette de bois qui donnait sa force au pont avait maintenant complètement disparu.

Dillup se mit à courir le long de la voie en direction de la ville proche de Kiowa Crossing, décidé à prévenir le chef de gare. Glissant sur les traverses mouillées, il tomba et se blessa le genou sur une pique. Il entoura la blessure avec un morceau de sa poche et continua en chancelant vers l'ouest, sur la voie.

Un ruban de cendres, d'étincelles et de fumée épaisse sortait de la cheminée de la *Locomotive No. 51* qui s'élançait vers l'est, vers le pont. Frank Seldon faisait rougeoyer le fourneau et la chaudière à pleine vapeur tandis que Bacon surveillait les jauges. La pluie avait un peu diminué, ce qui lui permettait de voir un peu plus loin dans le rayon du phare. Il monta le régulateur d'un cran, lançant la locomotive dans un bruit de tonnerre sur les rails mouillés.

Vers le centre du train, George Piatt allait de wagon en wagon, vérifiant les systèmes de freinage et s'assurant que les cliquets de marche arrière fonctionnaient correctement.

Inconscients du danger qui approchait, les hommes à bord du *Train No. 8* n'avaient plus que sept minutes à vivre.

A l'abri de l'orage dans la maison ferroviaire de Kiowa Crossing, à moins d'un kilomètre et demi du pont sur la crique, Abner Capp jouait aux cartes sur une table, tenant à lui seul les quatre mains. Il grignota un peu du sandwich à la dinde que sa femme lui avait préparé pour son dîner. La grosse horloge sur le mur indiquait minuit moins deux.

Une chaleur agréable régnait dans la maisonnette de bois. Capp frissonna à la pensée de sortir dans l'obscurité humide. Pourtant, les trains avaient des horaires fixes et il allait devoir s'approcher de la voie quand le

*Train No. 8* passerait, au cas où il y aurait du courrier ou des instructions de la compagnie que le contrôleur lui lancerait avec un bâton et que le chef de gare attraperait dans un petit filet qu'il tiendrait à la main. Capp ignorait que, cette nuit, le *Train No. 8* n'avait pas de contrôleur.

Il enfilait son pardessus quand Jesse Dillup fit irruption avec l'allure d'un rat noyé.

— Le pont est cassé ! haleta Dillup.

Capp regarda avec étonnement le voyageur en haillons. Ses cheveux mouillés pendaient et collaient à son visage mal rasé. Ses vêtements étaient déchirés et vieux, son pantalon en loques et plein de sang où il s'était blessé au genou.

— Est-ce que vous avez bu ? demanda sèchement Capp.

— Non, par Dieu, non ! aboya Dillup. Je vous dis que le pont à l'est d'ici a été emporté par les eaux. Les rails pendent dans le vide, il n'y a plus rien en dessous. Tous les supports sont tombés.

A trois kilomètres à l'ouest, le cri aigu de la sirène de la *Locomotive No. 51* déchira le bruit de la pluie qui battait le toit de la station. Le temps courait...

A moins de quatre minutes de la petite ville de Kiowa Crossing, le train de marchandises filait vers l'est, en direction du pont qui n'existait plus. Seldon s'appuya au dossier de son siège métallique, se reposant un peu après avoir chargé le fourneau en un feu d'enfer. Bacon détourna légèrement le regard du pare-brise et regarda du coin de l'œil, essayant de percer l'obscurité pluvieuse.

A sept wagons de là, George Piatt régla un frein et commença à se diriger vers la locomotive pour se réchauffer un peu et bavarder un instant avec Bacon et Seldon.

Vingt-cinq wagons plats, tous chargés de vingt mille

livres de ferraille, prirent de la vitesse sur la pente légère qui allait vers l'est, vers la frontière entre le Colorado et le Kansas.

Capp lança un imperméable à Dillup et lui donna une lanterne de cuivre munie de carreaux de verre rouge. Puis il montra la direction du pont.

— Allez vers l'est en direction du pont et pendez cette lanterne sur le poteau près des rails.

— Vous êtes sûr que vous ne voulez pas que j'aille vers l'ouest pour prévenir le train ? demanda Dillup.

— Je m'en charge. Votre jambe est blessée et j'irai plus vite que vous.

Capp ouvrit la porte sur un coup de vent et de pluie glacés.

— Allez, maintenant !

Puis il sauta le long de la voie et se lança dans une inutile tentative pour arrêter le train.

Le bruit de la locomotive approchant rapidement atteignit les deux hommes qui marchaient dans des directions opposées près de la voie. Capp allait plus vite que Dillup mais avait plus de chemin à parcourir. Il n'atteignit pas le poteau où il voulait accrocher le signal d'alarme avant que le train soit à sa hauteur. Il agita frénétiquement la lanterne au-dessus de sa tête, priant pour que le mécanicien la voie.

Mais à cet instant, Bacon avait baissé la tête pour surveiller ses jauges. Il ne vit ni Capp ni son vigoureux signal. Envahi par la panique, Capp lança la lanterne contre le flanc de la cabine. Mais n'ayant pas tenu compte de la vitesse du *Train No. 8*, il la lança trop tard. La lanterne s'écrasa contre la paroi du tender, derrière la cabine de la locomotive. Personne ne la remarqua.

Dillup parcourut le sentier le long des voies en boitant aussi vite que sa jambe blessée le lui permettait. Atteignant le poteau, il grimpa l'échelle et accrocha la lanterne, haut au-dessus de la voie. Puis il redescendit, juste au moment où le phare de la locomotive Baldwin illuminait son corps de sa lumière blanche.

John Bacon aperçut Dillup et la lanterne rouge. Il réagit immédiatement, tirant deux coups rapides sur la corde du sifflet à vapeur. Ne comprenant pas le sens de ce signal d'arrêt, il espéra de tout son cœur que George Piatt était en position pour actionner les freins. D'un seul mouvement, il ferma la prise de vapeur et tira la barre Johnson. Puis il rouvrit d'un coup sec la prise de vapeur, envoyant les grosses roues motrices en une folle marche arrière.

— On nous a mis un signal rouge devant Kiowa Crossing, cria-t-il à Seldon.

— Le pont de Kiowa Creek a dû céder, répondit Seldon en criant aussi.

— Ça doit être ça. Je ne vois pas d'autre raison pour faire arrêter un train de marchandises par une nuit pareille.

Piatt n'était qu'à deux wagons en arrière quand il entendit les deux coups de sifflet. Sans hésiter, il tourna la roue du wagon de marchandises qui bloquait les freins avant. Puis il sauta par-dessus les ferrailles empilées sur le wagon plat et courut jusqu'au frein arrière pour l'engager à son tour. Déjà il était sur le wagon suivant où il répéta la manœuvre.

Les trois hommes avaient réagi étonnamment vite mais la vitesse acquise par le train était trop grande.

Capp redescendit en courant le sentier, poursuivant la lumière rouge du wagon de queue. Il courut comme un fou sur le ballast. Comme dans un cauchemar, il sentait son cœur battre follement dans sa poitrine.

Deux cents mètres en avant de Capp, un coup de vent fit voler l'imperméable de Dillup tandis que le train passait en vrombissant. Il comprit soudain que le train n'avait aucun moyen de s'arrêter à temps. Il avait fait tout ce qu'il pouvait mais c'était insuffisant.

— Je crois que ça va aller, dit Bacon en voyant le reflet du phare de la locomotive sur les rails devant lui.

— On dirait que le pont tient toujours, remarqua Seldon inconsciemment en se penchant par l'autre fenêtre de la cabine.

Les freins de trois wagons bloqués par Piatt, le sifflet hurlant, les roues motrices en marche arrière, le *Train No. 8* ralentissait en s'approchant du piège à la sortie de Kiowa Crossing, mais il était loin de s'arrêter lorsqu'il arriva aux rails privés de leurs supports. L'élan énorme du train l'amena presque au-dessus du milieu du flot dément avant que les deux rails d'acier se cassent et se déforment sous le poids des centaines de tonnes de lourd métal. Se tordant comme un serpent mourant, la locomotive et dix-huit des vingt-cinq wagons roulèrent dans l'eau bouillonnante où ils furent engloutis et poussés les uns sur les autres par le courant irrésistible, en une masse mêlée de débris. Des morceaux de rails et de métal furent arrachés aux wagons plats et lancés en aval comme s'ils sortaient d'un énorme canon.

Bacon, Seldon et Piatt moururent instantanément, leurs corps battus emportés vers le bas de la rivière.

Depuis sa position sur les voies dominant Kiowa Creek, Jesse Dillup, muet d'horreur, vit le gros phare de la *Locomotive No. 51* plonger dans l'eau, luire encore quelques secondes jusqu'à ce que le verre avant casse et que l'eau tourbillonnante l'éteigne. Sept wagons plats et le wagon de queue restèrent sur les rails comme une triste preuve de la tragédie. Dillup se laissa tomber à terre, la pluie battant son visage, choqué, incapable de se relever.

Abner Capp arriva en courant. Il s'arrêta près de Dillup et regarda sans y croire ce qu'il découvrait, les eaux sombres et agitées et l'épave. Une nausée glacée parcourut son corps en voyant la grande brèche vide au milieu du pont.

— Avez-vous vu quelqu'un ? demanda-t-il à Dillup.

Le voyageur épuisé secoua la tête.

— Pas une âme. Ils ont dû se noyer.

— La locomotive ?

— Elle a plongé, avec son phare encore allumé.

— A peu près où ?

Dillup montra le nord de l'endroit où s'était élevé le pont.

— Presque au centre du fleuve, là-bas, près de ce bouquet de cotonnier.

Capp hocha sombrement la tête, le choc du désastre parvenant enfin jusqu'à son âme.

— Je retourne à la gare pour télégraphier à la compagnie.

— Qu'est-ce que je peux faire ? demanda Dillup.

— Rien. Vous feriez mieux de rentrer avec moi. Ma femme va vous préparer un bon repas chaud et vous pourrez rester jusqu'à ce que l'orage se calme.

Ensemble, les hommes abasourdis tournèrent le dos au désastre et rentrèrent lentement, dans la nuit pluvieuse, jusqu'à Kiowa Crossing.

Quand Capp eut télégraphié la triste nouvelle au bureau de Denver du Kansas Pacific, un train amena des enquêteurs et des hommes pour rechercher les corps. Le soleil se leva le lendemain matin dans un ciel pur, sans nuages de pluie. Le train de Denver freina juste avant le précipice. Cinquante hommes restèrent plusieurs minutes silencieux en étudiant le lieu du désastre.

Du jour au lendemain, comme si l'inondation n'avait été qu'un mauvais rêve, les eaux meurtrières s'étaient calmées et coulaient paisiblement sur un mètre vingt de profondeur. La force de l'inondation avait laissé des traces, cependant. Les cotonniers déracinés étaient à demi enterrés dans le lit du fleuve. Du sable et de la boue s'étaient déposés et formaient dans l'eau comme de petites digues. Tout ce qui restait du pont se résumait à un ou deux rails dépassant de l'eau. Ils avaient été tordus par le poids de la locomotive quand elle avait basculé dans le déchaînement des éléments.

Des épais piliers de bois et de leurs armatures, qui avaient constitué les supports du pont, rien ne fut retrouvé. Le courant avait dû les pousser vers l'aval lorsque le torrent avait été au plus haut de sa crue. Au-dessus du vide, pendant entre ce qui restait des armatures, les rails vides paraissaient se diriger encore vers le Kansas, à l'est.

On voyait encore partiellement sept des wagons tombés dans le précipice, quinze mètres au nord de l'ancien pont. Des morceaux de leurs plates-formes et de leurs bogies émergeaient de la boue et des sables mouvants. La *Locomotive No. 51*, son tender et les onze autres wagons avaient complètement disparu.

Après une heure passée à étudier la situation, le directeur du Kansas Pacific, le colonel C. W. Fisher, posa une main sur l'épaule de Capp et montra l'aval du doigt.

— Avez-vous fait le nécessaire pour que les gens du coin nous aident à chercher les corps de nos employés ?

Capp fit signe qu'il l'avait fait.

— Douze employés d'un ranch sont prêts à partir à votre commandement.

— Alors, dites-leur qu'ils peuvent commencer les recherches, dit Fisher.

Il se tourna vers le mécanicien qui avait conduit le train de Denver.

— Accompagnez M. Capp au poste ferroviaire et télégraphiez à mon bureau à Denver. Dites-leur que je veux une batteuse de pieux et un wagon-grue pour enfoncer de nouveaux piliers et poser des rails. Qu'ils y ajoutent un wagon-couchettes pour les ouvriers. Je veux tout ça en état pour faire un pont provisoire au-dessus de la crique afin que le trafic puisse reprendre. Cette ligne est la vie de l'Ouest. Il faut la rouvrir très vite.

Travaillant vingt-quatre heures par jour, les ouvriers de Fisher eurent achevé le pont provisoire en moins de cinquante heures. Pendant les semaines qui suivirent, les passagers du Kansas Pacific purent apercevoir en passant les restes du *Train No. 8*.

Le corps de Frank Seldon fut le premier qu'on retrouva. Les employés du ranch Sam Williams et John Mitchell parcouraient à cheval la rive ouest, suivant les marques laissées par la crue, quand Williams montra un morceau de métal sortant d'un tas de sable.

— On dirait une partie de cabine de locomotive, dit-il.

Mettant pied à terre, les deux hommes attachèrent leurs chevaux à une bûche tombée et s'approchèrent du monticule.

De sa botte, Mitchell repoussa le sable humide.

— C'est bien une partie de la cabine. Et ça, ajouta-t-il en montrant un objet un peu plus loin, ça ressemble au reste de la cheminée.

Williams repoussa trois morceaux de bois enserrés dans la boue par le courant de l'inondation.

— J'ai un truc qui ressemble à un chapeau, dit-il en creusant davantage.

Mitchell le rejoignit.

— Tu as peut-être trouvé...

Sa voix mourut lorsque sa main toucha quelque chose de doux et de souple.

— Oh ! Mon Dieu ! Je crois que j'ai trouvé un corps !

Ils étaient à deux kilomètres de l'endroit où le

pont 607.80 traversait autrefois Kiowa Creek. Frank Seldon avait atterri moins loin que ses camarades.

Plus tard, le même jour, un second groupe de ranchers trouva George Piatt. Son grand corps avait été rudement battu au cours du voyage vers la mort. On le trouva à près de cinq kilomètres plus bas.

Six jours après l'accident, on trouva enfin John Bacon. Le courant l'avait emporté onze kilomètres en aval du pont écroulé. Son corps était emmêlé dans les branches d'un cotonnier de trois mètres soixante. La distance du sol avait empêché les coyotes de le dévorer mais les oiseaux l'avaient beaucoup abîmé. Son visage était atrocement défiguré et il fallut l'enterrer dans un cercueil fermé.

En mémoire des morts, l'Union des mécaniciens de chemins de fer décida un deuil de trente jours. Bacon et Seldon avaient épousé deux sœurs du nom de Bennett. La ville de Kiowa Crossing fut rebaptisée Bennett en l'honneur des deux veuves.

Quand le pont provisoire achevé traversa le lit du fleuve, presque à sec maintenant, la compagnie ferroviaire décida qu'il était temps de chercher la locomotive disparue et de récupérer les wagons. Tous les efforts furent concentrés autour des quelques wagons encore visibles, à peu de distance du pont écroulé. On installa une charpente dans le sable pour empêcher les parois friables de s'écrouler. Puis les équipes de sauveteurs commencèrent à creuser. On accrocha un petit engin à vapeur à une pompe qui tourna vingt-quatre heures sur vingt-quatre pour empêcher le trou creusé de se remplir d'eau.

Le travail était difficile. Toute la charge de ferraille transportée sur les wagons s'était entremêlée à l'épave comme des spaghettis froids, sous la force incroyable de l'inondation. Il fallut couper chaque rail avant de pouvoir remonter les wagons pour les remporter aux ateliers de réparation.

Le responsable du Kansas Pacific chargé de l'opération de récupération était N. H. Nicholson. Il était grand et très élégant. Une moustache épaisse, soigneusement cirée, ornait son visage très bronzé par une vie passée surtout en plein air.

Buvant délicatement un verre d'eau, il essuya sa moustache avec le dos de sa main.

— Nous sommes le 1er août et il n'y a toujours aucune trace de la locomotive, dit-il à Johnnie Schaffer, un vacher local engagé pour aider les chemins de fer.

— Peut-être que lorsque la pompe arrivera, nous pourrons creuser et tomber dessus, dit Schaffer.

— Elle devrait arriver mercredi.

— Sûr qu'on pourra l'utiliser. Tiens, voilà Mollie qui apporte le déjeuner, dit le vacher.

Chacun arrêta ce qu'il était en train de faire à l'approche d'une fillette de douze ans, Katherine Mack, que tout le monde en ville appelait Mollie. Elle était suivie de près par son chevreuil apprivoisé. Venant par le sentier est de Kiowa Crossing, elle avait les bras chargés de paniers et de bidons de zinc. Nicholson avait engagé sa mère pour nourrir l'équipe de récupération à midi. Quand Mollie s'arrêta et posa son chargement, le chevreuil resta à bonne distance.

— On dirait que cette bestiole ne nous aime pas, lui dit Nicholson avec un large sourire.

— Il a peut-être peur qu'on le mange, plaisanta Schaffer.

— Il n'aime que moi, répondit Mollie en adressant une grimace à Schaffer. Ma mère a préparé des steaks, du pain, des pommes de terre et du gâteau, aujourd'hui.

Nicholson fit un signe à Henry Nordloh, qui n'avait qu'un an de plus que Mollie.

Henry était grand pour son âge et son père l'avait

fait engager, ainsi que son frère Gus, pour faire fonctionner l'engin à vapeur pendant les vacances d'été.

Henry toucha timidement son chapeau.

— Bonjour, Mollie.

— Bonjour, monsieur Nordloh, répondit la gamine avec un sourire intimidé.

Ayant distribué la nourriture à chacun, Mollie garda le dernier panier pour Henry et étendit une grande serviette sur un tronc d'arbre abattu. Quand il commença à manger, elle s'assit à côté de lui et regarda l'énorme trou ressemblant à un cratère lunaire.

— Ça avance, aujourd'hui ?

— Nous aurons sorti le dernier wagon à la fin de la semaine, répondit Henry en mâchant un morceau de viande. On a dégagé le tender mais pas encore trouvé la locomotive. M. Nicholson fait venir des pompes pour envoyer de l'air par un tuyau. Il pense que s'il fait assez de trous, il y en aura bien un qui touchera la locomotive.

— Vous devrez peut-être aider votre père à la moisson avant qu'on la trouve ?

— Père a dit que Gus et moi pouvions travailler jusqu'à la rentrée pour gagner de l'argent, dit-il avec une confiance enfantine.

Les deux enfants grandirent, vieillirent et jurèrent jusqu'au jour de leur mort qu'on n'avait jamais retrouvé la *Locomotive No. 51*. Ils racontèrent à leurs enfants l'histoire de la locomotive perdue. Oui, Mollie et Henry s'aimèrent dès leur enfance et se marièrent en 1885. Ils eurent six ravissantes petites filles et deux beaux garçons.

La théorie probable à l'époque fut que la locomotive avait été poussée sur des kilomètres vers l'aval et que les sables mouvants l'avaient si profondément engloutie qu'on n'avait jamais pu la retrouver, à plus forte raison la récupérer.

Un article du journal *Rocky Mountains News* écrivit :

> 22 mai 1880. Les citoyens de Denver se rappellent tous l'accident du Kansas Pacific, il y a eu deux ans la nuit dernière, dans lequel le mécanicien John Bacon et le chauffeur Frank Seldon ont trouvé la mort. Le jour même, le pont de Kiowa avait été entraîné par une inondation et après le plongeon du train dans le torrent, la locomotive n'a jamais été retrouvée, en dépit de tous les efforts déployés. On suppose qu'elle s'est enfoncée dans les sables mouvants car le tender a été découvert trois mètres au-dessous de la courbe de la crique.
> Ce désastre a donné lieu à une poursuite et à une demande de dommages et intérêts. La plainte de Mme Bacon a été jugée hier. Le verdict : « Nous, le jury, donnons raison à la plaignante et lui allouons des dommages et intérêts de cinq mille dollars. John Best, chef juré. » La plainte déposée par Mme Seldon a eu le même résultat. Les avocats des Chemins de Fer, Usher et Teller, feront appel de ce jugement et se battront bec et ongles.

Au cours des cent années suivantes, les journaux et magazines du rail continuèrent à parler de la *Locomotive No. 51*, toujours portée manquante. Des histoires terrifiantes parlent d'une mystérieuse lumière ressemblant à un phare de locomotive qui aurait traversé le nouveau pont de Kiowa Creek avant de disparaître soudain. Certains vachers jurent qu'ils ont vu les fantômes de l'équipe du train se promener dans le lit du fleuve.

Si la *Locomotive No. 51* n'a jamais été retrouvée, où est-elle ?

II

# Celle qui s'est échappée

*Mai 1989*

Quel rapport y a-t-il entre les restes d'un train dans les plaines du Colorado et les épaves marines ? A part une similitude des processus combinant recherches et enquête sur le terrain, absolument aucun. Disons seulement que j'avais un faible pour la vieille *Locomotive No. 51*. J'ai envers elle une dette de gratitude.

Dans l'édition du 21 mai 1978 du *Denver Post, édition Sunday Empire*, Elizabeth Sagstetter écrivit un article dont le titre était : « La locomotive qui n'est jamais revenue. » C'était la première fois que j'entendais parler de cette tragédie. A l'époque, je fus intrigué, pas tant par la possibilité de lancer une recherche de la locomotive introuvable que par l'idée que cela me donna d'une nouvelle aventure de mon héros Dirk Pitt. Deux ans plus tard, j'écrivais le mot FIN sur la dernière page du manuscrit que j'envoyai à mon agent littéraire, Peter Lampack. L'histoire d'un train dont on pensait qu'il était tombé au-dessus de la rivière Hudson mais qu'on retrouva plus tard coincé dans un tunnel abandonné fut publiée en 1981 sous le titre *Night Probe*[1]. Grâce à la locomotive perdue de

1. *Recherche de nuit*. Non publié en France.

Kiowa Creek, *Night Probe* fut l'une de mes meilleures intrigues.

Mon fils Dirk et moi couvrîmes une fois ou deux les quatre-vingt-seize kilomètres de Denver à Kiowa Creek. Nous parcourûmes les couloirs d'une grille avec le gradiomètre Schonstedt, sous et autour du pont moderne en poutrelles d'acier, construit en 1935, qui enjambe la crique à l'endroit exact de celui qui fut emporté en 1878.

A part quelques petits contacts, nous ne relevâmes aucune indication qui puisse suggérer de près ou de loin qu'une grosse masse métallique fût cachée sous la surface du sol. Je mis donc ce mystère sous le coude et poursuivis d'autres projets. L'histoire de la locomotive perdue dormit presque dix ans dans les dossiers de la NUMA avant que ma fascination pour sa disparition ne refasse surface et que je décide d'essayer encore une fois de la trouver. J'y fus poussé par plusieurs amis et voisins qui pensaient que je devais chercher quelque chose dans le Colorado, surtout parce que c'était tout près de chez moi.

En 1988, Craig Dirgo avait rejoint la NUMA et travaillait dans un petit bureau à Arvada, Colorado, s'occupant de la correspondance et de la logistique de nos expéditions estivales à la recherche d'épaves. Craig, un homme plein d'esprit, bâti comme un pilier de rugby, fut à son tour pris par le mystère et me demanda s'il pouvait plancher dessus.

N'ayant pu trouver la locomotive dans la zone que je considérais comme la plus probable, je n'étais guère optimiste. Mais comme je déteste abandonner un projet sans résultat, je donnai ma bénédiction à Craig.

Je trouvais étrange que, pendant les cent onze années écoulées depuis que la vieille *No. 51* avait disparu dans la crique, si peu de gens aient essayé de la retrouver. L'un de ces chasseurs d'épaves fut un épicier en gros de Denver, Wolfe Londoner. Peu après que l'équipe des sauveteurs eut jeté l'éponge, cet été-là, Londoner chargea une pince en électricité et la transforma en électro-aimant. Après avoir parcouru le lit du fleuve dans tous les sens, il tomba sur un point chaud qui agita violemment la pince avant qu'elle ne plonge dans le sable, entraînant Londoner avec elle, pour la plus grande joie et l'étonnement de plusieurs témoins. On dégagea Londoner, trempé et épuisé. Il proclama qu'il avait retrouvé la locomotive perdue et exigea une récompense. Le colonel Fisher, qui représentait le nouveau propriétaire de la ligne de chemins de fer, Jay Gould, la lui refusa — un déni inhabituel pour un fait qui fut pourtant démontré par la résolution finale de l'énigme.

La seule autre recherche connue fut celle du professeur P. A. Rodgers, du département de géophysique de l'Ecole des mines du Colorado. En mai 1953, avec plusieurs de ses étudiants, il procéda à une fouille systématique avec des détecteurs de mines de type militaire. Ils explorèrent une zone de quarante-cinq mètres sur cent vingt, sans résultat.

Craig contacta la directrice du petit musée de Strasbourg, dans le Colorado, à quelques kilomètres de Bennett et du pont de Kiowa Creek. Emma Mitchell, la directrice, se révéla une femme adorable dont la famille habitait le comté depuis plusieurs générations. Ecrivain, historienne et conservatrice du musée, elle avait fait paraître un livre intitulé *Our Side of the Mountain* [1], un récit passionnant sur les pionniers qui s'étaient installés dans le comté d'Adams. Un nombre incroyable de leurs descendants vivent toujours dans la région.

Emma nous dit qu'elle connaissait un homme et sa sœur dont les parents avaient été témoins des événements après la chute du pont et nous proposa de les

1. *Notre versant de la montagne.*

questionner. Nous acceptâmes immédiatement et un rendez-vous fut pris. Le lendemain, Craig et moi nous rendîmes à Bennett et fûmes présentés aux descendants.

Charles et Henrietta Nordloh étaient des gens remarquables. Chuck avait quatre-vingt-douze ans et Henrietta quatre-vingt-treize mais tous deux étaient aussi rayonnants et vifs que s'ils avaient la moitié de leur âge. Leur mère était, bien sûr, Mollie Mack, la petite fille au chevreuil, et leur père Henry Nordloh, qui avait fait fonctionner l'engin à vapeur.

Charles Nordloh était doué d'un diabolique sens de l'humour. Quand Craig lui demanda s'il avait vécu toute sa vie dans les environs de Bennett, Nordloh nous fit un clin d'œil et répondit :

— Pas encore !

Quand on cherche un objet connu, il est toujours intéressant d'interroger les gens âgés qui ont vécu les événements ou qui ont été plus proches que nous de l'époque en question. La plupart se rappellent le passé avec une étonnante clarté. Plus d'une fois, une remarque faite par hasard par un de ces anciens a mis la NUMA sur la bonne piste de la découverte. Charles et Henrietta n'ont pu nous faire aucune révélation inédite mais je ne me rappelle pas avoir eu de conversation plus agréable. Ils nous racontèrent les histoires que leurs parents leur avaient racontées avec des détails très vivants.

Le ranch des Nordloh était très proche de l'endroit où la voie de chemin de fer passait au-dessus de Kiowa Creek et tous deux se souvenaient distinctement que, d'après leurs parents, bien que l'équipe eût cherché pendant tout l'été, on n'avait trouvé aucune trace de la locomotive. Arriva un moment où le coût de l'opération de récupération dépassa la valeur de la locomotive, de sorte que le Kansas Pacific arrêta les frais. S'ils avaient cherché tout l'été de 1878 sans rien trouver, il était évident que la *Locomotive No. 51* était toujours enterrée dans la crique.

En rentrant à Denver en fin d'après-midi, Craig semblait pensif.

— Une grosse masse métallique comme ça devrait pouvoir être détectée avec un bon magnétomètre en moins de deux heures.

— Elle n'est pas près du pont, dis-je. Crois-moi, Dirk et moi avons déjà éliminé la partie la plus facile.

— Alors ça devrait être du gâteau de la retrouver plus bas en aval.

— Règle de recherche Cussler numéro 22, dis-je. Si elle était facile à retrouver, quelqu'un l'aurait déjà fait.

L'étape suivante pour localiser la locomotive consistait à organiser une étude extensive. Craig se lança dans la logistique et l'étude du sol. Il rencontra des résidents de Bennett qui mirent gentiment à sa disposition le centre de leur communauté pour que les chercheurs aient un endroit où se réchauffer et prendre un bain. Ils nous proposèrent également de nous servir de la tractopelle de la ville, à condition que la NUMA paie l'essence et les réparations éventuelles.

En décembre, les plans étaient achevés et l'expédition commençait à s'organiser. Un jour, au cours d'un déjeuner, je demandai à Craig :

— Combien d'appels as-tu reçus de gens proposant leurs services ?

— Pas loin de cent, répondit Craig.

— Je ne pense pas qu'il y en aura beaucoup pour farfouiller dans la terre gelée en plein cœur de janvier. Nous aurons de la chance s'il en vient dix.

— Tu as sans doute raison, dit Craig. Il va faire un froid de canard, là-bas, dans la plaine. Pourquoi as-tu choisi la date du 12 janvier ?

— Je me suis dopé aux cookies Newton.

— Qu'est-ce que les cookies ont à voir là-dedans ? me demanda-t-il, sidéré.

— Barbara m'en a apporté un sac une heure avant que je ne fixe la date.

— Et alors ?

— Tu ne savais pas que la consommation excessive de cookies Newton entraîne des hallucinations ?

Craig avait l'air perdu dans une mer de doute.

— Incroyable ! Des gens vont peler de froid à Kiowa Creek rien que parce que tu t'es bourré de stupides cookies ?

En réalité, je mentais. Je déteste les cookies Newton. En fait, il s'agissait d'un sac de cookies au chocolat. Du reste, me croiriez-vous si je disais que j'avais choisi la date du 12 janvier pour la fouille parce que l'*Almanach du fermier* annonçait une belle journée ensoleillée ?

Plus tôt, Craig m'appela et me dit en passant que le directeur du Musée Historique du Colorado avait proposé de passer un petit baratin publicitaire dans son journal mensuel. Il pensait que c'était un bon moyen pour recruter des volontaires. Supposant que nous n'aurions que trois ou quatre réponses de gens possédant l'équipement approprié, je lui dis d'accepter de faire l'essai.

Craig écrivit un petit article d'une colonne sur la chasse à la locomotive qui allait s'ouvrir et le termina en disant :

« Si quelqu'un possédant un détecteur de métaux veut venir à Kiowa Creek, nous l'accueillerons avec reconnaissance. »

Cette annonce fut reprise par le *Rocky Mountains News* et par le *Denver Post*. Puis les stations de télévision entrèrent en scène, avec l'histoire de la locomotive qui passa sur les ondes de tout le pays. Cela devint rapidement ce qu'on appelle un événement médiatique.

George Schott, un sergent de l'Air Force, se joignit à l'équipe et se révéla inestimable. Harold Perkins, de Bennett, offrit de faire fonctionner la tractopelle. Claudia Mueller nous aida en rassemblant les cartes et les instructions et en les portant aux volontaires qui avaient appelé au téléphone. Le projet commençait à avoir une vie propre.

Un après-midi, Craig vint me voir chez moi.

— Je voulais t'appeler mais mon téléphone n'était jamais libre assez longtemps pour que j'aie le temps de composer ton numéro.

— Tu aurais pu rentrer chez toi et m'appeler de là-bas.

Il haussa les épaules, l'air gêné.

— J'ai donné mon numéro personnel aux journalistes. Est-ce que je peux me planquer ici un moment ?

Je me demandais où tout cela allait nous mener.

Le matin de la recherche, malgré une température de moins 10° C, les volontaires arrivèrent comme une armée de fourmis. Plus de quatre cents personnes convergèrent vers le lieu des fouilles sous le pont de Kiowa Creek. Si les gens de l'Union Pacific Railroad avaient appris qu'une horde piétinait leur propriété et grimpait sur leurs rails, leurs avocats auraient probablement eu une crise cardiaque.

La fièvre de la fouille s'était étendue comme une épidémie. Des familles entières arrivèrent à Bennett, les enfants sanglés dans leurs costumes de ski. Je me rappelle encore un couple, un homme et une femme d'environ soixante-dix ans, descendant d'une Mercedes-Benz, prêts à creuser. La dame portait un manteau de vison et un chapeau, l'homme un pardessus en cachemire, un foulard de soie et des gants de cuir. Tous brandissaient des pelles toutes neuves, achetées quelques minutes avant au bazar de Bennett.

George Schott avait emprunté une tente immense à

l'Air Force et, quand j'arrivai, un générateur faisait fonctionner un appareil de chauffage et le café fumait déjà. On forma des équipes de plusieurs personnes équipées pour creuser autour de quiconque possédait un magnétomètre ou un détecteur de métaux. Don Boothby, un géophysicien, avait apporté un radar capable de pénétrer le sol, un appareil extrêmement utile pour « voir » tous les contacts des détecteurs. Craig avait même réussi à avoir un groupe de radioamateurs pour être en communication permanente avec chaque chef d'équipe de recherche qu'accompagnait un opérateur radio. Une caméra fut également installée pour fournir des images à la tente de commandement, afin que Jim Grady et Marie Mayer, archéologues locaux, puissent voir et identifier tout objet découvert par ceux qui creusaient.

Ce fut une belle démonstration d'efficacité, suffisamment impressionnante pour faire pâlir d'envie les Forces Spéciales des Etats-Unis. Il ne manquait que des danseurs hawaïens.

Craig rassembla tout le monde en criant dans un porte-voix. Tous paraissaient pleins d'énergie malgré le froid intense qui formait des nuages de buée devant la bouche et le nez de chaque participant. En commençant sous le pont actuel, je fis aligner les équipes derrière les porteurs de détecteurs de métaux, espaçant les opérateurs de trois mètres. Je me plaçai au centre avec le magnétomètre Schonstedt. L'idée était de balayer le lit maintenant sec du fleuve en couvrant chaque centimètre carré.

J'aurais aussi bien pu tenter de rassembler des chats sauvages. Après avoir fait vingt pas, je me retournai pour regarder autour de moi. Ma petite armée s'était dissoute, éparpillée dans toutes les directions, chacun attentif à suivre son instinct. J'essayai d'imposer un peu d'ordre, mais ce fut impossible. Ces gens étaient là pour s'amuser et non pour écouter un bizarre auteur de romans leur dire où il fallait chercher. Les seules équipes qui travaillèrent avec quelque efficacité furent les deux que j'avais envoyées à quatre kilomètres en aval et qui devaient remonter vers le pont. Elles avaient éliminé une bonne partie du lit de la rivière avant le coucher du soleil.

J'avais demandé qu'on vérifie particulièrement un coude serré dans la crique. Il arrive souvent qu'un gros objet altère le flux naturel d'une rivière ou d'un fleuve. Cela est souvent arrivé quand on a un courant aussi fort que celui du Mississippi. En fin de compte, le coude se révéla n'être causé que par un cotonnier enterré là.

Au début de l'après-midi, on localisa plusieurs cibles prometteuses, exposées par la tractopelle. La plupart, cependant, n'étaient que des morceaux des wagons démolis et du pont.

C'était drôle de voir les équipes laisser tout tomber pour courir voir ce que la pelle mettait au jour. Ne rien manquer est une réaction humaine qui remonte sans doute aux temps où nos ancêtres vivaient encore dans les arbres.

Craig m'appela pour m'exprimer son inquiétude.

— Les couloirs ne sont pas correctement couverts, se lamenta-t-il. Je ne peux pas contrôler ces gens.

— La prochaine fois, nous apporterons des lance-flammes et nous brûlerons quiconque ne cherche pas où on lui a dit, répondis-je pour me moquer de lui.

— Il doit y avoir un meilleur moyen.

— Je suis d'accord. Un bon lance-flammes, c'est hors de prix.

— Non, dit Craig, exaspéré. Les équipes doivent être mieux entraînées.

— Ecoute, mon vieux, dis-je sérieusement, il n'y a pas tellement de surface à couvrir. La crique ne fait pas plus de quinze mètres dans sa plus grande largeur. Aussi tordue que soit cette recherche, la crique d'une rive à l'autre et sur quatre kilomètres en aval a été couverte parfois cinq fois de suite, parce que les équipes croisaient sans arrêt les couloirs qu'on leur avait attribués.

— Et si on la manquait ?

— Il y a toujours cette possibilité, même si elle est mince. Quant à moi, je commence à croire que cette sacrée loco n'est pas ici.

Je n'avais pas plus tôt prononcé ces mots qu'un grand cri s'éleva dans un champ à l'ouest de la crique, juste au nord du pont. Les frères Brauer, Mike et Scott, avaient localisé une anomalie prometteuse. Craig et moi passâmes le magnétomètre sur l'endroit. Le relevé était bon mais très concentré. Ce n'était pas ce que j'espérais, sauf si la locomotive était enterrée à neuf mètres de profondeur. Heureusement, nous avions le moyen de voir sous la terre.

Don Boothby enfonça son radar au-dessus et autour de l'anomalie. Dans les écoles d'interprétation des images de radar, on projette maintenant les images de l'objet que nous avons trouvé pour montrer aux étudiants à quoi ressemblent des tuyaux de forage de pétrole. L'image était absolument parfaite.

A seize heures, je rassemblai tout le monde pour annoncer qu'on s'arrêtait. Une marée de visages découragés m'entoura quand j'expliquai qu'il n'y avait pas de raison de continuer. Les pièces du puzzle ne s'emboîtaient pas. Il fallait faire de nouvelles recherches avant de lancer une nouvelle tentative. Je remerciai tout le monde pour cet effort magnifique. A leur tour, ils nous applaudirent, Craig et moi, pour leur avoir permis de faire quelque chose qui leur avait donné du plaisir et dont ils pourraient longtemps parler. Ils paraissaient fiers d'avoir participé à la recherche de la vieille *Locomotive No. 51*. Pour eux, c'était une aventure.

En rentrant chez moi à Lookout Mountain, je traversai Denver dans la semi-obscurité de ce froid dimanche de janvier. Je repassai dans ma tête toutes les données des indices que nous aurions pu manquer. Après dîner, je lus et relus chaque feuille de mon dossier, abattu par mon incapacité à résoudre ce mystère.

Peut-être, oui, peut-être, comme je l'avais dit à Craig, cette fichue loco n'était-elle pas là.

Bob Richardson, qui dirige le musée des Chemins de fer du Colorado, à Golden, maintenait que la locomotive avait été retrouvée. Il citait un article publié en 1953, disant que la locomotive utilisée ce soir tragique était la *No. 51*, qu'elle figurait sur la liste des machines remises en état en 1881 et qu'elle portait désormais le No. 1026.

Je n'étais pas d'accord avec cet article pour deux raisons. D'abord parce qu'on n'a trouvé aucune source pour soutenir les affirmations de l'article de 1953. Prendre un rapport comme parole d'évangile exige plus d'une référence. Et deuxièmement, pourquoi les Chemins de fer auraient-ils mis près de trois ans pour remettre la locomotive en service alors qu'on aurait pu aussi facilement la réparer et la remettre sur les rails en quelques mois ?

Je n'avais pas renoncé à trouver une réponse quand, par une heureuse coïncidence, on me demanda une interview à la radio tandis que je donnais une conférence sur les auteurs de fiction à Omaha, au Nebraska. Pendant la partie de l'émission où les auditeurs pouvaient téléphoner, quelqu'un demanda où en étaient les recherches de la NUMA sur la locomotive perdue de Kiowa Creek. Quand je lui demandai la raison de son intérêt, mon auditeur dit qu'il avait travaillé sur les archives de l'Union Pacific à Omaha. J'obtins son adresse et son numéro de téléphone et nous commençâmes à communiquer.

Pendant ses heures de loisir, il fouilla les rapports

officiels du Kansas Pacific entre le moment du déraillement et celui où la compagnie fut absorbée par l'Union Pacific. Après trois mois, il décrocha la timbale.

L'histoire qu'il mit au jour était de celles qui n'ont rien d'extraordinaire à notre époque. Il semble que H. N. Nicholson, responsable de la première opération de sauvetage, avait bien trouvé la locomotive en sondant le sable avec sa pompe à air. Sans révéler sa découverte à l'équipe de récupération ni aux ranchers locaux, il en informa les officiels de la compagnie à Kansas City. Le Kansas Pacific Railroad, maintenant disparu depuis longtemps, fit immédiatement une réclamation de vingt mille dollars à son assurance pour la perte prétendue de la locomotive et toucha l'argent.

Quelques semaines plus tard, au cœur de la nuit, un train spécial dirigé par Nicholson arriva à Kiowa Creek. Ils remontèrent la locomotive, la chargèrent sur un wagon avec une grue géante et la remorquèrent jusqu'aux ateliers de réparation de la compagnie à Kansas City. Là, elle fut réparée et l'on changea légèrement son apparence. On lui attribua un nouveau numéro et on la remit en service. L'opération fut si bien menée que pas un rancher de la région ne sut jamais qu'on l'avait récupérée. Les rapports n'indiquent pas si la locomotive fut rebaptisée *No. 1026*, comme le suggère Bob Richardson. Cette partie de l'histoire ne sera sans doute jamais éclaircie.

J'ai une dette de reconnaissance envers les centaines de personnes qui ont donné tant d'énergie à notre recherche. Bien que nous n'ayons pas trouvé la locomotive, nous avons mis au jour ce qui paraît être une escroquerie à l'assurance vieille de cent vingt ans, faite par une compagnie de chemins de fer qui n'existe plus.

Mais l'avons-nous vraiment fait ?

Malgré les rapports des archives, bien des gens refusent de croire que la locomotive a été retrouvée. Les ranchers de la région prétendent qu'elle est toujours enterrée dans les sables de Kiowa Creek. On murmure qu'autour de minuit, quand aucun train ne doit plus passer, on peut entendre le hululement plaintif d'un sifflet à vapeur qui approche au loin. Puis vient le tintement d'une cloche et le rugissement de la vapeur. Si les conditions sont bonnes et si la pluie tombe, on aperçoit une lumière descendre la pente, venant de l'ouest et se dirigeant vers la crique. En atteignant le pont, le rayon lumineux clignote soudain et disparaît tandis que le bruit d'une locomotive se fond dans la nuit.

Tant qu'on se souviendra d'elle, l'âme de la *Locomotive No. 51* ne mourra jamais.

HUITIÈME PARTIE

# LE HMS « PATHFINDER », LE « U-21 » ET LE « U-20 »

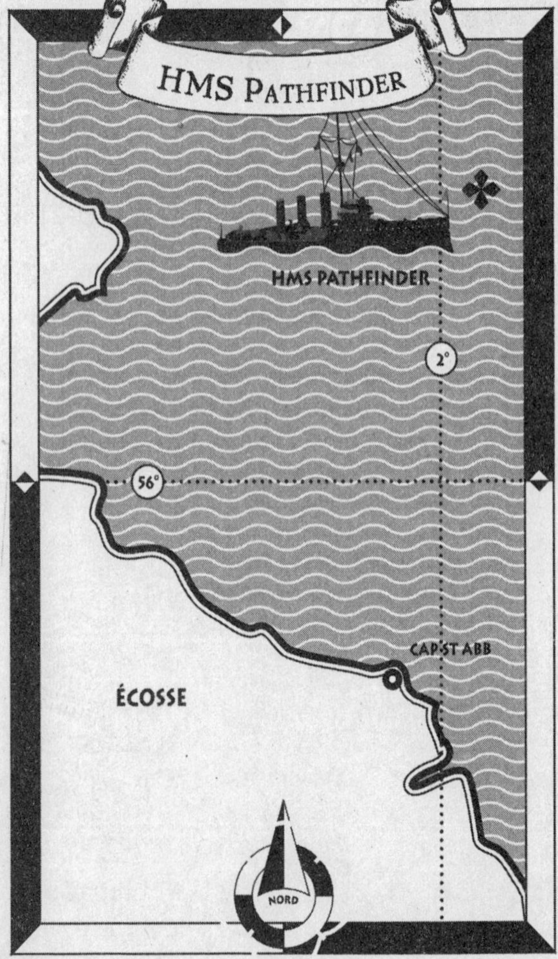
HMS Pathfinder
HMS PATHFINDER
2°
56°
CAP ST ABB
ÉCOSSE
NORD

U-21
U-21
04'
54'
N
TERSCHELLING
ANGLETERRE

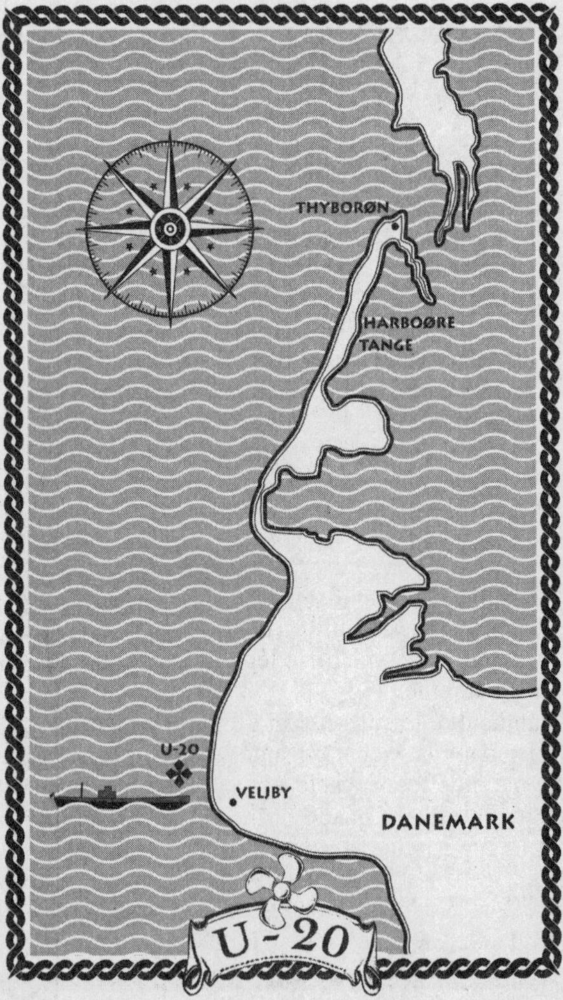
THYBORØN
HARBOØRE
TANGE
U-20
VELJBY
DANEMARK
U - 20

I

# La mort venue des profondeurs

*5 septembre 1914*

— Rien à l'horizon, cria au commandant la vigie perchée sur un petit prolongement du kiosque.

Trente milles au large du cap Saint-Abb, en Ecosse, la mer était plate avec juste quelques vaguelettes. Naviguant à douze nœuds dans des eaux où le beau temps était rare, le *U-21* labourait l'eau aussi verte qu'un champ de maïs. L'écume froide éclaboussant les ponts du *U-21* faisait un bruit semblable au chuintement d'une chaussure mouillée. Il était 15 h 40. L'air était clair et pur, avec une brise légère. C'était un bel après-midi d'automne.

Tandis que le sous-marin glissait comme un spectre d'acier dans la mer mouvante, les lignes sculptées de sa coque intérieure gracieusement fuselée donnaient au bateau sa stabilité quand la mer était grosse. Sa coque extérieure, cependant, n'était qu'une façade. La partie visible n'était qu'une peau profilée que l'eau envahissait quand il était en plongée. Sa ligne unique lui assurait une plus grande vitesse sous la surface.

Ses machines étaient confortablement montées dans une coque pressurisée séparée, en acier tubulaire, où vivait et travaillait l'équipage. Les sous-marins de la Première Guerre mondiale construits par les Américains et par les Anglais avaient une forme de cigare et étaient de ce fait ballottés comme des baleines malades par gros temps. Ce n'était pas le cas des Unterseeboote allemands. Leur double coque spéciale leur permettait une grande vitesse de croisière en surface comme en plongée. Pour 1914, ils étaient considérés comme de petits prodiges.

— Toujours rien à l'horizon ! rapporta la vigie.

S'étendant de chaque côté de la coque extérieure, il y avait des paliers jumeaux tenant à l'avant et à l'arrière des plaques de plongée. Celles-ci constituaient les ailes grâce auxquelles le sous-marin montait et descendait dans les profondeurs. Quand on donnait l'ordre de plonger, les réservoirs à ballast se remplissaient d'eau de mer jusqu'à ce que soient atteintes la profondeur désirée et une flottabilité neutre. Imaginez un enfant plaçant sa main à l'extérieur de la fenêtre d'une voiture en marche. Quand il bouge le bout de ses doigts, sa main monte ou descend à cause de la résistance de l'air. Le principe est le même pour les plaques de plongée des sous-marins.

Deux tubes de lancement envoyaient des torpilles longues de sept mètres seize et dépassaient de la partie arrière de la coque, à côté des deux hélices de bronze et du gouvernail. Une seconde paire de tubes de lancement sortaient très bas à l'avant, sous les ancres, tenus par des supports rigides qui les empêchaient de bouger quand le bateau était en mouvement. Au-dessus de la ligne de pont, le U-boat était aussi gracieux qu'une anguille de mer. Au-dessous, il était aussi laid qu'un phacochère.

Le pont supérieur plat avait deux niveaux recouverts d'une peinture noire caoutchoutée sur laquelle on circulait. Des garde-corps métalliques d'un mètre vingt de haut délimitaient les zones du pont où se tenait généralement l'équipage quand le bateau naviguait. Dans les autres zones du pont, il fallait faire attention et s'attacher pour éviter d'être jeté à la mer. Même quand le sous-marin avançait en surface sur des eaux calmes, le pont était perpétuellement éclaboussé.

Haut de trois mètres soixante, le kiosque s'élevait comme une enclume retournée, avec des angles vifs de part et d'autre et arrondi au centre.

Un canon de deux pouces était monté à mi-distance de la poupe. Les quatre moteurs diesel du U-boat, connectés deux par deux à un arbre d'hélice, pouvaient le pousser à quinze nœuds en surface et à près de neuf nœuds en immersion. Comme ses sous-marins frères, le *U-21* était peint en gris clair pour se fondre dans la mer et le ciel.

— Vingt minutes avant que les batteries soient complètement chargées, cria l'officier mécanicien dans le porte-voix au Korvettenkapitän Otto Hersing, commandant du *U-21*, qui se tenait dans le kiosque.

Hersing était un homme d'allure distinguée, aux yeux bruns et tristes. Ses cheveux souples, coupés très court, étaient aplatis au peigne. Grand et mince, avec des traits d'oiseau de proie, il plaisait aux femmes.

Il jeta un bref coup d'œil à la côte grisâtre au loin, puis reporta son attention sur la carte marine. Après seulement une semaine de mer, le papier commençait à s'abîmer à cause de la perpétuelle humidité de la mer. Hersing était engagé dans un jeu dangereux de cache-cache avec la flotte britannique. Les navires de la Royal Navy qui passaient par l'estuaire de la Forth patrouillaient sans cesse pour détecter les navires de guerre allemands en surface ou en plongée. Pour sa plus grande frustration, le *U-21* ne cessait de les manquer.

Un mois et un jour s'étaient écoulés depuis que les canons d'août avaient déclenché la guerre qui allait déferler sur presque tous les pays d'Europe et pourtant le *U-21* n'avait pas encore tiré une seule torpille. Depuis que le *Hunley* confédéré avait coulé le *Housa-*

*tonic* pendant la guerre de Sécession, aucun navire n'avait été coulé par un sous-marin. Hersing aurait volontiers abandonné une année de solde pour que le *U-21* ait l'honneur d'être le premier des trois U-boats que possédait l'Allemagne au début du conflit à démolir un navire ennemi.

Respirant l'air marin et l'embrun salé qui frappaient la proue derrière l'écran du kiosque qui le protégeait du vent, Hersing saisissait toutes les occasions de quitter l'atmosphère confinée de la coque pressurisée, avec ses odeurs d'humidité, de fumées de diesel et de sueur. La condensation était si forte que l'équipage devait se couvrir le visage et le corps de toile cirée et de draps de caoutchouc pour dormir. Le système de ventilation faisait de son mieux pour nettoyer l'atmosphère mais l'air fétide demeurait prisonnier des cloisons d'acier.

— Nous resterons en surface jusqu'au chargement complet, cria Hersing à la salle des machines par le porte-voix.

Il n'était nullement pressé de refermer les écoutilles. Mieux valait laisser l'équipage profiter de l'air pur tant qu'il le pouvait. D'ailleurs, grâce à sa silhouette basse, le *U-21* pouvait apercevoir n'importe quel navire ennemi avant que celui-ci puisse le repérer.

Hersing s'étira, plia le dos et regarda le ciel sans nuages. Il pensa un moment à son village en Allemagne, se demandant s'il pourrait encore un jour en parcourir les rues étroites. A regret, il reporta son attention sur la tâche qui lui incombait. Il observa la mer à la jumelle, cherchant un signe de l'ennemi, comme un chasseur en embuscade sans proie à surveiller.

Où se cachaient les Anglais ? La plus grande flotte du monde ne pouvait rester à jamais invisible, pensait-il.

Au contraire de Hersing, qui aimait remonter son bateau en plein air, le commandant Martin Leake, de la Royal Navy, jouissait du confort de la timonerie du HMS *Pathfinder* et buvait du thé dans une tasse de porcelaine. Son croiseur léger avait passé les premières semaines de la guerre à exécuter des patrouilles de routine sans trouver trace de l'ennemi. Il ne craignait pas les sous-marins. Son bateau avait une vitesse deux fois supérieure à celle de ces cercueils flottants. Pour la plupart des officiers de marine britanniques, ils étaient sournois, déloyaux et ne possédaient aucune des qualités britanniques. Déjà deux U-boats avaient disparu, le *U-15* éperonné et coulé par le croiseur *Birmingham* et le *U-13* qui aurait sauté sur une mine.

Leake était fier de son gracieux navire de guerre. Il était rapide et mortel. Leake était sûr de pouvoir échapper à n'importe quel U-boat grâce à sa maîtrise de la vitesse et de la manœuvre. Ses ordres étaient simples. Avec le *Pathfinder*, il devait patrouiller en mer du Nord au large des côtes écossaises et couler tout Allemand en vue.

Construit dix ans auparavant et évalué à 2 940 tonneaux, le *Pathfinder* avait été récemment reconditionné par la Royal Navy, ce qui avait coûté presque un demi-million de livres. Construit aux chantiers navals de Cammel Laird, le rapide croiseur éclaireur mesurait quatre-vingt-dix mètres de long et huit mètres de large. Il était équipé de dix canons de douze livres et de huit canons légers de trois livres. L'étrave qui ornait la proue était droite et très professionnelle en haut comme en bas. Pas question d'y voir une de ces étraves prétentieuses de clipper.

Au milieu du navire, les parois de la coque étaient raccourcies afin que le pont arrière soit beaucoup plus bas sur l'eau que celui de l'avant. S'élevant au-dessus de la haute hanche avant, la timonerie était bizarrement construite sur des sortes de pilotis. Un grand mât s'étirait juste derrière, soutenant une antenne radio et une hune de vigie solitaire. Plus à l'arrière encore, une triple cheminée ventilait les fourneaux à charbon et surmontait le pont. Cinq chaloupes, deux canots à moteur et la vedette du commandant pendaient à leurs bossoirs au-dessus des ponts centraux.

Après le reconditionnement, Leake avait été ravi de constater que les systèmes très modernes paraissaient bien fonctionner. Mais les fourneaux nouvellement installés crachaient plus de fumée qu'il ne l'aurait souhaité. Malgré tout, l'équipage faisait son travail avec conscience et le navire répondait à la barre comme un pur-sang entraîné à la chasse à courre.

Tout allait bien à bord du *Pathfinder*, presque trop bien. Les dépêches quotidiennes en provenance de l'Amirauté recommandaient aux navires de sa flotte de rester vigilants. Mais cinq semaines de patrouilles ennuyeuses émoussaient un peu le sens réel du danger. Les fantômes sous-marins redoutés étaient quelque part là-bas, hantant la mer. En ce début des hostilités, les yeux n'étaient pas encore exercés à repérer les signes révélateurs d'un périscope.

Leake reposa sa tasse sur la soucoupe. Il se dit que le *Pathfinder* était à la hauteur de sa tâche. Il pouvait se rendre maître de n'importe quel opposant sauf un croiseur de bataille. Il se demanda s'il n'allait pas laisser la barre à son second et se retirer dans sa cabine pour jouir de quelques instants de solitude. Mais il ne se sentait pas fatigué et décida que cela pouvait attendre.

Cette décision lui sauva la vie.

Hersing descendit l'échelle à barreaux d'acier qui, du kiosque, le mènerait à la salle de contrôle, une jungle d'instruments, de jauges, de câbles et de tuyaux courant le long des murs courbes comme des serpents métalliques. Les ampoules électriques, protégées par des cages de métal qui les empêchaient de se casser si l'équipage était secoué pendant une attaque en immersion, projetaient une pâle lumière jaune. Les lampes paraissaient être installées au hasard et créaient des zones crépusculaires dans les recoins les plus éloignés du navire. L'avant de la salle de contrôle disposait d'une minuscule cuisine. Deux plats chauds et une marmite contenaient la nourriture que se partageaient les officiers et l'équipage. Pour un navire transportant quarante-deux hommes et plusieurs officiers, il n'y avait que deux cabinets dont l'un servait souvent de garde-manger en début de voyage. Ces placards ne pouvaient être utilisés en plongée à plus de vingt-cinq mètres. Et même quand le navire était en surface, la série de leviers utilisés pour tirer la chasse étaient si complexes qu'un faux mouvement envoyait le contenu de la cuvette au visage de l'utilisateur.

Les U-boats allemands n'étaient pas étudiés pour être confortables mais pour tuer et se révélaient aussi froids et impassibles que l'âme d'un receveur d'impôts.

Hersing s'assit à une petite table qu'il partageait en général avec son second. Il avala son dîner fait de soupe de pommes de terre aux saucisses et d'une tasse de chocolat. Il venait de finir quand un marin du *U-21* passa la tête dans l'étroite cuisine.

— Monsieur, le commandant en second réclame votre présence en haut.

Hersing se leva et mit sa casquette qu'il portait un peu penchée. Il grimpa l'échelle et retourna dans le kiosque.

— Vous avez vu quelque chose ? demanda-t-il sans préambule.

L'officier en second Erich Heibert tendit ses jumelles à Hersing et montra un point au loin.

— Là, au nord-est, une colonne de fumée.

Hersing regarda le nuage sombre à l'horizon. Plus tard, il dirait avoir vu « une fumée noire, épaisse et prometteuse tandis qu'une trace sombre grandissait pour devenir la silhouette d'un navire ».

Il attendit patiemment que l'image devienne plus distincte.

— On dirait un croiseur britannique. De type éclaireur. Alertez l'équipage et donnez l'ordre de plonger.

Avec un son ressemblant à celui d'une cloche d'incendie, la sonnerie d'alarme de plongée du *U-21* résonna dans l'espace confiné du sous-marin. Les marins coururent à leurs postes, enfonçant la tête dans leurs épaules en se faufilant par les écoutilles étroites. On ferma le panneau du kiosque, on ouvrit les vannes permettant de remplir les réservoirs et le *U-21* glissa lentement sous les eaux mouvantes de la mer du Nord.

— Réglez les panneaux de plongée pour nous mettre en immersion périscopique, ordonna Hersing.

Naviguant suivant la route prévue pour sa patrouille au large des côtes d'Ecosse, le *Pathfinder* n'était pas conscient de la menace. Le ruban d'épaisse fumée noire ennuyait toujours Leake mais il ne pouvait pas y faire grand-chose avant que son navire retourne au port.

— Rapport de vigie, ordonna-t-il.

— La vigie rapporte que tout est clair, répondit son second.

— L'heure ?

— Seize heures quarante, monsieur.

Leake regarda la grande colonne de fumée qui s'échappait des trois grosses cheminées, ondulant haut dans le ciel sans bénéficier du moindre souffle de vent.

— Nous envoyons beaucoup de fumée, dit-il. Autant annoncer tout de suite notre position à tous les navires allemands à cinquante milles à la ronde. Appelez la salle des machines et demandez s'ils ne peuvent la réduire un peu.

Sur le pont inférieur, l'enseigne de vaisseau Edward Sonnenschein vérifiait la position des portes étanches, inscrivant ses remarques sur un calepin. Né en Angleterre, Sonnenschein portait un nom allemand. Pourtant on ne pouvait être plus anglais que lui.

— La porte de la soute à munitions est sûre, annonça un marin.

— Porte sûre, nota Sonnenschein.

Et cela continua jusqu'à ce qu'il ait inspecté toutes les portes et certifié de leur bon état. Alors Sonnenschein glissa la feuille dans la fente de la boîte à documents devant la cabine du commandant et se présenta sur le pont.

— Toutes les portes sont sûres, monsieur, dit-il à Leake. Le rapport est dans la boîte de votre cabine.

— Très bien.

Leake répondit sans quitter la mer des yeux. Il pensait davantage aux bateaux allemands de surface qu'aux U-boats.

Le *Pathfinder* poursuivait sa route.

Sa quille à dix-huit mètres sous les vagues, le seul bruit s'échappant du *U-21* était celui de ses moteurs électriques qui ronronnaient comme une armée de chats. Quinze minutes avant dix-sept heures, le *U-21* commença son approche d'attaque. Hersing retourna sa casquette, la visière sur la nuque, et pressa ses yeux contre le viseur du périscope de cinq centimètres de diamètre. Après dix secondes à peine, il s'en éloigna.

— Baissez le périscope, ordonna-t-il. Prenez le cap au deux-neuf-zéro.

— Deux-neuf-zéro, répéta l'homme de barre.

— Si l'Anglais maintient son cap actuel, dit Hersing à l'équipe de la salle de contrôle, nous devrions être à bonne distance de tir dans quinze minutes.

Comme un tigre s'approchant furtivement de sa proie, le *U-21* s'avança méthodiquement pour tuer. Hersing hissa encore le périscope, logea à nouveau sa cible et apporta les corrections nécessaires au lancement d'une torpille. Le croiseur britannique approchait presque droit devant. Huit cents mètres à peine séparaient les deux bâtiments.

— Lance-torpilles numéro un, parez à tirer !

La patience était une qualité nécessaire pour les commandants d'U-boats allemands. Hersing attendit d'être à bonne distance aussi calmement que s'il attendait un taxi.

L'officier en second Heibert, debout à l'avant de la salle des armes, dévissa le couvercle du mécanisme de tir et se tint prêt à exécuter l'ordre qui, il le savait, allait bientôt venir.

Le U-boat et le croiseur n'étaient plus qu'à cinq cents mètres l'un de l'autre quand Hersing cria dans le même souffle :

— Torpille, feu ! Baissez le périscope.

La torpille bondit de la proue du *U-21* comme une lance partant de la main d'un dieu mythique et le tube mortel fila vers le *Pathfinder*. Hersing attendit impatiemment le bruit d'une explosion étouffée et la secousse qui suivrait. Il ignorait, comme le lieutenant de vaisseau Dixon cinquante ans avant lui, les effets des explosions sous-marines. Il tapa nerveusement du pied sur le pont d'acier froid.

Trente secondes s'écoulèrent. Puis une minute. « C'est raté », pensa-t-il. Considéré comme le meilleur tireur lors des entraînements avec torpilles de toute la flotte de U-boats, il avait du mal à croire que ses calculs étaient erronés. Une minute et quinze secondes. Trop long pour une course de seulement mille cinq cents mètres.

— Torpille ! hurla la vigie perchée sur son nid-de-pie. Sur tribord arrière !

Le commandant Leake réagit immédiatement.

— A pleine vitesse sur tribord toute !

Le *Pathfinder* roula sur son bau tribord, le pont

arrière presque immergé tandis que ses grosses hélices mordaient l'eau qu'elles firent mousser, ses puissants moteurs tournant au maximum pour échapper à une mort certaine. En un pari désespéré, Leake essaya de faire dévier la torpille avec la force que ses hélices donneraient à l'eau.

Suivant sa course, la torpille se rapprochait du bateau. Cinquante mètres, trente, dix. Regardant depuis la timonerie, Leake avait l'impression que le temps s'était arrêté. Puis soudain, qu'il reprenait sa course.

La tête de la torpille frappa le *Pathfinder* sous la cheminée avant, fracturant la plaque d'acier et percutant une des chaudières. Des morceaux surchauffés de shrapnel percèrent les parois entourant la soute à munitions et déclenchèrent une explosion massive qui fit voler les entrailles du navire.

L'explosion fut beaucoup plus forte que Hersing ne s'y attendait. Une énorme montée de la pression de l'eau martela le corps du *U-21*. Plusieurs hommes furent jetés à terre et se blessèrent en tombant contre des objets métalliques. Les lumières s'éteignirent et se rallumèrent tandis que le relais des batteries se débranchait.

— Hissez le périscope !

Le commandant allemand, en se penchant sur l'oculaire, fut ravi de ce qu'il découvrit, plus loin sur l'eau.

Le croiseur britannique était en train de mourir. Pendant que Hersing regardait, une autre explosion secoua le navire déjà très touché quand la soute à munitions avant explosa. Des morceaux de la timonerie s'envolèrent et retombèrent violemment dans l'eau en une pluie épaisse. Il plongea de la proue, sa poupe se releva avec ses hélices qui, tournant toujours, paraissaient vouloir déchirer le ciel. Hersing chercha des yeux d'éventuelles chaloupes. Il en aperçut une, à demi submergée, mais il ne vit pas de survivants.

Fermement accroché au périscope, il observa le spectacle qui se déroulait devant lui avec un étonnement croissant. Une nouvelle explosion secoua le navire anglais lorsqu'une chaudière éclata au contact soudain de l'eau froide. Comme hypnotisé, Hersing vit le *Pathfinder* glisser sous les vagues et disparaître comme s'il n'avait jamais existé.

— Baissez le périscope, murmura-t-il, encore secoué. Passez à zéro-trois-zéro.

Filant silencieusement sous l'eau, le *U-21* s'éloigna de sa victime et se prépara à en trouver une autre.

Une poignée d'hommes seulement du *Pathfinder* put quitter le navire. Personne n'eut le temps de mettre des chaloupes à l'eau car la plupart avaient été détruites avant que le bateau coule. Aucun marin n'eut le temps de s'extraire des entrailles du bâtiment.

« Ceux qui n'étaient pas sur un pont ouvert quand la torpille nous a frappés ne purent que mourir », se souvint le lieutenant de vaisseau Sonnenschein.

Il avait enlevé toutes les bouées de sauvetage du placard où elles étaient rangées avant de sauter à l'eau. Il les avait passées autour des hommes qui luttaient pour leur vie au milieu des débris du bateau. Il avait eu le cœur serré en constatant qu'ils étaient si peu nombreux.

Le commandant Leake, bien que gravement blessé, était vivant. Lorsque le *Pathfinder* avait vacillé sous le premier coup de la torpille, il avait été projeté contre la porte de la timonerie, quelques secondes avant que toute la structure ne s'effondre. Le chirurgien, également blessé, était conscient. Au moment de l'impact, il fumait une cigarette sur le pont.

— Mince, alors ! murmura-t-il entre ses dents serrées par la douleur. Quelqu'un peut-il m'aider à rester à la surface ? Je crois que mes deux bras sont cassés.

— Médecin, guéris-toi toi-même, répondit Sonnenschein avec une grimace.

Il nagea vers le médecin et l'attacha à une planche qui avait autrefois fait partie d'une chaloupe à moteur. Puis il le tira vers la seule chaloupe et les deux radeaux qui avaient échappé à la destruction.

Les hommes qui luttaient pour survivre trouvèrent l'eau de la mer du Nord affreusement froide. Ils pagayaient ou s'agrippaient à des morceaux d'épave pour ne pas s'enfoncer, essayant d'atteindre la chaloupe et les radeaux puis attendant des secours qui, ils en étaient certains, arriveraient trop tard. Ils savaient que la mort par hypothermie était une question de temps et commençaient à perdre courage et à parler de la mort.

Sonnenschein ne les laissa pas faire.

— Ne soyez pas stupides, leur cria-t-il. N'abandonnez pas. Les secours sont en route.

Un marin cracha de l'eau salée entre ses dents.

— C'est inutile, lieutenant. Je ne crois pas que Sparks ait eu le temps de lancer un SOS.

— Obligez les hommes à rester groupés, dit Leake à Sonnenschein d'une voix faible. Ne les laissez pas dériver.

Sonnenschein commença à réciter le poème de Rudyard Kipling, *Si*.

— Si tu peux garder la tête haute quand tous autour de toi perdent la leur et que c'est toi qu'ils blâment...

Lentement, l'un après l'autre, les survivants commencèrent à se rapprocher tandis que Sonnenschein les obligeait à répéter sans relâche le poème.

Le *Pathfinder* avait coulé en quatre minutes. Une grande partie de son équipage avait coulé avec lui. Les plus chanceux, dans l'eau, furent assez vite repêchés. L'explosion avait été entendue de la terre et annoncée. Un escorteur britannique qui naviguait dans la zone fut presque immédiatement dérouté et repêcha les survivants peu après.

Sur environ trois cent cinquante hommes, il n'y eut que onze survivants.

Deuxième navire de l'Histoire à avoir été coulé par un sous-marin, le *Pathfinder* avait compté plus de victimes que le *Housatonic.*

Otto Hersing et son *U-21* entrèrent dans l'Histoire en devenant le premier sous-marin à couler un navire *et à s'en sortir.* Ensemble, ils continuèrent à flirter avec la gloire et remportèrent d'autres premières.

Après un rendez-vous avec un pétrolier au large des côtes d'Espagne, le *U-21* fut le premier à refaire le plein en mer. Il fut aussi le premier à plonger en Méditerranée où il coula deux navires de guerre du côté de Gallipoli. Son palmarès compte aussi plus de vingt navires marchands qu'il envoya par le fond.

D'autres commandants de U-boats coulèrent plus de bateaux que Hersing mais aucun n'égala son tonnage. Il poursuivit des navires de guerre, dépassant souvent des navires de commerce pour envoyer son lot de torpilles dans les flancs d'un escorteur ou d'un croiseur.

Des cent premiers sous-marins allemands, seuls quelques-uns survécurent à la guerre. Le *U-21* fut l'un d'eux. Après l'armistice, le 20 novembre 1918, Hersing reçut l'ordre de rendre son navire à la marine britannique à Harwich, en Angleterre, où celui-ci devait être saisi et ferraillé. Pendant le trajet depuis Kiel, en Allemagne, il informa son escorteur britannique de ce que le navire avait une fuite. Trop tard pour empêcher le sabordage, les marins anglais ne purent que ramasser les survivants allemands.

Plein de défi jusqu'à la fin, Otto Hersing avait envoyé son très cher *U-21* par le fond de la mer du Nord plutôt que de le laisser à l'ennemi.

Plusieurs années après la guerre, le célèbre explorateur journaliste Lowell Thomas rendit visite à Hersing dans son village à cinquante kilomètres de la mer du Nord. Le légendaire commandant de U-boat, devenu gentleman-farmer, habitait un petit cottage entouré d'arbres fruitiers et de jardins. Après l'avoir repêché dans la mer du Nord et renvoyé en Allemagne, les Anglais avaient mis sa tête à prix mais il avait réussi à se dérober à l'arrestation jusqu'à ce que les sentiments de haine se soient apaisés.

Quand Thomas demanda à l'ancien tombeur de navires alliés à quoi il s'occupait, Hersing répondit :

— Je fais pousser de très belles pommes de terre.

II

## Coulé en dix-huit minutes

*7 mai 1915*

Comme un spectre errant, le *U-20* sortit du brouillard de la mer d'Irlande et se glissa le long d'un petit schooner[1] à mâts carrés avant d'être aperçu.

— Armez le canon ! ordonna calmement le Kapitanleutnant Walter Schwieger.

Sous ses airs de joli garçon, ses cheveux blonds et son teint clair, une volonté impitoyable animait Schwieger. Envoyer par le fond un navire et un équipage civils ne l'empêchait pas de dormir. Au cours d'un précédent voyage, il s'était approché d'un navire-hôpital pourtant marqué de croix rouges et l'avait torpillé. Heureusement, il l'avait manqué, sinon sa réputation de vampire aurait encore augmenté.

Les canonniers s'empressèrent d'introduire un obus de soixante dans la culasse du canon et visèrent le schooner. Schwieger saisit un mégaphone et cria dans le brouillard recouvrant les vagues :

— Quel navire êtes-vous ?

Il avait noté la croix de Saint-George anglaise flottant sur la drisse.

— Le *Earl of Latham*, répondit le commandant surpris en voyant le sous-marin menaçant.

1. Petit bateau à deux mâts gréé comme une goélette.

— Préparez-vous à être abordés, annonça Schwieger.

Les cinq marins du petit schooner se rassemblèrent sur le pont tandis que le canot gonflable du sous-marin se dirigeait vers lui. Bientôt le second de Schwieger, Raimund Weisbach, grimpait à bord.

— Où est votre manifeste ? demanda-t-il au commandant.

Celui-ci descendit silencieusement le chercher et revint avec une feuille sur laquelle était énuméré le fret du schooner.

— Nous transportons des pommes de terre et du bacon, de Limerick à Liverpool. Rien qui puisse vous intéresser.

— De la nourriture pour vos troupes, devina le perspicace Weisbach. Mettez vos chaloupes à la mer. Nous allons couler ce bateau.

Tandis que l'équipage du *Earl of Latham* descendait les chaloupes et se dirigeait vers la côte qui n'était qu'à trois milles, Weisbach regagna le *U-20* et fit son rapport à Schwieger.

— Des pommes de terre et du bacon. Etant donné que nous ne manquons pas de pommes de terre, je propose que nous nous servions en bacon.

Schwieger sourit.

— Je vous en prie, lieutenant, mais dépêchez-vous. Nous ne pouvons risquer qu'un navire de guerre anglais nous repère.

— Est-ce qu'on déguerpit ou est-ce qu'on le brûle ?

— Je pense qu'il sera plus rapide d'utiliser des grenades et le canon de pont. Il ne vaut pas une torpille.

Après avoir transporté à bord et rangé dans la cale cinquante livres de bacon, l'équipage du sous-marin jeta des grenades dans les écoutilles du *Earl of Latham*. Puis le canon de pont ouvrit le feu, creusant trois trous sous la ligne de flottaison.

L'équipage du schooner se retourna pour contempler

avec tristesse le navire rouler sur ses baux, les voiles pendantes, puis plonger sous les vagues.

Deux heures plus tard, le *U-20* aperçut un steamer, lui envoya une torpille et le manqua. Le bateau poursuivit sa route sans réaliser à quel point il avait été proche de sauter.

Ensuite Schwieger aperçut le pavillon norvégien flottant au mât du navire et annula l'attaque.

Jusque-là, le voyage du *U-20* n'avait rien donné. Il leur fallait une vraie cible. Quelque chose qui vaille la peine de lancer ses dernières torpilles. Soudain Schwieger vit venir la chance. L'un après l'autre, il torpilla le paquebot *Candidate* et ses passagers puis le cargo *Centurion*. Par miracle tous les passagers et les hommes d'équipage des deux bâtiments purent être sauvés.

Il ne restait à Schwieger qu'une dernière torpille. Il décida d'attendre un jour ou deux, espérant améliorer son score avant de faire demi-tour et de rentrer à son port en Allemagne, pour refaire le plein et vérifier l'état de son sous-marin.

Le brouillard s'était épaissi sur la mer quand le *Lusitania* approcha les côtes déchiquetées du sud de l'Irlande. Le commandant William Thomas Turner arpentait le pont de son navire, tentant de percer la brume dense, écoutant si un écho répondait à sa corne de brume, signalant la présence d'un autre bâtiment. Regardant par la fenêtre du pont, il vit les marins apparaître et disparaître sur le pont avant comme des fantômes accomplissant leurs tâches.

Sans jamais s'éloigner de plus de quelques pas de l'homme de barre, Turner se tenait prêt à crier « en arrière toute » si un autre navire sortait soudain du rideau de brouillard gris.

— Ouvrez l'œil pour éviter une collision, conseilla Turner aux officiers qui regardaient eux aussi par la fenêtre de la cabine de pilotage. Nous ne sommes pas les seuls à traverser la mer d'Irlande.

— Mieux vaut un autre navire qu'un U-boat allemand, murmura un jeune enseigne, Albert Bestic.

Turner l'entendit et répondit sèchement :

— Aucun sous-marin ne pourrait nous trouver dans cette purée de pois, monsieur Bestic. N'importe quel aveugle vous le dirait !

— Excusez-moi, monsieur, je pensais tout haut aux rapports que j'ai lus sur les torpillages allemands.

— Tous ces racontars sur les sous-marins et leurs torpillages ! se moqua Turner. Je n'ai entendu parler d'aucun sous-marin capable de naviguer à vingt-sept nœuds.

Bestic n'avait pas l'intention de poursuivre la discussion avec le pacha du *Lusitania*. Il savait qu'il n'aurait pas le dernier mot, surtout s'il voulait avoir un bon rapport des Cunard Lines dans son dossier. Mais ce n'était un secret pour personne, parmi l'équipage, qu'à cause du manque de chauffeurs dont beaucoup avaient été versés dans la Royal Navy pour la durée de la guerre, et à cause du prix élevé du charbon dû à des fournitures insuffisantes, le *Lusitania* naviguait à moins de deux tiers de sa vitesse normale. Avec six de ses vingt-cinq chaudières éteintes, il ne faisait que dix-huit nœuds. Les bons jours, si tous ses fourneaux étaient correctement alimentés, ses moteurs pouvaient développer soixante-dix mille chevaux qui faisaient tourner ses quatre grosses hélices de bronze et lui permettaient de fendre l'eau à trente nœuds, une vitesse suffisante pour semer n'importe quelle torpille.

Un marin s'approcha de Turner et lui tendit un message radio. « Mettez le cap sur le milieu du chenal. Il y a des sous-marins au large du Fastnet. » Fastnet Rock, au point le plus au sud de l'Irlande, constituait un repère important pour les marins. Ce message avait été répété tout au long de la nuit.

Turner ne parut pas impressionné. Il enfonça le message dans la poche de sa vareuse et ne dit rien. Will Turner était un vieux loup de mer dur à cuire. Il avait navigué comme mousse de pont sur des bateaux à voiles et, en trente-sept ans, s'était hissé au poste de commandement des plus gros et des plus prestigieux navires des Cunard Lines.

Ce drôle de vilain canard, comme l'avait défini un de ses officiers, n'aimait pas se mêler aux passagers.

— Un tas de singes, avait-il dit un jour en parlant d'eux.

Il avait fait naufrage une fois mais fut néanmoins nommé commandant dans la Royal Navy par le roi George en personne.

Les messages se succédèrent rapidement tout au long de la matinée. « L'Amirauté britannique vous recommande de zigzaguer lorsque vous approchez les zones dangereuses. » Suivi par : « Sous-marins actifs dans la partie sud du chenal irlandais... » Ou encore un autre avertissement : « Sous-marins au sud de Cape Clear se dirigeant vers l'ouest aperçus à dix heures ce matin. »

Froissant le papier, Turner lança le dernier avertissement dans une poubelle.

— Sacrée direction, grommela-t-il. Si l'on m'autorisait à allumer toutes les chaudières, nous pourrions aller bien plus vite que tous ces fichus U-boats et leurs torpilles !

Pourquoi Turner, marin expérimenté depuis près de quatre décennies et commandant jouissant de la confiance de la Cunard, ignora-t-il les avertissements et les ordres reste un mystère aujourd'hui encore. On aurait presque pu croire qu'il essayait de mettre le *Lusitania* sur le chemin de Walter Schwieger et de son Unterseeboot *U-20*, le sous-marin jumeau du *U-21* de Otto Hersing.

En moins d'une heure, les deux hommes et leurs

ordres se rencontreraient d'une façon que ni l'un ni l'autre n'imaginait.

Dans l'un des plus luxueux salons de première classe du *Lusitania*, Charles Frohman, un célèbre producteur de théâtre, était allongé dans un fauteuil rembourré. Vêtu d'un pyjama et d'une robe de chambre de soie, il reposa le manuscrit d'une comédie qu'il lisait et essuya ses lunettes avec un mouchoir.

— Comment le trouvez-vous ? demanda son valet William Stainton.

— Avec les scènes musicales appropriées, ça doit être présentable.

Au contraire de la plupart des domestiques, Stainton appréciait la compagnie de son employeur. Au fil des années où il avait travaillé pour le producteur, les deux hommes s'étaient rapprochés. Frohman traitait son valet davantage comme un assistant que comme un domestique. Au lieu de ne parler que quand on lui adressait la parole, Stainton n'hésitait jamais à questionner son patron pour connaître ses besoins.

— Déjeunerez-vous dans la salle à manger ou dois-je vous faire apporter le repas dans la suite ? demanda-t-il.

— Je dînerai avec des amis dans l'un des salons, répondit Frohman en commençant à enfiler le costume bleu fraîchement repassé que Stainton avait étendu pour lui sur le lit.

Stainton posa plusieurs pilules sur un plateau d'argent avec un verre de jus de tomate. Le producteur souffrait d'arthrite qui affectait les articulations de ses jambes.

— J'ai demandé au médecin du bord de vous préparer des pilules qui soulageront la douleur de vos genoux.

— Est-ce tellement évident, William ? demanda Frohman en avalant le médicament.

— Je n'ai pu m'empêcher de remarquer que vous boitiez quand vous vous êtes levé pour aller à la salle de bains, dit Stainton d'un ton inquiet en lui tendant sa canne.

— Vous pouvez rester ici, si vous voulez.

— Si cela ne vous dérange pas, monsieur, répondit Stainton en ouvrant la porte donnant sur le pont, j'aimerais vous accompagner jusqu'à la salle à manger et m'assurer que vous êtes bien installé.

— Comme vous voudrez, dit Frohman en souriant.

Il s'engagea dans le passage puis sortit dans l'épais brouillard, sa canne tapant légèrement le plancher de teck poli du pont.

Le riche homme du monde Alfred Vanderbilt entra dans la salle à manger et se dirigea vers la table proche de la fenêtre qu'il avait réservée auprès du commissaire de bord. Il portait un costume de tissu noir finement rayé avec une lavallière bleue à pois et était coiffé d'une casquette de tweed dernier cri. Il n'avait dans ses poches ni argent ni papiers. Il était si connu et si riche qu'il lui suffisait de dire son nom pour que toutes les portes s'ouvrent et qu'on étale un tapis rouge.

Le seul objet que portait Vanderbilt était une montre de gousset, comme du reste la plupart des passagers, y compris les femmes. Les leurs étaient seulement plus petites et elles les portaient autour du cou. Il ouvrit la sienne, très ornée et en or massif et regarda le cadran. Les aiguilles, sur le disque à chiffres romains, indiquaient 12 h 42.

Son valet, Ronald Deyner, tira la chaise, sur laquelle Vanderbilt s'assit, et se tint à côté de lui.

— Veuillez voir s'il n'est pas arrivé de messages radio pour moi, demanda-t-il à Deyner. Bonjour, ajouta-t-il aimablement en se tournant lorsque le serveur lui tendit le menu qu'il refusa d'un geste. Je prendrai ce que votre chef recommande.

Charles Frohman s'approcha de la table de Vanderbilt et s'arrêta.

— Bonjour, Alfred.

Vanderbilt remarqua le boitillement du producteur.

— Vous êtes-vous blessé à la jambe, Charles ?

— Arthrite, dit Frohman en haussant les épaules avec résignation. Ça me fait horriblement souffrir des genoux.

— Avez-vous essayé les bains sulfurés ?

— Ça et tous les autres bains chimiques connus.

— Allez-vous sur le continent pour le travail ou pour le plaisir ? demanda Vanderbilt.

Frohman sourit.

— Mon travail est mon plaisir. Je vais voir ce que les revues londoniennes ont à nous offrir. Je suis toujours à l'affût de bon matériel et de nouveaux talents, vous savez.

— Je vous souhaite bonne chance.

— Et vous, Alfred ? Quels sont vos projets ?

— Quand j'aurai vu quelques chevaux à Londres pour mes écuries, mon valet et moi visiterons la France et l'Allemagne en automobile, répondit Vanderbilt. Je viens d'apprendre à conduire et je ne peux plus me passer de ces damnés engins.

— Je vous souhaite bon voyage. Quand vous rentrerez, demandez à votre secrétaire d'appeler mon bureau et je vous enverrai des billets pour mon prochain spectacle.

— Je n'y manquerai pas, merci.

Frohman fit un signe de tête courtois et se dirigea vers sa table dans un angle d'où il pourrait observer les autres dîneurs dont beaucoup étaient des célébrités de l'époque. Il y avait l'excentrique éditeur auteur de *Un message à Garcia*, Elbert Hubbard. L'auteur de théâtre à succès et romancier Justus Forman. La célèbre suffragette Lady Margaret Mackworth. Et aussi Theodate Pope, architecte connu et médium.

Frohman et Stainton sourirent en voyant les six jeunes enfants de Paul Crompton, de Philadelphie. Ils étaient très turbulents et ignoraient complètement leur nurse aigrie qui ne réussissait pas à les faire asseoir tranquillement autour d'une table. M. et Mme Crompton les prenaient comme ils étaient et les réprimandaient rarement.

Frohman, comme la plupart des gens assis dans la salle à manger autour de lui, ignorait qu'ils allaient prendre le dernier repas de leur vie sur cette terre.

Comme s'il sortait d'un bain de vapeur, l'avant du *Lusitania* déboucha soudain en plein soleil. Le commandant Turner leva les yeux du livre de bord lorsque le son de la corne de brume cessa d'un seul coup son vacarme monotone. Regardant vers l'arrière, il vit les grosses cheminées, d'habitude peintes en « rouge Cunard » mais recouvertes de noir à cause de la guerre, sortir du brouillard comme des mains d'une paire de gants.

Le déjeuner achevé, les passagers vinrent les uns après les autres sur le pont, certains s'installant sur des chaises longues, d'autres se promenant sur les ponts ouverts encore humides de la brume épaisse. L'excitation s'empara d'eux à la vue des côtes découpées d'Irlande au loin. Ne sachant plus avec exactitude la position du navire à cause du brouillard, le commandant Turner fut surpris de se trouver si près de la terre. Il aurait dû être au moins quarante milles plus au centre du chenal.

Le président de la Cunard, Alfred Booth, fit un appel personnel à l'Amirauté pour qu'on prévienne les paquebots de la perte du *Candidate* et du *Centurion* quelques heures auparavant. Mais apparemment, le message resta lettre morte et Turner, comme il l'avait fait pour les précédents, l'ignora purement et simplement.

Le *Lusitania* poursuivit sa route, ignorant de son destin.

Schwieger n'était pas fixé sur un cap particulier. Le *U-20* naviguait sans but précis en surface, son commandant étant incapable de distinguer une victime dans le brouillard. Il attendait patiemment qu'il se lève, espérant trouver une occasion. Il n'eut pas longtemps à attendre.

Soudain, les vigies se retrouvèrent sous un ciel bleu et un soleil éclatant. Naviguant à l'aveuglette au cours de la dernière heure, le sous-marin s'était rapproché de la côte. Schwieger se retourna en entendant crier son second Weisbach, de quart dans le kiosque :

— Navire à bâbord !

Schwieger courut le rejoindre et regarda dans ses jumelles. Le bâtiment était gros, arborant quatre grosses cheminées et filant à bonne vitesse. Il calcula qu'il devait se trouver à douze milles de lui. Il se tourna vers Weisbach et soupira :

— Il est trop loin et trop rapide pour nous. Nous ne le rattraperons jamais.

— N'allons-nous pas essayer de l'attaquer ? s'étonna Weisbach.

— Je n'ai pas dit que nous n'allions pas essayer, dit Schwieger. Préparez-vous à plonger.

La cloche de plongée résonna vivement et l'équipage commença à tourner une rangée de vannes qui permettaient de remplir les réservoirs à ballast, entraînant le bateau sous la surface.

Surveillant d'un œil exercé la jauge de profondeur en cuivre poli, l'officier de plongée attendait d'atteindre le niveau périscopique avant de rétablir la flottabilité du *U-20* pour que la coque soit de niveau.

— Cap au zéro-sept-zéro, dit calmement Schwieger.

— Immersion périscopique, annonça l'officier de plongée.

Par le périscope, Schwieger vit que la situation était sans espoir. Le *U-20* n'avait aucune chance d'être en position avant que le gros paquebot lui montre sa poupe. A sa vitesse maximum de neuf nœuds en plongée, il était inutile d'espérer dépasser le rapide navire chargé de passagers. Il passa le périscope à Weisbach qui étudia le navire de la Cunard.

— Au moins 25 000 tonneaux, constata-t-il. Probablement un navire de ligne utilisé pour le transport de troupes.

— Pouvez-vous l'identifier ?

Weisbach feuilleta un livre d'identification des navires.

— De nombreux bâtiments britanniques ont quatre cheminées, répondit Weisbach. Si j'en juge par sa superstructure, celui-là appartient à la Cunard. Il pourrait s'agir de l'*Aquitania*, du *Mauritania* ou du *Lusitania*. Il y a trop de ventilateurs sur son pont supérieur pour qu'il s'agisse des deux premiers. A mon avis, c'est le *Lusitania*.

— Dommage, soupira Schwieger. Il aurait fait une bonne cible.

Puis soudain, comme si le diable le dirigeait, le gros navire vira sur tribord.

— Nous l'avons ! cria Schwieger. Il vient directement sur nous !

Turner reconnut un phare perché sur une haute falaise émergeant de la mer. Il sut qu'il se trouvait au large du Old Head of Kinsale. Il fit signe à son second.

— Virez sur tribord et mettez le cap sur Queenstown.

Le *Lusitania* était à moins de vingt-cinq milles de la sécurité d'un port mais maintenant à dix milles seulement du *U-20* et se dirigeait droit sur le sous-marin. Aucune araignée n'eut jamais de victime plus coopérative. La toile était tendue et attendait.

Schwieger ne pouvait croire à sa chance. Si le grand paquebot poursuivait son nouveau cap, il allait lui permettre un tir idéal.

Il y a dans la vie des moments qui restent gravés dans le temps. Le mouvement et la pensée semblent se fondre, l'événement prend une vie propre. Schwieger regardait avec émerveillement, dans le viseur du périscope, le navire grandir jusqu'à la taille d'une carte postale.

La tension s'apaisait à l'intérieur du *U-20*. Déjà l'équipage avait conscience de ce qu'il allait s'attaquer à un transatlantique géant. Tous ressentaient des émotions diverses.

— Préparez la torpille, ordonna Schwieger.

Charles Voegele, le timonier du *U-20*, resta immobile.

— Je suis désolé, monsieur, mais je ne peux pas me résoudre à détruire un navire chargé d'innocentes victimes, de femmes et d'enfants. Ce serait un acte de barbarie.

Ignorer les ordres d'un commandant en temps de guerre équivalait à une trahison. Voegele devait être ultérieurement condamné à la prison pour son refus de prendre part à la tragédie.

Un matelot ordinaire prit le relais de l'ordre qui fut transmis au magasin des torpilles. La réponse arriva très vite.

— Torpille en place.

L'impatience des quelques secondes à venir parut s'étendre comme un brouillard. Schwieger était calme et détendu. Il était le seul sur le navire à ne pas être optimiste. Il doutait de pouvoir couler un bâtiment de la taille du *Lusitania* avec la seule torpille qui lui restait. De temps en temps, les torpilles allemandes s'étaient révélées insuffisantes, frappant des navires mais n'explosant pas. Et bien souvent, quand elles explosaient, elles ne faisaient pas assez de dégâts pour couler la victime désignée. Il avait déjà écrit dans son journal de bord que ses torpilles étaient incapables de couler un navire dont les cloisons étanches étaient blindées.

A 14 h 05, il prononça les deux mots qui allaient envoyer à la mort douze cents hommes, femmes et enfants.

— Torpille, feu !

Avec un fort chuintement d'air comprimé, la torpille sortit du tube. Poussée par un petit moteur de quatre cylindres faisant tourner deux hélices à contre-révolution, elle filait dans l'eau à vingt-deux nœuds, à une profondeur de deux mètres soixante-quinze... Bien qu'il eût sous-estimé la vitesse du paquebot, Schwieger suivit avec satisfaction le bouillonnement de son sillage traçant une ligne droite en direction de la coque tribord massive de l'infortuné *Lusitania.*

Ce fut un tir avant digne des manuels sur sept cents mètres seulement. Schwieger avait l'impression que le paquebot fonçait droit sur la torpille. Celle-ci le frappa juste derrière le mât avant, déchirant les plaques de sa coque et creusant un trou large comme une porte de grange. Les dégâts étaient sérieux mais non mortels. S'attendant presque à ce que le paquebot poursuive sa route comme s'il n'avait reçu qu'une piqûre, Schwieger fut sidéré de ce qu'il vit pendant les quelques secondes qui suivirent.

La première explosion fut suivie par une autre, encore plus forte, qui tordit toute l'étrave et obligea le navire à gîter presque immédiatement sur un angle de quinze degrés. Des milliers de tonnes d'eau s'engouffrèrent dans ce qui était devenu une énorme cavité. Plus tard, une controverse devait éclater pour savoir si le *Lusitania* avait été abîmé par deux torpilles ou par plusieurs explosions déclenchées par la première à cause de la poussière de charbon dans les soutes vides, ou encore par l'explosion des 1 248 caisses de shrapnels de trois pouces transportées clandestinement dans les soutes du paquebot.

C'est une énigme qui n'a jamais été résolue.

Turner sursauta quand la vigie lança l'avertissement redouté : « Torpille à tribord ! » Il se précipita de ce côté du pont juste au moment où l'explosion secouait le navire.

— Fermez les portes étanches ! cria-t-il dans le grondement qui faiblissait.

Le désastre suivit la catastrophe. Une seconde explosion, bien plus forte, totalement différente de la première, secoua le pont sous ses pieds. Le navire gîta si vite qu'il eut à peine de temps de s'accrocher au bastingage pour ne pas passer par-dessus bord.

Tout au fond, au tréfonds de son âme, William Turner savait que son navire allait mourir.

En quelques secondes, la scène tranquille sous le ciel pur et sur la mer calme vira à la confusion générale. Il n'y eut pas de panique mais tout le monde s'assembla autour des chaloupes sans ordre et sans direction. Les passagers cherchaient désespérément leurs familles ou erraient sur les ponts comme des âmes perdues. Le chaos empira quand le *Lusitania*, avançant toujours, commença à rouler sur tribord en même temps que sa proue plongeait. Turner télégraphia « en arrière toute » pour ralentir l'avance du navire mais les problèmes qu'affrontaient les turbines — l'un des principaux tuyaux de vapeur avait éclaté — empêchèrent l'ordre d'être suivi. L'homme de barre tourna la barre pour faire virer le *Lusitania* mais le gouvernail refusa de répondre. Le paquebot continua à avancer avec juste assez de vitesse pour inonder les chaloupes qui avaient été abaissées dans l'eau tourbillonnante.

Seules six des quarante-huit chaloupes du transatlantique s'éloignèrent intactes. Les autres furent pour la plupart abîmées ou détruites lorsqu'elles glissèrent vers l'avant, s'écrasèrent les unes contre les autres, écrasant aussi les passagers qui se trouvaient sur leur passage.

La plupart des marins travaillant dans la salle des machines furent tués sur le coup ou entraînés par le torrent d'eau qui tomba en cascade par les écoutilles ouvertes. Dans la salle radio, le second opérateur David McCormick pianota : « Venez immédiatement. Gîte importante. Dix milles de Old Head Kinsale. » Le message fut entendu et tout ce qui était en état de flotter se rua sur la scène du drame.

Alfred Vanderbilt demeura impassible. Il n'était pas dans sa nature de montrer ses émotions. Il arrêta un enfant qui courait près de lui et attacha son gilet de sauvetage, puis il attendit la mort stoïquement, comme un grand seigneur.

On rapporta que Charles Frohman cita *Peter Pan* pour effrayer les passagers.

— Qui craint la mort ? C'est la plus belle aventure de la vie !

Handicapé par son arthrite, il attendit que l'eau arrive à la hauteur du pont. Puis il sauta par-dessus bord, suivi de son fidèle valet Stainton. Tous deux se noyèrent.

On offrit une récompense de mille livres à qui récupérerait le corps d'Alfred Vanderbilt. Mais personne ne le retrouva, pas plus que celui de Frohman.

Les Crompton, leurs six enfants et la nurse disparurent également.

Turner était seul sur le pont, silhouette solitaire regardant les ponts de son navire, menaçants au-dessus de lui. Il resta là, accroché au bastingage quand la proue du *Lusitania* plongea et heurta un bloc de granit posé là, à quatre-vingt-dix mètres sous la surface. Se tordant comme si une main invisible l'écrasait entre ses doigts, le grand paquebot de la Cunard glissa lentement sous la surface des flots. Balayé par le mouvement puissant créé par la turbulence sous-marine, Turner trouva une petite chaise de bois et s'en servit comme d'un flotteur jusqu'à ce qu'il soit retiré vivant de la mer d'Irlande par un chalutier.

Le *Lusitania* n'était plus. Son agonie n'avait duré que dix-huit minutes. Quand on fit le décompte des victimes, on calcula que 1 198 passagers et membres d'équipage sur les 1 958 qui avaient embarqué à New York avaient disparu. Suivant de près le *Titanic* et ses 1 500 victimes en 1912, et l'*Empress of Ireland* qui compta 1 000 disparus en 1914, les pertes du *Lusitania* furent particulièrement bouleversantes. En y repensant, il semble incroyable que tant de désastres maritimes ayant entraîné un si grand nombre de morts aient tous eu lieu en trois ans seulement.

Il faudrait attendre trente ans pour que ce triste record soit battu pendant la Deuxième Guerre mondiale, par les sous-marins russes qui coulèrent les paquebots allemands *Willhelm Gustloff, General Steuben* et *Goya* qui transportaient des réfugiés fuyant la vengeance de l'Armée rouge. Le total des morts des trois paquebots torpillés s'élève à 18 000.

Une expression d'incrédulité sur le visage à la pensée qu'une seule torpille ait pu faire disparaître l'un des plus grands transatlantiques du monde en seulement dix-huit minutes, Schwieger baissa le périscope et ordonna à son second Weisbach de mettre le cap sur l'Allemagne.

Récompensé par la Croix de fer pour son exploit en mer d'Irlande, Schwieger devait couler plusieurs autres navires l'année suivante mais, peu à peu, la chance l'abandonna. En octobre 1916, la carrière du *U-20* s'acheva. A cause d'une boussole défectueuse, il s'échoua dans un bas-fond au large de la péninsule du Jütland, au Danemark, au milieu d'un épais brouillard.

Schwieger envoya immédiatement un appel à l'aide à la base navale allemande la plus proche. Toute une flotte de torpilleurs et de frégates répondit à son appel. Les Allemands conclurent à juste titre que, si un navire anglais avait intercepté le SOS, il aurait envoyé tous ses bâtiments de guerre à cent milles à la ronde détruire le U-boat responsable du naufrage du *Lusitania*. S'ils avaient réussi, ils auraient fait connaître le résultat au monde entier comme une grande victoire navale.

On lui attacha des câbles de remorquage et, dès le retour de la marée, le *U-20* fut tiré des bas-fonds. Mais rien n'alla comme il fallait pour Schwieger et son navire ce jour-là. Les sables du bas-fond, à moins de cent mètres de la plage, refusèrent de relâcher le sous-marin. Les cordages et les chaînes se cassèrent plusieurs fois. A chaque vague, le *U-20* s'enfonçait davantage sur le fond. Schwieger décida que le projet était irréalisable et ordonna qu'on place des explosifs dans les cales.

L'équipage évacua le bâtiment, emportant tous les papiers et les affaires personnelles. L'explosion eut peu d'effet sur le *U-20* si ce n'est de faire quelques trous au fond de la coque. Schwieger l'abandonna, le cœur lourd, et pourtant indifférent à la mort et à la destruction qu'ils avaient causées ensemble.

On lui confia le commandement du *U-88*, un nouveau gros sous-marin dernier cri. Il engagea la plupart des marins du vieux *U-20* et continua à traquer la flotte britannique pendant une année encore. Puis, le 17 septembre 1917, le *U-88* sauta sur une mine anglaise et coula avec tout son personnel. Walter Schwieger avait tenté le sort une fois de trop.

Le *U-20* demeura sur le sable du Jütland, abandonné et rouillé, jusqu'en 1925. Puis, pour une raison inconnue, l'amirauté danoise décida de détruire l'infâme sous-marin et ordonna que l'on place des charges de dynamite autour de l'épave. Utilisant à peu près une tonne d'explosifs, ils firent sauter le pont supérieur et le kiosque. Une pluie de débris métalliques s'éleva sur une grande surface de la mer. L'un des hommes qui avaient placé les charges s'endormit dans la salle des machines et personne ne se rendit compte de sa disparition avant l'explosion. Miraculeusement, il sortit de l'épave en titubant et nagea jusqu'à la plage avec seulement quelques légères blessures...

Au cours de sa brève existence, le *U-20* coula plus de vingt navires et causa la mort de près de 1 500 hommes, femmes et enfants. Ses mauvaises actions sont gravées sur les tombes de ses victimes. A jamais lié au destin tragique du *Lusitania*, il fut peu à peu recouvert de sable et le lieu de son épave peu à peu oublié.

Les premiers sous-marins allemands ont coulé 4 838 navires — un chiffre incroyable — pendant la Première Guerre mondiale, soit 2 009 de plus que leurs descendants de la Deuxième Guerre. Au cours de ce dernier conflit, les U-boats nazis ont détruit 4, 5 millions de tonnes de matériel flottant, contre 11 millions de tonnes en 1914-1918.

L'horreur de la prochaine guerre ne sera pas faite de navires coulés par des torpilles tirées de sous-marins mais des cités entières et des nations seront détruites par des missiles lancés depuis les silos placés dans leurs cales.

III

## Je préférerais être à Hawaï

*Juin 1984*

Il y a certainement des endroits pires que la mer du Nord mais je ne peux en citer aucun quand je suis sur un bateau de vingt mètres secoué par des vagues de quatre mètres cinquante. C'était mon troisième voyage sur ces eaux cruelles. Pourtant, comme je dois être un peu arriéré mentalement, j'attendais ce voyage avec plaisir. Mes deux premières expéditions s'étaient soldées par des échecs pour retrouver le bateau de John Paul Jones, le *Bonhomme Richard.*

Maintenant, mon objectif était encore plus ambitieux. L'expédition de six semaines devait être divisée en deux phases. Pendant les trois premières semaines, on rechercherait le HMS *Pathfinder*, le *U-20*, le *U-21* et quelques-uns des croiseurs de guerre qui ont coulé pendant la grande bataille navale entre les flottes anglaise et allemande au large du Jütland, au Danemark. La seconde phase de trois semaines serait consacrée à la recherche du transporteur de troupes de la Deuxième Guerre mondiale, le *Léopoldville*, et du célèbre navire confédéré, l'*Alabama*, qui avait coulé après une furieuse bataille contre la frégate de l'Union le *Kearsarge* au large de Cherbourg. En tout, nous avions une liste de recherches de près de trente bateaux perdus.

J'ignore qui a inventé l'expression « avoir les yeux plus gros que le ventre » mais je pense qu'on l'a créée pour moi. En réalité, c'était plutôt faire d'une pierre dix coups. Qui peut le plus peut le moins. Risque tout, vise haut et fonce tête baissée. Si les proverbes valaient un sou et les clichés un dollar, je toucherais le gros lot à chaque fois.

Ma meilleure décision fut de compter deux semaines perdues sur les six pour le mauvais temps et les problèmes que nous rencontrerions avec le bateau ou avec nos instruments de détection. Si l'on ne peut pas deviner l'inconnu, on peut au moins se donner une certaine liberté d'action. Quand on prépare un projet, il faut toujours y inclure une certaine période improductive. Sinon, on risque de grosses déceptions.

Cet effort engloutit presque deux années de recherches. Il y eut énormément de correspondance entre moi-même, Bob Fleming et les archives navales anglaises et allemandes. Nous accumulâmes une énorme masse de matériaux obtenus de pêcheurs anglais, écossais, allemands, hollandais et danois qui connaissaient la mer aussi bien que les ponts de leurs chalutiers. Nous rassemblâmes, étudiâmes et annotâmes une pile de cartes nautiques. Pour l'*Alabama*, nous épluchâmes tous les rapports français de la fameuse bataille. Je restai une demi-heure devant le tableau de Renoir intitulé *Le Naufrage de l'Alabama* qui est exposé au musée des Arts de Philadelphie. Nous examinâmes aussi des lettres, des journaux de bord et des articles de journaux contemporains.

Le premier contretemps que nous rencontrâmes fut la position contradictoire entre les divers rapports concernant les naufrages de la Première Guerre mondiale. Les dernières positions connues, telles qu'établies par l'Amirauté britannique et la marine impériale allemande, ne correspondaient pas à celles que les marins avaient marquées sur leurs cartes. Du reste, les données des pêcheurs n'étaient pas très précises, comme nous allions le découvrir.

Prenez par exemple le naufrage de l'*Invincible*, un croiseur de bataille britannique qui a été frappé par un tir bien placé et qui a sauté, entraînant dans la mort ses mille marins sauf six. Dans la zone que nous avions définie en gros comme celle où il avait coulé, il y avait six positions différentes marquant un vaisseau inconnu dans un rayon de trois milles.

Je me demandais comment il était possible de se tromper sur l'endroit où repose un croiseur de guerre de cent soixante-huit mètres sur vingt-trois pesant dix-sept mille deux cent cinquante tonnes. Pourtant, ils l'ont fait. Nous tombâmes par hasard sur son épave à seize cents mètres ou plus de la position la plus proche estimée. C'est un fait, cependant, que les pêcheurs répugnent souvent à indiquer les bonnes zones de pêche ou les objets bizarres qu'attrapent leurs filets. Ils s'imaginent que s'ils connaissent la position exacte où les poissons se rassemblent ou l'endroit où ils ont perdu pour cinq mille dollars de filets, il vaut mieux ne pas les communiquer à leurs concurrents. Alors, pour arracher à un pêcheur le site d'une épave, il faut être très poli et très diplomate tout en se demandant si l'on ne vous refile pas des informations totalement erronées.

Mon avion arriva à Londres avec du retard et je manquai la correspondance pour l'Ecosse, de sorte que je restai à Heathrow à lire des publications anglaises avant qu'on appelle mon vol pour Aberdeen. Arrivant avec trois heures de retard, je me heurtai à un Bill Shea désespéré errant aux portes d'arrivée comme une âme en peine. Il avait eu peur que j'aie été enlevé par des Ecossais et se voyait déjà condamné à passer le reste de ses jours dans l'aéroport d'Aberdeen.

Nous prîmes un taxi pour les docks où nous trouvâmes le bateau que j'avais affrété, celui-là même que j'avais utilisé cinq ans auparavant pour rechercher le *Bonhomme Richard*. Solide, résistant, l'*Arvor III* avait été construit à Buckie, en Ecosse, aux alentours de 1960. Son premier propriétaire, un Français fortuné, voulait un yacht qui puisse naviguer par tous les temps sur les mers les plus difficiles que la nature puisse lui opposer. Aussi s'était-il décidé pour un bateau à coque épaisse utilisé par les pêcheurs qui, en mer du Nord, ont une rude existence. Il n'y a guère de yachts de plaisance construits autour d'un chalutier. L'*Arvor* fut probablement le seul de son espèce.

Actionné par deux gros diesels, il filait confortablement huit nœuds. Les cloisons de son grand salon et de ses cabines étaient recouvertes d'acajou d'un beau rouge sombre. En plus d'une commode, dans la salle de bains de la cabine principale, il y avait un bidet. La première fois que je l'ai utilisé, j'ai tourné trop fort le robinet et non seulement je me suis brûlé mais en plus je me suis cogné la tête contre le pont au-dessus.

L'*Arvor III* était le bateau idéal pour la recherche et le relèvement. Il constituait une plate-forme de travail stable et solide, avec des cabines confortables et efficaces. En le voyant à l'ancre sur un quai, on ne s'arrêterait sûrement pas pour l'admirer. Sans aucune fantaisie, il avait l'air très ordinaire. Peint en noir, avec des superstructures blanches, il était impeccable, dedans comme dehors. J'ai eu la chance de l'avoir et encore plus de chance de profiter de son remarquable équipage.

Dans tous mes voyages, je n'ai jamais trouvé de meilleurs marins que les Ecossais. En dépit de leur réputation d'avarice, ce sont les plus généreux dans tous les sens du mot. Essayez donc d'offrir un verre à un Ecossais. Il a déjà payé le barman avant même que vous n'ayez touché votre portefeuille. Si vous avez froid, il vous donne les gilets qu'il a sur le dos. Courtois, prévenant, il n'oublie jamais une faveur.

C'est un peuple dur et courageux. Mon père m'a raconté un tas d'histoires à propos des Ecossais remontant à l'époque où il servait dans l'armée allemande pendant la Première Guerre mondiale. Eh oui, mon père a combattu du côté des méchants. J'ai aussi un oncle qui a abattu quatorze avions alliés. Bref, mon père disait que les Français étaient de médiocres combattants, les Anglais, des chiens tenaces, les Américains, de vrais bagarreurs. « Mais mes camarades allemands flanquaient des corrections à tous ceux qu'ils rencontraient. Ce n'est que lorsqu'on entendait les cornemuses des "combattants de l'enfer" que nous avions des sueurs froides et que nous savions que beaucoup d'entre nous ne rentreraient pas chez eux pour Noël. »

Le skipper de l'*Arvor III*, Jimmy Flett, est un Ecossais que n'importe qui serait fier d'avoir comme ami. Honnête, intègre comme personne, c'est le genre d'homme à qui on confierait sa vie, sa femme et son compte en banque sans la moindre hésitation. Jimmy a été torpillé deux fois pendant la guerre et est l'un des rares survivants de l'explosion d'un pétrolier. Plus tard, alors qu'il commandait un navire côtier de fret et de passagers, il le sortit d'un des pires orages jamais vus dans la mer du Nord. Le gouvernement reconnaissant avait souhaité lui accorder une médaille. Mais Jimmy refusa de l'accepter si on n'en donnait pas une aussi à son chef mécanicien. Parce que, disait-il, « s'il n'avait pas fait tourner les moteurs dans des conditions invraisemblables, tout le monde à bord serait mort noyé ». La bureaucratie refusa d'accorder la médaille au chef mécanicien de Jimmy, aussi celui-ci tint-il parole. Sa seule récompense pour avoir sauvé tant de vies est une photographie de la médaille qu'il n'a jamais reçue.

Notre officier en second était John, qui avait fait

partie de l'équipage de Jimmy la nuit où ils avaient combattu ce terrible orage. Tranquille, très serviable, on voyait John mais on l'entendait rarement. Colin Robb, notre cuisinier d'Oben, sur la côte déchiquetée du nord-est de l'Ecosse, n'était, lui, jamais à court de paroles. Le seul problème était que nous, les Américains, ne comprenions rien à son baragouin. Bill Shea et moi pensions qu'après une ou deux semaines, nous nous habituerions à sa façon de parler et comprendrions ce qu'il disait. J'ai le regret d'admettre qu'à la fin de l'expédition, six semaines plus tard, nous étions toujours aussi incapables de traduire ses discours. Néanmoins, nous écoutions de toutes nos oreilles lorsque Colin racontait une blague. Incapables de comprendre la moindre phrase, Shea et moi attendions patiemment que Colin s'arrête. Puis, supposant qu'il avait raconté la chute, nous riions. Curieusement, à aucun moment Colin ne s'en est aperçu. Du moins pensions-nous l'avoir dupé. Mais peut-être n'était-ce pas le cas. Colin ne s'en est jamais confessé.

Le système de transport routier britannique étant ce qu'il était, nous avons dû attendre quatre jours l'arrivée de notre équipement. Le sonar, le magnétomètre, la caméra sous-marine étaient arrivés par avion trois semaines plus tôt et attendaient dans un entrepôt de Londres. N'ayant rien à faire sur le bateau amarré au dock d'Aberdeen, Shea et moi nous promenâmes en ville.

Le cinéma local était particulièrement intéressant. Après avoir acheté nos tickets, nous avons monté l'escalier pour nous installer au balcon. Nous n'avions jamais vu un cinéma avec balcon. Nous penchant sur la rampe au premier rang, nous découvrîmes que la salle du bas n'était pas utilisée depuis trente ans au moins. Les allées et les sièges étaient recouverts de plusieurs lustres de poussière. Il n'y avait là aucun bar pour vendre du popcorn ou des Pepsi géants. Il n'y avait que deux filles à l'autre bout du balcon qui éclairaient d'une lampe de poche des plateaux de bonbons pendant à leur cou. J'ai demandé à l'une d'elles pourquoi le parterre était désert. Elle me regarda dans la lumière pâle de sa lampe de poche et me dit :

— Eh bien, monsieur, c'est parce que c'est dangereux, en bas.

Dangereux pourquoi ? Je n'ai pas eu le courage de lui demander pourquoi c'était moins dangereux au balcon.

En rentrant au port, Bill et moi sommes tombés sur une petite foule rassemblée devant un petit immeuble. Nous demandâmes à un policier qui surveillait le rassemblement de quoi il s'agissait.

— Le bâtiment que vous voyez là est le Musée maritime d'Aberdeen, expliqua-t-il fièrement. La reine mère doit arriver d'un instant à l'autre pour l'inaugurer.

Comme Bill et moi n'aurions sans doute jamais d'occasion plus favorable d'approcher Buckingham Palace en l'absence d'une improbable invitation, nous restâmes sur le trottoir tandis que tout le monde autour de nous agitait de petits drapeaux anglais en criant « Vive la reine mère ! Vive la reine mère ! », quand une délicieuse vieille dame de quatre-vingts ans à l'époque fit quelques gracieux saluts et disparut dans le musée.

Mon autre mémorable expérience à Aberdeen eut lieu dans la seule cabine téléphonique du quai. Après avoir fait une heure de queue très britannique, j'entrai enfin dans la cabine et composai le numéro de la société de transport routier de Londres pour tempêter à propos du retard de mon équipement. Quand on m'eut informé qu'il avait été chargé sur un camion dont la destination finale était bien Aberdeen mais qui était pour le moment quelque part au pays de Galles, la moutarde me monta fortement au nez.

Pour ajouter à ma colère, un jeune pêcheur, impatient d'utiliser le téléphone, commença à tambouriner sur la porte. N'ayant parlé que trois minutes à peine, je l'ignorai. Alors il ouvrit la porte et essaya de me jeter dehors. Occupé à insulter la compagnie de transport, je ne me retournai pas de sorte que j'omis de remarquer qu'il avait trente ans de moins que moi et qu'il était beaucoup plus costaud, habillé tout en noir avec une boucle d'oreille — à cette époque, ce n'était pas encore à la mode. J'étais, certes, plus grand que lui mais si l'on en arrivait à une épreuve de force, il me soulèverait facilement et me jetterait dans le port. Heureusement, une ou deux choses jouaient en ma faveur. D'abord, j'étais déjà au comble de la colère à cause de la société de transport et me fichais qu'il ait des muscles comme des troncs d'arbre. Ensuite, j'étais tout à fait à jeun alors que lui était ivre mort.

Plus par instinct que par bon sens, je lui appliquai ma main ouverte sur la figure et poussai de toutes mes forces. Il chancela, recula dans une allée étroite et se cogna la tête contre un mur de briques. Il resta là, debout, se tenant au mur, le regard terne fixé sur moi. Je réalise maintenant que c'était le genre de type à ne pas chatouiller pendant qu'il mange. En tout cas, je terminai ma conversation et quittai rapidement les lieux.

Notre équipement arriva enfin, ce qui me rendit ma bonne humeur. Plus de coups de fil irrités ni de confrontations désagréables dans la cabine téléphonique du quai. Quand tout fut chargé à bord et essayé, nous quittâmes Aberdeen et nous dirigeâmes vers le cap Saint-Abb, à quatre-vingts milles de là. La journée était fraîche sous un ciel gris de hauts nuages. Sur le chemin du site du *Pathfinder*, nous fîmes un petit détour et passâmes quatre heures à chercher le *U-12*, un sous-marin allemand éperonné et coulé par le HMS

*Ariel* en 1915. Un balayage au sonar fait par les Britanniques en 1977 n'avait rien donné mais nous eûmes de bons relevés indiquant un sous-marin à environ trois kilomètres de l'endroit où les cartes de l'Amirauté l'avaient situé. L'image le montrait posé droit au fond avec une ombre soulignant son kiosque.

Considérant cette trouvaille comme un bon présage, nous continuâmes la grille de recherche que j'avais préparée au large du cap Saint-Abb. Je donnai à Jimmy la longitude et la latitude et il les convertit sur sa carte de navigation Loran[1]. La mer se leva et le pauvre Bill fut à peine capable de faire fonctionner le scanner latéral. Il avala au moins dix sortes de pilules et se couvrit de timbres Transderm Scop supposés guérir le mal de mer. Mais sa nausée fut plus forte que toute la pharmacopée du marché. Je lui ai toujours dit qu'il ferait fortune en se louant comme cobaye auprès de sociétés de produits pharmaceutiques. Si elles pouvaient sortir un produit capable de guérir les divers maux de transports de Bill, elles pourraient dominer le monde sans devoir dépenser des milliards à acheter Washington.

Nous réglâmes le scanner sur des couloirs de mille mètres et commençâmes à « tondre la pelouse » en fin d'après-midi, allant au nord et au sud avec la marée, ce qui est la seule façon de procéder. Le fond marin se révéla plat et uniforme, parsemé de rides de graviers. Dans cette zone, le fond était aussi très propre, sans débris ni saletés.

Les heures passèrent. Colin prépara le dîner. Bill, bien sûr, n'avait pas faim.

A 8 h 20 le lendemain matin, Jimmy annonça :

— Nous venons de passer sur une éminence, au fond.

---

1. Long Range Aid to Navigation (Aide à la navigation à grande distance). Procédé de radionavigation permettant de déterminer la position par rapport à trois stations. *(N.d.T.)*

Etant donné que le profondimètre relevait ce qui était juste en dessous de la coque tandis que le palpeur était tiré cinquante mètres derrière la poupe, tout le monde se rassembla autour de l'enregistreur, attendant qu'apparaisse un objet bizarre. Il y a une attirance hypnotique à observer les traînées brun-rouge qui se matérialisent lentement sur le papier. L'espoir et l'attente ne se calment jamais. J'ai vu des hommes et des femmes surveiller la machine jusqu'à ce que leurs yeux soient rouges et gonflés.

L'image d'un objet de fabrication humaine posé sur le fond marin se révéla lentement dans un des couloirs de mille mètres. L'image était vague mais l'objet était bien là. Nous fîmes un autre passage et allumâmes le sonar pour enregistrer un couloir de seulement deux cents mètres. Cela nous donna l'image d'un bateau très endommagé, cassé en trois morceaux posés sur des angles légèrement différents les uns par rapport aux autres. La partie arrière était la seule à avoir un tracé bien distinct.

Nous fîmes cinq passages supplémentaires et, au sixième, nous pûmes définir un petit canon naval posé à côté de l'épave. Ensuite, nous essayâmes de descendre notre caméra vidéo sous-marine au-dessus du site. Elle nous donna une image mais le courant était si important et les vagues de deux mètres nous secouèrent si fort que l'écran vidéo ne révéla guère plus que des images brouillées d'une épave déchiquetée. En y repensant, je réalise que nous aurions facilement pu perdre la caméra si nous l'avions fait pendre juste au-dessus de l'épave.

L'identification selon les normes archéologiques ne fut pas positive en ce sens que nous n'avons trouvé aucune pancarte disant « CECI EST LE *PATHFINDER* ». Mais les dimensions données par le scanner latéral correspondaient bien à celles du *Pathfinder*. La découverte du petit canon renforce l'évidence. Et enfin, il n'existe aucune autre épave à dix milles dans toutes les directions.

Quand nous envoyâmes à l'Amirauté le rapport de notre découverte, ils furent ravis de corriger leurs cartes à partir de notre position de l'épave puisqu'il s'agissait de la seule donnée prouvée. Les restes tordus et rouillés du HMS *Pathfinder* reposent, solitaires et abandonnés, sous une mer ourlée d'écume, trente milles au large du cap Saint-Abb, au point 56 07 21 par 02 09 15 sous quarante-six mètres d'eau. Il y a de forts courants dans cette partie de la mer et il est dangereux d'y plonger.

C'était maintenant le tour de l'infâme assassin du *Lusitania*.

Bill pria pour être délivré et sa prière fut entendue. Les eaux étaient calmes comme un miroir pendant la traversée de la mer du Nord jusqu'à Thyborøn, un petit port de pêche sur la péninsule du Jütland, au Danemark. A l'aller, nous cherchâmes plusieurs navires de guerre coulés pendant la grande bataille navale du Jütland en 1916. Après trois passages, nous trouvâmes le HMS *Hawke*, un croiseur britannique torpillé par le *U-9*. Il était très proche de la position révélée par les pêcheurs et par les cartes de l'Amirauté. Ce fut l'une des rares fois où les choses se passèrent ainsi : le contour du *Hawke* se révéla très distinctement et les dimensions calculées paraissaient les bonnes. Sa quille était à peu près en un seul morceau mais sa superstructure apparemment très cassée reposait à côté de l'épave.

Continuant notre route, nous cherchâmes les épaves du HMS *Defence* et du HMS *Warrior*, deux lourds croiseurs britanniques, puis du croiseur allemand léger *Wiesbaden*. Les deux premiers furent introuvables. Nous ne décelâmes rien qui puisse ressembler à des épaves à cinq milles autour de l'endroit où elles auraient dû se trouver. En revanche, à l'endroit approximatif où se trouvait le *Wiesbaden*, nous relevâmes une grande anomalie mais ne pûmes nous en approcher suffisamment pour avoir une vue plus détaillée à cause des filets de pêche qui flottaient partout dans la zone. Cette méthode s'appelle la pêche aux ouïes. Les pêcheurs danois, en particulier, savent que les poissons ont tendance à se rassembler autour des épaves et des éminences géologiques des fonds marins. Alors ils lancent leurs filets attachés à des balises autour de ces endroits, les y laissent quelques jours puis les remontent en espérant qu'ils seront pleins de poissons.

Après un des plantureux dîners de Colin qui incluaient toujours des pommes de terre bouillies, Jimmy et moi buvions généralement un whisky pendant que Bill regardait un film en vidéo. L'un de ces films doit être parmi les plus rasoirs jamais tournés. Il était tiré d'un livre de Kipling, *Kim*, avec Peter O'Toole. C'était l'histoire d'un vieux mendiant hindou qui parcourt l'Inde pendant cinquante ans à la recherche d'une rivière. Or, des rivières, il y en a treize à la douzaine, en Inde. Nous en avons conclu que ce mendiant était plus que difficile.

Les Britanniques ont toujours eu une grande affection pour leur empire perdu en Inde. Bill et moi nous endormîmes mais les Ecossais trouvèrent que c'était un film merveilleux. En revanche, notre film préféré pendant la traversée de la mer du Nord fut *Creepshow*[1] de Stephen King. Eux trouvaient ça infâme. A culture différente, goûts cinématographiques différents.

A peine avions-nous débarqué à Thyborøn que la mer devint très mauvaise. Sauf à nous plaindre, il n'y avait rien à faire que d'attendre un temps plus clément. Bill et moi allâmes à la banque changer quelques chèques de voyage en couronnes danoises. Pendant que nous attendions au comptoir, nous eûmes l'impression

---

1. *Les Contes de la crypte.*

que toute la banque se mettait à tanguer. C'est ce qui arrive quand on reste trop longtemps en mer. Il faut un certain temps pour que l'équilibre se régule pour s'adapter à un plancher immobile.

Je me suis souvent demandé comment on pouvait décider de vivre à Thyborøn. La ville est jolie, pittoresque, les gens sont courtois et amicaux mais les vents soufflent si fort onze mois sur douze que tous les arbres, sur des kilomètres, poussent horizontalement. Bien qu'on fût en juin, avec un beau soleil, le vent glacial me rappelait les pistes de ski de Telluride, dans le Colorado.

En attendant que la mer se calme, Bill et moi discutions avec les pêcheurs du coin et buvions de la bière avec les autorités de la ville. Assis sur la plage, nous regardions les superbes filles scandinaves prenant le soleil sur le sable, en bikini sans soutien-gorge. Cela devint très vite notre passe-temps favori. On aurait pu croire qu'elles étaient à Acapulco à les voir étendues là, sans même avoir la chair de poule, tandis que nous, les étrangers, étions engoncés dans nos gros manteaux et nos pull-overs.

Un après-midi, je me promenais le long du quai en observant les pêcheurs déchargeant leurs poissons en rentrant au port. Du coin de l'œil, j'aperçus Bill sur le quai d'en face, filmant le port en vidéo. Dès que sa caméra fut dirigée sur moi, je me mis à sauter et à faire toutes sortes de mouvements de fou. J'étais trop loin pour qu'il me reconnaisse et il ne me remarqua pas dans son objectif.

Plus tard, pendant le dîner, il commença à visionner le film. Je lui montrai la silhouette sautant sauvagement.

— Qu'est-ce que fait ce type ?

Bill regarda avec attention.

— Je ne l'avais pas remarqué. On dirait qu'il a une crise d'épilepsie.

Jimmy, John et Colin regardèrent à leur tour l'image bizarre du moniteur.

— Je ne connais aucun marin capable de faire ça, dit John.

— C'est curieux, dis-je en me retenant de rire. C'est peut-être un de ces amuseurs publics des docks qui danse pour de l'argent.

Colin avala l'hameçon.

— Je n'ai jamais vu de danseurs sur les docks.

Je poursuivis la plaisanterie cinq minutes avant que Bill en vienne à une conclusion évidente.

— Si je ne le connaissais pas, je dirais qu'il ressemble à Clive.

Et voilà. J'étais enregistré à jamais en train de me rendre parfaitement ridicule.

En fin de compte, le temps passé à terre s'avéra productif. Je rencontrai des archéologues plongeurs danois, comme Gert Normann Andersen, qui s'était beaucoup donné pour retrouver des navires perdus le long de la côte du Jütland. Ses expéditions travaillaient avec encore moins de moyens que les miennes. Son seul instrument de détection était un grappin que son partenaire et lui baladaient tout au long de la côte. Entre le calme Danois et l'Américain un peu fou, un pacte fut établi. Si nous l'aidions à chercher plusieurs épaves qu'il souhaitait découvrir, il nous communiquerait ses découvertes pour nous mettre sur la trace du *U-20*. Cet arrangement devait se révéler profitable pour tout le monde.

Le temps était toujours mauvais mais, avec Andersen et son ami plongeur à bord, nous nous dirigeâmes vers le sud, où le *U-20* avait été coulé soixante-huit ans auparavant. Des vagues d'un mètre quatre-vingts secouaient l'*Arvor* qui ne s'en préoccupa pas plus que s'il faisait une croisière dominicale sur la Tamise.

Grâce à ses stabilisateurs, le roulis et le tangage étaient réduits au maximum.

Le pauvre Bill Shea vira au gris et se retira dans sa cabine à moins d'un mille de Thyborøn et nous ne le revîmes pas avant de rentrer au port le soir.

Dans deux cent mille ans, il est probable que le Danemark que nous connaissons n'existera plus. La mer érode la côte à une vitesse incroyable. Les bunkers de béton et les emplacements des canons que les Allemands avaient installés pendant la dernière guerre pour repousser les invasions étaient déjà dans trois mètres d'eau, à cent mètres de la côte. Cette érosion est une épine dans le flanc des archéologues marins et des chasseurs d'épaves. Des centaines de bateaux qui s'étaient échoués tout au long du Jütland, sur la plage, depuis cinq cents ans sont maintenant recouverts par la mer.

Nous jetâmes l'ancre près de la plage de Vielby. Le site ne fut pas difficile à repérer car les habitants les plus âgés se rappelaient avoir vu le kiosque du *U-20* s'élever au-dessus des flots à quelque distance de la côte. Certains nous racontèrent qu'ils étaient restés là à regarder jusqu'à ce qu'il explose. Après quelques balayages au scanner, nous trouvâmes la cible. Les plongeurs danois se mirent à l'eau et revinrent très vite. Ils avaient bien trouvé l'épave mais les grosses vagues remuaient le sable du fond et la visibilité était réduite à une soixantaine de centimètres. A treize heures environ, le vent tomba et la mer se calma suffisamment pour nous permettre de voir à un mètre cinquante. Tout le monde plongea et nagea au-dessus de l'épave. Andersen en fit un excellent dessin montrant sa position finale.

Le *U-20* repose maintenant à quatre cents mètres de la côte, dans cinq mètres d'eau. Quand la mer est calme, c'est une plongée facile. La partie inférieure de sa coque est très visible. Le kiosque et diverses pièces de la superstructure sont éparpillés tout autour. Les moteurs diesel sont encore en place et les plongeurs danois trouvèrent un arbre d'hélice portant une plaque de cuivre gravée portant le nom du fabricant et la date à laquelle il avait été installé sur le *U-20.* L'épave était donc signée, scellée et livrée sur un plateau d'argent. L'identification était certifiée.

J'aurais bien aimé plonger et rapporter une pièce à exposer dans un Musée maritime des Etats-Unis mais l'archéologue Andersen et le gouvernement danois ne furent pas de cet avis. Aussi ne rapportai-je de cette expédition que les relevés du scanner et les dessins exécutés par les plongeurs.

Le cadavre mutilé du *U-20* a évidemment plus de valeur pour l'Allemagne, l'Angleterre et les Etats-Unis que pour le Danemark. Je suis sûr que si quelqu'un prenait la peine de demander l'autorisation d'étudier le bateau sur place et d'en retirer certains objets, les Danois l'accorderaient.

J'espère aussi que le pays reconnaît l'extraordinaire contribution de Gert Normann Andersen et de ses associés au titre de l'archéologie marine danoise. Sans leur courage, personne n'aurait jamais découvert le *U-20.* Dans mon livre, je lui accorde tout le crédit de la découverte et je tiens à dire combien j'ai été heureux de travailler pour lui.

Le temps était venu de lui renvoyer l'ascenseur.

En balayant la côte entre le *U-20* et Thyborøn, nous repérâmes plusieurs épaves que les Danois devaient, plus tard, étudier et identifier. Parmi elles, deux étaient historiquement intéressantes : le vapeur *Odin*, de la marine royale suédoise, coulé en 1836, et l'*Alexander Nevski*, une frégate à vapeur russe qui se perdit alors qu'elle transportait le prince héritier en 1874. Selon les rapports, les passagers des deux navires furent sauvés, y compris le prince héritier russe.

Nous retournâmes à Thyborøn et nous prîmes congé

des Danois après plusieurs tournées d'excellente bière danoise. Le lendemain matin, nous trouvâmes un grand voilier attaché à l'*Arvor*.

Etant donné que le quai était plein de bateaux, la politesse voulait que le propriétaire du voilier demande au skipper de l'*Arvor* la permission d'attacher son bateau au nôtre et de passer par notre pont pour aller à quai et en revenir. C'est une permission qui est, du reste, toujours accordée.

Mais le problème, c'est que personne ne l'avait demandée.

Jimmy Flett, gentleman de cœur, ne dit rien et autorisa avec grâce les passagers du yacht à traverser son pont. L'équipage du voilier se résumait à deux couples mariés, allemands jusqu'au bout des ongles. Ils considérèrent notre équipage hétéroclite et firent des commentaires dans leur langue gutturale qui nous écorchait les oreilles. Mon père avait bien essayé de m'apprendre l'allemand mais il aurait eu moins de mal à construire une bombe nucléaire dans sa salle de bains. Il ne parla plus jamais allemand après son arrivée en Amérique. Les seuls mots qui m'étaient restés étaient plutôt grossiers et difficiles à placer dans la conversation.

Ils firent passer des disques de rock and roll allemand pendant une grande partie de la nuit, à un volume variant entre le violent orage et l'explosion nucléaire. Les femmes portaient des costumes de bain minimum et les hommes des strings qui ne cachaient pas grand-chose. Notre équipage, composé de braves Ecossais conservateurs, n'en fut guère amusé. Ils préféraient le son des cornemuses.

Je me dis qu'il était de mon devoir d'éviter une nouvelle bataille du Jütland en nous engageant dans des travaux d'approche sadiques. Cussler avait un plan diabolique. Quand les Allemands commencèrent à faire entendre leur rock and roll au port tout entier, je contre-attaquai en passant mes cassettes de jazz Dixieland. Le combat était inégal. Bill Shea dirige le département vidéo de l'université Brandeis. Il bricola des haut-parleurs avec assez de décibels pour faire sauter la maison de brique des trois petits cochons. A l'aube, le voilier allemand se replia de l'autre côté du port. La vie redevint supportable.

Du point de vue de la technologie de recherche en mer, les épaves des navires de la Première Guerre mondiale ne sont pas très difficiles à trouver. Je suis le premier à admettre que nous n'avons rien fait de très important sur le plan archéologique. Mais les pêcheurs de quatre pays ont beaucoup apprécié nos efforts. Nous donnâmes des copies de tous nos documents, avec les lieux exacts de nos découvertes, aux services de pêche de leurs gouvernements. Avec des positions plus précises des épaves, il leur est plus facile d'aller se positionner au-dessus pour jeter leurs filets. Cette bonne action, magnanime et bienveillante, nous permit de vivre l'expérience la plus navrante de notre voyage.

Les pêcheurs danois sont fascinants. Ils vivent dans des maisons toutes simples de brique rouge aux toits pointus, que leurs belles épouses blondes ont à cœur de tenir en permanence d'une propreté immaculée. Ils ont des enfants blonds incroyablement bien élevés. Ils ont aussi d'énormes bateaux de pêche très modernes avec des instruments à impressionner l'équipage d'un navire spatial. Ils doivent y laisser des sommes colossales. Je n'ai pas vu un seul de ces bateaux qui n'ait coûté moins d'un million de dollars américains.

Le pêcheur Poul Svenstrop nous proposa gentiment de nous conduire, Jimmy Flett et moi, au port de Ringkøbing, où il amarrait son bateau sur lequel il avait des enregistrements de ses recherches de poissons par sonar. Notre but était de comparer les sites d'épaves qu'il avait relevés et les nôtres. Le voyage de quarante-cinq milles entre Thyborøn et Ringkøbing fut très agréable. Svenstrop, qui parlait très bien anglais, échangea des histoires de mer avec Jimmy et me questionna sur l'édition de mes livres. Je découvris que tout Danois qui se respecte écrit des nouvelles et des poèmes. Pendant les longs hivers, c'est en quelque sorte un passe-temps national.

A bord de son bateau, une véritable usine flottante comparée aux petits chalutiers auxquels je suis habitué le long des côtes des Etats-Unis, nous étudiâmes nos sites d'épaves respectifs. Je lui signalai deux sites que lui et ses collègues pêcheurs n'avaient pas réussi à trouver et lui en confirmai les positions, tandis qu'il m'en montra trois que j'avais manqués. Je fus surtout intéressé par le chenal au milieu de la mer du Nord, entre Ringkøbing et Hull, en Angleterre. Je lui montrai le lieu où je pensais trouver le *U-21.* Svenstrop connaissait deux épaves dans le même coin mais n'avait aucune idée de leur taille et de leur construction. Mais il précisa qu'elles n'étaient pas très grandes.

Comme la plupart des pêcheurs, Svenstrop ne s'intéressait pas à l'Histoire maritime. Il pouvait donner la position d'une épave qu'il avait repérée grâce à ses instruments dernier cri de repérage de poissons mais il n'en connaissait ni le nom, ni la construction, ni même la date à laquelle le bateau avait coulé. Il s'en fichait d'ailleurs complètement.

Les problèmes commencèrent pendant le voyage de retour à Thyborøn. Plus question de conversation sympathique ni de croisière décontractée. Svenstrop se voyait comme un pilote de course qui aurait dû participer toute sa vie aux grands prix automobiles. Il écrasait l'accélérateur de sa station-wagon Volvo jusqu'à presque toucher le radiateur. Peu lui importait qu'une averse étale un rideau de pluie réduisant la visibilité à moins de trente mètres. Bien que n'ayant jamais possédé de Volvo, j'avais cependant une petite idée de leur tenue de route exceptionnelle. Mais rouler à cent trente kilomètres à l'heure sur une route pavée sans ligne jaune, juste assez large pour une voiture à condition qu'il n'en vienne pas une autre en face, esquiver des quantités de nids-de-poule tout en roulant sous un déluge d'eau, c'est plus qu'une simple aventure imprudente.

Jimmy Flett, qui avait affronté le pire que la mer et les Allemands puissent lui opposer, était assis à l'avant aussi rigide qu'une statue de bronze. J'étais à l'arrière, pétrifié, une main serrant la poignée de la portière, priant pour que ma prime d'assurance ait bien été payée et que mes biens soient entre les mains d'un bon homme de loi.

Il n'y avait pas de haies le long de la route et les vaches du coin se conduisaient comme si elles avaient la priorité. Svenstrop devait avoir noté son score. Je vis des entailles sur son volant. J'aurais pu jurer que les vaches se transformaient en vapeur d'eau à mesure que nous passions à travers elles. Svenstrop ne cessait de klaxonner et ne dévia pas d'un pouce lorsqu'une Holstein se profila dans le pare-brise. J'avais entendu dire qu'on écrase facilement les poules mais les vaches, jamais. Quand nous arrivâmes enfin à Thyborøn, mes cheveux avaient dû blanchir. Jimmy alla directement à la cuisine prendre la bouteille de son whisky préféré.

Je parie que les fermiers du Jütland ont recueilli des litres de lait tourné dans leurs seaux, ce jour-là.

Le temps s'arrangea un peu et nous prîmes le chemin de la mer du Nord à la recherche d'épaves de navires de guerre coulés pendant le grand engagement naval au large du Jütland entre la Royal Navy et la marine impériale allemande, en 1916. Notre première cible était le croiseur britannique HMS *Invincible*. Comme je l'ai déjà expliqué, nous balayâmes la position relevée sur les cartes de l'Amirauté et trouvâmes son immense carcasse à un mille environ de l'endroit où elle était supposée se trouver.

Ensuite vinrent deux frégates allemandes et le HMS *Defence*, un croiseur britannique qui avait reçu une torpille directement dans sa soute à munitions et dont toute la partie inférieure avait explosé. Il y avait eu près de mille morts à son bord. Il nous fallut trente-six heures pour trouver sa coque presque entièrement recouverte de vase. A part quelques pièces déchiquetées qui en émergeaient, les relevés du scanner montrent une énorme masse compacte.

La phase suivante du projet consistait à traverser la mer du Nord jusqu'au port de pêche de Bridlington, sur la côte du Yorkshire, où nous devions retrouver le président de la NUMA, Wayne Gronquist. Ensuite je voulais faire un nouvel essai pour trouver le *Bonhomme Richard* de John Paul Jones. Pendant la traversée, il n'y eut qu'un petit détour à faire pour atteindre la position approximative où Otto Hersing quitta précipitamment son cher *U-21*. Je déterminai une grille de ratissage de neuf milles carrés et la convertis pour l'intégrer aux cartes Loran de Jimmy.

Enfin il fallait dire un adieu reconnaissant à l'hospitalité de nos amis danois et à l'excitante ville de Thyborøn avant de partir dans le soleil couchant. Avec le pavillon du Royal Yacht Club flottant au mât arrière et celui de la NUMA battant au mât principal, nous fîmes retentir notre corne à air pour saluer les citadins en nous dirigeant vers la sortie du port.

Je dois mentionner que la NUMA a effectivement son propre drapeau. Rien de voyant, juste un vieux bateau à voiles sur un fond rayé de rouge, blanc et bleu portant le mot EUREKA. Ce drapeau a flotté au-dessus de presque toutes nos expéditions depuis 1978 et il est maintenant un peu fané et effiloché.

Nous avions quitté Thyborøn depuis deux heures

quand se leva une tempête de force 8 qui transforma la mer en un chaudron bouillonnant, avec des vagues de trois à quatre mètres de haut. Je ne me souviens pas avoir jamais fait une traversée pire que celle-là. Les meubles, la vaisselle et un assortiment d'objets cassés furent bien vite éparpillés dans tout le grand salon. En dessous, on aurait dit qu'une bombe avait explosé dans ma cabine. Personne ne prit la peine de ranger le bateau.

Aucune expérience ne peut se comparer à celle consistant à se tenir dans la cabine de pilotage d'un bateau de vingt mètres dont l'étrave plonge dans un creux tandis que vous observez la crête de la vague suivante, quatre mètres cinquante au-dessus de vous, puis le mur liquide qui dégringole sur le bateau dans une frénésie d'eau verte et d'écume blanche.

Il était étrange de voir les essuie-glaces s'agiter sur le pare-brise alors qu'ils étaient pratiquement plongés dans l'eau. Ce qui rendait la situation particulièrement déroutante, ce fut les appels au secours provenant de petits bateaux de pêche, au loin, dans la mer du Nord. Jimmy proposa par radio de faire virer le bateau vers les pêcheurs frappés mais les navires de sauvetage anglais et danois, habitués aux caprices vicieux de la mer du Nord, refusèrent son aide. Le pilote automatique se mit en panne en même temps que les stabilisateurs supposés réduire le roulis du bateau. Le pauvre Bill Shea ne quitta pas sa couchette pendant les quarante-huit heures qui suivirent et ne se montra pas une seule fois avant que nous n'arrivions au port. Il était si malade que Colin et moi descendîmes, et avec quelles difficultés, le voir toutes les heures dans sa cabine pour vérifier qu'il appartenait toujours au monde des vivants. Nous vérifiâmes aussi que les bords de sa couchette étaient bien relevés pour éviter qu'il ne soit jeté sur le pont.

Il était étrange d'entendre le vent hurler comme une

sirène et de voir la mer aussi démontée sous un ciel bleu serein, sans un nuage. C'était à la fois très laid et magnifique. Jimmy, John et Colin se relayèrent toute la nuit à la barre tandis que j'étais assis sur la couchette de la cabine de pilotage derrière le barreur, regardant les petits chiffres rouges du Loran clignoter pour marquer la distance qui nous restait à parcourir avant d'atteindre Bridlington.

Je ne craignais pas ce que nous réservait la mer du Nord. Sachant que mon brave équipage d'Ecossais avait traversé des tempêtes bien pires que celle-là et que l'*Arvor III* était construit comme un bunker, je me sentais aussi à l'aise qu'un crapaud dans une cascade. Je réussis même à ne pas me plaindre de tous les coups que j'encaissais en étant sans cesse projeté contre des objets plus durs que mes os.

Aussi étrange que cela puisse paraître, je trouvais même tout cela grisant. Jane Pauley me demanda un jour, au cours de son *Today Show*, si j'avais été commandant de bateau dans une vie antérieure...

— Peut-être ai-je récupéré les gènes de mon ancêtre Roger Hunnewell, un pêcheur perdu en mer vers 1650, au large de New York, répondis-je.

Colin, incapable de cuisiner, m'offrit un sandwich au rosbif que j'acceptai avec reconnaissance. Je m'attachai à une chaise sur le pont et m'endormis.

Bien que cela ne paraisse pas très logique, le fait d'être secoué dans tous les sens pendant un orage agit comme un somnifère. On devient incroyablement somnolent et on tombe vraiment dans un profond sommeil tandis que notre tête bat d'un côté et de l'autre comme une marionnette tremblotante. Par chance, je n'ai jamais le mal de mer. Je prends en général deux Dramamine le premier jour où je mets le pied sur un bateau. Après une journée en mer, mon corps s'adapte et je n'ai plus besoin du moindre médicament. Au cours de ce voyage, je n'ai pas été loin d'être malade mais ce fut davantage à cause des fumées de diesels envahissant les cabines malgré les hublots fermés qu'à cause de l'action des vagues.

Lorsque nous atteignîmes la dernière position connue du *U-21*, le vent et la mer avaient diminué de moitié. Ce n'était guère une situation idéale pour une grille de recherche mais je n'étais pas arrivé si loin pour renoncer. Bill était toujours à plat mais Jimmy était en forme. Nous descendîmes donc le scanner latéral et commençâmes à parcourir les couloirs de la grille dans une mer furieuse qui ne nous accordait aucune considération.

Pendant six heures, nous roulâmes et nous tanguâmes avant de trouver une épave qui présentait une parfaite ressemblance avec un petit cargo, mais pas avec un sous-marin. Je trouvai une cassette de Franz Liszt dans la bibliothèque de l'*Arvor III* et écoutai les accords passionnés de la *Deuxième Rhapsodie hongroise* pendant que le bateau fendait l'eau à la vitesse stupéfiante de cinq nœuds. La chaise sur laquelle j'étais assis devant le scanner n'était pas fixée au pont. Jimmy se tourna vers moi pour me dire que nous avions atteint le bout d'un couloir et qu'il virait pour en entamer un autre. C'est alors qu'un monstrueux rouleau nous heurta par le travers. Ma chaise valdingua et je fis un vol plané, disparaissant à la vue de Jimmy derrière la cloison. Il envoya John voir si j'étais gravement estropié.

S'accrochant au bastingage, John me regarda, étendu sur le pont.

— Tu t'es cogné la tête ? demanda-t-il.

— Non, je louche toujours comme ça quand je suis nerveux, répondis-je.

Après deux minutes de massage de quelque quatre ou cinq bleus et diverses marques colorées, je repris mon travail. Installé derrière l'enregistreur, je vis que le *U-21* était apparu sous forme d'une tache minuscule, assez loin sur tribord, pendant que j'étais étalé sur le dos. Jimmy fit de son mieux pour passer encore quatre fois au-dessus de l'épave. Il était inutile de descendre la caméra dans cette mer déchaînée et peu coopérative. Les dimensions sur les relevés du sonar correspondaient et la forme était compatible avec celle d'un sous-marin.

Nos instruments de navigation le situaient à 54 14 30 et 04 02 50.

Nous trouvâmes les deux seuls navires de cette zone que Svenstrop avait indiqués sur ses cartes personnelles. Il n'y a aucune autre épave sur aucune autre carte dans un rayon de vingt milles. Le U-boat repose à un peu moins d'un mille à l'est de ce qu'indiquent les rapports de l'Amirauté et des Danois. Ce fut une belle découverte. Dans l'ordre historique, nous savons maintenant où reposent le *Housatonic*, le *Hunley*, le HMS *Pathfinder* et le *U-21*. Nous pourrions les retrouver n'importe quand et sans effort.

Nous avions bien travaillé en moins d'un mois et il nous restait encore trois semaines. Nous décidâmes donc d'aller au port de Cherbourg, en France, pour chercher le célèbre raider confédéré *Alabama* et le transporteur de troupes belge *Léopoldville.*

NEUVIÈME PARTIE

# LE TRANSPORTEUR DE TROUPES « LÉOPOLDVILLE »

LÉOPOLDVILLE
FORT DE L'OUEST
PASSE DE L'OUEST
ILE PELÉE
CHERBOURG
LEOPOLDVILLE

I

# Nuit silencieuse, nuit mortelle

*Veille de Noël, 1944*

Un vent froid chargé d'une légère neige soufflait dans le port de Southampton, en Angleterre, ce 23 décembre. Le môle 38 était aussi animé qu'un stade de base-ball avant le début du championnat. Avançant en traînant les pieds, plus de 2 000 GI de la 66e Division d'infanterie de l'armée des Etats-Unis, connue sous le nom de Black Panthers [1], grouillaient autour du môle en attendant d'embarquer à bord du transport de troupes *Léopoldville*. Comme une maladie contagieuse, une sorte de léthargie et un manque général d'enthousiasme s'étaient emparés des hommes. Il y avait six mois maintenant depuis le jour J du débarquement américain et la Deuxième Guerre mondiale touchait à sa fin, du moins était-ce ce que tout le monde pensait. Les troupes qui attendaient d'embarquer supposaient que leur seule désagréable mission consisterait à nettoyer les poches de résistance allemandes. Dans cette guerre qui avait vu tant de grands héros, ces troupes craignaient de ne jamais avoir l'occasion de montrer leur courage.

Le bruit courait que l'armée allemande était sur le point de lancer une contre-attaque qu'on avait déjà

1. Les Panthères Noires.

baptisée la bataille des Ardennes, mais on n'y croyait pas vraiment. Les détails en étaient sommaires et vagues. Certains affirmaient qu'il s'agissait d'une faible offensive que Patton avait repoussée. Les Boches étaient déjà écrasés, comme le signalait un rapport dont on ignorait la source. Rien qu'un baroud d'honneur des Allemands sur le point de se rendre. Mais on se trompait complètement. Les soldats qui commençaient à s'engager sur la passerelle auraient été stupéfaits d'apprendre qu'ils allaient participer à une bataille contre un assaut allemand considérable, qui avait déjà brisé les forces américaines dans la forêt des Ardennes.

Leur mouvement inattendu ne faisait qu'attiser le malaise des troupes. La 66$^{e}$ Division était depuis peu cantonnée près de Dorchester. Sans ordres et sans beaucoup d'occupations, tous attendaient de passer un agréable Noël dans les baraques bien chauffées. Ils avaient acheté des cadeaux dans la ville proche pour leurs copains ou pour les envoyer à leurs familles. Les cuisiniers de la compagnie s'apprêtaient à les régaler de dindes traditionnelles arrosées de beaucoup de bière et d'une ancienne décoction anglaise appelée *mead*[1]. On avait persuadé un certain nombre de jeunes filles du coin de participer à la fête. Mais les promesses de la joyeuse soirée s'étaient évanouies quand les soldats avaient reçu l'ordre de faire mouvement vers Southampton. Là, ils devaient embarquer sur un transport de troupes étranger affrété par la Royal Navy.

Arrachés à leur cantonnement douillet si près de Noël, les hommes de la 66$^{e}$ se tenaient maintenant dans l'air glacial pendant que se décidaient à la hâte leurs mouvements à venir. 2 235 soldats allaient embarquer sur le *Léopoldville* tandis que le reste de la division prendrait le HMT *Cheshire*, un transporteur britan-

1. Hydromel.

nique plus récent et en meilleur état que le paquebot belge. Les camions et l'équipement lourd seraient chargés sur un LTS pour traverser la Manche jusqu'à Cherbourg.

Plus tôt dans l'après-midi, deux mille parachutistes avaient embarqué sur le *Léopoldville* mais avaient dû débarquer parce qu'ils n'étaient pas sur le bon navire. On ne leur donna aucune autre explication. Connaissant l'armée, la plupart s'étaient contentés de hausser les épaules sans poser de questions. Il s'agissait pourtant d'un signe de mauvais augure que personne ne sut interpréter.

Les parachutistes n'apprirent que plus tard combien ils avaient eu de chance de fêter Noël.

Les hommes de la 66e furent enfin autorisés à embarquer deux heures avant minuit. La manœuvre ne se termina qu'à deux heures du matin. Avec leurs écussons ornés d'une panthère noire aux dents acérées fièrement portés sur une manche de leurs capotes d'hiver kaki, les hommes prirent d'assaut le *Léopoldville*. Le désordre était à l'ordre du jour. A cause de l'embarquement erroné des parachutistes débarqués par la suite, on n'avait pas pu attribuer par avance des couchettes aux hommes de la 66e. On leur attribua donc des compartiments à la hâte, à mesure qu'ils arrivaient sur le pont principal. Les unités furent éparpillées, les amis séparés, des escadrons éloignés de leurs compagnies. La confusion fut un mauvais présage supplémentaire de la tragédie qui se préparait.

Le sergent Robert Hesse, du Peloton des armes lourdes, Compagnie D, 264e Régiment, suivit consciencieusement les ordres, passa avec ses camarades une écoutille ouverte et descendit un escalier de bois raide jusqu'aux cales transformées en quartiers peu confortables pour les troupes transportées. Sept ponts sommairement construits, aux plafonds bas, avec des châlits sur quatre niveaux, emplissaient maintenant les cales du paquebot. Les hommes étaient entassés dans ces cavernes d'acier mal éclairées comme les usagers du métro de New York aux heures de grande affluence. L'air devint très vite chaud et confiné, les odeurs de transpiration ajoutant à l'atmosphère étouffante.

Robert Hesse, âgé de vingt ans, originaire de Roselle, dans l'Etat de New York, laissa tomber avec soulagement son paquetage et son arme sur le pont encombré puis enleva son casque.

« Alors, Noël, ça va être ça », murmura-t-il.

Le commandant Charles Limbor regarda par la fenêtre de la cabine de pilotage la masse humaine qui grimpait la passerelle dans le froid mordant. Il observa le désordre sans rien dire. Bougeant ses jambes douloureuses à cause d'une mauvaise circulation, il essaya de trouver une position confortable.

Né et élevé en Belgique, il travaillait depuis près de vingt-cinq ans pour les Lignes belges. Limbor mesurait un peu moins d'un mètre quatre-vingt-deux. Son teint était naturellement bronzé, ce qui était assez inhabituel pour un Flamand. Il pensait devoir ce teint aux gènes d'un ancêtre oublié venant du Congo belge. Il avait des cheveux gris, argentés aux tempes, et des yeux bruns. A quarante-six ans, il était réservé et calme, plutôt solitaire. Les officiers qui avaient navigué avec lui le disaient difficile d'accès mais tous le considéraient comme un marin compétent.

Ses réactions, douze heures plus tard, allaient être tout à fait étrangères à son caractère.

Il étudia un message que lui avait apporté l'opérateur radio et se tourna vers son second, Robert de Pierpont.

— Nous serons accompagnés par un transport de troupes anglais, le *Cheshire*, et par une petite flotte d'engins de débarquement américains.

— Et nos escortes ? demanda Pierpont.

— Un escorteur français et trois anglais.

— J'espère qu'ils ont prévenu les Allemands que l'entrée est interdite !

— La Luftwaffe ne s'est pas manifestée depuis le jour J, dit Limbor en soupirant. Et les torpilleurs allemands type E ne font des raids qu'à deux cents milles au nord d'ici.

— Il y a peut-être quand même des U-boats qui fouinent par ici, insista Pierpont.

Limbor haussa les épaules avec indifférence.

— Pas avec autant de navires de guerre alliés qui gardent la Manche et le ciel au-dessus avec des avions anti-sous-marins. La plupart des U-boats sont dans l'Atlantique en train de poursuivre les convois. Je doute qu'il y en ait par ici.

Bien qu'il eût subi une révision complète huit mois auparavant, le *Léopoldville* paraissait, aux yeux des Américains, vieux, fatigué et sale. Construit à Hoboken, dans le New Jersey, en 1929 par John Cockerill et Fils, il avait été mis en service pour les Lignes royales belges Lloyds pour transporter du fret et des passagers du Congo belge et de divers ports d'Afrique jusqu'au port d'Anvers, en Belgique. Quand la guerre avait éclaté, il avait été transformé en transport de troupes à Liverpool. Au cours des quatre années suivantes, il avait surtout transporté des troupes anglaises en Méditerranée. Après l'invasion de la France, il fit vingt-quatre traversées d'Angleterre jusqu'aux plages de Normandie où il débarqua 53 000 hommes. Jusqu'à son dernier voyage, le *Léopoldville* transporta sans dommages 124 240 soldats dans les eaux dangereuses, jusqu'à leurs destinations.

Le *Léopoldville* était évalué à 11 500 tonneaux. Il mesurait 143 mètres de long sur 19 mètres de large. Ses moteurs lui permettaient une vitesse de dix-sept nœuds. Il était pourvu de quatorze chaloupes capables de transporter 797 personnes, quatre grands radeaux, cent cinquante-six radeaux Carley et 3 250 ceintures de sauvetage. Dix canons Bofors, un canon avant de trois pouces, un canon arrière de quatre pouces et un canon antiaérien de trois livres constituaient son armement. L'équipage se composait de cent vingt Belges, quatre-vingt-treize Congolais et d'un contingent britannique de trente-quatre officiers et hommes d'équipage qui s'occupaient des canons et surveillaient l'embarquement et le débarquement des troupes.

A cause des vacances de Noël, une bonne partie des Anglais étaient en permission ou n'avaient pas réussi à revenir à temps pour l'embarquement. En conséquence, il n'y avait personne pour s'occuper des unités de la 66e Panther lorsqu'elles étaient montées à bord à regret.

Deux lignes de soldats s'étaient installées autour des quais jusqu'aux coursives du *Léopoldville* et du *Cheshire* comme les tentacules de bêtes vivant à l'intérieur des coques des navires. Pendant le processus mal organisé de l'embarquement, plusieurs régiments d'infanterie de la 66e furent envoyés par erreur à bord du *Cheshire*. Les détachements médicaux assignés au *Léopoldville* ne trouvèrent pas leurs bandages et leurs médicaments, chargés sur le mauvais navire. Les employés de la compagnie eurent des migraines en essayant de retrouver les hommes montés sur un des deux bateaux alors que leurs dossiers avaient échoué sur l'autre. Par chance, une compagnie d'artilleurs attardés à prendre un café et des croissants ratèrent l'appel les enjoignant d'embarquer sur le *Léopoldville*. Quand ils furent regroupés, on les envoya sur le *Cheshire*.

Au milieu du chaos et de la confusion se leva l'aube du 24 décembre, veille de Noël.

A neuf heures, les troupes étaient enfin embarquées

et prêtes pour la courte traversée de la Manche. Les hommes étaient nichés dans leurs compartiments surpeuplés. La plupart essayèrent de dormir, leurs estomacs réclamant un petit déjeuner qui ne leur fut jamais servi.

Glissant le long du quai, le *Léopoldville* quitta le port de Southampton. Dans son sillage, le *Cheshire* suivait comme un chien obéissant. Les deux navires étaient chargés au maximum. En gros, 4 500 soldats entreprirent ce jour-là les neuf heures de la traversée.

Dès la sortie du port, le pilote quitta le navire de tête. Passant au-dessus des filets anti-sous-marins, les transports de troupes entrèrent dans les eaux de la Manche. Fonçant dans le chenal séparant l'Angleterre de l'île de Wight, le *Léopoldville* et son convoi trouvèrent des escorteurs, le HMS *Brilliant*, l'*Anthony* et le *Hotham* ainsi que la frégate française *Croix de Lorraine* qui se mirent en position de défense des deux transports de troupes. La routine, en somme.

A quatorze heures, le *Brilliant* envoya par radio l'ordre de zigzaguer. Curieusement, après avoir tant de fois traversé la Manche, c'était la première fois que le *Léopoldville* recevait l'ordre de faire une telle manœuvre. Les canonniers britanniques étaient calmement à leurs postes. Les officiers firent une brève inspection du navire pendant que celui-ci commençait sa traversée. Tout était normal. On vérifia absolument tout, sauf le treillis d'une chaloupe. On assigna oralement à chaque unité la zone de rassemblement sur le pont mais rares étaient ceux qui savaient exactement où aller. Les ceintures de sauvetage étaient stockées dans un compartiment d'arrimage et aucune ne fut distribuée.

La première alerte au sous-marin arriva à 14 h 30.

Le système ASDIC à bord du *Brilliant* détecta un objet sous-marin. Levant un drapeau noir pour prévenir le transporteur de troupes, les escorteurs jetèrent des grenades sous-marines. Quinze minutes plus tard, l'alerte était terminée. On l'enregistra comme une fausse alerte. Peu après il y eut un autre contact. Encore une fois, les escorteurs se portèrent en tête du convoi et lancèrent des grenades. On ne sut jamais si elles trouvèrent un U-boat.

Lorsque la seconde alerte au sous-marin s'acheva, la mer commença à gonfler. Des vagues de trois mètres de la crête au creux secouèrent le navire et les hommes commencèrent à souffrir. Beaucoup eurent le mal de mer et se précipitèrent pour aller vomir. D'autres le firent où ils se trouvaient. La vue de rats aussi gros que des chats qui filaient de-ci de-là n'arrangea pas les choses. L'équipage belge tenta de nourrir les malheureux soldats mais ceux qui n'étaient pas malades trouvèrent la nourriture immangeable. Certains préférèrent taper dans les rations qu'ils avaient apportées dans leurs paquetages.

L'air, à l'intérieur du *Léopoldville*, devint rapidement irrespirable, avec des odeurs de vomi et de mauvaise nourriture. Les fumées de diesels empestaient partout, ajoutant une contamination désagréable. Les hommes appuyés à la froide coque métallique ressentaient le battement des moteurs et des hélices. La plupart étaient assis sur leur paquetage ou essayaient de se reposer dans les hamacs, une couverture tirée sur les capotes pour se réchauffer. Quelques-uns bavardaient ou jouaient aux cartes. Il n'y avait aucune de ces luttes amicales pratiquées lors de la plupart des traversées.

Les ponts du *Léopoldville* étaient balayés d'écume lorsque l'équipe de quart prit son service. Avec le navigateur, l'homme de barre et le reste de l'équipe de timonerie, le commandant aurait dû lui aussi profiter de la relève. Mais Limbor resta sur le pont, comme il le faisait lorsqu'il traversait la Manche depuis le jour du Débarquement.

Après sept heures de traversée, le vent et la mer autour du convoi atteignirent la force 6. Les 2 235 passagers du *Léopoldville* n'étaient plus qu'à vingt-cinq milles au nord-est de Cherbourg.

Il restait à peine deux heures à vivre pour un tiers d'entre eux.

Bien que les Allemands n'aient jamais cessé de construire des U-boats à un rythme rapide et furieux pendant l'hiver 1944-1945, les Alliés les coulaient aussi vite qu'ils quittaient les chantiers navals. L'Oberleutnant Gerhard Meyer savait parfaitement que ses jours étaient comptés. Le *U-486*, le navire de Meyer, était l'un des rares sous-marins à marauder dans les eaux de la Manche du côté anglais. Naviguant tout au fond pendant la journée et ne remontant que la nuit, le *U-486* était sans cesse pourchassé par les hordes de destroyers et par l'aviation anti-sous-marine.

Terminé neuf mois avant que le *Léopoldville* ne commence son dernier voyage, le *U-486* était le dernier cri des sous-marins allemands. Le sous-marin Classe C, type VII, était équipé d'un snorkel repliable permettant au bateau de rester en immersion pendant de longues périodes. Il n'avait plus besoin de se montrer pour recharger ses batteries. Le snorkel ventilait les moteurs diesel et l'engin pouvait naviguer à 14, 50 mètres, sa profondeur périscopique, pendant des jours et des jours.

Ayant couvert la longue distance depuis sa base en Norvège, Meyer aurait préféré être n'importe où plutôt que dans ces eaux froides au large des côtes de Normandie, en cette veille de Noël. Il était 17 h 45. Il faisait sombre, avec une vague lumière se reflétant sur les nuages à l'ouest. La mer était houleuse, aiguillonnée par un vent vif de tempête.

Dépliant les poignées d'acier, Meyer posa son front contre le viseur et regarda par les lentilles du périscope. Le ciel n'était qu'une tempête de gris. Des paquets de nuages aux formes changeantes reflétaient la lumière mourante du soleil. Des rideaux de neige fondue, poussés par le vent de l'orage approchant, faisaient la course sur la mer puis changeaient de direction comme par caprice. La mer démontée roulait au-dessus de l'extrémité du périscope.

Tournant l'instrument, Meyer regarda vers la côte, à cinq milles de là. Dans le port protégé de Cherbourg, les lumières de la ville scintillaient dans la nuit tombante. Il remit le viseur vers le large, essayant de percer les ténèbres en direction de l'Angleterre. C'est alors qu'il aperçut quelque chose.

Il distingua les contours de deux gros navires de guerre et de deux escorteurs. Il y avait aussi plusieurs autres bâtiments, de plus petits qu'il crut reconnaître comme des chalands de débarquement LST américains. Il allait falloir tirer vite et juste car il n'aurait pas l'occasion d'une deuxième tentative. Meyer avait une sainte frousse des escorteurs qui, il le savait, pouvaient arriver au-dessus du *U-486* une minute après qu'il ait lancé sa torpille.

— Armez les lance-torpilles un et deux ! ordonna-t-il.

A 17 h 56, Meyer s'aligna sur le plus gros navire du convoi. La proue du sous-marin se déplaça imperceptiblement tandis que Meyer ajustait le tir. Puis il donna l'ordre de tirer.

— Baissez le périscope et plongez ! cria-t-il. Vite ! Vite ! Filez vers la côte pour semer les chiens !

Meyer n'attendit pas pour voir les vies détruites par ses torpilles. Il savait seulement que l'une avait manqué son coup mais il avait eu la satisfaction d'entendre l'explosion étouffée de celle qui avait atteint son but.

— On l'a eu ! annonça-t-il à l'équipage qui éclata en applaudissements.

Un membre du contingent britannique à bord du *Léopoldville* servait de vigie dans le nid-de-pie du mât arrière. A dix-huit heures, il cria aux marins chargés du canon arrière de quatre pouces :

— Hé ! Les gars ! Je viens d'apercevoir les bulles d'une torpille.

— Vous êtes sûr ? demanda un jeune lieutenant de vaisseau.

— J'ai vu des bulles.

— Ouvrez l'œil pour...

— Une autre ! Une autre ! le coupa la vigie. Torpille à tribord !

Dans les entrailles du navire, la plupart des soldats dormaient quand la torpille frappa la cale numéro 4 tribord arrière. Les rivets éclatèrent et volèrent comme des balles de mitraillette. Des centaines d'hommes moururent sans savoir ce qui les avait frappés. Les observateurs sur le pont jurèrent qu'ils avaient vu des morceaux de corps s'élever en l'air.

On ne revit aucun des hommes assignés aux compartiments G4 et F4.

Le compartiment G4 était occupé par 185 soldats. Juste au-dessus, dans le compartiment F4, 170 soldats dormaient dans des hamacs. Les supports d'acier tenant les cloisons se déformèrent. Le pont F s'effondra sur le pont G, emportant avec lui les escaliers et empêchant toute sortie. Les cris de douleur et de panique furent vite étouffés par l'incroyable invasion de l'eau dans la coque. Les hommes furent entraînés par centaines dans la mer et l'obscurité soudaine. On estima à 315 le nombre d'hommes morts sur le coup. Ils furent moins de vingt à gagner les ponts supérieurs. L'un d'eux, qui ne savait pas nager, fut expulsé par le trou creusé par la torpille et retiré à bord depuis un pont extérieur par des hommes qui l'avaient aperçu.

Walter Blunt, de la Compagnie L, n'entendit les hurlements et les cris étouffés que lorsque sa tête refit surface. Les débris tourbillonnants puaient l'essence et la poudre à canon. Il se retrouva coincé dans un trou du pont au-dessus. Sa tête et ses épaules dépassaient dans le compartiment supérieur mais il était vraiment coincé et ne pouvait se dégager. Des vagues passèrent sur lui quand le navire commença à sombrer, l'eau sale ne cessant de monter l'obligeant à retenir son souffle jusqu'à ce qu'il fût au bord de l'évanouissement. C'était une façon horrible de mourir mais soudain, un rayon de lumière éclaira son visage. Le commandant de sa compagnie, le capitaine Orr, se pencha sur lui.

— Donne-moi la main, fiston. Tout ira bien.

Il dégagea Blunt et l'aida à gagner le pont extérieur où on le plaça dans la seule chaloupe transportant les GI blessés qui avaient survécu à l'explosion. Sur les 181 hommes de l'unité de Blunt, il y eut 74 morts et 61 blessés.

C'est au mal de mer que Walter Brown, de la Compagnie F, dut d'avoir la vie sauve. Ressentant les effets de la mer démontée, il quitta son compartiment et grimpa vers le pont où il avait l'intention de vomir. Il avait à peine atteint un lavabo quand la torpille frappa. Assommé par le choc, il se réveilla trempé par l'eau sortant des tuyaux brisés. Il se sauva en sautant sur le pont d'un petit navire venu se ranger le long du *Léopoldville* qui commençait sa descente vers le fond. Il fut le dernier homme à échapper à la mort sans sauter dans l'eau.

Brown et cinq de ses camarades furent les seuls survivants de la Compagnie F. Les 153 autres coulèrent avec le navire.

Le sergent Jerry Crean, de la Compagnie B, jouait aux cartes quand il ressentit l'impact et que le bateau ralentit puis s'arrêta. Sans instructions particulières, Crean réunit les douze hommes de son peloton et les conduisit vers les ponts ouverts. Il s'assura qu'ils restaient groupés puis revint avec assez de gilets de sauvetage pour tous. A dix-neuf heures, une heure après que le *U-486* eut envoyé sa torpille sur le *Léopoldville*, Crean apprit que les secours étaient en route. Des bateaux de sauvetage et des remorqueurs venaient, lui dit-on, du port proche pour les y emmener. Mais lorsque le navire commença à gîter de dix degrés, il comprit enfin que « cette saleté de bateau allait couler ».

Finalement, quand les ordres d'abandonner le navire furent donnés — s'ils furent donnés —, ce fut en flamand ou en français et personne ne prit la peine de les traduire. Si les officiers américains de commandement avaient su plus tôt que le navire coulait, beaucoup plus de vies auraient pu être sauvées.

Plusieurs officiers du *Léopoldville* firent tout ce qu'ils purent pour sauver le navire et maintenir un semblant d'ordre mais la soudaineté du désastre inattendu les dépassa. L'équipage congolais ne perdit pas de temps pour rassembler ses effets personnels. Les Africains se précipitèrent vers les chaloupes. Le médecin du bord, le Dr. Nestor Herrent, offrit ses services au médecin anglais, le major Mumby, et à ceux de la 66e Division. Ses deux infirmiers l'avaient déjà abandonné, partant avec la première chaloupe. Les médecins travaillèrent de concert pour soigner la vague de plus en plus importante d'hommes blessés qu'on amenait à l'infirmerie.

Sur le pont, le commandant Charles Limbor paraissait trop calme. On dit plus tard qu'il était en état de choc. Il ne semblait pas avoir compris l'énormité de la situation. Lentement, il lutta pour retrouver son contrôle quand il devint évident que le navire risquait de sombrer. Mais il n'y réussit pas tout à fait.

Informé de ce que l'eau montait rapidement dans la salle des machines, il ordonna d'arrêter les moteurs. Persuadé que des remorqueurs allaient arriver pour tirer le *Léopoldville* jusqu'à la côte, il fit descendre les ancres pour empêcher le navire de dériver avec le courant. C'était une erreur de jugement qui ne fut que l'une des mille autres erreurs de cette nuit fatale.

La confusion se mêlait au calme tandis que les soldats blessés de la Panther Division se tenaient en formation sur le pont ouvert en attendant les ordres ou tournaient en rond en se demandant ce qu'ils devaient faire. On leur dit seulement d'attendre et de laisser passer les hommes d'équipage.

Ils regardèrent avec amusement d'abord puis avec rage les marins congolais se battre pour descendre les chaloupes. Il y eut quelques hourras parce que les soldats pensaient que c'était pour eux qu'on préparait les embarcations. Mais il devint vite évident que ces hommes abandonnaient le navire tout seul. Une ou deux chaloupes heurtèrent l'eau puis jetèrent l'équipage à la mer. Aucun de ces Congolais ne tenta de sauver ses passagers. Ils ramèrent au plus vite, transportant des valises, des radios, leurs effets personnels et même un perroquet dans sa cage. Personne n'avait pris la peine d'expliquer à ceux qui restaient comment mettre à l'eau les chaloupes et les radeaux restants. Les soldats jurèrent par la suite que des officiers portant des manteaux avec des galons dorés étaient partis avec l'équipage. On sut plus tard que l'équipage avait pris plusieurs chaloupes alors qu'une seule aurait suffi pour son nombre restreint.

Plusieurs soldats furent tués ou blessés en essayant de dégager les chaloupes de leurs bossoirs. Plusieurs voulurent couper les cordes qui retenaient les radeaux mais n'avaient pas de couteaux. Des soldats réussirent bien à descendre une chaloupe mais celle-ci fut rapidement investie par l'équipage du *Léopoldville* sous les yeux incrédules des Américains.

Pendant toute cette débâcle, le commandant Limbor ne dit rien, ne fit rien. Normalement très à cheval sur la discipline, il resta muet sans faire la moindre tentative pour assumer son commandement. Cinquante ans plus tard, les survivants maudissent toujours Limbor et son équipage belge et congolais.

Le sergent Gino Berarducci, de la Compagnie I, reçut d'un officier britannique l'ordre de descendre dans une chaloupe. Il pense encore que ce fut la seule qui quitta le *Léopoldville* avec des soldats américains à son bord.

Quinze ans plus tard, un rapport de l'Inspecteur général américain affirmait : « Il n'est pas douteux que l'équipage du *Léopoldville* fit preuve de négligence dans l'accomplissement de ses devoirs. Ils ne se tinrent pas à leurs postes pour orienter les passagers ni pour faire connaître l'état du navire ou pour mettre des chaloupes à la mer. Ils ne parurent intéressés que par leur propre sort. »

Il semble que les autres commandants de navires furent frappés de confusion. Tandis que les escorteurs britanniques s'activaient à lancer des grenades sous-marines, le transport de troupes *Cheshire* resta près d'une heure à moins de deux cents mètres du *Léopoldville*. A bord du *Cheshire*, on croyait avoir entendu le bruit étouffé d'une explosion puis il sembla que l'autre transport de troupes commençait à gîter. Les officiers de ce navire ne comprirent pas l'horrible débâcle qui se produisait sous leurs yeux. Ils n'eurent pas la moindre idée de la crise qui ne cessait d'empirer à bord. Ils restèrent sur place, en essayant d'apercevoir dans l'obscurité le navire frappé. Puis ils firent demi-tour et se dirigèrent vers Cherbourg. Le *Léopoldville* se perdit bientôt dans l'obscurité tandis que le *Cheshire* portait son attention sur les lumières du port.

A cinq milles seulement de la terre, le *Léopoldville* pouvait encore être ramené vers la côte si les remorqueurs arrivaient rapidement. Mais personne ne les avertit. On réveillonnait et il y avait fort peu de personnel de garde. Les bars et les restaurants de la ville étaient pleins de gens qui s'amusaient. Des lumières clignotantes et des guirlandes décoraient les vitrines des magasins tandis que civils et militaires célébraient le dernier Noël de la guerre. Personne ne pouvait savoir qu'une lutte pour survivre se déroulait à quelques milles à peine au large.

Trente minutes passèrent avant que le commandant du convoi, John Pringle, commandant du HMS *Brilliant*, appelle Cherbourg : *« Prière venir chercher survivants. Avons besoin d'aide. »*

Parce qu'il avait attendu trop longtemps pour donner l'ordre d'abandonner le navire, Limbor avait condamné le bateau à devenir une tombe de guerre.

Les officiers en service à l'entrée du port furent étonnés par la requête inattendue.

*« Survivants de quoi ? »* demandèrent-ils.

*« Léopoldville touché. Avons besoin d'aide. »*

Aucun message n'arriva du *Léopoldville* lui-même.

A terre, la bureaucratie militaire régnait. Des messages furent envoyés, reçus, transmis. On donna des ordres mais ils ne furent pas relayés. Les officiers supérieurs faisaient la fête et ne pouvaient être dérangés. Finalement, des hommes plus décidés commencèrent à prendre la responsabilité d'une opération de sauvetage — des hommes comme le lieutenant-colonel Tom McConnell à Fort L'Ouest, à l'entrée du port.

McConnell était avant la guerre un homme d'affaires prospère de l'Indiana. Il ne mâcha pas ses mots pour décrire la situation à ses supérieurs. Il fit presque rougir les lignes téléphoniques par son vocabulaire imagé, exigeant, plaidant, menaçant sergents ou généraux sans distinction pour essayer de mettre sur pied une opération de sauvetage. En termes bien sentis, il informa le général commandant le port qu'il envoyait de sa propre autorité des bateaux sur les lieux de la catastrophe.

Quand les efforts de McConnell eurent réussi à envoyer des remorqueurs au navire en train de sombrer, cinquante minutes s'étaient écoulées.

L'enseigne de vaisseau Natt Divoll, officier naval de garde à Fort L'Ouest, n'eut guère plus de chance avant de joindre le capitaine de corvette Richard Davis. Quand l'appel de Divoll arriva au Fort, il ne se contenta pas de faire bouger les bureaucrates, il les fit danser. Moins de cinq minutes après qu'on lui eut appris la situation du *Léopoldville*, Davis avait fait partir deux bateaux vers le navire frappé. Deux minutes plus tard, un troisième quittait le port. Puis il essaya d'envoyer en ville des officiers chargés de ramener des marins et des soldats arrachés aux bars.

Peu après dix-neuf heures, Davis avait pratiquement mobilisé Cherbourg. Quelques minutes après, les premières chaloupes transportant les marins congolais arrivèrent à quai où on les questionna. On prévint les hôpitaux, on prépara des lits et de la nourriture. Le sauvetage était enfin coordonné.

A terre, on commença à réaliser qu'un désastre s'était produit, mais les soldats à bord du *Léopoldville* n'avaient pas encore été prévenus du fait que le navire s'enfonçait sous leurs pieds.

Faisant montre de sa compétence de marin, le commandant Pringle prit le taureau par les cornes et amena son escorteur le long du *Léopoldville*. Agé seulement de trente-neuf ans, Pringle en avait passé vingt-deux en mer. Tandis que son navire approchait, les marins de Pringle envoyèrent des amarres. En l'absence de l'équipage belge pour les attraper, l'escorteur britannique fut finalement amarré par des soldats, les canonniers anglais du navire et les marins du *Brilliant* qui sautèrent à bord du *Léopoldville*.

La mer furieuse ne cessa de cogner la coque plus petite contre la grosse. Les plaques d'acier se déformèrent et grincèrent en se heurtant. Le bruit était menaçant et Pringle réalisa qu'il ne pourrait pas rester très longtemps accoté au transport de troupes. Pourtant l'expression terrifiée des soldats effaça toute velléité qu'il aurait pu avoir de s'éloigner très vite. Il maintiendrait les deux navires côte à côte aussi longtemps que possible avant que le *Brilliant* soit trop abîmé. Bientôt ses hommes appelèrent les soldats en criant :

— Sautez, Yankees, sautez !

L'évacuation se fit sans ordre. Aucun officier ne dirigeait la manœuvre et ce fut aux sergents et aux officiers non brevetés que revint la tâche de l'organiser. Comme le navire continuait à gîter, les soldats comprirent que le *Léopoldville* perdait rapidement toute chance de rester à flot. Ceux qui étaient sur les ponts inférieurs furent dirigés vers les ponts supérieurs. Blottis sur les ponts ouverts, ils étaient exposés à un froid glacial, leurs capotes boutonnées jusqu'en haut. La plupart transportaient leur fusil, leur paquetage et leur casque.

Le froid, la nuit noire, la mer déchaînée, les vagues plongeantes qui balançaient l'escorteur comme un jouet rendaient le saut terrifiant pour les jeunes gens agglutinés sur le pont du transport de troupes. Ce fut encore plus épouvantable pour les malheureux qui calculèrent mal leur élan, manquèrent l'escorteur et tombèrent dans l'eau entre les deux bateaux avant d'être écrasés par la force de la houle qui jetait les plaques d'acier de l'un contre les plaques d'acier de l'autre.

A 19 h 20, le HMS *Brilliant* avait réussi à transborder près de sept cents soldats de la 66$^{e}$. Les autres escorteurs du convoi, le *Hotham*, l'*Anthony* et le *Croix de Lorraine*, ayant abandonné la chasse au U-boat, rentrèrent au port. N'ayant reçu aucune information venant du *Léopoldville*, ils ignoraient encore que le transport de troupes risquait de couler.

Pringle commençait à s'inquiéter pour son bateau. Les chocs constants causés par la turbulence de la mer usaient les plaques d'acier de la coque du *Brilliant*. Le chef mécanicien l'informa bientôt que les pompes contrôlaient encore le flux soudain de l'eau mais que celui-ci ne cessait de monter. Son opérateur radio annonça qu'il avait capté des signaux indiquant que des bateaux et des remorqueurs de sauvetage arrivaient rapidement.

— Larguez les amarres qui nous retiennent au *Léo* ! cria Pringle à l'officier commandant l'évacuation depuis le pont ouvert.

Bob Hesse, le sergent new-yorkais, et une poignée de ses hommes approchèrent de la partie avant du navire et atteignirent la chaîne d'ancre sur le gaillard d'avant.

— On se tire, les Yankees ! Vous feriez mieux de sauter maintenant. C'est votre dernière chance.

Il semblait à Hesse que les deux tiers du *Léopoldville* étaient déjà sous l'eau. La proue s'était tellement relevée qu'il croyait être dans les nuages. Il regarda ses hommes parmi lesquels Alex Yarmosh, Ed Riley et Dick Dutka et dit :

— Allons-y ! Chacun pour soi !

Ils se tinrent sur le bastingage, attendant que le *Brilliant* se relève à une distance leur permettant de sauter pour ce qui serait sans doute la dernière fois. Quand le petit navire se releva sur la vague suivante, ils sautèrent tous les six. Tous arrivèrent sains et saufs. Hesse eut l'impression qu'il avait sauté de l'Empire State Building.

Les marins anglais, armés de haches, coupèrent les amarres et le *Brilliant* s'éloigna du *Léopoldville*. Le commandant Pringle avait l'intention de rejoindre Cherbourg pour débarquer les survivants qu'il avait sauvés avant de revenir faire une autre évacuation. Il ne croyait pas que le *Léopoldville* aurait coulé au fond de la Manche avant qu'il ne quitte le quai.

Le gros remorqueur de sauvetage ATR-3 arriva et vint se ranger de l'autre côté du transport de troupes condamné. Son skipper Stanley Lewandowski jurait contre les vagues qui se refermaient déjà sur la poupe du *Léopoldville*. Il était fou furieux.

Il avait par deux fois essayé de manœuvrer pour se ranger le long du navire avant qu'il ne s'enfonce mais en était empêché par les bossoirs des chaloupes qui pendaient et ne cessaient de bouger. Si l'équipage belge était resté à son poste quelques minutes de plus pour charger correctement les chaloupes, les bossoirs auraient pu être remontés et Lewandowski aurait pu placer son remorqueur le long du bastingage.

Son opérateur radio, le matelot de première classe Hugh Jones, essaya de contacter le *Léopoldville* mais ne reçut aucune réponse. Lewandowski fut également déçu par un groupe de deux cents hommes au garde-à-vous sur l'avant. Ils ignorèrent toutes les exhortations à sauter. Plus tard, quand il les retira de l'eau, il apprit qu'un officier leur avait interdit de sauter. Déjà le navire belge disparaissait sous ses yeux.

— Hissez ces malheureux à bord ! cria-t-il à son équipe tandis que lui-même saisissait la barre du gouvernail et manœuvrait son massif remorqueur dans une mer de têtes flottant au milieu des débris du paquebot. Trois de ses hommes sautèrent à l'eau pour aider les soldats épuisés et gelés à atteindre le pont du remorqueur.

Il y eut cette nuit-là de nombreux héros qui donnèrent leur vie pour en sauver d'autres. Parmi eux, le colonel Ira Rumburg, dont la veuve ne sut comment était mort son mari que cinquante ans plus tard, quand le sergent Jerry Crean le lui apprit.

Rumburg était un homme très grand, de deux mètres deux, pesant à peu près cent quatorze kilos. Il s'était attaché à une corde. Pendant plus d'une heure, tandis que le navire s'enfonçait lentement, il avait plongé dans la cale pour remonter des hommes, un sous chaque bras. Crean croyait que le colonel avait fait plus de dix plongées avant que le *Léopoldville* coule, la poupe la première, entraînant Rumburg avec lui.

La mort du capitaine Hal Crain a fait de lui une légende. Luttant dans l'obscurité d'une eau pleine d'huile dans les cales à demi écrasées, il avait sauvé, en plongeant dans les compartiments inondés, des hommes à moitié noyés et blessés. Plusieurs dizaines de soldats assurèrent devoir la vie à cet officier. Hal Crain ne survécut pas, hélas, pour recevoir leurs remerciements. Il reçut à titre posthume la Soldier's Medal [1], qui fut remise à sa veuve et à leur très jeune fils.

Crean reçut également la Soldier's Medal pour les vies qu'il avait sauvées ce soir-là. Il fit descendre une douzaine de ses hommes par une échelle de corde et lutta pendant deux heures en nageant autour d'eux pour les obliger à rester groupés. Il trouva des sacs de paquetage et des morceaux d'épave dans l'eau et obligea les soldats à s'agripper à tout ce qui pouvait flotter. Il ne put jamais oublier les quelques malheureux qui abandonnèrent et disparurent dans l'obscurité.

Le caporal Steve Lester, de la Compagnie K, sacrifia sa propre vie pour sauver celle de quatre hommes qui étaient coincés près de lui dans une zone vitrée sur le pont pendant que le navire sombrait. Il brisa les fenêtres de ses mains et tira ses camarades par les ouvertures qu'il avait dégagées. Dernier à sortir, il n'y réussit pas. On remit la Soldier's Medal à titre posthume à sa veuve et à ses trois jeunes enfants.

Le canonnier anglais Bill Dowling aida à sortir des hommes coincés en bas par une écoutille. Dowling et ses camarades transportèrent les blessés jusqu'à l'infirmerie.

---

1. Médaille militaire.

Le sergent Albert Montagna eut l'honneur d'aider Rumburg et Crain à sortir de l'enfer une dizaine de soldats avant de se retrouver flottant dans l'eau glacée près du bateau.

A l'infirmerie, les médecins et le personnel médical restèrent pour soigner les blessés. Des civières ne cessaient d'arriver sur le pont. Certaines furent descendues sur le *Brilliant*. Beaucoup furent littéralement jetées sur les ponts des remorqueurs et sur une corvette de garde-côte. Quelques civières furent emportées par les vagues quand le navire commença sa descente vers le fond. Elles plongèrent comme des pierres avec leurs occupants, attachés et incapables de se dégager.

L'héroïsme de ceux qui plongèrent dans les cales brisées pour remonter les blessés, les récits de ceux qui sautèrent à l'eau et furent sauvés par les efforts des hommes des navires de sauvetage, ne seront jamais oubliés par les soldats de la 66e qui vivent encore.

En dehors des efforts héroïques accomplis au fond des cales, aucune décision de commandement ne vint d'aucun des officiers. Ils n'étaient pas entraînés pour faire face à un pareil désastre et se retrouvaient aussi perdus et impuissants que leurs hommes. Et pourtant, la conduite des troupes à bord du *Léopoldville* pendant les deux heures précédant son naufrage est inscrite dans les annales militaires comme un des meilleurs exemples de discipline jamais observés. Tous attendirent de pouvoir obéir aveuglément à des ordres qui ne vinrent jamais.

Un profond grondement arriva de l'intérieur de la coque du *Léopoldville* lorsque l'eau froide atteignit les chaudières et les fit exploser. Craquant et grognant, la proue s'éleva et entama un mouvement de spirale tandis que le paquebot commençait son dernier voyage vers le fond. On vit des corps tomber comme des feuilles des ponts ouverts. A 20 h 30, dans le puissant sifflement de la vapeur qui s'échappait, le transport de troupes disparut sous l'eau noire par l'arrière et nul ne le revit jamais.

On estime que plus de mille hommes flottèrent un moment dans une eau dont la température ne dépassait pas huit degrés. Plusieurs furent aspirés par le *Léopoldville*, parmi lesquels le commandant Limbor, dont on ne retrouva jamais le corps. Ce n'est qu'alors que la panique s'installa parmi les hommes qui luttaient pour survivre dans l'eau glacée. Ceux qui ne savaient pas nager s'agrippaient à ceux qui savaient et les entraînaient par le fond. Ce fut comme une foule de supporters de football criant à gorge déployée. Des centaines d'hommes hurlaient, criaient, imploraient l'aide de Dieu. Beaucoup appelaient leur mère. Certains maudissaient tout le monde pour leurs souffrances. Un très grand nombre baissa simplement les bras et mourut par noyade ou par hypothermie. Ceux qui survécurent à cette horrible épreuve la revécurent longtemps en d'affreux cauchemars.

Vince Codianni, de la Compagnie K, fut l'un des hommes coincés dans un abri vitré lorsque le navire gîta sur tribord et commença à plonger. Codianni fut prisonnier de l'eau montante lorsque ses vêtements s'accrochèrent sur un morceau de vitre. Excellent nageur, il se libéra et gagna la surface mais il était blessé. Il avait perdu ses dents de devant, sa langue était coupée en deux et les éclats de verre avaient gravement blessé son cou et ses bras.

Contre toute attente, il survécut deux heures dans l'eau glacée, les vêtements gelés sur son corps, entendant les appels au secours qui, peu à pcu, se perdirent dans la nuit. Un remorqueur français le trouva et le sortit de l'eau plus mort que vif.

Le soldat de deuxième classe Edwin Phillips, affecté au Quartier général, fut tiré de l'eau et allongé sur le pont d'un dragueur de mines. Le croyant mort, un marin lui donna un petit coup de pied.

— Tu n'es certainement pas vivant, toi, dit-il.

— Mais si, murmura Ed.

— C'est bon, dit le marin. On n'est pas supposé remonter les morts.

Phillips survécut et mena une longue et saine existence.

Les équipages des remorqueurs, des corvettes, des garde-côtes et des bateaux de pêche français travaillèrent d'arrache-pied pour remonter ces hommes qui, par centaines, luttaient contre le froid, les vagues et la mort. L'hypothermie emporta très vite ceux qui ne se noyèrent pas. Le froid et l'épuisement sapèrent leurs forces, de même que les lourdes capotes gorgées d'eau et les bottes que, pour la plupart, ils n'avaient pas pensé à enlever. Presque inconscients de froid et de fatigue, bien peu avaient la force de monter seuls sur le bâtiment qui venait les sauver. Ce furent les marins et les pêcheurs qui levèrent les soldats à moitié morts par-dessus le bord de leurs bateaux ou qui sautèrent dans l'eau pour les aider.

Lewandowski mit son remorqueur en station immobile. Ses hommes remontèrent soixante-dix survivants avant que les cris disparaissent dans l'obscurité. Alors, à contrecœur, il retourna au port. Les premiers bateaux arrivant à Cherbourg avec des survivants ramenaient aussi quelques morts. Ceux qui rentrèrent plus tard en ramenaient bien davantage. A mesure que le temps passait, on repêchait de moins en moins de vivants et le nombre des morts prenait des proportions effrayantes.

En arrivant au quai, beaucoup de survivants de la 66e durent se débrouiller tout seuls. On en plaça sous des tentes, dans des baraques ou dans des maisons qui offrirent un abri contre le froid de la nuit. Des centaines d'hommes souffrant de choc et de leur longue attente dans l'eau furent transportés vers les hôpitaux de la ville. On étendit les morts en longues rangées sur le quai. Les infirmiers allaient d'un corps à l'autre, vérifiant si quelques-uns appartenaient encore au monde des vivants. Un prêtre les accompagnait, cherchant les plaques d'identité des morts et accomplissant les rites funèbres pour les catholiques.

De l'équipage du *Léopoldville*, le commandant Limbor fut le seul officier à perdre la vie. Le charpentier du bord et trois Congolais moururent également. Etant donné que l'Amirauté se refuse toujours à donner des précisions sur le naufrage, on ignore combien il y eut de pertes parmi le contingent britannique. La 66e Panther Division avait été décimée. Plus de 1 400 hommes avaient été secourus. Environ 300 avaient été tués par l'explosion de la torpille et 500, plus tard, dans l'eau. Le nombre officiel des morts s'élève à 802.

Ce fut une tragédie due au destin, aux erreurs de calcul, aux fautes et à l'ignorance. Si l'évacuation du navire s'était déroulée dans les règles, des centaines de familles n'auraient pas reçu de télégramme annonçant la perte d'un de leurs proches.

Il y eut des enquêtes officielles, diverses mais limitées. On raconta aux familles que leurs fils et leurs maris étaient morts au combat. Bien peu apprirent la vérité. Le *Léopoldville* fut balayé sous un tapis et son naufrage perdu dans les rapports officiels.

A part ceux qu'on ramena aux Etats-Unis pour y être enterrés, les hommes dont on retrouva les corps sont ensevelis au cimetière d'Omaha Beach, en Normandie. Il y a, dans ce cimetière, une colonnade appelée le Jardin des disparus, qui rend hommage à 1 557 GI américains dont on n'a jamais retrouvé les corps. A l'arrière, gravés dans le mur, figurent les noms des soldats disparus qui reposent toujours au fond de la Manche avec le *Léopoldville*.

Il y eut deux suites à la tragédie que les survivants du *Léopoldville* aimeraient bien voir aboutir avant de retrouver les rangs sanctifiés de leurs camarades morts avant eux. L'une est un monument au Cimetière National d'Arlington, honorant les 800 hommes qui trouvèrent la mort avec le navire. La seconde est un timbre dédié à leur mémoire.

Est-ce trop demander à notre gouvernement que de reconnaître leur sacrifice ?

Le sous-marin qui déclencha cette terrible tuerie, le *U-486*, fut lui-même coulé par le sous-marin britannique *Tapir* quatre mois plus tard. L'Oberleutnant Gerhard Meyer périt avec tout son équipage.

Seul le navire de guerre *Arizona*, coulé pendant l'attaque japonaise de Pearl Harbor, perdit plus d'hommes que le *Léopoldville.* Le transport de troupes fut suivi de près par le croiseur malchanceux *Indianapolis* dont le chiffre des morts s'élève à 783.

II

## Des malédictions à nouveau déjouées

*Juillet 1984*

Il est parfois difficile de séparer la réalité du dénouement comique. En dépit des projets soigneusement mis au point par Cussler et compagnie, la seconde phase de l'expédition de 1984 en mer du Nord se déroula et s'acheva comme un opéra-comique produit et mis en scène par les pensionnaires d'un asile d'aliénés. Si j'avais su le fiasco que l'équipage de la NUMA et de l'*Arvor III* allait rencontrer à Cherbourg, j'aurais ordonné à Jimmy Flett de poursuivre sa route et de nous diriger vers le port de Monte-Carlo.

Après avoir trouvé et étudié le *U-21*, nous atteignîmes Bridlington sur une mer étale, sous un beau ciel bleu. C'était l'une des rares fois où j'ai vu Bridlington sans un nuage. Au cours de mes précédentes visites, pendant les recherches du *Bonhomme Richard*, il n'avait cessé de pleuvoir. Bridlington est une station balnéaire pour classe moyenne, pleine de casinos tapageurs et de centres de loisirs dont la population est amicale. Un charme edwardien émane des maisons alignées le long des rues de la vieille ville.

J'ai vu des familles entières se promener le long de l'avenue donnant sur la plage sous une averse torrentielle, tous vêtus des mêmes cirés — y compris les bébés dans leurs poussettes et le chien de la famille. Ils avaient bien l'intention, par Dieu, de profiter de leurs vacances, qu'il pleuve, qu'il neige ou qu'il y ait du brouillard. Connaissant le temps trop fréquemment navrant de l'Angleterre, j'ai toujours admiré les dispositions à l'humour des Britanniques. Contrairement aux habitants de Seattle qui restent assis, toutes les lampes allumées, pendant quatre-vingt-dix longues journées de ciel gris pour éviter de tomber dans la dépression, les Anglais, les Ecossais et les Gallois le supportent avec le sourire et restent incroyablement joyeux.

L'*Arvor III* pointa son étrave dans le petit port de Bridlington et installa son large bau contre le quai sud. Bill Shea, plus léger de plusieurs kilos, se releva d'entre les morts et admira par l'écoutille le port serein et les bateaux de pêche amarrés aux quais.

— Je le savais ! Je le savais ! dit-il en protégeant d'une main ses yeux du soleil. Je suis mort et j'ai été condamné à passer l'éternité à Bridlington en punition de mes péchés.

— Au moins il ne pleut pas, répondis-je.

— Attends cinq minutes, tu vas voir. (Bill me lança un regard signifiant « pauvre imbécile ».) Ne sais-tu pas qu'au moment de la mort, on traverse toujours un tunnel donnant sur une grande lumière ?

Que pouvais-je répondre ? La théorie de Bill fut démentie par quatre jours de ciel clair.

Nous profitâmes du beau temps et de la mer calme pour passer deux jours à parcourir une grille définie par deux médiums pour trouver l'épave du *Bonhomme Richard*. Le record de notre département magie ne fut pas amélioré. Cinq coups pour rien. Nous ne trouvâmes rien d'intéressant. Le fond était aussi clair que les toilettes de ma grand-mère.

Bill et moi accueillîmes avec joie l'invitation de Manny et Margaret Thompson, de Bridlington, qui nous avaient si bien soutenus lorsque nous cherchions le *Bonney Dick*. Des gens magnifiques, avec des fils aux larges épaules. Manny et Margaret sont propriétaires d'un centre de loisirs très populaire en Grande-Bretagne. Après trois semaines passées à bord de l'*Arvor III*, nous nous disions que leur ravissante maison nous paraîtrait aussi belle qu'un cinq-étoiles, solidement plantée dans le sol et sans tendance au roulis ni au tangage. Le premier soir, nous avons dû agripper la tête de notre lit en attendant que notre corps s'habitue à la position immobile.

J'appelai la maison pour souhaiter un bon anniversaire à ma femme, Barbara. Je crois bien que c'était la première fois en quarante et un ans que je n'étais pas près d'elle ce jour-là.

Margaret Thompson est l'une des femmes les plus adorables de tout le Yorkshire. Elle se détache parmi toutes les autres dames des villes balnéaires et Manny est aussi généreux et obligeant qu'un saint. Bon, il ne sera probablement pas canonisé tout de suite mais c'est tout de même un homme diablement sympathique. Pendant les premières expéditions pour trouver le *Bonhomme Richard*, notre équipage faisait des plaisanteries sur les filles du coin, surtout lorsqu'elles avaient dépassé vingt-cinq ans, en jurant qu'elles prenaient des pilules pour s'enlaidir. En toute franchise, les femmes de ce comté se mariaient jeunes, généralement à des marins, puis se laissaient aller. Elles étaient mignonnes jusqu'à vingt ans mais semblaient perdre tout intérêt à leur apparence physique dès qu'elles attendaient un enfant. La blague courante était que le Yorkshire organisait des concours de beauté mais que personne ne se présentait. Alors l'équipage organisait son propre concours. Une bouteille de scotch reviendrait à celui qui trouverait — et se ferait photographier avec — la plus belle dame du comté du Yorkshire âgée de plus de vingt-cinq ans. Margaret fut éliminée d'office parce qu'elle était née et avait grandi hors de la zone avant d'épouser Manny.

C'est moi qui gagnai le concours. En revenant à l'*Arvor III* un matin après avoir acheté une carte marine de la côte, je fus arrêté sur le môle par un photographe qui prenait des images de gens passant par là avec des filles déguisées en Miss Piggy[1]. Je m'empressai de le payer pour me prendre avec elles et, dès que les photos furent développées, j'allai réclamer le scotch. A ma grande surprise, personne ne me le contesta.

Un ami des Thompson nous emmena, Bill et moi, faire un tour de la région avec visite d'une entreprise de distribution d'automobiles russes. Les voitures étaient à la base des Fiat fabriquées dans les faubourgs de Moscou. Je fabriquais, quand j'étais petit, de meilleures boîtes à savon de course. A côté de ces tas de ferraille, les voitures yougoslaves ressemblent à des Bentley. La peinture des portes n'avait pas la même teinte que le châssis, les garnitures des sièges étaient faites de bouts de tissus assemblés comme un patchwork et le moteur semblait provenir de chasse-neige ferraillés. Je crois bien que c'est le jour où il vit une de ces voitures que Ronald Reagan décida de briser l'Union soviétique en la lançant dans une course technologique contre les Etats-Unis.

Le jour où nous devions partir pour Cherbourg et commencer les recherches de l'*Alabama* et du *Léopoldville*, Wayne Gronquist, qui devait arriver d'Austin, au Texas, ne se montra pas sur le quai. Nous l'attendîmes près d'une heure, en vain. La marée, qui s'élevait à trois mètres et se retirait d'autant, très rapidement, laissait souvent l'*Arvor III* sur la vase. Jimmy m'informa que si nous ne partions pas dans les minutes

1. La Cochonne du Muppet Show.

suivantes, nous serions cloués au quai pendant les douze heures à venir.

Pour prouver mes talents de décideur, je lui dis :

— C'est toi le skipper. Quand tu nous diras de partir, nous partirons.

Jimmy fit sonner la cloche de la salle des machines et mit les diesels en marche tandis que Colin et Bill enlevaient les amarres. Comme au cinéma, Wayne arriva juste à cet instant, courant comme un fou sur le quai, Jimmy poussa les poignées des moteurs et ne regarda pas en arrière. Bill et moi, à l'avant, encouragions Wayne à courir plus vite. Il réalisa un temps remarquable si l'on considère qu'il portait un sac de marin gigantesque.

Je demeure persuadé que Wayne a battu un record de saut ce jour-là. Il bondit du quai avec son sac et atterrit sur le pont de l'*Arvor III* pratiquement dans nos bras.

— Mais pourquoi diable étais-tu en retard ? demandai-je. Tu savais qu'il fallait partir avant marée basse ou perdre une journée de plus.

— Désolé, répondit Wayne avec humilité. J'achetais un appareil de photo.

— Tu aurais pu l'acheter avant de quitter le Texas.

— J'ai pensé que ce serait moins cher ici.

Bill observa l'appareil pendant à l'épaule de Wayne.

— Tu as cru qu'un appareil japonais serait moins cher en Angleterre qu'au Texas ?

— Ne sont-ils pas moins chers à l'étranger ? demanda naïvement Wayne.

— Rien n'est jamais meilleur marché en Angleterre, expliqua Bill, et surtout pas à Bridlington.

— Flûte, alors, je pensais avoir fait une excellente affaire.

On peut s'interroger sur la profondeur de l'esprit de Wayne mais on ne sondera jamais la puissance de son raisonnement. Il fit au moins cinquante rouleaux de photos au cours des trois semaines suivantes. Après quoi, devenant raisonnable, il se débrouilla pour ne jamais garder son appareil à portée de main. Au début, il se demandait pourquoi, alors qu'il n'avait pris que cinq photos, le rouleau était terminé lorsqu'il laissait l'appareil quelque part pour s'occuper d'autre chose. Ce n'est que lorsqu'il les fit développer à Austin qu'il découvrit vingt prises des œufs de son petit déjeuner, vingt photos de ses baskets, vingt tirages d'un poisson mort abandonné sur le quai, etc.

Tandis que nous quittions la mer du Nord et passions les détroits de Douvres pour entrer dans la Manche, Bill était aux anges. La mer était étale. Pas une vague ne soulevait l'*Arvor III*. Le voyage fut calme et délicieux. Jimmy regardait avec amusement Wayne pratiquer son yoga sur le pont avant. C'est après cette traversée que les Ecossais le baptisèrent Yogi Bear[1].

Nous aperçûmes bientôt les falaises dominant Cherbourg. Notre bateau se glissa dans le port après avoir longé la digue, le vieux fort et les monstrueux pétroliers naviguant vers la mer du Nord. Jimmy avait réservé par radio un mouillage dans le port de plaisance et nous jetâmes l'ancre non loin d'un joli petit hôtel avec une salle à manger pour gourmets. Lors d'une conversation innocente avec le capitaine du port, nous avions mentionné que nous étions venus à Cherbourg pour chercher le raider confédéré *Alabama*. L'homme voulut savoir quand nous commencions et nous lui répondîmes : le lendemain.

Quand vint le moment de nous mettre au travail, nous ne quittâmes pas le quai. Six agents des douanes en uniforme, avec des casques rouges en forme de boîtes à pilules sur des cheveux sales, pénétrèrent à bord au tout début de la matinée et mirent le bateau à

1. L'Ours Yogi est un personnage de dessins animés.

sac en posant une multitude de questions idiotes. Nous avons fait l'impossible pour nous mordre la langue, enfoncer nos ongles dans nos paumes et coopérer en nous demandant ce qui nous valait ces mauvais traitements. Etait-ce une façon d'accueillir des visiteurs étrangers ?

Ils ouvrirent et fouillèrent le moindre placard, la moindre valise, boîte ou conteneur, petit ou grand. Ils passèrent au peigne fin la salle des machines avec des miroirs de dentiste, cherchant derrière les tuyaux et les collecteurs. Le gouvernail, la cuisine, les cabines, rien ne fut oublié. Je m'attendais presque à des fouilles à corps. Ils nous questionnèrent sur l'usage que nous faisions du scanner latéral, du magnétomètre et de l'équipement vidéo, voulant connaître le moindre détail de leur fonctionnement.

Finalement, rassurés sur le fait que nous ne transportions aucune bombe nucléaire, le chef, à mi-chemin entre l'inspecteur Clouseau et Ace Ventura avec une moustache, me demanda le but de notre visite en France. N'ayant rien à cacher, je lui expliquai franchement que nous cherchions l'épave du raider confédéré l'*Alabama.*

Il m'opposa alors sans mâcher ses mots que nous ne pouvions entreprendre aucune fouille dans les eaux françaises sans autorisation.

— Autorisation de qui ? demandai-je.

— Du commandant des autorités navales françaises locales, me répondit Clouseau aussi aimablement que s'il s'adressait à un champignon vénéneux.

Mon sang se glaça. Oh ! Seigneur ! Pas la marine française ! Je déteste avoir affaire à la marine, n'importe quelle marine. Pour ces gens, donner une autorisation à un civil pour autre chose qu'une demande d'aller aux toilettes est presque impossible. Les subordonnés, tous, quels qu'ils soient, adorent dire non avant même de transmettre une requête et de lui faire remonter la filière administrative jusqu'à l'officier nébuleux qui règne sur la salle du trône. Ils sont aussi répandus que les bactéries.

Déployant nos forces, nous contre-attaquâmes. Wayne Gronquist enfila ses bottes de cow-boy et son Stetson, mit sa montre de gousset à chaîne dans la poche de son gilet et monta à l'assaut du bureau de l'amiral commandant la base navale de Cherbourg. Il faut connaître Wayne et l'avoir vu pour savoir que c'est le genre de type qui ne sait pas ce que non veut dire. Il parle d'une voix douce, ses yeux sont d'un bleu limpide, il porte une barbe de chercheur d'or et son corps est assoupli par le yoga. Il ressemble étonnamment aux vieilles photos de Jeb Stuart, le célèbre cavalier confédéré.

La priorité fut de trouver un interprète car, à nous tous, nous pouvions seulement demander « Où est la banque ? » ou « Puis-je faire résonner votre klaxon ? ». Un jour que j'étais sur le pont, un type s'approcha et se mit à me parler en français. Je levai les yeux au ciel, pinçai les lèvres et lui répondis :

— No parlez vous français.

Je pensais avoir dit « Je ne comprends pas le français » mais en fait j'avais dit « Vous ne parlez pas français ». Pas étonnant qu'il me regarde comme un demeuré.

Ayant longuement examiné Gronquist vêtu comme un homme de loi du Texas, l'amiral français suggéra que ses amis et lui prennent la prochaine diligence pour quitter Cherbourg. Au lieu de cela, Gronquist prit le train pour Paris et alla camper devant l'ambassade des Etats-Unis. Imitant Benjamin Franklin pendant la Révolution, il se tailla une bonne place dans les cercles diplomatiques. Je fus entraîné dans une véritable orgie de grandeur théâtrale en donnant une conférence de presse et en appelant à la rescousse tous les gros bonnets que je connaissais à Washington.

J'ignore si les Français ont enfin décidé de s'aligner sur le reste du monde mais il était impossible à l'époque de téléphoner à l'étranger avec une carte de crédit dans les cabines françaises. On refusait d'accepter ma carte AT & T. En Angleterre, ça prend parfois du temps pour avoir un opérateur mais l'appel aboutit sans problème. Au Danemark, il suffit de mettre une couronne d'argent dans la fente, de composer les deux chiffres de l'international puis de donner à l'opérateur qui parle toujours anglais le numéro de ma carte de crédit et celui de mon correspondant. Presto, je peux parler à ma femme comme si elle était à côté de moi dans la cabine. Mais pas en France. Ou vous utilisez un téléphone privé, ou celui de votre hôtel. Et comme aucun Français n'était prêt à accueillir chez lui un dingue d'Américain pour lui permettre de passer des coups de fil à l'étranger sur son propre téléphone, il me fallut demander à un aubergiste local et me laisser guider par lui.

Maintenant, on nous tombait dessus de tous les côtés. Aussi bizarre que cela puisse paraître, nous avons trouvé ça plutôt amusant.

Tandis que l'*Arvor III* était mouillé à quai dans le port de plaisance, des hélicoptères survolaient le bateau, des cameramen nous photographiaient en train de prendre des bains de soleil sur le pont. Nous nous amusions aussi à surprendre des gens assis dans des voitures ou rampant derrière les murets du quai, observant le bateau et ses occupants à la jumelle. Un propriétaire de yacht américain et sa femme, dont le bateau était amarré de l'autre côté du quai en face de l'*Arvor III*, nous dirent que deux Français en uniforme militaire étaient montés à notre bord un soir que nous dînions dans un restaurant voisin. Il affirma qu'à son avis, ils avaient installé des micros partout. Je lui demandai comment il pouvait le savoir. Il expliqua qu'il était un ancien enquêteur des services de police de Chicago et qu'il connaissait ces procédés. Nous essayâmes, mais en vain, de détecter les fameux micros. Du coup, nous ne parlâmes plus qu'avec des accents bizarres en langage inintelligible, discutant des doctrines économiques du continent antarctique. Les cassettes de jazz Dixieland retrouvèrent le chemin du magnétophone stéréo. Jimmy et les Ecossais firent des commentaires sur les « mangeurs de grenouilles », comme ils appelaient les Français, rappelant qu'ils n'avaient jamais gagné une guerre. Je ne suis pas sûr que cela nous ait attiré la sympathie de leur marine.

Un soir après dîner, Jimmy Flett et moi fumions tranquillement un cigare en buvant un cognac sur le pont quand il remarqua des bulles dans l'eau éclairée par les lumières du quai. Il alla dans la cabine, alerta Bill qui revint avec l'équipement vidéo. On descendit doucement la caméra sous-marine sur le flanc du bateau. Très intéressé, tout l'équipage surveilla l'écran vidéo tandis que Bill allumait les projecteurs reliés à la caméra. Soudain, les visages étonnés de deux hommes-grenouilles français, les yeux écarquillés derrière la vitre de leurs masques, s'affichèrent sur l'écran. Un instant plus tard, ils disparurent dans l'obscurité.

Mais que se passait-il donc ? Est-ce qu'on nous prenait pour des espions ? A Washington, le directeur de la NUMA, l'amiral Bill Thompson, ancien chef de l'Information publique de la Navy, appela tous les officiers qu'il connaissait dans la marine française, rallia le Pentagone à notre cause et ne cessa de harceler la Maison-Blanche. La confusion fut telle qu'à la fin, l'ambassade de France envoya un message à notre ministère des Affaires étrangères disant : « Nous sommes désolés de cet incident. » Le ministère des Affaires étrangères, ignorant totalement notre fâcheuse situation, répondit : « Nous sommes également désolés. »

D'après mon agent littéraire à Paris, je devins le

chouchou de la presse française avec mes rodomontades délirantes. Je fus particulièrement irrité d'apprendre que Jacques Cousteau fouillait les eaux de Chesapeake Bay comme s'il en était le propriétaire sans que le moindre fonctionnaire américain lui demande quoi que ce soit, pas même son autorisation. Les officiers de la marine française se montrèrent particulièrement embarrassés. Ils pensaient que nous faisions partie d'une bande de chasseurs de trésors et ignoraient complètement que celui qui les ennuyait tant était un auteur important dont les livres étaient des best-sellers en France. Ils étaient loin de souhaiter l'orage de publicité qu'ils avaient provoqué.

Des personnages haut placés du gouvernement français exprimèrent leurs regrets pour notre situation mais assurèrent qu'ils ne pouvaient rien faire pour nous. Je demandai qui était cet amiral de pacotille et pourquoi il avait si peu de poids. J'étais sûr que s'il comprenait que notre présence ne représentait rien de plus qu'une recherche innocente au cours de laquelle aucun objet de valeur ne serait enlevé, il nous permettrait de commencer nos recherches. Comment l'équipage de l'*Arvor III* pouvait-il menacer la sécurité nationale française ?

Pendant ce cirque absurde, notre équipage prit le temps de faire un peu de tourisme. Mon fils Dirk se joignit à l'expédition. Il se mit en congé de son travail chez Motorola à Phoenix, en Arizona, prit l'avion pour Paris et le train jusqu'à Cherbourg. Ensemble, nous visitâmes les célèbres plages de Normandie, Omaha et Utah, et les sites du débarquement britannique de Gold, Juno et Sword. Les plages de sable de Normandie, qui ont été mortelles pour les hommes qui y débarquèrent en juin 1944, sont les plus spectaculaires du monde. Leurs vastes sables dorés s'étendent sur des kilomètres. Il ne leur manque que le climat tropical et une eau plus tempérée pour rejeter dans l'ombre ce qu'offrent les Caraïbes ou les plages du Pacifique.

Nous visitâmes le cimetière américain impeccablement tenu sur les collines au-dessus d'Omaha Beach et nous lûmes les noms gravés derrière les colonnes du Grand Amphithéâtre. Nous en relevâmes plusieurs appartenant à des hommes morts ou portés disparus sur le *Léopoldville*.

Dans un registre plus léger, Bill fit une grande impression sur les bons citoyens de Cherbourg. Il pénétra un jour dans une laverie automatique de la ville, enfourna ses vêtements dans une machine et y inséra des pièces françaises. Jusque-là, tout allait bien. Puis il versa la moitié d'une boîte de lessive concentrée. Au lieu d'attendre la fin de l'opération, il vint déjeuner avec Dirk et moi dans un joli petit bistrot.

Trois quarts d'heure plus tard, tandis que nous l'accompagnions à la laverie, nous aperçûmes du coin de la rue un mur géant de bulles de savon. Nous restâmes aussi pétrifiés que le premier homme qui, dans un film de science-fiction, voit son premier martien. La surabondance de lessive concentrée avait créé la plus grosse masse de mousse que la ville de Cherbourg ait vue depuis l'explosion de l'usine de graisse en 1903.

Bill se précipita dans le mur de bulles et disparut. Se frayant à tâtons un chemin dans la laverie, il arracha ses vêtements de la machine et battit rapidement en retraite jusqu'au bateau. Il passa la journée du lendemain à rincer ses affaires de l'épaisse matière visqueuse, avec un tuyau d'arrosage, à côté du quai.

Wayne ajouta à la gaieté générale quand Dirk revint d'une visite à un magasin de jouets avec un costume de pirate. Wayne hissa le Jolly Rodger[1], mit un chapeau de pirate, un bandeau sur l'œil et saisit un crochet. Après quoi il se mêla aux hommes de la sécurité fran-

1. Le pavillon des pirates.

çaise qui nous espionnaient, agita son crochet en hurlant « Haarrh ! ».

J'aurais donné n'importe quoi pour lire les rapports des agents de la sécurité sur notre compte.

Après deux semaines de lutte inutile, je baissai les bras. Je sentais qu'il n'y avait plus rien à faire. L'amiral français refusa de capituler. Il joua ses cartes comme un pied. Je ne me rappelle pas son nom. J'offris mes dossiers, cartes et projections à l'instituteur français qui nous avait servi d'interprète plutôt que de les rapporter au Colorado avec moi dans l'avion. Il accepta de les garder à l'abri jusqu'à notre retour. J'étais certain qu'il arrangerait les choses au cours des mois à venir et qu'il nous accueillerait avec un permis l'été suivant.

Dans l'impossibilité de montrer nos fesses aux employés des douanes en quittant le port de Cherbourg, je ne pus m'empêcher de tirer ma dernière flèche. Etant donné qu'une recherche de l'*Alabama* au scanner latéral exigeait une grille assez importante, je ne pouvais me risquer à le faire, sachant que toute la marine française nous tomberait dessus dans l'heure suivante. Mais je me dis que trouver un navire de la taille du *Léopoldville* était dans les limites du possible. Après avoir payé nos taxes portuaires et levé l'ancre, nous nous dirigeâmes vers sa tombe, tôt le matin, avant le lever du soleil. Jouer au chat et à la souris avec les officiels du gouvernement dans un pays étranger n'est pas un jeu pour amateur et j'étais vert de peur. Ce qu'il fallait, c'était trouver le *Léopoldville*, l'identifier et quitter en vitesse les eaux territoriales françaises en filant en Angleterre.

Bien qu'aucun hélicoptère ne survolât le quai et que nous n'ayons détecté aucune paire de jumelles pointée dans notre direction, je supposai néanmoins que nous étions surveillés sans arrêt. Si quelqu'un suivait l'*Ar-*

*vor III*, alors tous les paris étaient ouverts et nous allions devoir continuer notre route vers la Grande-Bretagne.

Nous avions néanmoins un avantage. Wayne et moi avions demandé une autorisation pour chercher l'*Alabama* seulement. Nous n'avions jamais parlé du *Léopoldville*. Et puis l'*Arvor III* s'éloignait du site où reposait le raider confédéré et se dirigeait vers l'est en direction de Weymouth en Angleterre.

J'espérais que les autorités françaises penseraient que nous avions abandonné et que nous quittions Cherbourg pour de bon.

Bizarrement, le *Léopoldville* est mal indiqué sur les cartes nautiques de la région de Cherbourg. Il y a une grande épave marquée à un mille environ au nord mais sa position n'est pas celle où nous trouvâmes le malheureux transport de troupes. Je décidai de prendre la position de l'Amirauté pour parole d'évangile et de travailler à partir de là.

J'étais peu enclin à lancer le scanner latéral par-dessus bord. Si nous apercevions un hélicoptère se dirigeant vers nous, il nous faudrait trop longtemps pour tirer le palpeur et arrêter le matériel avant qu'ils ne comprennent ce que nous faisions. Nous serions littéralement pris la main dans le sac.

Etant donné que nous chassions un objet de près de cent cinquante mètres de long et dix-neuf de large, je pris le pari de n'utiliser que le sonar embarqué de notre bateau. Cela signifiait passer directement au-dessus du *Léopoldville* pour enregistrer son épave. Une fois de plus, je sortais de ma routine consistant à « tondre la pelouse » sur une grille de ratissage carrée ou rectangulaire. Je demandai à Jimmy de lancer une petite bouée sur la position de l'Amirauté et de tourner autour, travaillant vers l'extérieur en augmentant à chaque passage la largeur de la circonférence. Le fond était plat, à une profondeur de cinquante mètres.

Nous avions commencé la chasse depuis une heure et vingt minutes quand le sonar signala une anomalie s'élevant à dix-huit mètres. Nous avions tapé juste. Deux passages de plus confirmèrent un énorme objet long pointé vers Cherbourg mais sur un léger angle causé, à n'en pas douter, par les courants balançant le *Léopoldville* sur son ancre avant qu'il ne coule. Il gît par trois cents mètres nord-ouest de la position supposée. Nos relevés de navigation le mettaient à 49 44 40 par 01 36 40.

Je regrettais de ne pas avoir de couronne mortuaire à lancer par-dessus bord et de n'avoir prévu aucune cérémonie. Bien que le soleil brillât de tous ses feux, il ne me fallut pas beaucoup d'imagination pour revoir la nuit de l'horreur. Nous tournâmes lentement autour de l'épave, regardant sa masse s'élever sur le fond marin sur le relevé du sonar. Ce fut un moment émouvant, mais nous savions que la marine française ne nous permettrait pas de nous éterniser. Nous avions tous un œil fixé sur l'entrée du port de Cherbourg.

— Descends le scanner latéral, demanda Dirk.

— Ce serait sympa d'en voir un peu plus, ajouta Jimmy.

— Si on n'est pas curieux, on ne peut pas dire qu'on a trouvé, conclut Bill.

Je fus facile à convaincre. Le palpeur descendit, puis le scanner latéral. L'enregistreur grésilla.

— Le bateau se trouvant à cinq milles au nord de Cherbourg est prié de rentrer immédiatement au port ! cria dans un anglais parfait une voix à la radio.

— Seigneur ! murmurai-je. Comment les Français nous ont-ils repérés si vite ?

— Nous sommes sur la zone d'essais de leurs sous-marins, dit Jimmy. Ils ont probablement des détecteurs installés au fond qui relèvent les signaux des sonars.

— C'est maintenant que tu le dis ! grognai-je.

Avons-nous un relevé de notre premier et unique passage ? demandai-je à Bill.

— Pas le meilleur. Le navire jette une ombre immense sur l'enregistreur. Il a l'air intact et assez bien conservé. Il n'est pas répandu un peu partout comme certains que nous avons trouvés. Je suppose qu'il repose sur le flanc tribord.

— Le bateau se trouvant à cinq milles au nord de Cherbourg est prié de rentrer immédiatement au port ! reprit la voix désincarnée.

— Je me demande si ce type fait des animations pour les réunions enfantines, murmura Bill.

— Il a au moins dit « est prié », me rappela Dirk.

— A quelle distance sont les eaux britanniques ? demandai-je à Jimmy.

— Environ dix-huit milles.

— Qu'en penses-tu, skipper ?

Avant qu'il puisse répondre, notre animateur était de retour sur les ondes.

— Le bateau se trouvant à cinq milles...

Jimmy Flett est un homme comme un autre. Avec un sourire matois, il tendit le bras et coupa la radio.

— Très bien, acquiesçai-je. Ainsi se termine la partie divertissante du programme. Et maintenant, fichons le camp d'ici.

Jimmy prit fermement en main les poignées de la barre, les yeux fixés vers l'Angleterre tandis que, debout à l'arrière, nous attendions de voir si les patrouilleurs français ou les hélicoptères allaient nous prendre en chasse. Notre brave petit bâtiment filant à neuf nœuds, nous avions l'impression d'avoir cambriolé une banque et de nous sauver avec un bulldozer.

Il m'était bien sûr impossible de mettre en danger les passagers de l'*Arvor III* en tentant de résister. A part un grappin et un ou deux couteaux suisses, les seules armes dont nous disposions étaient une quantité de petites pommes de terre. Il n'y avait pas là de quoi nous remonter le moral mais une volée bien envoyée pourrait peut-être arrêter un patrouilleur environ dix secondes.

Au fond de moi, je ne croyais pas que la marine française attaquerait un bateau britannique sous pavillon du Royal Yacht Club avec à bord quatre vertueux Américains. Nous avions causé assez de problèmes dans les médias pour qu'ils évitent de déclencher un incident diplomatique. De plus, une telle affaire ne servirait qu'à augmenter la vente de mes livres et je ne crois pas qu'ils aient eu l'intention de me faire une telle faveur.

Il y a toujours un moment, dans les affaires des hommes, où la chance brille malgré les nuages. On entend alors des trompettes, un roulement de tambour et le doux son des harpes. « La Vengeance m'appartient », s'écrie Mickey Spillane. « L'heure est venue pour les faibles d'hériter de la mer. » Quand l'*Arvor III* entra dans le port de Weymouth, nous passâmes devant une frégate lance-missiles de la marine française qui en sortait pour participer à des exercices de l'OTAN.

— Est-ce que tu peux les frôler ? demandai-je.

— Quatre-vingt-dix centimètres, ça t'ira ?

— Ce sera parfait.

Pour les marins français parcourant les ponts de la frégate lance-missiles, l'*Arvor III* ressemblait à n'importe quel bateau de pêche rentrant au port. Ils nous jetèrent à peine un coup d'œil lorsque Bill, Dirk, Wayne et moi nous alignâmes sur le pont arrière. Leur expression ahurie fut comme un baume pour moi lorsque nous les bombardâmes de pommes de terre bouillies qui éclatèrent et s'étalèrent sur les hommes et sur leur navire. Ils ne savaient pas ce qui les frappait. Ils ne savaient pas pourquoi. Et je suppose qu'ils ne le sauront jamais.

Nous étions maintenant dans des eaux amies et ils

ne purent que nous montrer leurs poings et nous crier des énormités en français.

C'est vrai que la vengeance est douce !

Jimmy et John nous accompagnèrent à la gare où nous devions prendre le train pour Londres. J'eus de la peine à dire au revoir à notre équipage écossais. Nous avions passé des moments extraordinaires ensemble au cours des six dernières semaines et nous étions devenus très proches. Bill était particulièrement ému de cette séparation et il garda une photo qu'il avait prise de Jimmy et de John nous faisant de grands signes amicaux tandis que le train quittait la gare.

De toutes nos expéditions de chasse aux épaves, c'est de celle-ci que je garde les meilleurs souvenirs. Nous avions accompli un gros travail. Notre seul échec fut de n'avoir pas été autorisés à chercher l'*Alabama*. Je n'ai jamais eu l'intention de déclencher une controverse. Mais dans l'ensemble, nous avons marqué des points et en plus, nous nous sommes rudement bien amusés.

Je fis halte à New York et tins une conférence de presse à bord du porte-avions *Intrepid* pour annoncer nos trouvailles. Je tenais tout spécialement à raconter l'histoire tragique du *Léopoldville* et comment il avait coulé la veille de Noël 1944. Il est étrange de constater que très peu de personnes ont entendu parler du désastre et du nombre épouvantable des morts. Tous les gouvernements qui y avaient pris part de près ou de loin ignorèrent la tragédie et la considérèrent comme un incident insignifiant sur lequel il ne convenait pas de s'attarder. L'armée américaine et la Navy firent comme s'il n'avait jamais eu lieu. L'Amirauté britannique le mentionna à peine tandis que les Belges préférèrent taire l'attitude lâche de l'équipage.

Nous voulûmes en faire un sujet d'importance et parlâmes du *Léopoldville* au journal télévisé de dix-huit heures ainsi que dans tous les journaux du pays. Soudain, les familles qui n'avaient reçu après le naufrage qu'un télégramme disant que leurs chers disparus étaient morts en combattant commencèrent à poser des questions. Cela nous réchauffa le cœur de pouvoir guider un certain nombre d'épouses, de frères, de sœurs et de survivants vers l'Organisation des vétérans des Panthers, constituée d'hommes qui avaient servi dans la 66e Division.

Bob Hesse, le président et l'un des fondateurs de l'Organisation des vétérans des Panthers, participa à la conférence de presse où je le présentai comme un des survivants. Il était accompagné d'Alex Yarmoch, Ed Riley et Dick Dutka, trois des hommes qui avaient sauté sur le pont du HMS *Brilliant* au cours de cette terrible nuit. Tout le monde pleura dans l'assistance. Je n'aurais jamais pu imaginer que des survivants du *Léopoldville* se montreraient et je fus extrêmement ému. Au cours des années, Bob et moi, ainsi que de nombreux vétérans des Panthers, devînmes de bons amis. Ils m'ont invité à faire un discours lors d'une de leurs réunions et j'eus le privilège d'être nommé membre d'honneur.

Dans mon livre intitulé *Cyclope* [1], je fis la dédicace suivante :

> « Aux huit cents Américains disparus avec le *Léopoldville* près de Cherbourg la veille de Noël 1944. Oubliés de beaucoup, demeurés dans le souvenir de quelques-uns. »

Le dernier acte de l'incident de Cherbourg, cependant, était loin d'être joué. Les Français aiment faire des surprises, même si elles sont inappropriées.

Peu après mon retour chez moi dans le Colorado, j'appris dans la presse la gifle ignoble que m'avait

1. Grasset, 1987.

réservée la marine française. Un de leurs bateaux de sauvetage avait entamé des recherches deux semaines après que nous nous soyons échappés de Cherbourg. Et devinez quoi ? Ils ont trouvé l'*Alabama* ! Ils ont prétendu l'avoir cherché depuis vingt ans et avoir découvert son épave juste après qu'on a attiré leur attention sur de nouvelles données.

Les miennes !

Je fus surpris de leur timing. Puis un membre de l'ambassade des Etats-Unis à Paris m'écrivit pour m'apprendre que quelqu'un avait donné au commandant du bateau de sauvetage des documents concernant la zone où le trouver. Par pure coïncidence, il se trouve que le cousin de ce commandant est l'instituteur à qui j'avais remis mon matériel de recherche et mes estimations de la position de l'*Alabama*. Quels salopards ! Non seulement ils en sont fiers mais en plus, ils s'en vantent !

Cela me fit complètement changer de personnalité. J'avais l'air et je me sentais comme un basset qui a oublié où il a enterré son os. Je fus très tenté d'entrer dans un restaurant français de fantaisie et de commander les céréales chaudes du jour. Puis l'idée me sauta aux yeux. La marine française avait-elle une dent contre la NUMA qui avait bombardé son lanceur de missiles de pommes de terre cuites ? Est-ce que la découverte des restes de l'*Alabama* était sa façon de prendre une revanche ?

Les Français firent un pas de plus quand les archéologues américains proposèrent d'étudier l'épave et de remonter certaines pièces. Dans une lettre adressée au ministère des Affaires étrangères américain, le ministre des Affaires étrangères français affirma sans rire que, l'épave reposant dans les eaux territoriales françaises, elle appartenait à la France. Peu lui importait que notre gouvernement considérât l'*Alabama* comme une propriété des Etats-Unis. Leur ministre de la Culture et le Conseil supérieur de la recherche archéologique ne perdirent pas une seconde pour subventionner et mettre en chantier un vaste projet pour remonter l'épave dont les plus belles pièces seraient préservées et iraient ensuite orner le musée de Cherbourg. Peu après, Kevin Foster, qui travaille pour le National Park Service, fut invité à plonger sur le site de l'*Alabama* avec des archéologues français. Agissant comme si leurs archives étaient un trésor national, ils l'autorisèrent à contrecœur à étudier leurs documents sur le naufrage. En les feuilletant, Foster découvrit une carte marine portant mon nom.

Je demandai plus tard à Kevin :

— As-tu vu la position que j'avais établie du site du naufrage ?

— Oui, répondit-il. Il était marqué d'une petite croix de Malte.

— A quelle distance étais-je du site réel ?

— A moins de huit cents mètres.

Huit cents mètres. Avec notre bon vieux scanner latéral, l'équipage de l'*Arvor III* l'aurait trouvé en une journée.

En résumé, je dois avouer que nous nous sommes bien fait avoir.

J'eus du mal à oublier mes aventures avec la marine française et l'*Alabama*. Plusieurs mois après, je reçus un coup de téléphone d'un monsieur qui se disait directeur adjoint de la Central Intelligence Agency. Que pouvait bien me vouloir la CIA ? Dirk Pitt entrait à l'occasion dans leurs bureaux de Langley mais moi, je n'avais jamais rien eu à faire là-bas.

— Quelle est la raison de cet appel ? demandai-je, me sachant blanc comme neige.

— Il s'agit de votre brillante performance à Cherbourg, l'été dernier, dit-il.

— D'accord, j'ai peut-être été trop loin en les bombardant de pommes de terre.

— Quelles pommes de terre ?

— Ne m'appelez-vous pas parce que j'ai bombardé de patates un lanceur de missiles français ? demandai-je naïvement.

— Je n'en ai pas entendu parler, affirma-t-il.

— Alors oubliez ce que je viens de vous dire.

— Mon patron, qui est un grand admirateur de vos livres, m'a suggéré de vous appeler pour vous informer du bazar que vous avez semé à Cherbourg.

Maintenant, j'étais *vraiment* intrigué.

— Si ce fichu amiral français m'avait autorisé à chercher l'*Alabama*, il n'y aurait jamais eu de bazar.

— Croyez-moi, l'amiral n'a guère apprécié votre découverte clandestine du *Léopoldville*. Et vous avez bien fait de filer en Angleterre. Si vous étiez retourné à Cherbourg, les forces de sécurité françaises qui vous attendaient sur le quai auraient confisqué votre bateau et vous auraient bouclés, vous et votre équipe, dans la prison de la ville.

« Bon vieux Jimmy Flett, pensai-je, je lui dois une fière chandelle. »

— Ce n'est pas grand-chose, lui dis-je. Rien qui puisse causer un incident diplomatique.

— Savez-vous que les eaux autour de Cherbourg sont les lieux d'essais des sous-marins ?

— Oui, j'en ai été informé. Elles sont nettement indiquées sur les cartes marines.

— Mais ce que vous ne pouviez pas savoir, monsieur Cussler, c'est que les Français venaient de terminer leur plus récent sous-marin nucléaire et qu'ils avaient l'intention de le tester dix jours après votre arrivée.

— Si je l'avais su, ça ne m'aurait fait ni chaud ni froid, répondis-je avec insolence.

— Ce que vous ignorez également, c'est que toutes

les agences de renseignement d'une bonne dizaine d'Etats, la CIA, le KGB, le MI-5 anglais et le Mossad israélien, pour n'en citer que quelques-unes, ont dépensé de fortes sommes et passé de très longues heures à mettre au point des couvertures pour aller discrètement observer le sous-marin nucléaire français et son programme d'essais.

Je commençai à m'identifier au type qui se réveille dans une chambre d'hôtel après une nuit de beuverie, qui tend la main derrière lui et touche la chair chaude d'un corps de femme. Puis ses yeux tombent sur un dentier dans un verre à côté du lit.

— Quelques jours avant le début des essais, poursuivit mon correspondant, qui donc arrive comme une fleur dans le port de Cherbourg ? Clive Cussler et sa joyeuse équipe de pirates qui sortent du bateau tout un équipement de détection sous-marine.

Tout devenait clair. Je ressentais maintenant une sorte de lien avec le mammouth laineux qui est tombé dans le puits de goudron de La Brea.

— Ne sachant pas comment prendre votre soudaine apparition théâtrale, la marine française s'est dégonflée et a repoussé de six mois les essais de leur nouveau sous-marin. Toutes les agences de renseignement étrangères et leurs opérations discrètes en ont été pour leurs frais. Aucun d'entre nous n'avions plus rien à faire avant six mois, alors nous avons fait nos paquets pour rentrer chez nous.

— J'ai trahi mon pays ! murmurai-je bêtement.

— Ce n'est pas votre faute, me consola-t-il. Mais la CIA souhaite que vous lui rendiez un petit service.

Déjà j'entendais jouer l'hymne national en fond sonore. La rédemption.

— Tout ce que vous voudrez !

— La prochaine fois que vous et votre équipe de la NUMA préparerez une expédition de recherche d'épave, soyez assez aimable d'en informer nos bureaux de Langley *pour que nous fichions le camp de l'autre côté du globe !*

J'étais trop choqué pour répondre. J'ignorais que les représentants de la Central Intelligence Agency faisaient parfois de l'humour.

Finalement, je murmurai :

— Je vous enverrai une carte postale.

— Merci beaucoup. Au revoir, répondit-il poliment avant de raccrocher.

Ainsi s'achevèrent les folies de la NUMA pour 1984. Nous n'avons pas retrouvé le *Titanic*. Ça, ce fut la grande réussite de Bob Ballard. Nous n'avons pas retrouvé non plus de galion espagnol comme l'*Atocha*, chargé d'or et de trésors plein ses flancs. Mel Fisher a eu l'honneur de cette réussite-là. Mais nous avons trouvé et étudié plusieurs navires de grande importance historique. Je n'ai dû affronter aucune mutinerie, aucun accident, aucun dommage à bord. Tout bien considéré, nous avons eu beaucoup de chance d'Aberdeen à Cherbourg puis à Weymouth.

Je ne sais pas si ça ressemble à un titre de chanson ou à un coup double pour une équipe de base-ball.

DIXIÈME PARTIE

# ON NE LES TROUVERA PAS SI ON NE LES CHERCHE PAS

## POST-SCRIPTUM

Il n'y a guère de sensation comparable à celle qu'on éprouve en nageant autour d'une épave. Je l'ai souvent comparée à une promenade dans un cimetière. On sent — et parfois même on aperçoit — les fantômes des équipages qui ont vécu à bord et qui y sont morts sans que personne ne garde trace de leur passage. Les courants, la mauvaise visibilité, le silence que ne brise que le chuintement des bouteilles d'air comprimé, tout ajoute une note fantomatique.

Grâce aux récents progrès de la technologie sous-marine, bien des secrets très tentants des profondeurs ont pu être résolus et enregistrés sur films ou cassettes vidéo.

L'homme a dressé des cartes et photographié presque chaque centimètre carré de la lune mais ne connaît que moins de un pour cent de ce que recouvre l'eau. Trouver l'ossature de navires et d'avions demeurés intouchés dans les profondeurs est une expérience que très peu de gens connaissent. Ceux qui cherchèrent et qui, de temps en temps, trouvent sont baptisés de toutes sortes de titres. Aventuriers, océanographes, archéologues marins, chasseurs de trésors, tous, quels qu'ils soient, recherchent des vaisseaux historiques qui ont disparu dans l'inconnu. Parfois ils réussissent. Plus souvent ils échouent. La chance joue souvent contre eux. Mais tant qu'ils seront poussés par une insatiable curiosité, de nouvelles découvertes seront réalisées.

L'appel des épaves n'est pas le chant des sirènes. Il y a des millions de navires échoués. Je me suis souvent demandé combien de ces vieux bateaux reposent sous le limon du Nil, en Egypte. La Méditerranée en est pleine. Les grands Lacs à eux seuls contiennent plus de cinquante mille épaves comptabilisées, à commencer par le navire du célèbre explorateur Sieur de La Salle, le *Griffin*, lancé et disparu au cours de l'année 1679 quelque part dans le lac Michigan, ou encore l'*Edmund Fitzgerald* perdu avec tout son équipage dans le lac Supérieur en 1975. Le fond marin entre le Maine et la Floride contient toute une flotte de navires coulés. Plus de mille steamers reposent sous les rives et les digues du Mississippi.

Et tous ont une histoire à raconter.

J'ai moi-même arpenté les ponts d'un navire qui a disparu dans l'inconnu.

Au cours de l'été 1964, je pris quelques semaines de vacances avant d'entamer une carrière de directeur de la création chargé d'une production télévisuelle pour une grosse agence de publicité. Après avoir repeint ma maison, j'avais dix jours devant moi. Ma femme travaillait et mes trois enfants étaient à l'école. Un ami me persuada de faire partie d'une équipe sur un yacht magnifique baptisé l'*Emerald Sea* amarré derrière une grande maison de Newport Beach, en Californie.

Il s'agissait d'un travail agréable consistant à entretenir des kilomètres de bois verni et à s'occuper des moteurs. Je me souviens de ma surprise après un voyage à Catalina Island, au large de la Californie. On m'avait remis un uniforme et prié de m'occuper des passagers pendant que le skipper manœuvrait la barre. Les invités du propriétaire du yacht ne se doutèrent pas que celui qui leur servait boissons et petits fours était le directeur de la création d'un publicitaire et non un simple marin. Je ne me vexai pas le moins du monde quand ils me remirent des pourboires de cinquante dollars en quittant le bateau. Je dois admettre cependant qu'il n'est pas facile d'échanger les ponts de teck de l'*Emerald Sea* et le parfum de l'air marin contre un bureau aseptisé de Sunset Boulevard.

Le navire amarré à côté de l'*Emerald Sea* était un gros bateau à deux ponts, construit dans les années 1920. J'admirais son pont arrière spacieux, spectaculaire, et j'imaginais des hommes en smoking dansant le charleston avec des femmes en robes à franges et aux cheveux courts. Il y a des jours où j'aurais pu jurer entendre les accents d'un orchestre de jazz. Je crois qu'il s'appelait le *Rosewood*. C'était un bateau fin et élégant avec beaucoup de style chaque fois que sa propriétaire, une riche veuve, le sortait pour faire un tour dans la baie.

Je me liai d'amitié avec un de ses matelots de pont, Gus Muncher, qui me jura avoir doublé Errol Flynn au cinéma, bien qu'il ressemblât davantage à Peter Lorre. Gus me fit faire une promenade sur son bateau, après quoi nous déjeunâmes sur le quai, engloutissant maintes bouteilles de bière et échangeant des histoires sur les divers bateaux et leurs propriétaires ancrés dans le port. Les ragots étaient souvent savoureux.

Gus prétendait ne travailler sur le yacht que pour économiser assez d'argent pour aller à Tahiti, où il rêvait de s'occuper d'un petit ferry entre les îles.

J'ai perdu la trace de Gus après avoir enfilé mon costume de Brooks Brothers pour retourner créer des publicités destinées à pousser les masses à acheter un tas de produits sans lesquels elles ne pouvaient pas vivre décemment. Deux ans plus tard, je rencontrai par hasard un ancien skipper de l'*Emerald Sea* dans un restaurant. Je lui demandai s'il avait des nouvelles de Gus.

— Gus est mort, dit-il.

— Non ? murmurai-je. Mais comment ?

— Il a coulé avec le *Rosewood.*

— Je n'imaginais pas qu'il puisse couler.

Le skipper hocha la tête.

— La vieille dame à qui il appartenait est morte et tous ses biens ont été vendus à un marchand de voitures du New Jersey. Après avoir passé le canal, le *Rosewood* a disparu avec son équipage dans les hauts fonds à l'ouest des Bermudes. Gus était l'un des trois équipiers du bord.

— Pauvre vieux Gus, dis-je. Il n'aura jamais vu Tahiti.

Le souvenir de Gus s'effaça de ma mémoire au cours des quinze années qui suivirent. Après avoir quitté mon agence de publicité pour gagner ma vie en écrivant, ma femme Barbara et moi fîmes escale à Tahiti pour prendre quelques vacances après un voyage en Australie. Pendant que Barbara faisait des achats dans un village de l'île Bora Bora, j'entrai dans un petit bar dominant le fameux lagon turquoise de l'île. Du coin de l'œil, je remarquai un type coiffé d'un chapeau de paille à large bord, vêtu d'une chemise à fleurs et d'un short fatigué. Il était assis près d'une superbe Tahitienne aux longs cheveux noirs et au sourire découvrant des dents en or. Une grosse barbe rousse couvrait la moitié du visage de l'homme mais je le reconnus immédiatement.

J'allai jusqu'à sa table et le regardai dans les yeux.

— Est-ce bien toi ou est-ce ton fantôme ?

— Rien que pour te prouver que je suis bien vivant, je vais t'offrir une bière, dit Gus Muncher en riant. Mais oublie que tu m'as vu.

Il me présenta sa femme, Tani.

— Alors tu as quand même réussi à venir à Tahiti, dis-je en résistant à l'envie de lui pincer le bras pour m'assurer qu'il crierait.

— Je me suis offert un catamaran de quinze mètres et je gagne bien ma vie en transportant des marchandises et des passagers autour des îles.

— Ton rêve s'est réalisé.

— Tu t'en es rappelé, dit-il avec un sourire dans sa barbe.

— On m'a dit que tu avais coulé avec le *Rosewood.*

— D'une certaine façon, c'est vrai.

— J'aimerais t'entendre le raconter.

— Il n'y a pas grand-chose à dire. On a ouvert toutes les prises d'eau et il a coulé comme une pierre à mille brasses.

Je regardai Gus d'un air incrédule.

— Ça paraît idiot de couvrir cinq mille milles avec un yacht parfait et de le couler ensuite.

Le regard de Gus brilla comme un phare.

— Connais-tu un meilleur endroit pour couler un bateau et toucher l'assurance que le Triangle des Bermudes ?

J'aurais dû protester au nom de la morale et de la légalité mais assis là, dans ce petit bar ouvrant sur ce paysage spectaculaire avec un vieux copain que j'avais cru mort, cela me parut soudain déplacé. Après deux bières, Barbara me retrouva et il ne me resta qu'à dire adieu à Gus et à son épouse.

Dix ans plus tard, je rencontrai un officier français des îles de la Société et lui demandai s'il connaissait Gus Muncher.

Il hocha la tête et m'informa d'un air triste que Gus, sa femme, son catamaran, deux passagers payants et une cargaison de quatre-vingts poulets étaient portés manquants à la suite d'un orage au large de Mooréa. L'équipe de sauvetage n'avait pu retrouver leur trace.

Je me suis toujours demandé si Gus s'était à nouveau volatilisé ou s'il gisait vraiment au fond de l'eau. Je suppose qu'on pourrait retrouver un indice en étudiant les dossiers d'assurance pour savoir qui avait reçu le règlement des primes après la perte de Gus et de son bateau. J'étais curieux mais comme j'ignorais le nom de son catamaran et la compagnie auprès de laquelle il était assuré, je tournai le dos et me lançai dans d'autres projets. Je garderai son souvenir mais que le mystère meure avec lui.

Pour une raison étrange, je n'ai jamais été très fort pour faire des documentaires sur les expéditions de la NUMA. Je ne prends presque jamais de photos pendant les recherches. Mon agent publicitaire a un jour insisté pour me donner deux petits Kodak automatiques, se disant qu'il me serait facile de faire enfin des photos des événements. Mon fils Dirk en prit à peu près trois mais c'était il y a quatre ans et elles ne sont pas encore développées.

Il est probable que je n'ai pas reçu l'accueil que j'aurais dû recevoir parce que je ne sollicite jamais les grands magazines ni les programmes de télévision. J'ai appelé une fois le *National Geographic* pour savoir si ma prochaine expédition pour retrouver le *Bonhomme Richard* les intéressait. Au cours d'une conversation avec une dame qui se disait responsable des éditoriaux, elle me dit d'un ton péremptoire :

— Nous ne donnons jamais de fonds.

— Je n'ai pas besoin de fonds, répondis-je. Je paie les frais sur mes droits d'auteur.

— N'espérez pas que nous paierons quoi que ce soit, insista la dame d'un ton glacial.

— Ça ne vous coûtera pas un centime.

— Alors, pourquoi nous appelez-vous ?

— Juste pour vous informer que nous lançons une expédition pour retrouver le célèbre bateau de John Paul Jones. Je pensais que cela pourrait vous intéresser.

— Nous ne finançons pas les chasseurs d'épaves.

— On a déjà réglé ce problème, dis-je, exaspéré.

— Appelez-nous si vous le trouvez.

— Et alors ?

— Nous désignerons un rédacteur et un photographe pour couvrir l'histoire.

— Je suis écrivain moi-même.

— Nous préférons un professionnel, dit-elle.

Fin de la conversation.

Quelques années plus tard, j'étais à Washington pour jouer un petit rôle dans l'horrible film qui fut tiré de mon livre *Renflouez le Titanic !*. En me rendant à l'hôtel où l'on tournait la scène de la conférence de presse avec Jason Robards, je m'arrêtai devant les bureaux du *National Geographic*. J'entrai et demandai à l'hôtesse si je pouvais parler à n'importe quel rédacteur qui aurait quelques minutes à me consacrer.

Elle eut la gentillesse d'appeler quatre rédacteurs et leur dit que j'étais dans le hall. Après le quatrième appel, elle m'annonça d'une voix gênée :

— Je suis désolée, monsieur Cussler, mais aucun d'eux ne souhaite vous parler.

Le *National Geographic* me méprisait.

— Si quelqu'un me le demande, reprit-elle avec gentillesse, à propos de quoi vouliez-vous les voir ?

— Dites-leur que je suis entré ici pour échapper à un agresseur et que je ne connaissais pas ma chance.

Vexé et malheureux, je regagnai ma chambre au Jefferson Hotel et, sauf pendant les deux heures que je passai à réparer un vieux réveil cassé dans le salon, je pleurai dans mon oreiller le reste de la nuit.

Non content de chasser mes soucis démoralisants et cependant désopilants, je m'aliénai ensuite le magazine *Smithsonian*.

Nicholas Dean, un excellent photographe d'Edgecomb, dans le Maine, avait été envoyé par le *Smithsonian* pour faire un reportage sur la découverte par la NUMA du *Cumberland* et du *Florida*. Il prit plusieurs rouleaux de photos des plongeurs et des objets que nous avions récupérés sur les épaves. Puis, je ne sais plus pourquoi, les directeurs de la publication du *Smithsonian* décidèrent de supprimer l'histoire. Nick reçut une petite somme en dédommagement mais pas assez importante pour couvrir les frais qu'il avait engagés pour voyager par avion partout dans le Maine et passer cinq jours avec l'expédition.

Plusieurs années après, je reçus un appel de la secrétaire d'un des directeurs du *Smithsonian* qui me demanda si je voulais bien vérifier une histoire de naufrage et m'assurer qu'elle ne contenait pas d'invraisemblances. J'acceptai car il s'agissait d'un bateau que je connaissais bien. L'histoire m'arriva par la poste, je la lus, je fis une ou deux corrections et la renvoyai.

La secrétaire m'avertit alors par téléphone que je serais payé deux cents dollars pour mon expertise. Ravi, mais attentif à ne pas le manifester, je lui dis de ne pas m'envoyer le chèque mais de l'adresser au rédacteur en chef.

— Je ne comprends pas, dit-elle.

— J'insiste pour que cet argent lui revienne.

Ne comprenant toujours pas, elle marmonna :

— Ça n'a pas de sens, les honoraires d'un écrivain n'ont pas à aller à un rédacteur en chef.

— Mais ça a un sens dans ce cas précis, répondis-je.

— Puis-je vous demander pourquoi vous faites cela ?

— Bien sûr. Dites à votre patron que les deux cents dollars constituent un pot-de-vin. Je le paie pour qu'il ne mentionne jamais mon nom dans le *Smithsonian.*

La secrétaire était dans tous ses états.

— Vous ne voulez pas que votre nom figure dans la publication ? On n'a jamais vu ça !

— Il y a un commencement à tout.

Je n'ai pas la moindre idée de ce qu'ils ont fait de ce chèque. Mais je sais que je ne l'ai jamais reçu.

La NUMA a eu la chance de faire beaucoup avec pas grand-chose. Nous avons trouvé et étudié près de soixante épaves dans les lacs, les rivières et les mers. Je n'en ai mentionné que quelques-unes dans ce livre. Certaines ont été découvertes par hasard, la plupart l'ont été après de longues heures d'enquête et de dur labeur. Le coût est bien entendu un facteur important pour toute expédition. Mais si la chasse n'est pas trop compliquée et qu'on peut la mener simplement, le prix est accessible.

Malgré les histoires écrites par des auteurs comme moi, la recherche des trésors historiques est rarement dangereuse. Elle est même trop souvent ennuyeuse. Mais c'est tout de même une aventure que peuvent vivre les gens passionnés ou même des familles qui passent là des week-ends très amusants. Les découvertes se font partout et peut-être même à deux pas de chez vous. Vous seriez étonnés du nombre de sites historiques célèbres qui restent inconnus parce que personne n'a jamais pris la peine de les chercher.

Je suppose qu'il serait plus avantageux de placer mes droits d'auteur en actions ou en bons du Trésor, bref en quelque chose qui rapporterait des bénéfices. Dieu sait si mon comptable et mon agent de change pensent que je suis bon à enfermer. Mais j'ai toujours eu pour philosophie que, quand viendra l'heure, quand je serai sur un lit d'hôpital, à deux doigts du grand au-delà, j'aimerais entendre sonner le téléphone sur ma table de nuit. Une grande infirmière à la forte poitrine en train de mesurer mon pouls se pencherait, décrocherait et me mettrait le récepteur près de l'oreille.

Les derniers mots que j'entendrais avant le grand plongeon seraient ceux de mon banquier m'informant que mon compte est débiteur de dix dollars.

La dernière phrase, c'est celle qu'on prononce quand le rideau tombe enfin et les seules choses que l'on regrette alors sont celles que l'on n'a pas faites.

Ou alors, comme me l'a confié un vieux chercheur de trésors en buvant une bière, un soir, tard dans un saloon du bord de la mer :

— Si ce n'est pas marrant, ça ne vaut pas le coup de le faire.

A ceux d'entre vous qui cherchent des objets historiques perdus, je souhaite toute la chance du monde. Ils sont là-bas, et ils murmurent.

LISTE MISE À JOUR DES ÉTUDES[1] ET DÉCOUVERTES DE L'AGENCE NATIONALE MARINE ET SOUS-MARINE

***CSS Hunley :*** Premier sous-marin de l'Histoire à avoir coulé un navire de guerre. Après avoir torpillé le USS *Housatonic* au large de Charleston, en Caroline du Sud, en février 1864, le *Hunley* et les neuf membres de son équipage ont disparu.

***USS Housatonic :*** Corvette de guerre de la marine de l'Union. Premier navire de l'Histoire à avoir été coulé par un sous-marin, le torpilleur confédéré *Hunley*, au large de Charleston, en Caroline du Sud, en 1864. Cinq membres de son équipage ont péri, les autres ont été sauvés.

***HMS Pathfinder :*** Croiseur anglais de reconnaissance. Second navire de guerre à avoir été coulé par un sous-marin et surtout par le premier U-boat allemand. Torpillé en mer du Nord par le *U-21* en septembre 1914.

***USS Cumberland :*** Frégate de la marine de l'Union. Premier navire de guerre de l'Histoire à avoir été vaincu et coulé par un cuirassé. Eperonné par le cuirassé confédéré *Merrimack* à Newport News, Virginie, en 1862. Plus de cent vingt hommes d'équipage tués.

***CSS Florida :*** Célèbre raider des mers confédéré qui captura près de cinquante navires marchands des Etats-Unis pendant la guerre de Sécession. Capturé à Bahia, au Brésil, et ferraillé près de Newport News, Virginie, en 1864.

---

1. Etudié est le terme que nous avons choisi pour exprimer que des plongeons, analyses et relevés ont été effectués. *(N.d.T.)*

***Sultana :*** Vapeur à roues à aubes latérales dont les chaudières ont explosé en faisant un carnage en 1865. Le pire désastre naval d'Amérique du Nord. Deux mille morts, presque tous des soldats de l'Union. Il eut plus de morts que le *Titanic* quarante-sept ans plus tard.

***Léopoldville :*** Paquebot belge converti en transport de troupes pendant la Deuxième Guerre mondiale. Torpillé par un U-boat allemand la veille de Noël 1944 au large de Cherbourg, en France. Plus de huit cents GI américains sont morts dans cette tragédie.

***Invincible :*** Goélette militaire, premier navire amiral de la marine de la république du Texas. Captura les armes et les fournitures des navires marchands mexicains qui furent remis au général Sam Houston. Coulée au cours d'une bataille au large de Galveston, au Texas, en 1837.

***Zavala :*** Paquebot à vapeur transformé en navire de guerre par la marine de la république du Texas en 1838. Probablement le premier navire à vapeur militaire de l'Amérique du Nord. Echoué dans la baie de Galveston, Texas, en 1842.

***Lexington :*** Vapeur à roues à aubes latérales extrêmement rapide. Construit par Cornelius Vanderbilt en 1835. Brûlé et coulé dans le Long Island Sound, New York, en 1840. Cent cinquante et un hommes, femmes et enfants périrent lors de son naufrage.

***USS Akron :*** Dirigeable de la Navy capable d'abriter et d'emporter neuf avions pendant ses vols. Ecrasé au large de Beach Haven, New Jersey, en 1933. Soixante-treize hommes d'équipage périrent dans l'accident.

***USS Carondelet :*** Vénérable cuirassé de la marine de l'Union. Participa à plus de combats que n'importe quel autre navire de guerre de la guerre de Sécession. Construit par le génie inventif de James Eads. Coulé dans l'Ohio longtemps après la guerre, en 1873.

***USS Weahawken :*** Seul monitor de la marine de l'Union à avoir battu et capturé un cuirassé confédéré au cours d'une bataille navale. A également conduit la première attaque de Fort Sumter. Coulé au cours d'un orage devant Charleston, Caroline du Sud, en 1864.

***USS Patapsco :*** Monitor de la marine de l'Union, classe *Passaic*. A combattu tout au long du siège de Charleston. Frappé par une mine confédérée, il a coulé dans le chenal au large de Fort Moultrie en 1865. Soixante-deux hommes d'équipage perdus.

***USS Keokuk :*** Unique cuirassé de l'Union à deux tourelles de canons non pivotantes. Généralement appelé citadelle cuirassée. Frappé plus de quatre-vingt-dix fois par les navires confédérés à Charleston en 1863. Coulé peu après la bataille.

***CSS Arkansas :*** Solide cuirassé confédéré qui, à lui tout seul, a combattu toute la flotte du Mississippi commandée par l'amiral Farragut et gagné. Brûlé par son équipage près de Baton Rouge, Louisiane, pour éviter la capture, en 1862.

***CSS Manassas :*** Premier navire cuirassé construit aux Etats-Unis et à être engagé dans un combat naval. A l'origine, devait être un navire d'éperonnage. Brûlé et coulé sur le Mississippi pendant la bataille pour investir La Nouvelle-Orléans, en 1862.

***CSS Virginia II :*** Solide navire cuirassé qui aida à empêcher l'armée du général Grant de traverser la James River pour prendre Richmond. Brûlé par son équipage à Drewry's Bluff (cap de Drewry) sur ordre de l'amiral Semmes de l'*Alabama* en 1865.

***CSS Fredericksburg :*** Cuirassé confédéré de la flotte de la James River, sous le commandement de l'amiral Raphael Semmes. Se battit jusqu'à la fin de la guerre. Son équipage le fit sauter à Drewry's Bluff en 1865.

***CSS Richmond :*** Cuirassé confédéré qui garda les abords de la James River pendant près de trois ans. Quand Richmond tomba, il fut détruit par son équipage près de Chaffin's Bluff en 1865.

***Northampton :*** Steamer à rapides roues à aubes latérales de Chesapeake Bay utilisé par les confédérés comme navire de ravitaillement. Coulé pour l'empêcher d'être un obstacle sous Drewry's Bluff sur la James River en 1862.

***Jamestown :*** Grand paquebot à vapeur, saisi par les confédérés. Se battit vaillamment à Hampton Roads, en Virginie, contre le *Merrimack*. Coulé à Drewry's Bluff en 1862.

***CSS Louisiana :*** Enorme cuirassé confédéré portant seize canons. Non terminé et seulement capable de combattre à l'amarre le long de la côte pendant la bataille pour La Nouvelle-Orléans, son équipage le fit sauter pour l'empêcher d'être pris, en 1862.

***USS Varuna :*** Canonnière de la marine de l'Union. Eperonné trois fois par des navires confédérés pendant la bataille pour La Nouvelle-Orléans. On lui reconnaît six navires ennemis coulés avant qu'il soit obligé d'accoster. Il fut brûlé en 1862.

***USS Commodore Jones :*** Canonnière à roues à aubes latérales de la marine de l'Union après avoir été un ferry à New York. Détruit par une mine électrique confédérée très sophistiquée de deux mille livres sur la James River en 1864.

***USS Phillipe :*** Canonnière de la marine de l'Union, mitraillée par les canons confédérés à Fort Morgan. Il prit feu et coula à l'entrée de Mobile Bay pendant que l'amiral Farragut attaquait la ville en 1864.

***CSS Governor Moore :*** Canonnière de la marine confédérée, ancien paquebot à vapeur. Mena une rude bataille contre la flotte de l'Union pendant la bataille pour La Nouvelle-

Orléans. Y perdit soixante-quatre hommes. Obligé d'accoster et brûlé sur le Mississippi en 1862.

***CSS Colonel Lovell :*** Navire-bélier doublé de coton de la marine confédérée. Participa à de nombreuses actions sur le Mississippi, près du Tennessee. Combattit vaillamment avant d'être éperonné et coulé pendant la bataille de Memphis en 1862.

***CSS General Beauregard :*** Navire-bélier confédéré à roues à aubes latérales. Attaqua la flottille de l'Union pendant la bataille pour Memphis et fut très endommagé avant de couler sur la rive ouest du Mississippi en 1862.

***CSS General Thompson :*** Navire-bélier confédéré à roues à aubes latérales. Combattit à l'amont et à l'aval du Mississippi le long du Tennessee avant d'être brûlé et échoué pendant la bataille pour Memphis en 1862.

***Platt Valley :*** Steamer à roues à aubes latérales, heurta l'épave du *General Beauregard* et coula près de Memphis en 1867.

***Saint Patrick :*** Steamer de quatre cents tonnes, brûlé et coulé au nord de Memphis en 1868.

***CSS Drewry :*** Canonnière confédérée. Combattit sur la James River pendant trois ans avant d'être bombardée et coulée par l'artillerie de l'Union au milieu de Trent's Bay en 1865.

***CSS Gaines :*** Canonnière confédérée qui mena une bataille perdue d'avance contre la flotte de l'amiral Farragut pendant la bataille de Mobile Bay. Le *Gaines* fut contraint de s'échouer derrière Fort Morgan et brûla en 1865.

***Stonewall Jackson :*** Forceur de blocus confédéré, autrefois paquebot anglais à vapeur et à roues à aubes latérales sous le nom de *Leopard*. Echoué sur l'île des Palmes, en Caroline du Sud, en 1864.

***Rattlesnake* (Serpent à sonnette) :** Forceur de blocus confédéré. Capturé par la flotte antiblocus de l'Union tandis qu'il tentait d'entrer dans le port de Charleston au large de la passe de Breech avec un chargement d'armes. Brûlé en 1863.

***Raccoon* (Raton laveur) :** Forceur de blocus confédéré. Brûlé et coulé par une canonnière de l'Union devant le port de Charleston pendant qu'il fonçait vers la haute mer avec un chargement de coton, en 1863.

***Ruby* :** Forceur de blocus confédéré qui eut de nombreuses réussites. Finalement poursuivi jusqu'à la terre à Folly Island, Charleston, et détruit en 1864.

***Norseman* :** Forceur de blocus confédéré, petit steamer anglais à hélice propulsive, forcé de s'échouer au large de l'île des Palmes, Charleston, en 1865.

***Ivanhoe* :** Forceur de blocus confédéré. Attrapé par les canonnières de l'Union et détruit près de Fort Morgan à l'entrée de Mobile Bay, Alabama, en 1863.

***Acteon* :** Frégate anglaise de cinquante canons, détournée et brûlée pendant la bataille au large de Fort Moultrie, Caroline du Sud, pendant la guerre d'Indépendance en 1776.

## NAVIRES ÉTRANGERS DÉCOUVERTS ET ÉTUDIÉS

***Waratah* :** Paquebot de ligne Blue Anchor qui disparut au large de la côte orientale d'Afrique du Sud en 1911. Plus de deux cents passagers et membres d'équipage y perdirent la vie. C'est l'un des grands mystères de la mer.

***U-21* :** Premier U-boat allemand de l'Histoire à avoir coulé un navire ennemi. Il coula aussi deux cuirassés près de la

Turquie pendant la Première Guerre mondiale. Coulé à son tour pendant un remorquage en mer du Nord en 1919.

***U-20* :** Sous-marin allemand de la Première Guerre mondiale qui coula le paquebot de la Cunard, le *Lusitania*. Coincé sur la rive du Jütland, au Danemark, en 1916. Les Danois le firent sauter en 1926.

***HMS Invincible* :** Croiseur britannique. Coulé par les canons allemands pendant la bataille du Jütland, en mer du Nord, en mai 1916. L'amiral Hood et mille vingt-six marins disparurent avec lui.

***HMS Indefatigable* :** Croiseur britannique. Coulé par les canons allemands pendant la bataille du Jütland en mer du Nord en 1916. Plus de mille hommes périrent avec lui.

***HMS Defence* :** Croiseur lourd britannique. Pilonné et coulé avec tout son équipage pendant la bataille du Jütland en 1916.

***HSM Shark* :** Escorteur britannique. Coulé par la flotte impériale allemande pendant la bataille du Jütland en 1916.

***HMS Hawke* :** Croiseur britannique coulé par le sous-marin allemand *U-9* à soixante milles au large de l'Ecosse, en octobre 1915. Trois cent quarante-huit hommes disparurent avec lui.

***Wiesbaden* :** Croiseur lourd allemand, brûlé et coulé pendant la bataille du Jütland au large des côtes danoises, en 1916.

***V-48* :** Escorteur allemand, coulé pendant la bataille du Jütland en 1916.

***S-35* :** Escorteur allemand, coulé pendant la bataille du Jütland en 1916.

***Blücher* :** Croiseur lourd allemand qui fut détruit et coulé pendant la bataille de Dogger Bank, en mer du Nord, en 1916.

***U-12* :** Sous-marin allemand, coulé après avoir été éperonné par le croiseur britannique *Ariel* au large de l'Ecosse, en 1915.

***UB-74* :** Sous-marin allemand, coulé au large de Weymouth, en Angleterre, après avoir subi une pluie de grenades sous-marines lancées par une canonnière britannique en 1916.

***Glückauf* :** Prototype du pétrolier moderne. Le premier qui utilisa toute sa cale pour embarquer le pétrole. Le premier à mettre ses moteurs à l'arrière. Perdu sur Fire Island, New York, en 1893.

***Vicksburg* :** Steamer anglais marchand, perdu sur la côte de Fire Island, New York, près de Blue Point, pendant un orage en 1875.

***Alexander Nevski* :** Frégate russe à vapeur qui contourna la côte orientale du Danemark près de Thyborøn, en 1868. Le prince héritier russe naviguait à son bord. Tous les passagers et l'équipage furent sauvés.

***Arctic* :** Steamer britannique, perdu sur la côte du Jütland au Danemark, en 1868.

***Kirkwall* :** Steamer britannique qui s'échoua sur la côte du Jütland au Danemark, en 1874.

***Odin* :** L'un des premiers steamers de la marine royale suédoise, très copié en modèles réduits. Construit en 1836. Il s'échoua près de Thyborøn, au Danemark, en 1836.

***Commonwealth* :** Navire marchand britannique coulé par un U-boat allemand pendant la Première Guerre mondiale, en mer du Nord, au large de Flamborough Head, en 1915.

***Charing Cross :*** Navire marchand britannique torpillé par un U-boat allemand au large de Flamborough Head en 1916 pendant la Première Guerre mondiale.

***Chicago :*** Très gros navire marchand britannique de dix mille tonnes, coulé par un U-boat allemand au large de Flamborough Head en 1918.

## AUTRES SITES ÉTUDIÉS

***Merrimack :*** Beaucoup de contacts au magnétomètre autour du site où le célèbre cuirassé confédéré fut bombardé et coulé au large de Craney Island, Portsmouth, en Virginie, en 1862.

***Great Stone Fleet :*** Un grand nombre de profils sous le fond marin et de contacts au magnétomètre où seize baleiniers de Nouvelle-Angleterre furent sabordés pour bloquer le chenal menant au port de Charleston en 1861.

***Cimetière de bateaux de Galveston :*** Dix à douze navires du XVIIe au XIXe siècle qui s'échouèrent sur ces vieux bas-fonds devant la baie de Galveston entre 1680 et 1880 et gisent maintenant sous le sable du fond.

***Swamp Angel :*** Restes du parapet où le célèbre canon Parrott de huit pouces lança des projectiles de cent cinquante livres sur la ville de Charleston, à moins de deux kilomètres de là, au cours de l'année 1863.

***Torpedo Raft :*** Les restes du radeau antitorpilleur de l'Union utilisé par le monitor *Weehawken* pendant la bataille de Charleston, en 1863, reposent dans un marécage à la pointe nord de Morris Island, en Caroline du Sud.

***La locomotive perdue de Kiowa Creek :*** Endroit où le train de marchandises de la Kansas Pacific fut balayé par une inondation en 1878. On découvrit que le train avait été secrètement récupéré, réparé et remis en service avec un nouveau numéro. Ce que nous découvrîmes était une escroquerie à l'assurance vieille de cent vingt ans.

# Table

### *Cinquième partie*
### *L'USS « Carondelet »*



### *Sixième partie*
### *Le sous-marin confédéré « Hunley »*



### *Septième partie*
### *La locomotive perdue de Kiowa Creek*



### *Huitième partie*
### *Le HMS « Pathfinder », le « U-21 » et le « U-20 »*



### *Neuvième partie*
### *Le transporteur de troupes « Léopoldville »*

Crédits photos du cahier hors texte

*Toutes les photos non créditées appartiennent à l'auteur.*

n° 8 : Nicholas Dean, Edgecomb, Maine.
n° 23 : Denver Public Library, Western History Department.
n° 24, 25, 26 : Imperial War Museum, Londres, Angleterre.
n° 1, 2, 28 : Mariners'Museum, Newport News, Virginie.
n° 31 : Bill Shea, Lincoln, Maine.
n° 5, 6, 7, 10, 11, 12, 13, 14 : U.S. Naval Historical Center.
n° 20, 22 : Ralph Wilbanks, Isle of Palms, Caroline du Sud.

Composition réalisée par NORD COMPO

IMPRIMÉ EN ALLEMAGNE PAR ELSNERDRUCK
Dépôt légal Édit. 10955-04/2001
LIBRAIRIE GÉNÉRALE FRANÇAISE - 43, quai de Grenelle - 75015 Paris

ISBN : 2 - 253 - 17144 - 1 31/7144/4